KAI ERIK

Das erste Geheimnis

Über den Autor:

Kai Erik, 1982 im finnischen Esse geboren, lebt als Schriftsteller, Comedian und Kolumnist in Helsinki. 2014 wurde er in seinem Heimatland als einer der besten jungen Autoren Finnlands ausgezeichnet. *Das erste Geheimnis* ist Kai Eriks dritter Roman und sein internationale Durchbruch. Er erscheint in zahlreichen Ländern.

KAI ERIK

DAS ERSTE GEHEIMNIS

THRILLER

Aus dem Finnlandschwedischen von
Thorsten Alms

lübbe

FILI FINNISH LITERATURE EXCHANGE

Die Arbeit an dieser Übersetzung wurde gefördert von FILI.

MIX
Papier aus verantwortungsvollen Quellen
FSC® C014496

Vollständige Taschenbuchausgabe
der bei Bastei Lübbe unter dem Titel
»**Das böse Buch**« erschienenen Paperbackausgabe

Titel der finnlandschwedischen Originalausgabe: »Onda boken«
Originalverlag: Schilds & Söderströms, Helsinki

Für die deutschsprachige Ausgabe:

Textredaktion: Anja Lademacher, Bonn
Umschlaggestaltung: Tanja Østlyngen nach einem Design von:
COPERTINA: Foto del libro © Shutterstock (elaborazione grafica);
foto della biblioteca della Basilica di San Bernardino a Siena:
l'editore è a disposizione per gli aventi diritto
ART DIRECTOR: Francesco Marangon
GRAPHIC DESIGNER: Laura De Mezza
Satz: hanseatenSatz-bremen, Bremen
Gesetzt aus der Caslon 224 Book
Druck und Verarbeitung: GGP Media GmbH, Pößneck
Printed in Germany
ISBN 978-3-404-18024-0

2 4 5 3 1

Sie finden uns im Internet unter
www.luebbe.de
Bitte beachten Sie auch: www.lesejury.de

Für Niko

Ihr, Fleisches Erinnerungen, duftend süß wie der
Rauch von steingegarten Rüben in der Abendbrise,
an euch wendet sich die hungrige Seele,
kehrt gestärkt zurück mit frischen Lippen.
– Rabbe Enckell

Und alles erlosch,
und meine Götter sprangen
in Scherben.
– Gunnar Björling

Ich war in tiefste Schwermut versunken, etwas, das mir auch später im Leben häufig widerfuhr, wenn jemand mehr Zustande brachte als ich selbst.
– Muminvaters wildbewegte Jugend

Alles wird gut, bis du heiratest.
– Sprichwort

Solange du es nicht in Gustavs tust.
– Zusatz aus Iniö

Anmerkung des Übersetzers

Finnland ist ein zweisprachiges Land. Die große Mehrheit der Bevölkerung spricht Finnisch, während Schwedisch die Sprache einer kleinen Minderheit ist. Da dieser Roman auf Schwedisch verfasst ist, wurden die schwedischen Orts- und Straßennamen in der Übersetzung beibehalten, sodass der Ort der Handlung nicht Turku, sondern Åbo heißt, und die finnische Hauptstadt nicht Helsinki, sondern Helsingfors.

EIN BÖSES BUCH

WÄHREND DER DREISSIG JAHRE, die Mickel Backman an der Åbo Akademi gelebt und gelehrt hatte, war der Etat für das Literaturwissenschaftliche Institut ständig gekürzt worden. Die schlechte Wirtschaftslage hatte die ganze Universität in Mitleidenschaft gezogen, aber ganz besonders die kleinen Institute und die weichen Fächer. Als Hochschullehrer hatte sich Mickel vor dem Fakultätsrat den Mund darüber fusselig geredet, dass dieser Abbau zu einer Oberflächlichkeit führte, die den Sinn und Zweck der Literaturwissenschaften aushöhlte. Alle hörten zu und nickten und murmelten Zustimmung, aber der Druck zu mehr Effektivität und schnelleren Abschlüssen kam von oben und nahm kein Fach aus.

Jetzt war auch noch der Kaffeeautomat des Instituts in Gefahr. Er hatte so lange unbenutzbar im Flur gestanden, dass der Zettel mit der Aufschrift »DER KAFFEE-

AUTOMAT ist aus den Fugen« sich an den Kanten aufzurollen begann, aber das Geld für die Reparatur fehlte nach wie vor. Zu Beginn des Herbstes hatten die Studenten einen Poetry-Slam zugunsten des Automaten veranstaltet, aber es hatte sich herausgestellt, dass der Kompressor ausgetauscht werden musste, und dafür hatte das Geld nicht gereicht. Jetzt wurde vorgeschlagen, den Automaten zu verkaufen und stattdessen eine Kaffeemaschine anzuschaffen. Soweit Mickel informiert war, hatte sich auf Facebook eine Protestgruppe gegen diese Idee gebildet, und in der letzten Ausgabe des *Bullen*, der Informationszeitschrift der Geisteswissenschaftler, war der Brief eines zornigen Lesers über das Grauen des Filterkaffees abgedruckt.

Mickel wurde fast jedes Mal von derselben Metapher heimgesucht, wenn er den kaputten Automaten sah, dessen Reparatur sich niemand leisten konnte: Er stand für die Verfasstheit einer ganzen Studentengeneration. Und der ironische Aktivismus der Studenten, um diesen Automaten zu retten, entsprang vielleicht einem Gefühl der Machtlosigkeit. Aber das fehlgeleitete Engagement für Belanglosigkeiten war trotzdem provokativ, wenn gleichzeitig ganze Studiengänge abgewickelt und komplette Fakultäten fast stillschweigend in neoliberale Profitcenter verwandelt wurden. Außerdem verstand er die Fixierung dieser Generation auf teuren und komplizierten Kaffee nicht.

Er dachte an den Automaten und die Passivität der Studenten, als er in einer kurzen Pause während der Vorlesung am Vormittag in den übervollen Seminarraum schaute.

Achtundzwanzig Studenten saßen schweigend da, ein paar machten sich Notizen, einige schauten ausdruckslos nach vorn, andere warfen glasige Blicke aus dem Fenster. Mickel hatte in einer knappen halben Stunde gerade den Durchbruch der modernistischen Literatur abgehandelt und versucht, eine Diskussion darüber in Gang zu setzen, warum es in Skandinavien gerade die Finnlandschweden waren, die sich an die Spitze dieser Bewegung gesetzt hatten. Aber die Studenten waren so antriebslos wie immer. Einige hatten offensichtlich einen Kater. Und vor allen Dingen war die Gruppe zu groß. Niemand wollte der Erste sein, der sich aus der Menge hervorhob.

»Sie müssen wissen, dass der Modernismus eine Reaktion auf alles Konventionelle war und im Grunde antinationalistisch. Man interessierte sich nicht für Normen und Ideale. Man wollte experimentieren, neue Herangehensweisen an die Literatur ausprobieren und an das Denken überhaupt.«

Er ging ein paar Schritte. Es war beinahe unmöglich, nicht an einen Roboter zu denken, wenn man seine steifen, theatralischen Bewegungen sah. Die Studenten nannten ihn Iron Man, und Mickel hatte den Spitznamen mit der Zeit lieb gewonnen. Er stellte sich vor, dass sein steifer Rücken ihm einen gewissen Charakter verlieh, genau wie bei seinem eigenen Lehrer, dem verstorbenen Professor Thomas Simpson, der häufig seltsame Melodien summte und sich unter den Studenten mit dem Spitznamen Tom Bombadil unsterblich gemacht hatte.

»Haben Sie Fragen?«, sagte Mickel mit einer Stimme, die alles andere als roboterhaft klang, sondern warm und freundlich. Ruhig.

Kaum hörbare Geräusche erfüllten den Raum: Sehnen und Muskeln, die sich streckten, Rücken, die sich entspannten, Hintern, die auf den Stühlen herumrutschten. Heutzutage gab es nur noch selten Fragen.

Plötzlich räusperte sich jemand und sagte: »Der Modernismus war also schuld daran, dass alle möglichen Trottel sich auf einmal für Schriftsteller hielten?«

Vereinzeltes unterdrücktes Lachen. Die Stimme gehörte einem Mann, der förmlich in seinem Stuhl lag. Mickel fiel es schwer, seinen Gesichtsausdruck zu deuten. Die roten Haare und die Stimme waren ihm allerdings bekannt. Es war natürlich Werther Fogh, das einzige Kind von Kristina Fogh, Mickels engster Kollegin am Institut. Er war einer dieser Studenten, die vereinzelte Kurse besuchten, ohne dass sich daraus eine konkrete Richtung ablesen ließe, die manchmal Klausuren schrieben, aber sich selten die Mühe machten, die Vorlesungen zu besuchen, wenn ihnen das Thema nicht sonderlich interessant erschien.

»Ja, genau so dachten damals auch viele Kritiker und Literaturwissenschaftler«, antwortete Mickel mit einem Lächeln. »Man sagte, dass Dichtung realistisch sein sollte. Und schön! Sie sollte sich an Formen halten. Und dann kommt ein Haufen junger Leute – die meisten auch noch Autodidakten! – und stellt das alles auf den Kopf!«

Aus Werther Foghs Richtung kam ein verächtliches Schnauben. Der junge Mann schien keine Lust auf eine Diskussion zu haben, aber Mickel ahnte, dass dies auch gar nicht seine Absicht gewesen war.

»Weitere Fragen?« Mickel wartete eine Weile, dann setzte er sich und zog eine Grimasse, als sein verspannter Rücken gegen die Bewegung protestierte. »Habt ihr euch alle einen Modernisten ausgesucht, über den ihr eure Seminararbeit schreiben wollt?«

Mickel ließ alle nacheinander antworten. Viele wollten wie immer über Kafka, Woolf und Södergran schreiben. Ein Mädchen machte ihm die Freude, sich für Henry Parland zu entscheiden. Werther Fogh hatte sich Karin Boye ausgesucht, wobei ihn bereits das Aussprechen ihres Namens zu Tode zu langweilen schien. Aber erst, als der letzte Tisch an der Reihe war und der letzte Student mitteilte, über wen er schreiben wollte, war Mickel wirklich überrascht.

Um nicht zu sagen, zu Tode erschrocken.

»Leander Granlund«, sagte der junge Mann, ein Nebenfachstudent namens Pasi Maars.

Zuerst dachte Mickel, er hätte sich verhört, und bat den Jungen, die Antwort zu wiederholen. Als er den Namen noch einmal hörte, musste er sich anstrengen, damit seine Stimme weiterhin fest und unberührt klang. »Wie haben Sie von ihm gehört?«

»Er hat ein Buch mit dem Titel *Aus dem trübseligen Dunkel des Lebens* geschrieben.«

»Leander Granlund ist nie veröffentlicht worden.«

Ein gluckerndes Lachen erklang, als Werther Fogh erneut die Aufmerksamkeit auf sich ziehen wollte. »Na ja, man kann doch Modernist sein, ohne veröffentlicht worden zu sein?«

Einige aus der Gruppe kicherten.

Mickel schaute in seinen Notizblock, in erster Linie, damit in diesem Moment niemand sein Gesicht sah. Er wartete eine Weile, bevor er antwortete.

»Da haben Sie vollkommen recht. Aber es gibt nicht viel, was zu Leander Granlund geschrieben wurde. Es wäre bestimmt einfacher für Sie, Pasi ...« Er hob den Blick und lächelte das verschwommene Gesicht in der letzten Reihe an. »... wenn Sie sich jemand anderen aussuchen, Hagar Olsson zum Beispiel, bei der …«

»Ich habe gehört, dass Leander Granlund richtig interessant sein soll.«

Mickel strich seine Hosenbeine glatt. »Was haben Sie gehört?«

»Dass er ein böses Buch geschrieben hat.«

»Ein böses Buch.«

»Ja.«

»Können Sie … was meinen Sie damit?«

»Dass man in der Hölle landet, wenn man es liest.«

Jemand atmete tief ein, ein anderer lachte, aber dann wurde es mucksmäuschenstill im Raum.

Mickel lächelte, aber zu übertrieben, als würde man für sich allein lächeln. »Ja, das klingt ja wie eine richtige Gruselgeschichte!«

Er lachte, aber niemand schloss sich an.

»Wer ist denn dieser Granlund?«, fragte eines der Mädchen aus der ersten Reihe mit einer ängstlichen Stimme, als fürchtete sie, für dumm gehalten zu werden. »Ich glaube nicht, dass ich von ihm gehört habe, ich …« Die Kommilitoninnen an ihrer Seite murmelten zustimmend.

»Da müssen Sie sich keine Gedanken machen!« Mickel lachte und bereute es sofort, weil er merkte, wie dumm es klang. »Worüber wir hier reden, ist ein absoluter Sonderfall in der finnischen Literaturgeschichte. Wenn wir noch genug Zeit haben, kann ich es Ihnen erzählen …« Er schaute auf die Uhr und stellte zu seinem großen Bedauern fest, dass er noch fünfzehn Minuten hatte. »Ja, das schaffen wir locker.«

Großer Gott, wie schlecht er die Sache im Griff hatte.

Er benutzte seinen Rücken, versuchte einen Teil seiner sichtbaren Verwirrung auf einen fiktiven Schmerz abzuwälzen und gewann ein paar Sekunden Bedenkzeit, bevor er zu erzählen begann.

»Leander Granlund war eine traurige Gestalt«, sagte er. »Ein echter Trottel, wie Sie es vorhin genannt haben, Werther ...«

Sie lachten. Das war gut. Er lächelte mit ihnen. Setzte seine Hoffnung auf das, was er von dieser Generation wusste, dass sie sich höchstens für die Sensation interessierten und sich vermutlich nicht weiter darum kümmern würden.

Sprich natürlich, entspannt, dachte er. *Dann vergessen sie bald alles wieder.*

Mickel Backman hatte schon immer gewusst, dass er ein guter Redner war.

Dieses Gefühl hatte nichts mit Selbstüberschätzung zu tun, sondern mit einem gesunden Selbstvertrauen, das sich aus einer langen Leidenschaft für das Erzählen und zehn Jahren Erfahrung speiste. Als er jung war, hatte er Laientheater gespielt und sich an einer Schauspielschule beworben, bevor er bei den Literaturwissenschaften hängen geblieben war. Er hatte schnell begriffen, dass das Handwerkszeug des Schauspielers auch dem Lehrer zugutekam, dass ein entspanntes Selbstvertrauen und die Kunst der Improvisation in einem Klassenzimmer genauso wichtig waren wie auf einer Theaterbühne. Aber seine vielleicht wichtigste Erkenntnis als Redner war, dass Sachwissen in jedem Fall weniger entscheidend war als die Fähigkeit, neue Situationen schnell zu erkennen und eine bestimmte Dynamik zu erzeugen.

Er hatte seine Fertigkeiten im Laufe unzähliger Seminarstunden und Vorlesungen immer weiter verfeinert. Als er nun vor dem überfüllten Auditorium nach Leander Granlund gefragt wurde, fiel ihm trotzdem das Atmen schwer, sein Kopf war leer, und es gab keine Fluchtmöglichkeit. Die Frage war ohne Vorwarnung gekommen, aber seine plötzliche Unbeholfenheit war dennoch peinlich, um nicht zu sagen, unverzeihlich.

Er hoffte allerdings, dass die Angst hinter dem Lächeln nicht zu erkennen war.

»Wie wir ja heute schon besprochen haben, veröffentlichten zu Beginn des zwanzigsten Jahrhunderts viele junge Leute ihre Gedichte«, sagte er und spürte ihre ungeteilte Aufmerksamkeit ebenso deutlich wie seinen eigenen Herzschlag. »Einige unserer größten Dichter debütierten damals. Aber es gab darüber hinaus natürlich viele andere, die schrieben und dichteten, aber einfach nicht gut genug waren. Oder sie wurden missverstanden und deshalb von den Verlagen abgelehnt.«

Mickel erhob sich erneut von seinem Stuhl. Er empfand es immer noch als unnatürlich, still dazusitzen, während er etwas vortrug. »Kein einziges Manuskript von Leander Granlund ist jemals veröffentlicht worden, und obwohl sein Schicksal in vielerlei Hinsicht faszinierend ist, gehört es eher in den Bereich der Kriminalgeschichte als der Literaturgeschichte. Die Texte, die er hinterließ, sind, wenn ich ehrlich sein soll, ziemlich mittelmäßig.« Er lächelte in Pasi Maars Richtung und fühlte sich schon wieder ein bisschen ruhiger, als der Junge ihn unterbrach.

»Es gibt eine halbfertige Magisterarbeit aus den Achtzigerjahren, die sich mit Granlund beschäftigt.«

»Aha, ja, durchaus möglich.«

»Und warum sagen Sie dann, dass es keine Informationen über ihn gibt?«

»Das habe ich nicht gesagt. Ich sagte, dass es nicht viele Informationen über ihn gibt. Und dass er für das Thema dieses Kurses nicht interessant ist.« Mickel schwieg und hoffte, dass die Stille dem Jungen unangenehm wurde, bevor er fortfuhr:

»Also, Leander Granlund ... Bei diesem Namen denkt ihr wahrscheinlich zunächst an Sägewerke und Holzlager, und richtig, er gehört tatsächlich zu dieser Familie. Die bekannte Holzhandelsgesellschaft, wie wir sie heute kennen, begann als Familienunternehmen, das sich zu Beginn des zwanzigsten Jahrhunderts auf Holzveredlung spezialisierte, als dieser Industriezweig boomte. Den Granlunds ging es richtig gut. Die Kinder besuchten Privatschulen in Åbo und in Europa, und Leander war bereits mit wichtigen Aufgaben in der Firma betraut, bevor er zwanzig war. Er war sechzehn, als der Bürgerkrieg ausbrach. Der älteste Bruder, Simeon, schloss sich als Freiwilliger den Weißen Garden an und nahm an der Schlacht um Tammerfors teil. Nach dem Krieg kehrte er als Held nach Hause zurück. Es bestand kein Zweifel daran, dass Simeon dazu auserkoren war, den Familienbetrieb zu übernehmen, was Leander – verständlicherweise – eifersüchtig machte und zu Rivalität zwischen den Brüdern führte, die ganz sicher die Ursache für das war, was später passierte.«

Mickel ging auf und ab und ließ ein weiteres Mal seine achtundzwanzig Studenten an Iron Man denken. Er blieb am Fenster stehen und schaute in den dämmerigen Herbsttag hinaus, schluckte ein paarmal und hörte seinen eigenen Puls, ein dumpfes Metronom vor dem

Hintergrund des grummelnden Brausens seines Blutkreislaufs.

»Dass die Eltern Simeon bevorzugten, wenn es um die Verantwortung für die Firma ging, könnte an Leanders ... empfindsamem Charakter gelegen haben. Er war ein grüblerischer Junge, der nur wenige Freunde hatte, ein Tagträumer, der zu heftigen Gefühlsausbrüchen neigte und auch vor Gewalt nicht zurückschreckte. Er war schon mehrfach verhaftet worden, bevor er achtzehn war, wegen Trunkenheit, Körperverletzung ... Die Familie hatte sich daran gewöhnt, sich mit den Opfern ihres Problemkinds im Guten zu einigen. Das Ansehen der Familie war wichtig, das könnt ihr euch sicherlich vorstellen. Man wollte Gerichtsverfahren und übles Gerede vermeiden.

Ein besonders großes Interesse schien der Junge nicht an der Holzwirtschaft zu haben, jedenfalls nicht, wenn man es mit seinem großen Lebenstraum vergleicht. 1922 gewann Leander einen Schreibwettbewerb, der vom *Hufvudstadsbladet* ausgeschrieben worden war. Bei der Preisverleihung wurde ein Interview mit ihm geführt, in dem er betonte, dass er schon immer Schriftsteller werden wollte. Und er sagte, dass er sich für die expressionistische Dichtung interessiere, wie sie seinerzeit in Europa verbreitet war.«

Er hörte der Stille, die zwischen seinen Sätzen entstand, geradezu an, dass er mittlerweile einen Teil der Aufmerksamkeit seiner Studenten verloren hatte. Es gab Nuancen in der Stille, Veränderungen, die alle möglichen Informationen transportierten. Und im Moment sagte ihm die Stille, dass er sich beeilen und endlich zur Sache kommen sollte.

Lass König Ödipus erfahren, wen er wirklich geheiratet hat.

Sophokles' Tragödie war immer noch das dramaturgisch vollendetste Schauspiel, das er kannte, und er benutzte es häufig als Modell, als Erinnerung daran, dass er jederzeit nach einer Art von Höhepunkt streben sollte.

Zur Peripetie.

»Es war der Åstrand-Verlag, der im Jahr 1920 zum ersten Mal ein Manuskript von Leander Granlund ablehnte. Es handelte sich um eine Gedichtsammlung, die kurz und bündig *Gedichte* hieß. Der Verlagschef Kenneth Björk schrieb dem Verfasser, dass einige der Gedichte durchaus ansprechend seien, die Bildsprache ihm allerdings zu experimentell erscheine. Leander schrieb einige der Gedichte um, wurde ein Jahr später aber ein weiteres Mal abgelehnt.

Drei Jahre darauf lehnte derselbe Kenneth Björk Leander Granlunds nächstes Manuskript mit einem Brief ab, der ebenso kurz wie deutlich war. ›Abstoßend‹, schrieb er. Die Gedichtsammlung hieß *Mumi* und war nichts anderes als eine ausführliche Beschreibung der Einbalsamierung von Leanders Großmutter, Henriette Granlund. Der Detailreichtum schwelgte in dem Naturalismus, den die Dichter dieser Zeit eigentlich überwinden wollten ... und Henriette Granlund lebte, wohlgemerkt, zu diesem Zeitpunkt noch. Sie wohnte gemeinsam mit Leander, Simeon und deren Eltern auf dem Erbhof der Familie.«

Jetzt hatte er sie wieder eingefangen. Die Stille war so redselig wie ein Plakat mit großen Buchstaben. Er begegnete Werther Foghs Blick und stellte befriedigt fest, dass auch dieses feiste und chronisch blasierte Gesicht vor lauter Interesse an dem, was jetzt kommen würde, zumindest für einen Moment seinen gewohnten Ausdruck verlor.

Sie halten den Atem an. König Ödipus hat seine eigene Mutter geheiratet. Aber es ist noch schlimmer, noch ist der Höhepunkt nicht erreicht, denn wer ist eigentlich der Mörder, nach dem er sucht, wer hat seinen Vater erschlagen?

»Am Heiligen Abend 1924 verlobt sich Leanders Bruder Simeon mit Ingrid, einer gemeinsamen Kindheitsfreundin der beiden Brüder und, wie sich herausstellen wird, Leanders großer Liebe. Simeon, dem vor seinen Augen gerade das Familienunternehmen übergeben wurde, schnappt ihm jetzt also auch noch das Mädchen, in das er verliebt ist, vor der Nase weg. Nimmt man dann noch die barsche Zurückweisung seiner zweiten Gedichtsammlung dazu, kann man sich vorstellen, wie es in dem Jungen kochte. Beim Weihnachtsessen, als die Verlobung bekannt gegeben wird, geraten Simeon und Leander aneinander. Simeon kommt mit ein paar Schrammen davon, aber Leander wird so böse zugerichtet, dass er beinahe das Gehör verliert.«

Ein Tropfen Schweiß lief Mickel in den Nacken. Die Luft war warm, und die Anstrengung, die diese kleine Promenade vor den Studenten für seinen steifen Körper bedeutete, hatte ihn an den Rand der Erschöpfung gebracht.

»Danach hielt es die Familie für angemessen, die Brüder für eine Weile zu trennen und Leander zur Erholung nach Lappland zu schicken, wo sie mit einigen Familien bekannt waren, die Grundbesitzer waren oder Holzwirtschaft betrieben. Leander wohnte fast zwei Jahre dort und schrieb sein letztes Buch, eine Gedichtsammlung mit dem Titel *Aus dem trübseligen Dunkel des Lebens*. Das ist bestimmt das Buch, das du eben meintest, Pasi.«

Ein böses Buch, hatte der Junge gesagt.

Man kommt in die Hölle, wenn man es liest.

Mickel blinzelte zu Pasi hinüber, während ihm ein flaues Gefühl von der Brust in die Magengrube wanderte. Von seinem geschundenen Herzen hinunter zu den Erinnerungen an die gierige Lust der vergangenen Tage.

Licht meines Lebens, Feuer meiner Lenden.

Er schob die Hand in den Nacken und spürte, wie die Finger über die kalten Schweißtropfen glitten.

Meine Sünde, meine Seele.

Für einen Augenblick sah er das schönste Gesicht vor sich, das er kannte, das es nicht mehr gab, außer auf Bildern.

Es waren noch fünf Minuten bis zum Ende der Vorlesung. Sein Mund war trocken, und er räusperte sich, versuchte die plötzliche Verwirrung abzuschütteln und in die Gegenwart zurückzukehren, indem er sich wegdrehte und für einen Moment die Augen schloss.

»Anscheinend nutzte Leander Granlund die Zeit in Lappland nicht, um sich zu erholen und zu sich selbst zu finden.« Er musste sich noch ein paarmal räuspern. »Stattdessen scheint er sorgfältig die Rache an den Menschen geplant zu haben, die sich gegen ihn gewendet hatten.«

Zurück zur Peripetie. Zum Höhepunkt. König Ödipus wird gewahr, dass der Mörder, nach dem er sucht, er selbst ist.

Mickel öffnete die Augen und wandte sich wieder den Studenten zu. Seine Wangen fühlten sich kalt an, er war unglücklich und angewidert. Es war ein betrüblicher, aber auch ziemlich passender Zustand für das grausame Ende der Geschichte, das er jetzt erzählen würde.

»Im selben Sommer, in dem Leander Granlund aus Lappland zurückkehrt, richtet die Familie eine große Hochzeit für Simeon und Ingrid aus. Hunderte von Gästen werden auf den Sommersitz der Familie in Gustavs eingeladen. Die Leute reisen aus dem ganzen Land an, Verwandte, Kollegen, viele der damaligen Industriebarone. Und hier setzt Leander seinen Racheplan ins Werk.«

Mickel kannte sich in der Erzähltheorie aus, er kannte all die erzähltechnischen Elemente, mit denen sich knisternde Spannung heraufbeschwören ließ. Er kannte die Theorien, die erklärten, wie Intrigen gewebt wurden, um Spannung und Leidenschaft zu erzeugen. Er kannte die diegetischen Kniffe und mimetischen Strukturen. Aber selbst nach all diesen Jahren fand er immer noch, dass die einfachste Beschreibung dessen, was sich hier und jetzt abspielte, auch die treffendste und ansprechendste war.

Magie.

So eine Art jedenfalls. Er wusste, dass Geschichten, ganz gleich, ob sie so einfach waren wie diejenige, die er gerade erzählte, oder so großartig wie Homers Epen, den Menschen in eine Art Trance versetzen konnten.

»Auf dem Hochzeitsfest vergiftet Leander die Erbsensuppe mit weißem Knollenblätterpilz. Das Brautpaar und acht weitere Hochzeitsgäste sterben innerhalb weniger Stunden. In derselben Woche wird Kenneth Björk vom Åstrand-Verlag Leander Granlunds Manuskript *Aus dem trübseligen Dunkel des Lebens* mit der Post zugesandt. Zwischen den Seiten befindet sich ein Pulver, eine giftige Mischung aus getrockneten Pflanzen. Jedes Mal, wenn Kenneth Björk eine Seite des Manuskripts umblättert, wird der Staub aufgewirbelt, und er atmet immer mehr Gift ein. Schließlich ist er so benebelt, dass er an die frische Luft geht. Er schafft es noch bis zur Dombrücke, wo er über das Geländer fällt und im Fluss ertrinkt. Ob er darüber hinaus auch in der Hölle gelandet ist, weil er Granlunds Manuskript gelesen hat – wie Pasi gerade behauptete –, das erzählt uns die Geschichte nicht.«

Niemand lachte, aber so wie sie da saßen und in alle möglichen Richtungen schauten, schien jeder in der Gruppe von dieser Geschichte irgendwie berührt worden zu sein, daran konnte kein Zweifel herrschen.

Verzweiflung, grenzenlos ... als Ödipus einsieht, was er getan hat ...

Natürlich war es Magie! Die Studenten waren in der Welt dieser Geschichte gefangen, in der der Erzähler über die Wahrheit bestimmte und in der die Wahrheit die Zuhörer einfing, die vom brutalen Ende überrascht, hingerissen, hypnotisiert waren.

... bleibt ihm nichts anderes übrig, als sich selbst die Augen auszukratzen.

»Und wo befindet sich dieses Manuskript jetzt?« Werther Foghs Stimme klang ein wenig zaghaft, als tastete er sich erst langsam wieder in die Wirklichkeit zurück. »Hallo?«

Mickel war in seine eigenen Gedanken versunken und zuckte zusammen. »Keines seiner Manuskripte ist erhalten. Ein paar Gedichte aus den Tagebüchern, aus Briefen und Zeitungen sind alles, was von Leander Granlunds Werk erhalten ist.« Er lächelte und schüttelte den Kopf. »Wenn Sie mich fragen, über welchen Schriftsteller Sie schreiben könnten, dann würde ich Hagar Olsson sagen. Dann könnten Sie sich mit einer in jeder Hinsicht bemerkenswerten Frau beschäftigen.«

Pasi sagte nichts, aber Mickel meinte im unscharfen Hintergrund des Raums erkennen zu können, dass er nickte.

»Und was ist mit Granlund passiert?«, fragte jemand.

»Die Polizei hatte nach dem Hochzeitsfest in Gustavs seine Schuhe auf den Klippen gefunden, und so war man überzeugt davon, dass er sich in die Fluten gestürzt hatte.«

Niemand sagte noch etwas. Mickel schaute auf die Uhr. Fünf nach. Höchste Zeit, für heute Schluss zu machen. Das magische Spannungsfeld der Geschichte löste sich auf, als die Studenten begannen, ihre Sachen zusammenzupacken und zur Tür zu gehen. Ein paar Minuten später war Mickel allein im Raum, und als er schließlich aufstand und seine Papiere zusammensuchte, tat er das nur, um sich der beißenden Kälte zu erwehren, die seinen steifen Rücken hinaufkroch.

STOPP

DIE LICHTER VON PEMAR verglommen in der Ferne, und im Raucherabteil wurden schreckliche Gedanken gewälzt, als der Zug ohne Vorwarnung eine Vollbremsung hinlegte. Der Ruck ging wie eine Druckwelle durch die Waggons, und Calle Hollender verlor das Gleichgewicht und schlug mit dem Hinterkopf gegen die Wand. Die Asche seiner Zigarette fiel auf die Hose. Der Wehrpflichtige auf dem Platz gegenüber stolperte nach vorn und verlor sein Handy. Die Schiebetür öffnete sich mit einem Krachen, und der Raum schien sich durch die plötzliche Trägheit der Masse zu krümmen und zusammenzuziehen.

Während einiger Augenblicke war der Lärm unerträglich: kreischendes Metall, überraschte Fahrgäste, knackende Wände.

Es dauerte eine ganze Weile, bis man wieder aufrecht stehen konnte, ohne sich dieser Kraft entgegenstemmen zu müssen, und der Zug kam erst nach über zwei Minuten zum Stehen. Inzwischen hatte der Wehrpflichtige seine Zigarette ausgedrückt und den Zug verlassen. Calle stand vor dem Fenster, aber in der Dunkelheit sah er nur sein eigenes, mattes Spiegelbild und dass sie irgendwo im Nichts standen.

Dass dieser Stille etwas Unheimliches innewohnte, war unmöglich zu leugnen.

Am selben Morgen hatte sich Calle in Helsingfors beim Heringsfrühstück der Studentenverbindung Vasa bis auf die Knochen blamiert. Er wusste, dass er sich selbst deswegen keine Vorwürfe machen musste, und im Grunde tat er das auch nicht. Er war vor allen Dingen wütend. Wütend auf dieses Phlegma, das sich leise einstellte, wenn etwas tatsächlich so schlecht lief, wie man es bereits erwartet hatte.

Sich über Semantik zu ärgern ist zermürbend, notierte er auf seinem Telefon. *Sich darüber zu ärgern, dass Unausweichlichkeit* ... Er zögerte bereits, das war kein gutes Zeichen ... *bedeutet, dass man etwas nicht verhindern kann.*

Er löschte die Notiz. Der Gedanke war zu kompliziert, zu schwammig.

Er war sich noch nicht im Klaren darüber, ob Standup-Comedy das richtige Hobby für ihn war. Die Befriedigung darüber, dass die Leute lachten, war zwar besser als die meisten anderen Gefühle, aber er hätte sich niemals vorstellen können, dass ihn schon Tage vor einem Auftritt eine solche Angst heimsuchen würde, die sich wenige Stunden, bevor er die Bühne betrat, bis zur Unerträglichkeit steigerte. Noch weniger hatte er mit dem mörderischen und kaum abzuschüttelnden Gefühl der Erniedrigung gerechnet, das eintrat, wenn etwas schiefging und die Leute nicht lachten. Vor einem guten Jahr war er zum ersten Mal aufgetreten, und seitdem gab er im Schnitt eine Vorstellung im Monat, mehr Anfragen hatte er nicht. Nach einem geglückten Start bildeten die schlechten Erfahrungen mittlerweile eine beunruhigend lange Reihe, und sein sprudelndes Selbstvertrauen drohte vor lauter Erschöpfung zu ersticken. Helena hatte einmal gesagt, dass sein Humor vielleicht ein bisschen zu abseitig sei, um auf der Bühne zu funktionieren. Er selbst meinte, dass vor allem die Umstände schuld seien, das falsche Publikum zur falschen Zeit.

Dieser Auftritt war ein Musterbeispiel dafür. Um neun Uhr an einem Sonntagmorgen! Die offensichtlich verkaterte Gastgeberin hatte ihn als Calle Tollander vorgestellt, und er musste eingezwängt zwischen einem Geschirrwagen und einem Garderobenständer am Ende des langen, schmalen Saals stehen, in dem diejenigen, die ganz hinten saßen, ihn nicht mehr verstehen konnten, während diejenigen, die vorne saßen, so müde und betrunken waren, dass er sie auch nicht mehr erreichte. Niemand hatte gelacht, ein paar Leute hatten laut geredet, und eine ganze Gruppe war mittendrin zum Rauchen nach draußen gegangen.

»Na ja, haha!«, hatte die Gastgeberin mit einer Art Grinsen in ihrem blassgrünen Gesicht gemeint, als sie hinterher ins Büro kam, in dem er seine Jacke aufgehängt hatte. Sie hatte ihn um seine Steuernummer gebeten, obwohl ausgemacht war, dass er achtzig Euro in bar bekommen würde. Er hatte versprochen, sie ihr zuzuschicken, hatte keine Lust, sich deswegen zu streiten.

Zwischen zehn und zwölf war er mit finsteren Gedanken zwischen Kampen und dem Kaufhaus Stockmann im Nieselregen herumgelaufen, bevor er die U-Bahn zur Kabelfabrik genommen und den Nachmittag auf einer Spiel- und Comicmesse verbracht hatte. R. R. Martin war an ihm vorbeigelaufen, aber er hatte es nicht gewagt, um ein Autogramm zu bitten.

Niedergeschlagen und traurig war er zum Hauptbahnhof gegangen und hatte eine Packung Zigaretten gekauft, obwohl er wusste, dass er es später bedauern und Helena sauer sein würde.

Calle schlenderte durch den Speisewagen zurück zu seinem Platz, als es in den Lautsprechern krächzte und eine angespannte Männerstimme verkündete, was er ohnehin schon deutlich gespürt hatte – dass der Zug tragischerweise eine Person überfahren habe, die auf den Gleisen gestanden habe. Im Waggon machte sich allgemeine Bestürzung breit.

»Du lieber Gott!«, rief jemand aus, und etliche andere stimmten ein.

Die Stimme aus den Lautsprechern redete weiter, kämpfte sich stockend über Atempausen hinweg. Sie müssten auf Polizei und Krankenwagen warten, bevor die Fahrt fortgesetzt werden könne, deshalb werde sich die Ankunft in Åbo auf unbestimmte Zeit verzögern, die Fahrgäste würden auf dem Laufenden gehalten.

Ein Mann in Hemd und Krawatte beugte sich über sein leeres Bierglas und schaut aus dem Fenster. »Ich habe nichts gespürt«, sagte er. »Außer der Bremse.«

»So was spürt man doch nicht …«, sagte sein Begleiter. »Ein Mensch von siebzig Kilo. Und ein Zug, der vielleicht, ja, Hunderte von Tonnen wiegt.«

»Liegt er jetzt unter dem Zug?«

»Mhm.«

Ein Mikrowellenherd klingelte, ein warmes Sandwich war fertig.

»Wie schrecklich!«, sagte eine Frau mit einem Zimtwecken in der Hand.

»Die Fähre wartet nicht«, grummelte ein Mann, der während des Bremsmanövers seinen Kaffee verschüttet hatte – vor ihm auf dem Tisch lag ein Haufen feuchtbrauner Servietten.

Eine Frau, die das Hosenbein des Mannes abwischte, schlug ihm auf den Arm. »Da ist jemand gestorben!«

»Und andere Leute damit zu behelligen ist doch einfach ...«

»Voj jumalauta, sei jetzt still!«

Als er seinen Platz in Waggon drei wieder erreicht hatte, schrieb Calle eine neue Notiz auf seinem Handy. *Jemand verschüttet Kaffee, verpasst eine Überfahrt. Lässt Asche auf seine Jeans fallen.*

Er starrte eine Weile vor sich hin, hörte den anderen Fahrgästen zu, die sich um ihn herum leise unterhielten, stellte fest, dass die schrecklichen Gedanken wieder zurückkehrten, und fügte schließlich hinzu: *Wer auch immer du warst, dein Tod bedeutete eine Verspätung.*

Helenas überbordende Begeisterung war schon ein bisschen abgeklungen, als sie den Bahnsteig erreichte und bemerkte, dass sie nach dem eiligen Spaziergang in ihrer neuen Herbstjacke vor Schweiß ganz klebrig geworden war. Sie stellte die Schachtel mit der Torte vorsichtig auf eine Bank und fächelte sich mit den Händen kühle Luft in ihr glühendes Gesicht. Als sie sich die Nase geputzt hatte und gerade ihren Pony wieder in Form bringen wollte, wurde über die Lautsprecher durchgesagt, dass sich der Zug aus Helsingfors um fünfundvierzig Minuten verspäten würde. Helena wurde wütend, und in einem Moment ziellos flatternder Zickigkeit riss sie die Jacke auf und setzte sich auf die Bank, ohne an die Tortenschachtel zu denken. Als sie das Knirschen der Pappe unter ihrem Hintern hörte, sprang sie auf und schrie los.

»Nein, nein, nein ...« Sie murmelte Flüche, während sie vorsichtig die zerknickten Ecken der geplätteten Schachtel geradebog und ablöste. Der Deckel war festgeklebt, und als sie ihn anhob, folgte ihm ein großer Teil der Marzipanschicht. Ein nicht zu rettender Krater aus Tortenboden und rosa Schlagsahne war alles, was von einem ganzen Nachmittag in der Küche übrig geblieben war. Das Schokoladenherz war zerbrochen, und der kunstvolle Text, den sie mithilfe von Puderzucker und einer mühsam zurechtgeschnittenen Schablone aufgetragen hatte, war unleserlich geworden.

Sie stampfte genervt mit dem Fuß auf, und ihr war zum Heulen zumute. Den Deckel warf sie auf die Bank. Ein paar Tränen flossen, sie war wütend und gleichzeitig ein Häufchen Elend.

Plötzlich fragte sie sich, warum sie überhaupt hier war. Warum sie sich so angestrengt hatte, warum sie diesen Impulsen und Ideen folgte, warum alles, was eigentlich spielerisch und unschuldig sein sollte, gleichzeitig so belastend war ... so falsch. Warum es wieder mal schiefgehen musste! *Es müsste einen Mechanismus geben, dachte sie, der immer dann verhinderte, dass man auf solch eine Weise scheiterte, wenn man sich anstrengte, um etwas Nettes zu machen.*

Und wie zum Teufel konnte eine zweistündige Zugfahrt um fünfundvierzig Minuten verspätet sein? Sie rief Calle an. Es war ihr egal, dass sie damit die ganze Überraschung verdarb oder das, was davon noch übrig war. Das Gespräch wurde direkt an die Mailbox weitergeleitet, und sie versuchte es noch einmal, allerdings mit demselben Resultat. Schließlich rief sie, noch zorniger, ein drittes Mal an, stellte sich vor, wie Calle sich Kampfstern Galactica auf dem Laptop anschaute, nachdem er so lange auf dem Handy gespielt hatte, bis der schrottige Akku wieder leer war.

Keine Antwort. Die Lautsprecher über dem Bahnsteig kündigten erneut die Verspätung an, es waren nach wie vor fünfundvierzig Minuten. Für einen Moment, während sie ihn ein letztes Mal anrief, richtete Helena die rasierklingenscharfe Spitze ihrer Wut auf Calle, so ungerecht dies auch war. Er konnte schließlich nicht wissen, dass sie ihn abholen wollte, warum hätte er sie also über die Verspätung informieren sollen.

Sie selbst hätte es getan. Warum lebte man denn in einer Beziehung? Damit man jemanden hatte, den man mit Belanglosigkeiten bombardieren konnte, ohne dass es langweilig wurde? Einfach nur eine kurze Textnachricht: *Hallo, sitze im Zug, hängen bei Salo fest, wieder Verspätung, vermisse dich. PS: Der Akku ist gleich leer, rufe dich später an!* Aber noch nicht einmal das, nicht einmal eine SMS.

Er würde auch nie einen Kuchen backen und einen Rucksack mit Tellern, Besteck, Schampus und Plastikgläsern packen und sie auf dem Bahnhof damit überraschen. Das war nicht der einzige Unterschied zwischen ihnen, aber es war einer der offensichtlicheren. Ihm fehlte einfach das Verständnis dafür, dass sich der Unterschied zwischen dem Notwendigen und dem Ausgefallenen, zwischen dem Vernünftigen und dem Verrückten unter bestimmten Bedingungen auflösen konnte. Das Verständnis für das, was man im alltäglichen Sprachgebrauch wohl als Romantik bezeichnen könnte.

Am Boden zerstört, steckte Helena den Finger in das hinein, was von der Torte noch übrig war. Die Sahne war kalt und angenehm süß. Essbar, natürlich. Sie schnäuzte sich ein weiteres Mal und brachte ihre Frisur in Ordnung. Sagte sich selbst, dass das Missgeschick mit der Torte und ihre Ungeschicklichkeit das Ganze im Grunde nur noch romantischer machte. Und wer weiß, vielleicht würde Calle das ja sogar begreifen?

Nach zehn Minuten wurde Calle ungeduldig und stand wieder auf, ging erneut in den vorderen Teil des Zugs. Zwischen den Waggons vier und fünf waren die Türen geöffnet, und von draußen hörte man Stimmen und Schreie. Er stellte sich in die Tür und schaute hinaus. Der Schaffner stand etwas weiter entfernt auf dem Bahndamm, zusammen mit zwei Männern, die allem Anschein nach Fahrgäste waren. Sie unterhielten sich mit grimmigen Mienen und beobachteten die Arbeiten, die gerade verrichtet wurden.

Ein paar Feuerwehrleute gingen mit Taschenlampen herum und leuchteten den Schotterwall ab, und weiter hinten am Waldrand stand ein Polizist zusammen mit ein paar Männern in Warnwesten. Einer von ihnen sprach in ein Funkgerät, und das Geräusch erinnerte Calle daran, warum ihm das alles so bekannt vorkam. Es war wie ein Film, eine Krimiserie, genau so sahen die

Tatorte im Fernsehen aus. Tiefer im Wald bewegten sich noch mehr Taschenlampen, und in den Fenstern der Waggons sah man starrende Gesichter eingerahmt von Händen.

Es war feucht und kalt. Die Luft war der zusammengepresste Atem des kommenden Winters. Calle hielt sein Gesicht in den Wind und spürte, wie sich Eis an seinem Haaransatz bildete.

»... ja varmistaa ettei oo ylimääräistä kuormaa«, sagte der Schaffner und machte eine vieldeutige Geste ... *und uns vergewissern, dass wir keine zusätzliche Ladung mitschleppen.* Die beiden Fahrgäste neben ihm murmelten eine Antwort. Calle hatte keine Ahnung, was er damit gemeint hatte, aber er wollte auch nicht fragen. Die brennende Neugierde konnte sich noch nicht gegen seinen eisernen Widerwillen durchsetzen, sein schlechtes Finnisch zum Besten zu geben.

Die Frage löste sich schnell auf eine andere Weise, als eine Frau mit blutunterlaufenen Augen plötzlich neben ihm auf der Treppe stand: »Anteeks mutta mitä tässä nyt tapahtuu?« *Entschuldigung, was ist denn passiert?* Sie hatte sich an den Schaffner gewandt, und ein Gespräch kam in Gang.

Die Fahrt werde bald fortgesetzt. Ein Körper sei gefunden worden, in etwa zwei Kilometern Entfernung, die Rettungskräfte hätten leider nichts mehr tun können. Es gab keine Informationen über den Toten, sie wussten nicht einmal, ob es ein Mann oder eine Frau war. Dieser Mensch habe sich jedenfalls hinter den Büschen versteckt und sei auf die Gleise gestürmt, als sich der Zug genähert habe. Wahrscheinlich sei es ein Selbstmord gewesen, ja, mehr wisse er auch nicht. Die Polizei untersuche noch die Umgebung, und man müsse kontrollieren, ob der Zug Schaden genommen habe, bevor sie weiterfahren könnten.

»Herra siunatkoon.« *Der Herr sei ihm gnädig*, sagte die Frau und zog sich wieder in den Waggon zurück. Ihre Atemluft schwebte wie Zigarettenrauch in der Luft.

Weiter vorn sprang ein Motor an, und dem prasselnden Geräusch nach zu urteilen wurden die Waggons mit einem Hochdruckreiniger gesäubert. Einer der Feuerwehrleute ging mit einer Taschenlampe an Calle vorbei. Der Lichtkegel wanderte unter dem Waggon entlang. Ganz offensichtlich suchte er nach etwas.

Als würde der Zug dabei zu Schaden kommen, dachte Calle. *Dummes Geschwätz*.

Er spürte den Hamburger, den er am Bahnhof gegessen hatte, in seinem Magen rumoren, als ihm klar wurde, dass die zusätzliche Ladung, von der der Schaffner gesprochen hatte, Überreste des Selbstmörders sein könnten. Ein Körper war gefunden worden, aber vielleicht fehlten ja ein Bein oder ein Arm, vielleicht steckte ein abgerissener Fuß zwischen den Kupplungen? Bei einem solchen Zusammenstoß wurde man ja nicht zu Brei gefahren, sondern eher in Stücke gerissen?

DAS DRITTE LÄUTEN

BEI JEDER GRAUHAARIGEN FRAU, die sich mühsam ihres Mantels entledigte und in ihren Taschen nach Brillenetuis und Taschentüchern suchte, nahmen die Schmerzen in Mickel Backmans Rücken ein klein wenig zu, und es wurde immer beschwerlicher, reglos in der Schlange zu stehen.

Was hieß schon Schlange, es war eher ein Schwarm. Große, ältere Männer, die mit kleinen, gebeugten Damen zu den schnell arbeitenden Garderobieren drängten. Sie unterhielten sich leise und schienen zufrieden zu sein. Ein munterer, finnischer Rentnerschwarm, angemessen gesellig und herausgeputzt für einen Abend im Theater.

Beim ersten Läuten ließ das Gemurmel an der Garderobe für ein paar Augenblicke nach. Mickel Backman hielt die Garderobennummer seiner Frau in der Hand und streckte den Hals, um sich nach bekannten Gesichtern umzuschauen und gleichzeitig dem Schmerz entgegenzuwirken. Er widmete Myrna einen finsteren Gedanken, die aus irgendeinem Grund sauer auf ihn war und ihn möglicherweise zur Strafe in diese Schlange geschickt hatte, obwohl sie besser als jeder andere wusste, wie beschwerlich so etwas für ihn war.

Das Warten im Gedränge verschaffte seinen Sorgen einen gewissen Freiraum. Seit der gestrigen Vorlesung war er aus dem Gleichgewicht geraten, er war so zerstreut, dass er sich immer wieder in seinen eigenen Gedanken verstrickte und hoffnungslos den Faden verlor. Während der Taxifahrt zum Theater hatte Myrna geseufzt und ihn angepflaumt, dass er sich entweder zusammenreißen oder mit den ständigen Überstunden aufhören solle.

Pasi Maars hatte ihn vollkommen auf dem falschen Fuß erwischt. Hat die Sorgen aus ihrem Winterschlaf geweckt, seinen langjährigen Glauben erschüttert, dass alles unter Kontrolle war. Wie zum Teufel hatte der Junge von Leander Granlund erfahren?

Großer Gott.

Mickel musste unwillkürlich an Dietrich Wangman denken, und er schaute hilflos zu, wie die Erinnerungen und Ängste, die im Laufe der Zeit verblichen und verwittert waren, ihre Schärfe zurückgewannen. Er dachte an sein kurzes Zögern, bevor er Werther Foghs Frage nach dem Verbleib von Leander Granlunds Manuskript beantwortet hatte.

Diese verdammte halbe Sekunde.

Hatten die Studenten dieses Zögern wahrgenommen, und wie hatten sie es in diesem Fall gedeutet? Als ein nachdenkliches oder ein verunsichertes Zögern?

Als ein Zögern, das einfach vorkommt, wenn man müde oder unkonzentriert ist?

Nein, sie waren naseweis und vielleicht auch ein bisschen selbstzufrieden, aber sie waren nicht dumm – natürlich hatte sie das Zögern als das gedeutet, was es war, als ein unbeholfenes Zaudern vor der Antwort auf eine heikle Frage, als eine Vibration in der Körpersprache, die bei jedem anständigen Menschen einer Lüge unweigerlich vorausging.

Er wurde aus dieser Seelenpein gerissen, als eine Hand auf seine Schulter gelegt wurde. Als er sich umdrehte, sah er in Mårten Tanners altes Gesicht. Die Stirn war schuppig vom Schweiß und endete in Augenbrauen, die aussahen wie Adlerklauen, die die trüben Augen herausreißen wollten. Die Wangen hingen wie Vorhänge unter den roten Ohren und dem durchsichtigen Haar, schotteten seine glänzenden, prallen Lippen wie Scheuklappen von der Umgebung ab.

»Mickel!«, sagte Mårten mit der aufdringlich ungezwungenen Stimme eines Mannes, der spontane Geselligkeit gewohnt war. Seine kräftige Hand hämmerte auf Mickels Schulter, und der Rücken antwortete mit einem lang gezogenen Wimmern.

Mickel drosch mit gespielter Begeisterung Höflichkeitsfloskeln. Er fühlte sich immer unangenehm berührt in Mårten Tanners Gesellschaft, aber der überschaubare finnlandschwedische Kulturbetrieb zwang ihn dazu, mit den wichtigen Personen auf einigermaßen gutem Fuß zu stehen. Tanner war Geschäftsführer und verantwortlicher Herausgeber des Åstrand-Verlags, und deshalb musste Mickel ihn ertragen, egal wie unausstehlich er ihn fand. »Myrna ist oben auf der Galerie«, sagte er. »Sie friert, und deswegen hole ich ihren Schal.«

»Ja, ich habe gehört, dass sie die Temperatur im Saal gesenkt haben! Pao-Liina Ounasvaara ist ja bekannt für solche Einfälle, wenn sie Regie führt.«

»Nach der Premiere sollen sie die Temperatur wieder erhöht haben. Die Leute hatten sich erkältet.« Mickel hörte sein eigenes, hohles Lachen.

»Na ja, ich selbst …« Tanner beugte sich näher an ihn heran, als wollte er vertraulich mit ihm sprechen, aber er senkte die Stimme nicht. »… finde, dass diese ganze Effekthascherei nur ihre Unfähigkeit verschleiern soll.« Er zwinkerte. »Ich kann überhaupt nicht verstehen, dass das Schwedische Theater diese verkorkste Nervensäge engagiert hat! Haben die etwa nicht mitbekommen, wie sie Böll im Nationaltheater geschlachtet hat?«

Tanner schien sich wirklich aufzuregen und fauchte so laut, dass eine Dame sich ganz besorgt umdrehte, aber dann riss er sich zusammen und lachte gluckernd. »Bestell Myrna liebe Grüße! Ich …« Er drängte sich durch eine Gruppe von Damen und reichte der Garderobiere seinen Mantel. »… wollte dich demnächst ohnehin anrufen, Mickel. Wegen eines Buchs, das ich herausgeben möchte. Ich dachte an einen Band mit unterschiedlichen Stimmen zu Josef Julius Wecksell … so was wie ein Gespräch …« Tanner rammte beinahe eine Dame, die zwei Köpfe kleiner war als er selbst, als er seinen massigen Körper wieder vom Tresen wegbewegte. »Es wäre großartig, wenn du dabei sein könntest! Was du im *Horizont* über sein Stück *Daniel Hjort* geschrieben hast …« Das zweite Läuten unterbrach ihn. »Wir können uns ja in der Pause darüber unterhalten! Joakim! Da bist du ja!«

Mickel bemerkte erst jetzt einen groß gewachsenen Jungen, der etwas weiter entfernt am Tresen stand und seine Jacke abgab. Er hatte chronische Schwierigkeiten damit, das Alter von Jugendlichen richtig einzuschätzen, aber er hatte bei seinen Studenten gelernt, dass sie in der Regel älter waren, als ihn sein erster Eindruck glauben machte. Der junge Mann, der schüchtern zu ihnen hinüberschielte, konnte seiner korrigierten Einschätzung nach trotzdem kaum älter als zwanzig sein, und die klaren, wie gemeißelten Gesichtszüge kamen ihm bekannt vor.

»Joakim«, fuhr Tanner fort, »ist meine neueste Entdeckung. Er wird im Frühjahr mit einer Novellensammlung debütieren. Einer ganz *hervorragenden* Novellensammlung!«

»Hallo«, sagte der junge Mann, und jetzt erkannte Mickel ihn plötzlich wieder. Der Gewinner des ersten Preises im Arvid-Mörne-Wettbewerb. Mickel hatte in der Jury gesessen und ihn bei der Preisverleihung getroffen. Das war vielleicht zwei Jahre her.

»Ich erinnere mich an Sie«, sagte Mickel. »Sie kommen aus Vasa, nicht wahr?«

»Im Augenblick aus Dragsvik.« Der junge Mann deutete auf sein kurz geschnittenes Haar.

Tanner legte seine Hand auf Joakims Schulter. »Du musst unbedingt in den Club kommen, Mickel! Die alten Knaben dort reden nur noch über die Börse und die Wahren Finnen. Das macht mich total wahnsinnig! Am Donnerstag darf ich den Wein auswählen, und die Sauna ist geheizt!« Er lächelte Mickel aufmunternd zu und schob den jungen Mann in den Theatersaal.

Mickel war der Letzte, der die Garderobe erreichte, und bekam den Schal ausgehändigt, als es zum dritten Mal läutete. Mit schmerzendem Rücken kämpfte er sich, so schnell er konnte, die leere Treppe hinauf und schlängelte sich vorsichtig durch die halb vollen Sitzreihen auf der Galerie bis zu seinem Platz neben Myrna. Im selben Augenblick, als er sich mit einem Keuchen in den Sitz fallen ließ, erlosch das Licht, und das Gemurmel im Zuschauersaal wurde leiser.

»Das hat aber gedauert«, flüsterte Myrna ungnädig, ihr Atem dampfte in der Dunkelheit.

»Ich habe deinen ehemaligen Chef getroffen.« Er drückte ihre Hand. Die kühle Luft im Saal war erfrischend und half gegen seine Lustlosigkeit. Er schaute über das Geländer auf die Köpfe unten im Parkett hinunter und versuchte Tanner und den jungen Schriftsteller ausfindig zu machen, aber das Licht war zu schwach, und als sich der Vorhang hob, ließ er erleichtert alle sorgenvollen Gedanken fahren, um sich ganz der Welt des Theaters hinzugeben.

10 000 TAGE
(Stopp, Forts.)

WÄHREND SIE WARTETE, sah Helena eine Gestalt die Treppe von der Artillerigatan herunterkommen. Nachdem der Mann einen Abstecher zur Informationstafel gemacht hatte, setzte er sich auf die Bank direkt neben der Treppe, sackte in sich zusammen und starrte mehrere Minuten lang auf die Gleise. Nach einer Weile war Helena sich ziemlich sicher, dass er immer wieder auch zu ihr hinüberschielte. Als eine Bewegung im Augenwinkel ihr plötzlich signalisierte, dass der Mann aufgestanden war und sich ihr näherte, loggte sie sich bei Facebook aus, klammerte sich krampfhaft an ihr Handy und erduldete das gemischte Gefühl von unterdrückter Angst und erzwungener Ruhe, das mittlerweile immer öfter an die Stelle der Panik trat, die sie nach den Ereignissen bei der Glühweinrunde vor zehn Monaten immer wieder überfallen hatte.

Die Angst fiel sofort von ihr ab, als Pasi Maars ihren

Namen nannte. Sie drehte sich um, und die Anspannung entließ sie aus ihrem Griff, als hätte sie sich einen zu engen Pullover ausgezogen. Sie fragte sich, warum sie ihn nicht gleich erkannt hatte. »Hallo«, sagte sie so fröhlich, wie es ihre Stimmung zuließ. »Was schleichst du hier herum?«

»Er müsste gleich da sein, der Zug. Du wartest auch auf Calle, nehme ich an.« Pasis Hände bewegten sich nervös über dem allzu großen Mantel, bis er sie in die Taschen steckte.

Auch. Die letzten Reste ihrer geplanten Überraschung zerrannen ihr zwischen den Händen. »Er ist ziemlich verspätet.«

»*Zwanzig nach*, hat er geschrieben.«

»Er hat geschrieben?«

»Ja, hast du es nicht mitbekommen? Jemand ist vor den Zug gelaufen. Darum ist er verspätet.«

Helena zögerte. Im ersten Augenblick war es schwer, sich von dem Gedanken zu lösen, dass Calle an Pasi geschrieben hatte und nicht an sie. »Ach so … oje.« Sie schüttelte den Kopf. »Es ist also jemand gestorben?«

»Kurz vor der Stadt.«

»Und Calle hat dir eine SMS geschickt?«

Pasi erzählte, dass er hier am Bahnhof mit Calle verabredet sei. Deswegen habe Calle ihn vor etwa einer halben Stunde über die Verspätung und den Grund dafür informiert. »Ich muss mich nur ganz kurz mit ihm unterhalten.«

Helena nickte und versuchte sich nichts anmerken zu lassen. »Er weiß nicht, dass ich hier bin, und er ist nicht ans Telefon gegangen, als ich ihn angerufen habe. Ich wollte ihn eigentlich überraschen.« Sie hörte selbst, wie verärgert sie klang, und sah, wie sich Pasis mageres Gesicht zu einer betretenen Grimasse verzog.

»Tjaa …«, sagte Pasi. »Dann will ich nicht weiter stören.«

Yess.

»Nein, du störst doch gar nicht.«

Pasis Blick fiel auf die Schachtel auf der Bank. »Oh, du hast sogar eine Torte mitgebracht?«

Helena lachte. »Und dann habe ich mich direkt draufgesetzt. Ha! Was für eine Pleite! Ich war mit den Gedanken ganz woanders.«

»Schade …« Pasis Hände hatten die Taschen wieder verlassen und irrten rastlos herum. »Ich glaube, ich gehe lieber nach Hause. Ich kann ja simsen … oder sag Calle einfach, dass er mich anrufen soll, wenn er Zeit hat.«

Pasi zog sich wieder zur Treppe zurück. Helena hatte das Gefühl, dass sie ihn aufhalten sollte, ihm sagen sollte, dass er nicht zu gehen brauchte, aber sie tat es nicht. »Das mache ich! Tschüs!«

»Tschüs!« Wenig später war Pasi schon die halbe Treppe hinaufgegangen und verschwand aus ihrem Gesichtsfeld.

Helena atmete aus, aber eine Ungewissheit blieb. Sie hatte mit Pasis hängenden Schultern zu tun.

Der Akku war schon wieder leer. Als Calle sein Ladegerät aus der Tasche zog, fand er das Buch, das er eingesteckt hatte, um es im Zug zu lesen: *Rabelais und seine Welt*. Er hatte noch nicht einmal den Klappentext gelesen, da stellte sich der Widerwille schon ein, ergriff alle Sinne wie ein plötzliches Unwohlsein. Der Gedanke, Literaturtheorie zu lesen, war so absurd, dass es fast zum Lachen war.

Die Energie dafür aufzubringen und das Interesse. *Eher würde ich mich umbringen.*

Er dachte tatsächlich diesen Gedanken, trotz der Umstände und der Lichter, die sich bis vor Kurzem noch wie große Insekten durch die Dunkelheit vor dem Fenster bewegt hatten. *Als Ausdruck für die Sinnlosigkeit*, dachte er schnell zur eigenen Beruhigung.

Der letzte Satz des Klappentextes handelte von Körperteilen und grotesken Verunstaltungen, sodass die Gedanken erneut zu dem zerfetzten Menschen draußen im Wald wanderten.

Im selben Augenblick ging ein Ruck durch den Zug, und aus einem der Waggons war ein überraschter Ruf – *hajaa!* – zu hören, der lustig klang und ihn lächeln ließ. Die Waggons knackten, sie waren wieder in Bewegung. Der Student war abgewaschen und eingesammelt worden und konnte zur Leichenhalle gefahren werden. Jetzt musste man nur noch einen Namen und eine Nummer finden und die Eltern benachrichtigen.

Calle zweifelte keinen Augenblick daran, dass es ein Student war. So nahe an einer Universitätsstadt am Rande des Landes mit der höchsten Selbstmordrate der Welt konnte es nur ein Student sein.

Sie schluckten Pillen, alle miteinander. Saßen mit glasigen Augen und chemisch ausbalancierten Gesichtsausdrücken in den Hörsälen und schrieben mit. Es war atemberaubend, wie viele Studenten er an der Akademie kannte, die von Glückspillen abhängig waren. Und dann musste es noch eine Dunkelziffer geben, diejenigen, die keine Hilfe bekamen, und alle anderen, die es im Stillen ertrugen und keine Hilfe suchten.

Calle musste an Pasi denken. Sie waren am Bahnhof verabredet. Es schien irgendwie dringend zu sein. Calle wusste, dass Pasi heute einen Arzttermin hatte, und konnte sich kaum vorstellen, dass es nicht darum ging.

Der Student, den sie von der Lok abgespritzt hatten, könnte Pasi gewesen sein. Der Gedanke war wirklich besorgniserregend, und Calle schob ihn sofort von sich.

Aber es war jemand wie Pasi, ein Student, ein Mann, einer der zehntausend Mittzwanziger dort draußen, denen es schlecht ging. Außerdem war es Anfang November, Stundenplanwechsel und Klausurvorbereitung, endlose Schlangen in der Studentenklinik, nasskaltes Wetter, kein Schnee und noch eine Ewigkeit bis zum Frühling. Hochsaison für destruktives Verhalten im Hochrisikogebiet, einer Provinz, die ironischerweise das Eigentliche Finnland genannt wurde.

Calle hatte sich zu diesem Punkt schon Notizen gemacht. Es war eine perfekte Punchline, eine natürliche Eingebung von oben oder von der Seite oder von wo auch immer der Humor herkam.

Der Zug beschleunigte weiter. Calle steckte das Buch zurück in die Tasche. Es gehörte zu einem Seminar in Literaturwissenschaften – *Geschichte der Satire von Aristophanes bis T. S. Eliot* –, der erste Kurs seit langer Zeit, bei dem er es tatsächlich für möglich hielt, dass er interessant werden könnte. Nach ein paar Wochen war er trotzdem in die übliche Lustlosigkeit hineingeschlittert, und mittlerweile war er bei der Pflichtlektüre uneinholbar zurückgefallen.

Er beschloss, den Kurs am Dienstag sausen zu lassen. Iron Man nahm es ohnehin nicht so genau mit der Anwesenheit. Es fühlte sich nicht gut an, schon wieder aufzugeben, aber er war gleichzeitig erleichtert, weil er wusste, dass es im Grunde gar nicht mehr zu ändern war: Übermorgen würden sie dieses Buch diskutieren, also war es ohnehin zu spät, jetzt noch damit anzufangen.

Der Zug rollte wieder aus dem Bahnhof hinaus. Helena hielt die Schampusflasche in der einen Hand und die Tortenschachtel in der anderen, während sie nach Calle Ausschau hielt und so breit lächelte, wie sie konnte, obwohl sie dringend auf die Toilette musste und das Stillstehen schwierig geworden war, weil ihre Füße und Hände so kalt waren, dass sie wehtaten. Die Passagiere, die aus dem letztendlich fast fünfundfünfzig Minuten verspäteten Zug gestiegen waren, strömten rechts und links an ihr vorbei, und die beobachtenden Blicke dieser Menschen fühlten sich gut an, die Augen, die wahrnahmen, dass sie ein Typ war, der solche Dinge machte.

Ganz am Schluss kam Calle mit seiner struppigen Frisur und dem trottenden Gang. Als er seinen Kopf hob und ihre Blicke sich begegneten, hatte er eine qualmende Zigarette zwischen den Lippen. Die folgende Reaktion war eine unangenehme Mischung aus Überraschung, Peinlichkeit und Selbstbeherrschung. Er lächelte, aber nur pflichtschuldig, und machte einen kürzeren Schritt, sodass es für einen Augenblick aussah, als würde er humpeln.

»Was zum Teufel?«, sagte er, als er sie erreichte.

Sie musste gegen den Impuls ankämpfen, ihm die Flasche auf den Kopf zu hauen. »Herzlichen Glückwunsch«, sagte sie, immer noch mit einem Lächeln. »Du wirst heute zehntausend Tage alt.«

Es endete damit, dass sie eilig zu ihr nach Hause gingen, um die Torte zu essen, weil sie fror und zur Toilette musste. Calle spürte, dass sie sauer auf ihn war, und versuchte, so froh und dankbar wie möglich zu sein, obwohl er nach dem langen Tag auf dem letzten Loch pfiff und todmüde war. Sie stießen auf seine zehntausend Tage an, er lobte die Torte und verkniff sich den Kommentar, dass sie trotz ihres zerstörten Äußeren kein bisschen nach Hintern schmeckte.

Zehntausend Tage. Sie hatte es ausgerechnet. Darüber hätte er sich vielleicht ein bisschen mehr amüsieren können, wenn er nicht so ausgepumpt gewesen wäre. Als sie sich darüber unterhielten, wie sie im Sommer mit einem Datumsrechner im Internet gespielt und herausgefunden hatte, dass er sich einem solchen Meilenstein näherte, klang das alles trotzdem irgendwie gleichgültig, als wäre aus ihrer Begeisterung mittlerweile die Luft raus.

»Jetzt ist Schluss mit lustig«, murmelte sie und sah aus, als hätte sie es eigentlich in einer ganz anderen Stimmung sagen wollen. Jetzt klang es nur anklagend. »Du hast jetzt weniger als zwanzigtausend Tage übrig.«

Er imitierte Mads Mikkelsen aus der Fernsehwerbung. »Das Leben sind nicht die Tage, die vorübergehen, es sind die Tage, an die du dich erinnerst ...«

Sie unterbrach ihn. »Es sind so unglaublich wenige. Zehntausend Tage, an denen man etwas werden soll, dann zehntausend, an denen man etwas ist, und dann vielleicht noch einmal zehntausend, in denen man immer kränker wird und stirbt.«

»Darauf trinken wir.«

Der Abend kämpfte sich voran wie ein widerwilliges Tier an einer Leine, an der er nur mit äußerster Vorsicht zu ziehen wagte. In ein vorwurfsvolles Schweigen hinein fragte er, was er denn falsch gemacht habe. Ob es am Rauchen gelegen habe, aber sie sagte nein. Er ging duschen und ließ sich viel Zeit. Nachdem er den Hahn zugedreht hatte, hörte er, dass sie weinte.

»Nichts«, sagte sie, als er sich neben sie aufs Bett setzte und fragte, was los sei.

»Irgendetwas muss doch sein.«

Sie schnaubte wütend und wischte sich die Nase mit dem Handrücken ab. »Muss es? Muss ich das jetzt auch noch?«

»Kann ich irgendetwas machen?«

Sie musste lachen und stand auf, um sich ein Taschentuch zu holen, und als sie sich die Nase geputzt hatte, ging sie auf die Toilette.

»Helena«, sagte er.

Er saß mit dem Handtuch um die Hüfte auf dem Bett und hörte zu, wie sie schluchzte und seufzte.

Sie lagen schweigend im Bett, sie war noch ganz schläfrig und dämmerte vor sich hin. Als Calle sich im Bett aufsetzte, dachte Helena, dass er in die Diele gehen und die Lampe ausmachen würde, aber dann hörte sie das klingende Geräusch einer Gürtelschnalle. Jemand zog sich an.

»Wohin willst du?« Sie sprach beinahe wie im Schlaf.

»Ich komme gleich zurück«, sagte er, und sie versuchte zu protestieren, dachte, das war jetzt der Tropfen, der das Fass zum Überlaufen brachte, der Gipfel der Frechheit, dass er sie jetzt allein ließ, aber ihre Gedanken waren fließend, träumend, und als er ihr einen Kuss auf die Stirn drückte, war sie schon eingeschlafen.

Calle kreuzte zwischen Betonblöcken und Parkstreifen, kam an Recyclingtonnen vorbei und kürzte über ölig schwarze Rasenflächen ab. Unterwegs begegnete er ein paar grölenden Studenten, die auf dem Weg in die Stadt waren, ein paar Leuten, die ihre Hunde Gassi führten, einem verbissenen Jogger und einer Frau, die hinter einem Busch hockte und pinkelte. Er beeilte sich, ohne zu laufen, aber je öfter er Pasi anrief, ohne dass der antwortete, desto schneller wurden seine Schritte.

Helenas unerwartetes Erscheinen und ihre schlechte Laune hatten dafür gesorgt, dass er Pasi vergessen hatte. Dass sie verabredet waren und dass es dringend war. Als ihm plötzlich bewusst wurde, dass Pasi nicht am Bahnhof erschienen war, war er zum Telefonieren nach draußen gegangen, um Helena nicht zu stören, aber schon nach ein paar Rufzeichen hatte ihn ein ungutes Gefühl beschlichen, woraufhin er begonnen hatte, den labyrinthartigen Fußwegen zu folgen.

Er brauchte zehn Minuten, um die Studentensiedlung zu durchqueren. Als er vor Pasis gelb gestrichener Tür stand, eine in einer Reihe von zehn identischen Türen im ersten Stock eines der identischen Häuser am Hallisvägen, konnte er leise eine bekannte Melodie hören.

Schräge Gitarrentöne. *My Iron Lung*. Pasis Klingelton.

Calle beendete seinen Anruf, und die Melodie auf der anderen Seite der Tür verstummte.

Er hämmerte gegen die Tür. Keine Antwort. Er klappte den Briefschlitz auf und sah, dass der Flur dunkel war, sagte in die Dunkelheit hinein: »Hallo? Pasi. Bist du da?«, und bekam nur ein Schweigen als Antwort.

Er öffnete Facebook auf seinem Handy und suchte Pasi in der Freundesliste. Offline, online zuletzt vor zwölf Stunden.

Plötzlich hatte Calle keine Ahnung mehr, was er tun sollte. Ein lähmendes Gefühl. Er klammerte sich an das Telefon, als würde es eine Lösung bereithalten, als könnte man jemanden anrufen, der wusste, wo sich Pasi befand. In seinem Kopf herrschte Stillstand. Er drehte sich um und schaute in die Herbstnacht und auf den erleuchteten Spazierweg, der am Fluss entlangführte. Sagte sich selbst, dass es an dem Studenten lag, der vor den Zug gesprungen war, dass er seine Gedanken in solch drastische Bahnen gelenkt hatte.

Gleichzeitig versuchte er verzweifelt, mehr als eine Erklärung dafür zu finden, warum Pasi das Telefon zu Hause gelassen hatte, als er gegangen war.

In den Stromschnellen unter der Hallis-Brücke glitzerten die Reflexe wie eine Lichtershow im schwarzen Wasser. Dort, unter der Brücke, verwandelte sich der Fluss in ein schäumendes Wirrwarr aus Steinen und Gerümpel, ein wilder Friedhof, dessen Grabsteine von schmutzigem Wasser umflutet wurden. Die Brücke stand fest darin verankert, die unheilschwangere Hässlichkeit ihrer Konstruktion verschwand jedoch in der Dunkelheit.

Plötzlich entdeckte Calle einen Streifenwagen, der am Straßenrand stand, direkt vor der Brücke. Panik ergriff ihn.

Calle lief über den Parkplatz und weiter zur Straße, ignorierte den Schmerz in den Knien und musste die ganze Zeit nur an das Schlimmste denken. Der Lärm der Stromschnellen wurde immer lauter, je näher er kam und je deutlicher die Vorstellung wurde, dass Pasi zerschmettert dort unten auf den Steinen lag.

Während der Minuten, die er brauchte, um den Hallisvägen zu erreichen, war Calle davon überzeugt, dass Pasi tot war. Blitzschnell ordneten sich in seinem Kopf die neuen Voraussetzungen, die dadurch geschaffen würden, er zeichnete die Koordinaten für Verlust und Leere ein, er kramte Erinnerungen hervor und analysierte seine eigene Schuld an der Situation. Es war schwindelerregend.

Der Streifenwagen stand mit laufendem Motor da, und Calle sah einen Schatten, der sich im Inneren des Wagens bewegte. Er dachte noch, wie erstaunlich es war, dass kein Krankenwagen vor Ort war, als der Streifenwagen plötzlich losfuhr und auf der Brücke in Richtung Hallisby beschleunigte. Am Straßenrand blieb eine einsame Figur zurück, die bisher hinter dem Wagen verborgen gewesen war. Der Schwindel fiel von ihm ab, als ihm bewusst wurde, dass es wirklich Pasi war, der jetzt langsam auf ihn zuging. Ganz versunken in seinem viel zu großen Mantel, aber lebendig, sogar rauchend, auferstanden von den Toten.

»Hallo, hallo«, sagte Calle, als sie sich begegneten.

Pasis Augen waren groß und verwundert, als er Calles Blick begegnete. »Was machst du hier?«

»Dich suchen.«

»Aha.« Seine Stimme klang beherrscht. »Und jetzt hast du mich gefunden.«

»Was wollte die Polizei?«

Schulterzucken. »Irgendetwas auf Finnisch.«

Calle brauchte ein paar Sekunden, um wieder zu Atem zu kommen. Sein Herz schlug heftig, die Knie schmerzten und Rücken und Bauch waren klatschnass vom Schweiß.

Pasi zog an der Zigarette und hustete. Er klang ruhig, als er fragte: »Wie war der Gig?«

»Der bisher schlechteste von allen. Wirklich.«

»Aha?«

»Die haben alle gepennt, die Idioten.« Calle atmete, schwitzte. »Und kein Mikro, die Hälfte war gar nicht zu hören.«

»Hmm, blöd.«

»Hm.«

Pasi schlug die Augen wieder nieder. Calle fragte sich, ob er die Zeichen falsch gedeutet und überreagiert hatte. Aber irgendjemand hatte die Polizei gerufen. Jemand, der Pasi auf der Brücke gesehen hatte. Er hatte also eine ganze Weile hier gestanden. Vielleicht war er schon auf das Geländer geklettert.

Vielleicht war die Polizei auch nur zufällig vorbeigekommen, vielleicht hatten sie auf Pasis eigenwilligen Gang reagiert und ihn für betrunken gehalten?

Calle war überrascht von dem inneren Widerstand. Dass er sich nicht überwinden konnte, einfach zu fragen, was los war. Obwohl er Pasi besser kannte als die meisten anderen. Als hätte er ihn bei etwas Peinlichem erwischt.

»Du wolltest mich sehen?«, sagte er, als sich eine unangenehme Stille über das Unausgesprochene gelegt hatte.

Pasis Blick wurde finster. »Ja, aber dann dachte ich, dass es noch warten kann.«

»Aha?«

»Es klappt nicht mit Australien.«

»Scheiße.«

»Genau. Zum Glück habe ich mich eine Woche lang mit diesem verdammten Antrag herumgeplagt.«

Pasi ließ einen schaumigen Klumpen Spucke langsam aus dem Mund fallen. »Und das Schlimmste weißt du noch gar nicht. Wer das Stipendium bekommen hat«, fuhr er fort. »Riku Baron.« Seine Hände zappelten in immer zornigeren Gesten. »Wahrscheinlich musste er sich nicht einmal bewerben. In jedem verdammten Ausschuss sitzt ja ein Onkel von ihm.«

Calle sah Riku Barons sonnengebräuntes Gesicht vor sich, die dichten Haare, die er zu einem Scheitel gekämmt hatte, das kräftige Kinn schob sich stolz über den Kragen eines perfekt gebügelten Hemds. Sie kannten einander nicht, aber Calle wusste natürlich, wer er war. Riku studierte Volkswirtschaft und entstammte einem Geschlecht hoher Tiere aus dem Wirtschaftsleben. Angenehm, umgänglich, beliebt. Zu allem Überfluss auch noch finnischer Meister im Dreisprung.

»Er hat doch unlängst erst Geld von der Akademie bekommen. Ziemlich viel sogar, ein paar Tausend.«

»Na, super! Dann kann er ja einmal den Wagen volltanken.« Pasi grinste, und seine Zahnreihen sahen in dem gelben Licht der Straßenlaternen ziemlich grässlich aus, voller Belag, als hätte er sich seit einer Woche nicht mehr die Zähne geputzt. »Verdammt«, fluchte er und spuckte noch einmal, trat die Zigarette mit der Sohle aus.

Sie gingen auf die Häuser zu, weg von der Brücke.

»Du kannst dich ja im Frühjahr wieder bewerben.«

»Nee, man muss unter fünfundzwanzig sein.«

Calle seufzte. »Das macht es natürlich schlimmer.«

Es herrschte betretenes Schweigen, während sie über die Grasfläche zum Parkplatz gingen. Calle wusste, wie sehr sich Pasi dieses Auslandsstipendium gewünscht hatte und wie viel Arbeit er in seine Bewerbung gesteckt hatte. Aber er kannte Pasi auch gut genug, um zu merken, dass sich hinter seiner tiefen Enttäuschung noch etwas anderes verbarg.

»Was hat der Arzt gesagt?«, fragte er vorsichtig. »Das war doch heute, oder?«

Sie hatten das Haus erreicht, Pasi stand vor seiner Tür und schaute auf seine Füße, fühlte sich ganz offensichtlich nicht wohl in seiner Haut. »Es lief gut«, sagte er und nickte.

»Aber was hat er gesagt?« Plötzlich war Calle ein Gedanke gekommen, der ihn so in Schrecken versetzte, dass er immer wieder unwillkürlich schlucken musste.

Pasi zögerte, rührte sich nicht. Gab zu erkennen, dass ihm die Situation unangenehm war, dass Calle besser gehen sollte.

»Du hast deine Schlüssel nicht dabei, oder?«, sagte Calle schließlich. »Du warst dir so sicher.«

Erst als sie sich in Calles Einzimmerapartment an den vollgekrümelten Küchentisch setzten, begannen sie wieder miteinander zu sprechen. Calle stellte zwei Bier hin, etwas anderes hatte er nicht im Kühlschrank.

»Du bist also heute gar nicht zum Arzt gegangen?«

»Doch. Aber nicht wegen meinem Kopf, wie ich behauptet habe.«

»Aha.«

»Ich hatte was am Sack. Sie haben es mit Ultraschall untersucht. Es ist nur eine Zyste, also nichts Gefährliches.«

»Du lässt dir deinen Sack kontrollieren, obwohl du von einer Brücke springen willst?«

»Ja, da wollte ich es ja noch nicht. Ich war gut drauf, als ich vom Arzt kam. Aber ein bisschen später ...« Pasi ließ seine Dose auf dem Tisch kreiseln. »Am Abend habe ich es einfach beschlossen.«

»Du hättest anrufen sollen.«

»Ich wollte nicht.«

»Verdammt noch mal.«

»Ich weiß, ich weiß …«

Calle massierte sich die Stirn. »Es ist also einfacher, einem Arzt seinen Sack zu zeigen, als mir zu sagen, dass du eine Panikstörung hast.«

Pasi schaute ihm direkt in die Augen. »Viel einfacher.«

Sie redeten bis drei Uhr nachts, meistens über andere Dinge, bis Pasi auf dem Sofa einschlief. Calle lag noch lange wach und hörte Pasi beim Schnarchen zu. Am Morgen wachte er früh und mit beginnenden Kopfschmerzen auf, dank einer SMS von Helena:

> `Du kannst zwischen 11 und 15 Uhr deine Sachen abholen und den Schlüssel hinterlassen. Ich bin dann in der Sprachpsychologievorlesung. Ich will dich nicht mehr sehen.`

Er drehte sich um und schloss die Augen, sein Mund und seine Augen waren trocken. Pasis Schnarchen wurde von einem unhörbaren Murmeln unterbrochen. Es war Viertel nach acht, am zehntausendundersten Tag.

WINTERSPIEL

MICKEL BACKMAN SACKTE KEUCHEND und mit hochrotem Kopf neben seiner Frau zusammen. Myrna sammelte sich erst eine Weile, bevor sie aufstand und zur Toilette ging. Ihre nackten Füße blieben am Parkett haften, die Schritte klangen klebrig.

»Bringst du mir ein Glas Wasser mit?«, japste er, und sie murmelte irgendeine Antwort, die wie immer verlegen klang nach dem Orgasmus, *seinem* Orgasmus.

Er wusste genau, dass sie den gemeinsamen Sex nicht mehr genoss, aber er dachte immer, wie nett es war, dass sie sich seinetwegen trotzdem so sehr bemühte. In Stunden wie diesen rieb er den überwältigenden Überschuss an Lust, der ihn seit Tagen geritten hatte, ziemlich rücksichtslos von sich ab. Ihre genannte Reaktion war trotzdem jedes Mal wie eine kalte Dusche für ihn. In den introspektiven Nachwehen machte er sich plötzlich Sorgen, dass sie ihn vielleicht abstoßend finden könnte.

Er hörte, wie sich Myrna im Badezimmer bewegte, und ließ den Blick auf seinen nackten Körper fallen, aber er wollte sich selbst nicht sehen, die Rippenknochen und die Schlaffheit und die Flecken, die immer mehr wurden, wollte den Friedhof aus weißen und grauen Haarlocken, die aus der kraftlosen Haut sprossen, nicht wahrhaben. Er schloss die Augen. Hörte Myrna zu, die die Klospülung betätigte, der tickenden Standuhr im Wohnzimmer, versuchte sich in die Normalität und die Sicherheit hineinzubegeben, zu der diese Geräusche gehörten.

Ihr Zuhause, ihr Leben. Myrna, die mit ihrer unergründlichen Miene leise von einem Raum zum anderen ging. Ihr Wohnzimmer mit den Büchern und dem Klavier und dem Sofa, auf dem sie las, schrieb und strickte, wo sie mit ihren beinahe gewichtslosen Gewichten trainierte, Sudokus löste und nachmittags einschlief (im Sommer wurde sie von der Hitze im Schlafzimmer wach gehalten, im Winter wurde sie von ihrer Schwermut geplagt und von einem Luftzug, den er zwar nicht spürte, von dem sie aber behauptete, dass er auch nicht verschwunden sei, nachdem die Fenster abgedichtet worden waren). Das Schlafzimmer, in dem sie gelegentlich noch Diskussionen hatten und ganz sporadisch Sex. Die Topfpflanzen, der Efeu, der das ganze Fenster umschloss. Die Porzellanfiguren, Bücher und Urlaubssouvenirs standen aufgereiht in den Regalen. Die Gardinen, die sie im Takt mit den Jahreszeiten austauschte. Er bemerkte, dass immer noch die Sommergardinen hingen, obwohl der Herbst schon fast vorbei war. Hatte sie vergessen, die beigefarbenen Herbstgardinen aufzuhängen? War es ihr egal? Oder hatte sie es nicht geschafft?

Plötzlich wurde ihm warm ums Herz.

Auf seinem Oberschenkel landete gleichzeitig etwas Kaltes und Nasses, und er entdeckte ein paar feuchte Flecken auf dem ansonsten strahlend weißen Laken. Er war bestürzt und setzte sich auf, suchte nach einem Stück Stoff oder Taschentuch, aber das war in dem pedantisch aufgeräumten Zimmer natürlich nicht zu finden. Grimassierend zog er sich eine seiner Socken aus und rieb damit auf den Flecken herum. Dunkle Fussel blieben am Laken kleben, und er hielt inne.

Seine Samenflüssigkeit auf ihrem frisch gestärkten Laken war eine enorme Respektlosigkeit gegenüber ihrer Fürsorge und ihrer stummen Plackerei.

Mit der Absicht, das Laken zu wechseln und alles sauber zu machen, stand er so schnell auf, wie es der steife Rücken zuließ. Als er sich mühsam aufrichtete und sein Blick direkt auf seinen verschrumpelten Penis gerichtet war, sah er, dass sich in dichter Folge klare Tropfen von ihm lösten, einer traf seinen Fuß, zwei andere fielen auf den Teppich und wurden direkt aufgesaugt.

Entsetzen, Ekel, Traurigkeit – das alles zusammen traf ihn wie ein Schlag in die Brust. Er stöhnte, griff nach seinem Gemächt und wischte sich mit der Socke ab.

Plötzlich stand Myrna mit großen Augen vor ihm, eingewickelt in ein Badelaken. In der Hand hielt sie das Glas mit Wasser, um das er sie gebeten hatte, ihre Stimme klang quengelig. »Was ist denn?«

Er seufzte. »Ich habe ... entschuldige bitte, aber ich habe das Laken dreckig gemacht.«

Ihre Augen wanderten von ihm zum Bett und wieder zurück. »Aber das muss man doch nur wechseln ...«, sagte sie, bückte sich und griff nach dem Laken.

Er hielt sie auf. »Ich werde es wechseln.«

Myrna schaute ihn an. »Ich kann …«

»Nein! Lass mich …«

Sie richtete sich wieder auf und legte ihre Hände zusammen. »Wenn du es so willst«, sagte sie knapp und ging zum Kleiderschrank, wühlte ein wenig darin herum und hatte in der Zeit, die er brauchte, um seine Unterhose anzuziehen, einen frischen Satz gestärkter und sorgfältig zusammengelegter Laken herausgeholt.

Der Rücken protestierte bereits, als er versuchte, das alte Laken abzuziehen, und er spürte, wie ihr skeptischer Blick ununterbrochen auf seinem nackten Rücken brannte. Die Erkenntnis, die er gehabt zu haben glaubte – dass Myrna ganz im Stillen emsig daran arbeitete, die alltäglichen Voraussetzungen für sein Leben aufrechtzuerhalten, und wie selbstverständlich er das mittlerweile fand –, verlor ihre vorwurfsvolle Spitze, als sie keinen Widerklang in ihrem Verhalten fand. Denn als sie sich nach einer Weile anbot, ihm zu helfen, wechselten sie die Laken schließlich doch gemeinsam.

Anschließend, als das Bett gemacht war und genauso ordentlich wie der Rest des Zimmers aussah, ging er zu ihr und küsste sie.

Sie schnaubte. »Was ist denn mit dir los?«

»Wieso, ich habe dich doch nur geküsst?«

»Geh dich jetzt waschen, ich koche inzwischen Kaffee.«

Während er duschte, wurden seine Gedanken immer finsterer. Die Seife fühlte sich fremdartig auf seiner Brust an, oder vielmehr war es die Brust, die sich fremdartig anfühlte, die Haut war zu groß, wie ein Strumpf, der seine Spannung verloren hatte.

Ein Körper, nach dem sich niemand mehr sehnen

konnte. Steif und krank, jenseits allen Begehrens, ein Körper, den zu lieben man sich bemühen musste.

Einst hatten schöne Hände nach ihm gegriffen und Lippen ihn eifrig erforscht, einst, bevor er zu verschrumpeln und zu verfallen begann, wollte ein wunderbarer Mensch ihn an sich ziehen, sich mit ihm füllen. Es war kaum noch zu glauben, aber es war tatsächlich passiert, und ihm wurde schwindelig bei diesen Erinnerungen, die wie riesige Fantasiegebilde wirkten, obwohl sie doch Wirklichkeit gewesen waren.

Die Erinnerungsbilder, die ihn in den letzten Tagen verfolgt hatten, waren zum Teil nachträgliche Konstruktionen, weil er sich selbst in ihnen sah, aber sie waren trotzdem wahr, und sie konnten in einer Endlosschleife laufen wie ein Ohrwurm, sich so lange wiederholen, bis er so unkonzentriert war, dass er bei dem, was er gerade tat, innehalten musste.

Lolita!

Entschlossen, aber freundlich: *Nenn mich nicht so.*

Er drehte das Wasser wärmer, drehte sich um, bis der Strahl seinen Rücken traf und den Schmerz betäubte. Er sah sich selbst in scharfen Schnitten dabei zu, wie er verführt wurde, sah, wie sich seine Hände um junge Brüste legten, sah ein wunderbares Gesicht sich vor Erregung verziehen und ihre Hände, die nach seinem steifen Penis griffen.

Seine Sünde, seine Seele. Das Feuer in seinen Lenden.

Seine Dunkelheit, seine Verdammnis.

Ein Quieken, ein Aufschrei: »Aber Miki!«

Ein kalter Hauch erreichte ihn, und er wusste, dass die Tür offen war, noch bevor er seine Augen öffnete. Myrna betrachtete ihn mit einem erschöpften Blick. Sie hatte sich angezogen und schaute abwechselnd in sein Gesicht und auf seine Erektion.

»Großer Gott«, sagte sie und hustete, wie sie noch nie gehustet hatte, es klang seltsam. »Was ist denn eigentlich mit dir los?«

»Was mit mir los ist?«, sagte er und sah ihr hinterher, als sie hinausging.

In der Küche herrschte die Atmosphäre eines Epilogs. Etwas war übrig, unerlöst.

Mickels diffuses Schuldgefühl war zurückgekehrt, sobald er die Dusche verlassen hatte und Myrna dabei zusah, wie sorgfältig sie den Tisch für den Vormittagskaffee deckte. Ein Kännchen mit Sahne, die Servietten waren in der Mitte gefaltet, das in Scheiben geschnittene Baguette in einem Korb angerichtet, und ihr alter Perkolator – sie hatten ihn zur Hochzeit geschenkt bekommen – dampfte aus der Öffnung und glänzte, sah nach all den Jahren immer noch wie neu aus.

»Wie schön du den Tisch gedeckt hast«, sagte er.

Sie sagte nichts, aber als sie sich vom Tisch abwandte, schnaubte sie verächtlich.

Sie setzten sich. Myrna trank ihren Kaffee ohne große Umstände und sah dabei aus wie beim Schreiben. Auf der Stirn zwei tiefe Denkerfurchen, ihre Blicke waren auf ihn gerichtet, schienen sich aber auf einen Punkt kurz vor seinem Brustkorb zu konzentrieren. Ihre Lippen waren leicht geöffnet, auf eine Weise, die sie empört aussehen ließ.

Löffel und Tassen klirrten spröde gegeneinander. In der Waschküche hörte man die Waschmaschine rotieren.

Mickel blätterte in dem kleinen Stapel Post, der auf dem Tisch lag, und blieb an einem Infobrief des Åstrand-Verlags hängen.

»Sie schicken mir immer noch diese Briefe«, sagte Myrna ein bisschen zu hastig.

Er schluckte seinen Kaffee herunter, räusperte sich. »Tanner möchte dich zurückhaben.«

»Tanner möchte, dass ich einen Roman schreibe.«

»*Winterspiel* hat er jedenfalls sehr gemocht.«

Myrna senkte ihren Blick, sie wurde immer verlegen, wenn sie sich über ihre Bücher unterhielten.

Sie hatte acht Gedichtsammlungen und einen Roman veröffentlicht. Die Gedichte waren von hoher Qualität und bekamen stets positive Rezensionen, aber fast immer, wenn von ihr die Rede war, ging es um ihren Roman. Vor acht Jahren war er für den Runebergpreis nominiert worden, und die Interviews und öffentlichen Auftritte, die darauf folgten, hatten sie erschöpft und depressiv gemacht. Seitdem hatte sie sehr viel zurückgezogener gelebt, war zu einem kleineren Verlag gewechselt und hatte nie wieder Prosa geschrieben. *Winterspiel* war ihre letzte Gedichtsammlung und die zuversichtlichste seit langer Zeit, was eine beruhigende Wirkung auf Mickel hatte, auch wenn es vielleicht makaber wirkte, dass er als Hochschuldozent für Literaturwissenschaften den Seelenzustand seiner Frau anhand ihrer veröffentlichten Texte beurteilte.

»Was hat Tanner denn gesagt?«, fragte sie und sammelte Baguettekrümel auf.

»Über das Buch?«

»Im Theater.«

Mickel hatte den Brief schnell überflogen, in dem es vornehmlich um die Neuerscheinungen des Herbstes und die Buchmesse in Helsingfors ging, legte ihn zur Seite und gab einen amüsierten Laut von sich. »Er hat die Regisseurin eine verkorkste Nervensäge genannt.«

»Na ja, das wundert mich nicht im Geringsten.«

»Weil Pao-Liina Ounasvaara zu experimentell ist?«

»Nein, weil Mårten Tanner Frauen hasst.«

Mickel zog die Augenbrauen hoch, sagte aber nichts. Myrna wischte über die Tischfläche, und er dachte, dass ihr Handrücken schrecklich aussah – die vielen Adern und Flecken –, und versuchte es nicht so zu empfinden.

»Es ist die pure Verachtung«, sagte sie. »Sie ist in allem zu spüren, was er schreibt. Hast du seinen Essay über Kerstin Söderholm in *Horisont* gelesen? Wie er sich über ihre Tagebücher lustig gemacht hat? Und was er in diesem Brief über die Neuerscheinungen des Herbstes schreibt ... die Männer sind alle Schriftsteller. Die Frauen sind ... eine frische Brise oder Romanköniginnen. Du hast es doch selbst gesehen? Das Schlimmste war, was er über Elly-Maj Hav geschrieben hat: dass sie *Gefühlslandschaften malt!*«

Mickel beobachtete aufmerksam Myrnas plötzlich sehr erregte Gesten und wunderte sich über die Schärfe in ihrer Stimme, ahnte, dass eine Art Erlösung auf dem Weg war. »Er hat mich zur Punschveranda eingeladen«, sagte er, als sie fertig war.

»Du wirst doch wohl nicht?«

Mickel schüttelte den Kopf. Er wusste, dass er seit vielen Jahren eine ständige Einladung hatte. Die Punschveranda, so die heitere Selbstbezeichnung des Klubs, bestand aus allen möglichen Kulturpersönlichkeiten, Politikern, gesellschaftlichen Würdenträgern und Provinzfürsten des Wirtschaftslebens. Als sie in den Siebzigerjahren gegründet wurde, war sie ein finnlandschwedisches Forum für den Meinungsaustausch zwischen Gesellschaft und Kultur. Aber soweit Mickel wusste, waren die Mitgliederzahlen und die Aktivitäten seitdem ständig zurückgegangen, und die Klubtreffen begannen losen Zusammenkünften mit Whiskyprobe zu ähneln. Mickel hatte in den Achtzigerjahren an ein paar Treffen teilgenommen, und einmal war er sogar als Redner für eine Klubkreuzfahrt nach Tallinn eingeladen worden, aber er hatte sich bei dieser Art von Menschen und dieser Form des Umgangs nie heimisch gefühlt.

»Sie treffen sich im Übrigen immer donnerstags, wo ich ohnehin kaum Zeit habe.«

»Alte Säcke.« Myrna zog eine angeekelte Grimasse. »Da hocken sie dann zusammen und suhlen sich in ihrer Altersgeilheit und geben mit ihren Booten an und vergleichen ihre alten Schwänze.«

»Myrna!«, japste Mickel, aufrichtig erstaunt und entrüstet.

Ein Damm schien gebrochen zu sein. Sie sprach weiter, ließ alles heraus: »Wie kann es überhaupt erlaubt sein, dass sie keine Frauen als Mitglieder akzeptieren? Und was einen am meisten wundert: Warum lassen Sunniva und die anderen es zu, dass ihre Männer dorthin gehen? Wie können sie damit leben!«

»Du schreist ...«

»Wer ist Lolita?«

Ein Gefühl, als würde er seinen Kopf gegen kaltes Metall lehnen. Er sah, dass ihre Augen feucht waren und dass die Kaffeetasse in ihrer Hand zitterte. Ihr Mund war ein zorniger Strich.

»Myrna, was ist denn los?«

»Ich hoffe, dass es kein zwölfjähriges Mädchen ist.«

Sie atmete ein paarmal tief aus, als wollte sie einen schlechten Geruch loswerden. »Dieses widerliche, widerliche Buch.«

Mickel versuchte Ruhe zu bewahren, während seine Gedanken umherirrten, um zu begreifen, was gerade passierte und wie sie seine geheimsten Gedanken hatte lesen können. In den letzten Tagen hatten sie ihn zwar stärker verfolgt als seit langer Zeit, und sie hatten ihn ganz offensichtlich lustvoller und geiler gemacht, aber dass sie ihren Namen kannte, war vollkommen unmöglich, es sei denn, sie konnte Gedanken lesen oder er wäre nach sechsundzwanzig Jahren Ehe wie ein offenes Buch für sie.

»Ist das jemand, den du triffst und ... mit dem du Sex hast?«, fragte sie, stellte ihre Tasse ab und legte die Hände auf dem Tisch zusammen.

Sein Gehirn war paralysiert, er fand keine Worte. Schließlich nickte er, bereute es aber sofort und sagte einfach: »Nein.«

Sie starrte ihn an. »Was soll das bedeuten? Dass du nicht weißt, ob du Sex mit ihr hast?«

Plötzlich verspürte er ein starkes Bedürfnis, ihr zu trotzen, eine Energie, die sich aus der Tatsache speiste, dass sie von seiner Untreue sprachen und die Karten unausweichlich auf den Tisch gelegt werden würden. Er wollte es ihr ins Gesicht sagen: wie froh er über diese geheimen Erinnerungen war. Wollte das Gefühl in Worte fassen, das die Wonne auf einer größeren und sehr viel wichtigeren Ebene spielte als die Scham. Dass nichts davon mit ihr oder ihrer Ehe zu tun hatte. Aber er sagte nichts. All die vielen Jahre und die aufgestauten Gedanken traten ihm entgegen und bildeten eine Barriere, der Schritt war zu groß.

Ihr Herz war zu empfindlich.

Blühende Terrassen, Pumpenhaus aus Glas, wie sie selbst einmal gedichtet hatte.

Es dauerte eine Ewigkeit, bis sie fortfuhr. »Du hast es im Schlaf gesagt, *Lolita, Lolita* … und als ich nachgucken will, was los ist, da sehe ich, dass du dich nicht in irgendwelchen Krämpfen windest, sondern dass du mitten in der Nacht daliegst und im Schlaf onanierst. Du lieber Gott, Miki!«

Das kühle Gefühl im Hinterkopf verwandelte sich in erhitzte Wangen. Sie hatte ihm schon öfter erzählt, dass er im Schlaf redete. Aber immer nur dummes Zeug, Nonsens.

Ein Ausweg: Er könnte sagen, dass alles nur ein Traum war.

Das Feuer in seinen Lenden, ein feuchter Traum.

Aber er hatte schon genickt. Sie würde ihm nicht glauben. Und noch wichtiger als all dies: die Lust zu schreien, dass er gelebt hatte, dass er verwandelt worden war!

»Im Schlaf …«, war alles, was er herausbekam.

»Und am Morgen wolltest du Sex. Du legst los ohne Gleitmittel, wie lange ist das schon her? Aber du hast keinen Gedanken daran verschwendet, oder, du warst wie in Trance?«

»Ich war …«

Sie stand auf, der Stuhl scharrte zornig über den Boden. »Und dann wolltest du das Laken wechseln! Und hast ein schlechtes Gewissen, weil du das Bett befleckt hast oder irgendetwas in der Art!« Sie schnaubte verächtlich. »Was sind das nur für Männer, die niemals wissen, woher ihre Gefühle stammen?«

»Sie hieß Elsa.« Er schaute Myrna in die Augen, und

wie Luftbläschen wirbelte ein Schwindel durch sein Bewusstsein. »Eine Studentin. Was wir getan haben, ist fünfzehn Jahre her. Danach und davor habe ich ... so etwas nie getan.«

Das Letzte war gelogen, aber die Situation war schon jetzt durch brandgefährliche Informationen bis zum Bersten gespannt, und er handelte aus einem Instinkt heraus.

Sie rührte sich nicht. Ihr Gesicht, in dem er immer noch das Gesicht ihrer Jugend finden konnte, das in seiner Vorstellung immer noch ihr Gesicht war, so wie sie ausgesehen hatte, bevor sie richtig zu altern begann, sah jetzt nur noch fremd aus, war genauso schrecklich wie ihr Handrücken.

»In dem Sommer, als du in Vasa Vorlesungen gehalten hast?«, sagte sie mit einer Stimme, die auch jemand anderem gehören konnte.

Er nickte.

Mehr wurde nicht gesagt. Sie wischte sich den Mund mit ihrer Serviette ab, brachte die Kaffeetasse zur Spüle und verließ ruhig die Küche. Er hörte, wie sie die Treppe hinaufstieg und schließlich die Tür zu ihrem Arbeitszimmer schloss.

Als eine Stunde vergangen war und die Waschmaschine schrill vor sich hinschleuderte, ging er die Treppe hinauf und klopfte an ihre Tür. Als sie nicht antwortete, öffnete er. »Schreibst du?«

Sie saß im Dunkeln, die Schreibtischlampe verlieh ihrer Gestalt eine ikonische Aura, und sie hielt ihre Hände vor das Gesicht, als wollte sie die Furchen in ihren Handflächen studieren. Mickel musste an eine Gedichtzeile von Björling denken.

»Du suchst deine Finger«, sagte er und klang munterer, als er wollte und sich fühlte. »Suchst dein Gesicht und die Finger ...«, korrigierte er sich, aber da hatte sie schon die Hände über dem Schreibheft zusammengefaltet, das aufgeschlagen auf der Tischplatte lag.

Der Geldbaum auf dem Fensterbrett hatte ein paar seiner Blätter verloren, und sie sahen aus wie die Gitarrenplektra, die ständig aus Ragnars Hosentaschen fielen und die man überall finden konnte, als ihr Sohn noch bei ihnen wohnte. Er war geblieben, bis er zweiundzwanzig war, und seine passive Schwermut hatte ihnen – und besonders Myrna – große Sorgen gemacht, ebenso wie die Tatsache, dass er nicht wusste, was er machen sollte. Jetzt lebte Ragnar in Utrecht, wo er Humanökologie studierte, und wohnte in einer Studenten-WG, und er machte ihnen immer noch Sorgen. Ihre Nachrichten an ihn blieben meistens unbeantwortet, ihre E-Mails wurden ignoriert und angekündigte Heimatbesuche oder Videogespräche immer wieder verschoben. Es war schon fast ein Jahr vergangen, seit er das letzte Mal zu Hause war, ein paar Tage um Weihnachten herum, an denen er zwar ausnahmsweise gut gelaunt war, aber trotzdem rastlos gewirkt hatte, mit einer Art Müdigkeit im Blick, die ihnen beiden aufgefallen war. Myrna war sich sicher, dass er Drogen nahm, und Mickel dachte, dass sie vermutlich recht hatte, aber auf den Bildern, die hin und wieder auf Facebook auftauchten, sah er zwar langhaarig und unnötig hager aus, aber auch nicht besorgniserregend anders, jedenfalls nicht wie ein *Junkie*, wie Myrna es einmal ausgedrückt hatte. Die Diskussion darüber, ob sie auf irgendeine Weise eingreifen sollten, kam in regelmäßigen Abständen wieder auf und nahm stets den gleichen Verlauf. Sie begann mit ausgeprägten Befürchtungen und tränenreichen Anschuldigungen (Myrna), umfasste nüchterne Hinweise, dass sie sich nicht von ihren Gefühlen lenken lassen sollten (Mickel), und endeten schließlich in dem frostigen Einvernehmen darüber, dass sie Ragnar Zeit lassen und sich keine Sorgen machen sollten, solange es keinen guten Grund dafür gab. Mickel hatte darüber hinaus (auf Myrnas Wunsch) dem Dekan an Ragnars Universität, einem gedrungenen dänischen Literaturprofessor, mit dem Mickel einmal während einer Karen-Blixen-Konferenz in Odense das Hotelzimmer geteilt hatte, das Versprechen abgenommen, ein wachsames Auge auf ihn zu haben.

Kein Grund zur Beunruhigung!, hatte Sigvard Hansen ihnen am Ende des Sommers geschrieben, und das hatte geholfen. Ihre Beunruhigung hatte sich während des ganzen Herbsts im Hintergrund gehalten.

Sie machten sich natürlich auch so viele Sorgen, weil sie ihn vermissten, dachte Mickel, und spürte gerade jetzt diese Sehnsucht wie eine raue Berührung im Nacken, während er darauf wartete, dass Myrna etwas sagte. Er riss seinen Blick von den plektrumförmigen Geldbaumblättern los. Fragte sich, ob Ragnar immer noch Gitarre spielte.

»Störe ich?«, sagte er, als sie weiter schwieg.

Die Sehnen in ihrem Nacken waren gespannt und ließen sie zerbrechlich aussehen. Er öffnete den Mund, um zu sagen, dass sie sich vielleicht eine Lachssuppe von den fröhlichen jungen Libanesen an der Långgatan kommen lassen könnten, aber als ihre Schultern zu wippen begannen, überkam ihn ein plötzliches Gefühl von Zärtlichkeit, und er zögerte, verlegen und hilflos gegenüber ihren Tränen.

»Hast du Hunger ...«, brachte er noch heraus.

»Bitte, geh«, sagte sie, und er hörte, dass sie gar nicht weinte, sondern eher ein Lachen unterdrückte, wie sie es öfter machte, wenn sie einen dumpf unterhaltsamen Roman von Lena Andersson oder Mikael Niemi las.

Er tat, worum sie ihn gebeten hatte, überrascht wie er war, zog die Tür zu und hörte, wie ihr Stuhl knarrte, als sie aufstand. Die Tür fiel ins Schloss. Er wartete eine Weile, bevor er wieder nach unten ging.

Die Waschmaschine hatte ihr Programm beendet, und Mickel begann, die Wäsche in den Trockner zu laden. Sofort meldete sich sein Rücken, und als er fertig war, hatte der Schmerz ihm das Blut und die Tränen ins Gesicht getrieben. Er hatte gelernt, mit der Scham zu leben, dass er hilflos war, wenn es um praktische Tätigkeiten ging, aber er konnte sich immer noch maßlos darüber ärgern. Als er mit einem Stöhnen die Klappe zuschlug und spürte, wie ihm eine Schweißperle in den Augenwinkel floss, empfand er sich selbst gegenüber eine außergewöhnliche Verachtung.

Die Geräusche seines Kampfs hatten nicht zu Schritten auf der Treppe geführt. Das war ein sicheres Zeichen dafür, wie aufgebracht Myrna war.

Je schlimmer der Rücken mit den Jahren geworden war, desto mehr war aus Myrna eine Art persönliche Assistentin geworden, anstelle einer Ehefrau. Sie hatte eine fürsorgliche Natur, nicht zuletzt, weil sie mit fünf jüngeren Geschwistern und einer kränklichen Mutter aufgewachsen war, aber er hatte zu seiner Rolle als Hilfsbedürftiger ein gespaltenes Verhältnis. In den letzten Jahren war seine Formkurve noch deutlicher gefallen. Der Orthopäde war zurückhaltend und meinte, dass das steife Rückgrat mit Gymnastik und schmerzlindernden Medikamenten behandelt werden sollte und dass eine weitere Operation zu riskant wäre. Das Problem bestand darin, dass Mickel kaum in der Lage war, sich auf die Matte zu legen, auf der er seine Dehnübungen verrichten sollte, und es deshalb meistens sein ließ. Die Tabletten halfen gegen die schlimmsten Schmerzen, aber sie machten ihn auch müde, und er nahm sie nur im äußersten Notfall. Am besten fühlte er sich, wenn er so wenig körperliche Arbeit verrichtete wie möglich. So wie es jetzt aussah, würde er vollkommen abhängig von Myrna sein, noch bevor er sechzig wurde.

Wäre es so vernünftig, es Myrna zu sagen, wenn sie eine Erklärung für seinen Seitensprung von ihm verlangte? Dass es ein Nebeneffekt ihrer aufopfernden Hilfe für seinen gebrechlichen Körper war. Dass er sich nach einer anderen Form von Weiblichkeit zu sehnen begann?

Er hörte selbst, wie furchtbar es klang, und wusste genau, dass es nicht so einfach war. Es wäre vielleicht eine Erklärung dafür, warum er während der ein oder anderen Konferenz oder Vortragsreise eine kurze Affäre gehabt hatte, aber es konnte nicht der Grund dafür sein, dass er nach fünfzehn Jahren immer noch feuchte Träume von Elsa Sinnemäki hatte.

Aber was sollte er tun, sollte er seiner Frau etwa sagen, dass eine zwanzig Jahre jüngere Studentin, die er ein paar Jahre gekannt hatte, vermutlich die Liebe seines Lebens war?

Das Licht seines Lebens, das Feuer seiner Lenden?

Sollte er Myrna von den Phasen starker sexueller Erregung berichten, die kamen und gingen, und wie wenig es während dieser Phasen brauchte, damit er an sie denken musste?

Jemand mit demselben Namen, ein Duft in der Cafeteria, ein Lachen, das wie ihres klang. Dieses Mal war es die überraschende Frage nach Leander Granlund.

Sollte er Myrna erzählen, dass er sich gerade jetzt in einer solchen Phase befand? Dass er täglich in die Personaltoilette ging und onanierte? Sollte er ihr erzählen, dass die Jahreszeit vermutlich auch etwas damit zu tun hatte, dass sich der Jahrestag seines letzten Gesprächs mit Elsa Sinnemäki wieder näherte und er deshalb öfter an sie dachte als gewöhnlich?

Der siebte November. Seven eleven. Er rechnete sicherheitshalber nach. Bald würde es vierzehn Jahre her sein.

Für eine kurze Sekunde verspürte Mickel Angst, aber mehr ließ er nicht zu. Das Gewissen war zum Glück nichts Physisches, keine Schussverletzung im Rücken, deren hartnäckiges Ziehen und Stechen man unmöglich ignorieren konnte. Mickel hatte schon vor langer Zeit herausgefunden, dass das schlechte Gewissen, ebenso wie die Literaturkritik, eine bewusste Wahl implizierte, nur eine mögliche Interpretation war, von der man genauso gut auch wieder abrücken konnte, solange man gute Argumente dafür hatte.

Mickel wusste noch nicht einmal, ob Elsa noch lebte. Er konnte immer noch eine distanzierte Spannung verspüren, wenn er jeden Sonntag die Seite mit den Todesanzeigen studierte, eine Art Vorbereitung auf die möglichen Gefühle, die es auslösen könnte, wenn er ihren Namen dort entdecken würde. Aber er wusste auch, dass eine Anzeige im *Hufvudstadsbladet* oder in den *Åbo Underrättelser* im Falle von Elsas Tod keine Selbstverständlichkeit wäre. Ihre Eltern führten zusammen mit ihren Brüdern einen landwirtschaftlichen Betrieb in Österbotten. Mickel fragte sich manchmal, ob sie die

Hoffnung aufgegeben hatten, ob es ihnen gelungen war, sie hinter sich zu lassen.

So wie er es getan hatte.

Die Vergangenheit war eine Ölquelle, die Bitterkeit ein Feuerstein und das Wiederkäuen ein kratzendes Stück Stahl. Selbstverständlich würde er Myrna nichts weiter über Elsa erzählen. Er würde ihr erlauben, wütend zu sein, aber auch fordern, dass sie längst Vergangenes ruhen lassen solle.

Mickel rief bei den jungen Libanesen an, bestellte zwei Portionen Lachssuppe und sprach so laut, dass Myrna ihn hören konnte.

Aber sie kam nicht nach unten. Nicht sofort und auch nicht, als das Essen kam und der breit lächelnde junge Mann sich in gebrochenem Finnisch erkundigte, wie es ihr gehe. Nicht, als er nach ihr rief, als er aß, oder als er die Schüssel zur Seite stellte.

Sie blieb den ganzen Sonntag im Dachgeschoss, hielt sich auf eine Weise von ihm fern, die er nie zuvor erlebt hatte. Als es acht Uhr war und er schließlich ihre Schritte auf der Treppe hörte, hatte er sich schon mit dem Gedanken abgefunden, dass sie die ganze Nacht im Dachgeschoss verbringen würde.

Als sie ins Wohnzimmer kam, sah sie müde aus, aber abgesehen davon wie immer. Er saß mit einem Buch im Sessel und lächelte sie an. »Hast du Hunger?«, fragte er.

»Ich werde versuchen, zwei Wochen länger in Visby zu bleiben.« Sie klang ruhig, oder eher beherrscht. »Jetzt im Herbst sollte das ja möglich sein. Die meisten wollen ja im Frühjahr und im Sommer dorthin. Wenn das nicht geht, fahre ich zu Monika.«

Myrna hatte ein Stipendium für einen Schreibaufenthalt im Schriftstellerzentrum in Visby bekommen, der bald beginnen würde. Monika war ihre kleine Schwester und betrieb eine Apfelplantage in Gnosjö in Småland. »Dann bleibst du also ... einen ganzen Monat weg?«, sagte Mickel und dachte sofort an die großen Herausforderungen, denen er zu Hause gegenüberstehen würde, aber er sah sich nicht in der Position, sich beklagen oder widersprechen zu können.

Sie machte ein paar Schritte in den Raum, schaute sich um, bevor sie ihren Blick auf ihn richtete. »Interessant, du sagst also, dass Mårten Tanner das letzte Buch gefallen hat. Es handelt von ihm, weißt du? Wir haben miteinander geschlafen, zwei Jahre lang ungefähr. Ich dachte, dass würdest du vielleicht gerne wissen.«

Sie nickte und ging in die Küche.

Für den Rest des Abends und während der folgenden Tage führten sie ein ebenso notwendiges wie durchschaubares Drama auf. Mickels Martyrium durchtränkte sein Schweigen ebenso tief wie sein alltägliches Geplauder, obwohl er sich jede erdenkliche Mühe gab, vollkommen unberührt zu erscheinen, und Myrnas angestrengte Ruhe wirkte kühl und äußerst provokant. Vormittags fuhr Mickel zur Akademie, und Myrna ging ins Dachgeschoss, und als er wieder nach Hause kam, waren die ersten Minuten ein zögerndes Abtasten, in das beide mit voller Bereitschaft hineingingen. Die Spannung ließ allerdings nach, als niemand die Initiative zu dem Gespräch ergriff, dessen Bestandteile in der Luft lagen, dessen Ausgang aber unmöglich vorherzusehen war.

Mickel begrüßte diese Gnadenfrist und vertrieb sie mit intensivem Nachdenken. Seine Erleichterung darüber, nicht der einzige Betrüger in diesem Haus zu sein, wurde vollständig von der unfassbaren Tatsache verdunkelt, dass es um Mårten Tanner ging. Der Widerwille, den er gegenüber dem polternden Verlagschef empfand, und die Überzeugung, dass auch Myrna diese Abneigung teilte, machte sie in seinen Augen zu einer vollkommen Fremden. Dazu kam, dass er Tanner seit unzähligen Jahren in unterschiedlichen Zusammenhängen regelmäßig getroffen hatte und dass dieser immer ganz unbekümmert mit ihm umgegangen war. Oft hatte er ihm wegen einer seiner Veröffentlichungen geschmeichelt und einige Male vorgeschlagen, dass sie einen engeren Umgang pflegen könnten. Gerade jetzt, im Theater, hatte er ihn mit in ein Anthologieprojekt aufnehmen wollen. Die Frechheit hinter diesem doppelten Spiel war beinahe das Schlimmste an der Sache.

Während der Stunden, die er in seinem Büro saß und Seminararbeiten las oder Klausuren korrigierte, entwickelte Mickels Bewusstsein auf eine geradezu spielerische Weise Bilder und Vorstellungen zu der Frage, wie sie ihre Affäre organisiert haben könnten. Tanner war ihr Lektor gewesen, als sie noch beim Åstrand-Verlag war, und das beinhaltete Treffen und gemeinsame Nachmittage im Büro in der Slottsgatan. Als ihr Roman für den Runebergpreis nominiert wurde, war sie gemeinsam mit Tanner einen intensiven Winter lang auf Messen und Lesungen gefahren, nach Göteborg, Helsingfors, Mariehamn, Oslo und Frankfurt …

Winterspiel.

Es ekelte ihn an, wenn er sich all diese Reisen und Hotelnächte vorstellte, erst recht, nachdem er ihr Buch herausgesucht hatte und die Gedichte nach ihrer Enthüllung noch einmal las.

Ich zeichne ein Sternbild
aus den Orten wo wir uns geliebt haben
der Wüstenplanet unter wintrigem Schorf
Finger gleiten gegen den Strich über das Leben
ein Großer Wagen aus Glut und Zunge

Die Vorstellung, wie Tanner Myrna in diversen Hotelbetten vögelte, sein hängendes Gesicht und ihre schmächtige Figur unter seiner bebenden Körperfülle, war gleichzeitig schwindelerregend und widerwärtig, aber Mickel las trotzdem weiter, analysierte die Verse mit einer Entschlossenheit, die beinahe masochistisch war.

In der ersten Novemberwoche war er tagsüber mit nichts anderem beschäftigt, als Spekulationen darüber anzustellen, wie ihre Untreue ausgesehen haben musste, aber als sie abends zusammen aßen, tat er nach wie vor so, als ginge es ihn alles nichts an, zeigte mit keiner Miene, wie brennend ihn diese Fragen interessierten: Warum sie den Verlag so plötzlich gewechselt hatte, woher ihre Depressionen kamen und warum sie sich an dem Tag, als sie ihm ihre Enthüllung präsentierte, am Küchentisch so über Tanners Frauenbild aufgeregt hatte.

Diese Ungewissheit war der Preis, den er bezahlen musste. Solange er sich mit Anschuldigungen und Fragen zurückhielt, würde sie es genauso machen, und je weniger er über Elsa Sinnemäki offenbaren musste, desto besser.

EREIGNIS-HORIZONT

EIN BRIEF VON DER Rentenversicherungsanstalt bedeutete selten gute Neuigkeiten.

Calle fand den Brief auf der Fußmatte, als er von Helenas Wohnung zurückkam. Er setzte sich an den Küchentisch und ignorierte ihn noch eine Weile, konzentrierte sich auf Pasi, der auf dem Sofa saß und weinte.

»Aber ich habe es nicht getan!«, sagte Pasi durch Rotz und Tränen hindurch. »Als die Polizei kam, wollte ich ganz einfach ... nur eine Sekunde ...« Er putzte sich die Nase mit dem Stück Toilettenpapier, das Calle ihm gab. »Aber ich habe es nicht getan.«

Calle füllte schweigend die Kaffeemaschine. Sein Blick wanderte von Pasi zu dem Brief auf dem Tisch und weiter zum Telefon, und er dachte an Helena, die seine Kleider in der Diele auf einen Haufen gelegt hatte und weder auf Anrufe oder SMS antwortete. Er hatte die Kleider nicht angerührt, nur einen Zettel hinterlassen, auf dem er kurz erklärt hatte, was am vorhergehenden Abend passiert und warum er mitten in der Nacht gegangen war.

Sie würde bestimmt verstehen, warum er das hatte tun müssen.

Trotzdem antwortete sie nicht auf die SMS, die er ihr am Morgen geschickt hatte und in der er ungefähr dasselbe schon geschrieben hatte?

»Ich denke, es ist so«, sagte Pasi. »Dass es eine Grenze gibt. Einen Horizont.«

»Okay.«

»Du weißt schon, schwarze Löcher. Sie sind von einem Ereignishorizont umgeben, wie eine ... Brustwarze von einem Warzenhof.«

»Bewegen wir uns gerade im Weltraum oder in deinen heimlichen Fantasien?«

Pasi lachte, wobei ein bisschen Speichel auf der Tischplatte landete. »Innerhalb des Ereignishorizonts ist die Gravitation so stark, dass nichts herausgelangen kann. Keine Materie. Nicht einmal Licht.« Er schnäuzte sich, bevor er fortfuhr. »Was den Ereignishorizont überschreitet, kann dem schwarzen Loch nicht mehr entkommen. Es ist für den Rest des Universums verloren.«

»Als würde man nach Helsingfors ziehen.«

»Oje ... verdammt.«

»Kaffee?« Calle holte die Kanne und zwei Becher. »Schwarz wie ein Rabenarsch.« Er verließ sich auf seinen Instinkt, hatte das Gefühl, dass es für sie beide in diesem Moment nicht gut wäre, Pasis Gedankengänge weiter zu verfolgen.

»Verstehst du? Ich war gestern dort«, sagte Pasi, nachdem er einen Schluck getrunken und eine Grimasse gezogen hatte. »Am Horizont. Meine Fresse, was für ein Gefühl, ganz anders als ... alles andere! So nahe zu sein. So wie ... unmöglich zu beschreiben ... so verdammt stark, wie ein Rausch ... als wäre man in der Brunst, weißt du?«

»Du warst geil aufs Sterben.«

»Genau so war es!« Pasi knallte die Handfläche auf den Tisch, sodass in ihren Kaffeebechern kreisförmige Wellen entstanden.

»Weiß du, wie du dich anhörst? Wenn du solche Sachen sagst?«

»Natürlich weiß ich das.« Pasi lächelte, und sein Gesicht bekam etwas Bedrohliches. »Das hört sich total krank an.« Sein Lächeln verschwand, aber das Bedrohliche blieb, als hätte es sich in den Furchen festgesetzt.

Trotz Pasis Versicherung, dass es nicht mehr dringend war, rief Calle in der Klinik an und vereinbarte einen Termin am selben Nachmittag. Er rief auch im Büro des Studentenwerks an, um Pasis Tür wieder öffnen zu lassen. Es fühlte sich gut an, über irgendetwas das Kommando zu übernehmen und sich abzulenken, während er darauf wartete, dass Helena auf seine Nachrichten antwortete.

Während sie auf dem Parkplatz am Fluss standen und auf den Hausmeister warteten, wurde es zwölf, und sie beschlossen, die Vorlesungen an diesem Tag ausfallen zu lassen. Die Hallisbrücke thronte betongrau und unheilschwanger über ihnen, und Calle bemerkte, dass Pasi die ganze Zeit zu ihr hinübersah. Ein einsamer Mensch ging dort oben entlang, blieb in der Mitte der Brücke stehen und genoss die Aussicht, vermutlich auf den Turm der Domkirche, der sich vor dem trüben und faden Novemberhimmel abzeichnete, bevor er hinunter in die Stromschnellen sah. Das Wasser stand hoch und warf sich in einer unendlichen hypnotischen Wut gegen die Steine.

»Sie liegt mitten in der Studentensiedlung«, sagte Pasi. »Wie eine Kirche.«

»Eine verdammt hässliche Kirche«, sagte Calle.

»Gott ist tot, Mann. Also warum sich die Mühe machen.«

»Eben.«

Calle versuchte, sich die Wut dort unter der Brücke vorzustellen. Es konnte so leicht aussehen, für ein paar Augenblicke eine weißglühende Wut gegen die andere. Und dann die endgültige Stille, die nach der Entladung kam.

»Na, also.« Pasi winkte dem Wagen des Hausmeisters zu, der gerade von der Straße auf den Parkplatz einbog, und zwei Minuten später waren sie in der Wohnung.

Dieses Selbstmordapartment – so der schroffe und allgemein gängige Spitzname dieses Wohnungstyps – sah genauso aus wie Calles: achtundzwanzig Quadratmeter PVC-Boden und nacktes Mauerwerk, ein paar Kleiderschränke und ein Bücherregal, ein kleiner Tisch, ein Bett, ein Fernseher und eine Kochnische. Eher ein Ort zum Schlafen und Scheißen als ein Zuhause.

Während Pasi duschte, saß Calle auf dem ungemachten Bett und gähnte. Er begann sich umzuschauen, sah die Kleiderhaufen in den Ecken, das Poster mit Steve Jobs und dem Text ONE MORE THING, die Bücher, die sich auf dem Boden stapelten. Vor allem Seminarliteratur, zum größten Teil die gleichen Bücher, die auch er zu Hause hatte. Ganz oben auf dem Stapel lag *Rabelais und seine Welt*. Das Lesezeichen, ein Aufkleber mit dem

Gesicht des Grünenpolitikers Pekka Haavisto, zeigte, dass Pasi den größten Teil der vierhundert Seiten gelesen hatte.

Das war wohl der größte Unterschied zwischen ihnen, dass Pasi auf irgendeine wundersame Weise immer den Finger aus dem Arsch bekam. Er war drei Jahre jünger als Calle und hatte bereits einen Abschluss in Anglistik und das juristische Grundstudium abgelegt. Literaturwissenschaft studierte er nur nebenbei, weil er sich dafür interessierte, aber vermutlich hatte er schon mehr Punkte gesammelt und nachweislich bessere Noten bekommen als Calle, der in den letzten Jahren Literaturwissenschaft auf Vollzeit studiert hatte, nachdem er Studien in Anglistik, Philosophie und Volkskunde zuvor abgebrochen hatte.

In diesem Augenblick, wie schon viele Male zuvor, dachte Calle, dass Pasis Schlauheit vielleicht mit dieser Dunkelheit zusammenhing. Dass das Bedürfnis, etwas zu können und zu verstehen, vielleicht aus seiner Schwermut herrührte, vielleicht aus der Angst heraus, dass sein Gehirn ihn irgendwo hinsteuern könnte, wo er gar nicht hinwollte.

Obwohl, so einfach strukturiert war natürlich kein Mensch, nicht einmal, wenn er Ende der Achtzigerjahre geboren worden war.

Die Melancholie und ihre Folgen hatten natürlich viel verwinkeltere Strukturen, entzogen sich dem einfachen Verständnis. Sie war jederzeit anwesend, vermutlich als eine angeborene Alternative, die allem Anschein nach immer mehr Raum einnahm. Je älter man wurde, desto mehr Einfalt oder Alkohol benötigte man, um sie zu ignorieren.

Das Wasser wurde abgedreht, der Duschvorhang zur

Seite gezogen, es klapperte im Badezimmerschrank. Ein elektrischer Rasierer war zu hören. Calle fragte sich, was er machen sollte. Am besten wäre es wahrscheinlich, wenn er Pasi zur Studentenklinik begleiten und dafür sorgen würde, dass er Hilfe bekam, aber er hatte keine Ahnung, wie es danach weitergehen sollte. Vielleicht könnte er Pasi bitten, zumindest noch eine weitere Nacht auf seinem Sofa zu übernachten?

Und Helena. Er schaute zum hundertsten Mal auf sein Telefon. Immer noch nichts.

Stattdessen eine Mail, eine Anfrage der Fachschaft Literaturwissenschaft, ob er vielleicht am Samstag vor dem ersten Advent auf einer Wohltätigkeitsveranstaltung zugunsten eines neuen Kaffeeautomaten auftreten wolle. In der Mail war keine Rede von einem Honorar, und Calle ahnte, dass es sich um einen Gratisjob handelte. Über die mitgeschickte Bilddatei musste er lächeln. Ein trauriger Fachschaftsvorsitzender neben dem Kaffeeautomaten mit dem Text *Jemand musste Jonas K. verleumdet haben, denn ohne dass er etwas Böses getan hätte, musste er eines Morgens auf seinen Cappuccino verzichten*. Calle überlegte, ob er zusagen sollte, trotz des katastrophalen Auftritts am Tag zuvor und der Angst, die das unweigerlich mit sich bringen würde. Aber es könnte ein lustiges Fest werden.

Neben dem Kissen lag ein Stapel vergilbter, abgegriffener Papiere. Ein sorgfältig zusammengestelltes Manuskript. Das uralte Aussehen der Blätter weckte Calles Aufmerksamkeit, ebenso die glänzend schwarze Tinte, die ein sehr zorniger Mensch in dicken Buchstaben auf das Papier gepresst zu haben schien. Er blätterte den Stapel vorsichtig durch. Das Papier sah aus, als könnte es jederzeit zerfallen.

Calle entdeckte einen Namen auf der Titelseite: *Leander Granlund*.

»Heh, heh, heh, heh. Was machst du?«

Pasi stand nackt im Flur und sah besorgniserregend dünn aus. Hellblaue, beinahe weiße Haut spannte sich straff über die Rippenknochen, seine Streichholzarme hingen wie abgebrochene Zweige herunter, und seine Hüfte sah wie eine Skulptur unter seinem abwesenden Bauch aus. Er machte ein paar schnelle Schritte durch den Raum und brachte eine Wolke aus warmer Feuchtigkeit und Seifenduft mit, nahm Calle das Blatt aus der Hand und warf das Kissen über den Rest des Papierstapels. Bei diesem Manöver berührte Pasis Schritt beinahe Calles Gesicht, und er schrie:

»Heh, heh, heh, pass doch selber auf!«

»Wühl nicht in meinen Papieren herum.«

Calle war von Pasis aggressivem Tonfall überrascht und reagierte zornig. »Verdammt, jetzt reg dich ab!«

»Ich will nicht, dass du das liest.«

»Okay, sorry.«

Pasi sagte nichts mehr und begann sich anzuziehen. Calle warf ihm einen bösen Blick zu und schielte auf die paar vergilbten Papiere, die unter dem Kissen hervorschauten, bis ein Vibrieren in der Tasche seine volle Aufmerksamkeit auf sich zog.

Es war nicht Helena, sondern die Einladung, eine Facebook-Seite gegen die geplanten Kürzungen in der Philosophischen Fakultät zu liken. Er seufzte, war genervt und likte die Seite nicht. Stattdessen rief er Helenas Profil auf. Nichts Neues. Auf dem Bild, das im Sommer aufgenommen worden war, sah sie sonnengebräunt und natürlich schön aus, lachte so sehr, dass ihre Augen zu schmalen Strichen wurden. Er blätterte in den Bildern, und ein zunehmend beklemmendes Gefühl nahm von ihm Besitz, bis Pasi ausgiebig rülpste und verkündete, dass er fertig sei.

Der große Ansturm zur Mittagszeit war schon seit ein paar Stunden abgeflaut, aber in der Mensa auf dem Campus der Philosophischen Fakultät herrschte wie immer ein lautes Durcheinander aus Stimmen, Geschirr und Besteck. Die Schlange an der Kasse bewegte sich langsam vorwärts, und während er mit seinem Tablett und den zwei Gläsern Milch wartete, ließ Calle seinen Blick systematisch durch den langen, schmalen Saal von Tisch zu Tisch wandern. Helena war nicht hier, und auch keine ihrer Freundinnen.

Sie musste vor ihrer Vorlesung gegessen haben, oder vielleicht war sie auch direkt nach Hause gegangen. Er widerstand dem Impuls, das Telefon zu kontrollieren.

Der Besuch beim Psychiater der Studentenklinik hatte Pasi ein Rezept für ein angstlösendes Mittel verschafft sowie eine Überweisung an einen Psychologen der Universitätsklinik noch in derselben Woche. Calle musste sich auf Pasis Zusicherung verlassen, dass er dem Arzt alles genau so erzählt hatte, wie es war.

Sie waren gemeinsam zur Apotheke in der Tavastgatan gegangen, aber als Calle angedeutet hatte, dass er sehen wollte, wie Pasi seine Medizin ausgehändigt bekam, war dieser sauer geworden und hatte gesagt, dass es jetzt genug wäre. Er wolle nach Hause gehen und sich ausruhen, etwas essen, seine Pillen nehmen und ein bisschen lesen. Die Schärfe in seiner Stimme und seine ungezwungene Art hatten Calle bewogen, ihm nachzugeben, und sie hatten sich an den Treppen zum Universitätshügel voneinander verabschiedet.

Als er die dampfende Essensausgabe erreicht hatte, nahm er sich eine Portion Fischstäbchen und übergoss sie mit reichlich Joghurtsauce. Erst an der Kasse merkte er, dass er seinen Studentenausweis nicht dabeihatte. Er hatte ihn gestern im Zug noch gehabt, also steckte er vermutlich irgendwo in seiner Computertasche. Der Mann mit Kochmütze und Schürze hinter dem Tresen seufzte entnervt, als Calle versuchte, mit ihm zu verhandeln, weigerte sich aber, ihm den Studentenpreis zu berechnen. Als Calle seine Bankkarte wütend in das Lesegerät steckte, um den einen fast dreimal so hohen Preis zu bezahlen, schien irgendetwas mit der Karte nicht zu stimmen. Nach zwei weiteren Versuchen kam immer noch dieselbe Fehlermeldung.

»Nicht genug Groschen auf dem Konto?« Der Mann an der Kasse klang ungeduldig und bewegte sich, als müsste er dringend zur Toilette.

Eigentlich sollte Geld auf dem Konto sein. Das Studiengeld war heute überwiesen worden, und falls nicht, sollte er immer noch mindestens zwanzig Euro auf dem Konto haben. Der Kassierer rieb die Karte gegen seine Schürze, und sie versuchten es noch einmal. Es klappte nicht.

Weil Calle weder Bargeld noch eine andere Karte bei sich hatte, musste er das Tablett zurückgeben. Der Kassierer nahm es ausdruckslos entgegen und kümmerte sich um den nächsten Kunden. Calle ging zum Ausgang, gedemütigt und sauer. Auf dem Weg griff er sich ein paar Scheiben Knäckebrot von der Salatbar und hoffte, dass es der Kassierer nicht sah.

Im kraftlosen Tageslicht vor dem Haupteingang zündete er sich eine Zigarette an und loggte sich über das Telefon bei seiner Bank ein. Der Kontostand betrug minus zwölf Euro. Er schaute sich die letzten Transaktionen an. Die Zugfahrkarten von und nach Helsingfors waren heute abgebucht worden, die hatte er vergessen. Seltsamer war allerdings, dass kein Studiengeld eingetroffen war.

Plötzlich erinnerte er sich an den Brief, den er von der Rentenversicherungsanstalt bekommen hatte, und begann sich Sorgen zu machen. Er lag ungeöffnet zu Hause auf dem Küchentisch und hatte natürlich etwas mit diesem Problem zu tun. Die Zigarette wurde warm, und der Rauch begann in seiner Kehle zu stechen, als er immer hastigere Züge nahm.

Er rief Pasi an, der mittlerweile zu Hause war und ungeduldig klang. Pasi sagte ihm, dass sein Studiengeld eingetroffen sei und er gerade seine Miete bezahlt habe.

Das ließ nichts Gutes ahnen.

Er war versucht, direkt beim Amt für Ausbildungsförderung anzurufen, aber er hatte in zehn Minuten einen Termin bei seiner Studienberaterin. Er zündete sich eine weitere Zigarette an und beschloss, erst zur Beratung zu gehen und sich dann um das Problem zu kümmern.

Werther Fogh schob gerade sein Fahrrad von der Fabriksgatan in den Hof und schloss es vor der Mensa an. Er sagte ebenfalls, dass das Studiengeld schon gekommen sei.

Calle warf die Zigarettenkippe in die Regenwassertonne.

Zu wenig Studienpunkte gesammelt. Darum ging es wahrscheinlich. Sie hatten ihm das Studiengeld gestrichen.

Auf dem Weg zu seiner Studienberaterin fluchte er ununterbrochen.

Sie empfing ihn mit einem Eifer, der ebenso wirr war wie ihr Büro. Ordner und Papierstöße waren in wackeligen Konstruktionen übereinandergestapelt, und der Bildschirm ihres Computers war von so vielen Symbolen übersät, dass sie eine ganze Weile und mehrere trockene Kommentare brauchte, bis sie die richtige Datei gefunden und seine Studienverlaufsbescheinigung geöffnet hatte. Trotz ihrer massiven Brillengläser musste sie sich so weit vorbeugen, dass die Nase fast den Bildschirm berührte, um sie lesen zu können.

»Aha, aha, aha, aha!« Sie gab einen surrenden Laut von sich, als sie den Mauszeiger durch die Menüs schob, wie ein Kind, das ein Spielzeugflugzeug durch die Luft schleudert. Ein Drucker unter dem Tisch sprang an. »Hier kommt sie!«, lachte sie.

Calle stellte sich an den Schreibtisch, und gemeinsam gingen sie die Liste seiner erfolgreich absolvierten Seminare durch. Sie fasste ein paar Zeilen mit Strichen und Klammern zusammen und sprach von Mindestpunktzahlen und Zulassungsanforderungen zur Examensprüfung. Calle hatte Schwierigkeiten, an etwas anderes als sein leeres Konto zu denken.

»Da fehlt ein klares Ziel!«, sagte die Studienberaterin, als ob er das nicht selber wüsste. »Und ein Plan!« Sie schrieb PLAN und rahmte das Wort mit einem Rechteck ein. »Es ist unheimlich wichtig, einen klaren Plan zu haben, jetzt, wo die Studienzeiten gekürzt worden sind.«

Sie blätterte in einem Handbuch, und sie nutzten den Rest des Treffens dazu, sich zu überlegen, wie er den richtigen Weg zu einem Examen einschlagen und die Verlängerung seiner Studienzeit beantragen könnte, falls er es in der Höchststudienzeit nicht schaffen würde. Sie fragte ihn, ob er überhaupt Interesse an seinem Fach habe, und er antwortete, dass er es nicht wisse, worüber sie unbegreiflicherweise lachte.

»Dabei ist die Literatur doch die Gebrauchsanweisung für den Menschen!«, rief sie aus, aber als er weiterhin nur einsilbig auf ihre Fragen antwortete, bekam ihre Stirn immer tiefere Furchen. In einem Anfall von plötzlicher Verzweiflung über ihr Unvermögen, ihm zu helfen, fragte sie schließlich, ob er überhaupt wisse, ob das hier der richtige Ort für ihn sei.

»Keine Ahnung«, sagte Calle. »Ich glaube schon.«

Als er wieder draußen war, hatte er Hunger und Schmacht auf eine Zigarette. In der Aula des *Arken*, dem Hauptgebäude der Philosophischen Fakultät, hatte irgendeine Gruppe Tische und Pappwände aufgestellt, und jetzt teilten sie Werbebroschüren aus. Als er vorbeiging, streckte ihm ein pickeliger Junge eines der Faltblätter so entgegen, dass es praktisch unmöglich war, es nicht zu nehmen.

»Du hast doch bestimmt schon von der Aktion *Zusammen* gehört? *Yhdessä?*«, sagte der junge Mann mit einem ausgeprägten österbottnischen Dialekt. Sein Hemd hatte er auf eine Weise in die Hose gesteckt, die ihn tadellos und ungefickt erscheinen ließ. »Und weißt du auch, dass sie Montagsspaziergänge anbieten?«

Die Aktion zur Förderung der psychischen Gesundheit der Studenten war diesen Herbst über alle Kanäle hinausposaunt worden, und Calle erinnerte sich plötzlich, dass er eine Anfrage bekommen hatte, auf einem Frühlingsfest der Aktion *Zusammen* aufzutreten. Er hatte allerdings vergessen, die Mail zu beantworten.

»Ein gemeinsamer Spaziergang erscheint dir vielleicht nicht wie eine besonders einfallsreiche Idee«, fuhr der Junge fort und bekam Gesellschaft von einem anderen Mann mit Pferdegebiss und verfilzten Locken. »Aber Fakt ist, dass er den Kreislauf in Schwung bringt.«

»Richtig.«

Die beiden Typen schauten ihm nach, als er zur Tür ging. Die Pappkulisse, die sie hinter dem Tisch mit den Broschüren aufgespannt hatten, zeigte das Logo der Aktion *Zusammen* und zwei junge Männer, die eine Kletterwand hinaufkraxelten und unheimlich viel Spaß zu haben schienen.

IM LEBEN WEITERKOMMEN, stand darunter.

»Wir treffen uns Montag um fünf an der Domtreppe!«, rief ihm der Junge mit den Haaren und dem Pferdegebiss nach.

»Wenn es nicht regnet!«

»Und wie soll ich die Miete bezahlen?«

Sie befeuchtete den Finger mit der Zunge – du lieber Gott, sie war kaum älter als er, aber sie machte das tatsächlich – und zauberte ein Formular hervor. Calle wandte sich ab, um sie nicht mit seinem Blick zu zerstören. Es gab immer ein Formular. Die Lösung aller Probleme bestand darin, ein verdammtes Papier auszufüllen.

Er hatte eine halbe Stunde im Amt für Studienförderung in der Schlange gestanden und währenddessen mehrere Male versucht, Helena anzurufen. Noch mehr unbeantwortete Anrufe konnte er nicht riskieren. Das würde nach reiner Verzweiflung aussehen, und so weit war er noch nicht. Vielleicht war sie bei einem Treffen ihrer Lerngruppe oder bei ihrem Examensbetreuer, oder vielleicht hatte sie das Telefon auch nur zu Hause vergessen. Vermutlich, selbstverständlich, hatte es etwas mit dem Studium zu tun, dass sie so schwer erreichbar war.

Die Frau – *Sini* stand auf dem Schild und *Praktikantin* – saß hinter ihrem Schalter und sprach, doch nachdem sie auf der Tastatur herumgehämmert und bestätigt hatte, dass sein Studiengeld gestrichen worden war, war er so wütend gewesen, dass er gar nicht mehr hörte, was sie sagte. Als würde er auf den Bildschirm eines Fernsehers starren, bei dem der Ton abgestellt war.

»Ich habe heute einen Brief bekommen«, unterbrach er sie mit einer Stimme, die zum Bersten gespannt war. »Hätten Sie mich nicht etwas früher informieren können?«

Ihre seltsam tantige Frisur bewegte sich. Er schielte an ihr vorbei und sah einen surrenden Tischventilator neben den Formularständern.

Ganz verschwitzt, weil sie so viele Punkte gefickt hat. Satzzeichennymphomanie.

»Ich sehe, dass eine erste Mitteilung mit der Möglichkeit zur Beschwerde Mitte September zugestellt wurde ...«

Die Idee war okay, aber er war so aufgedreht, dass er sich kaum darauf konzentrieren konnte, eine mentale Notiz anzulegen.

»Nein.«

»... die Beschwerdefrist lief Ende Oktober aus, und Sie hatten die Möglichkeit, die ...«

»Ich habe so einen Brief nicht bekommen. Das habe ich doch gesagt.« Ein bisschen Spucke landete auf dem

Tresen, während ihn gleichzeitig sein Gehirn mit einem eiskalten Klaps darauf aufmerksam machte, dass sie vielleicht recht hatte. Ein Bild stieg aus seiner Erinnerung auf, vom Herbstbeginn, als er und Helena und ein paar andere bei ihm zu Hause noch ein wenig nachgefeiert und die Idee gehabt hatten, am Sonntagmorgen um sechs draußen auf dem Hof Würstchen zu grillen. Es war der Abend gewesen, an dem sie Grütze mit Bier gekocht und statt mit Butter mit Absinth übergossen hatten, während Ida Blåsk immer wieder den zukünftigen Insiderwitz »Es ist Wurst Uhr!« gegrölt und verkündet hatte, dass sie Calles Post als Grillanzünder verwenden würde. Calle hatte in dem Stapel gewühlt, der sich ständig neu auf seinem Tisch anhäufte, und einen Umschlag von der Rentenversicherungsanstalt gefunden. Er bestand darauf, dass sie ihn als ersten anzünden sollte.

»Die Mitteilung hättest du auch auf deiner persönlichen Seite im Internet einsehen können«, schlug sie vor.

»Da bin ich nie gewesen.«

Sie dachte eine Weile nach, startete einen neuen Versuch und sah traurig aus. »Kommen bald noch Punkte dazu, die noch nicht auf deiner Studienverlaufsbescheinigung stehen?«

»Ich besuche jede Menge Kurse«, log er ihr unerschrocken direkt ins Gesicht. »Ich habe bis über beide Ohren zu tun! Aber zum Essen habe ich kein Geld.« Er schenkte ihrer unglücklichen Miene einen glühenden Blick und wollte, dass sie sich schämen und weinen sollte und sagen, dass das System fehleranfällig und ungerecht sei, aber gleichzeitig juckte es irgendwo im Hinterkopf, dass er lügen musste, um seine Opferrolle glaubhaft rüberbringen zu können.

Sie zeigte mit einem flehenden Blick auf das Formular. Die Steintafeln des Wohlfahrtsstaats. Die Antwort auf alles.

Bitte, sagten ihre netten Praktikantinnenaugen. *Erbarme dich*.

Gemeinsam füllten sie den Bogen aus. Die Bearbeitungszeit betrug ein bis drei Wochen, und die Entscheidung würde ihm per Post mitgeteilt werden. Sie bot ihm noch ein paar Broschüren an, aber er lehnte dankend ab.

Auf dem Weg nach draußen hatte er eine Idee, und er holte seinen Schlüsselbund aus der Tasche. Abgesehen von seinem Wohnungsschlüssel hingen auch zwei elektronische Schlüssel daran, mit denen man verschiedene Räume in der Akademie öffnen konnte. Der lange schwarze war für die Turnhalle und einige Hörsäle, in denen er niemals Vorlesungen hatte. Er ging damit an den Schalter des Studentenbüros und fragte, ob er ihn zurückgeben und das Pfand zurückerhalten könne, das er dafür bezahlt hatte.

Mit den fünfunddreißig Euro ging er anschließend zum Puhakka und kaufte einen Stapel Mikrowellenpizza und die billigsten Zigaretten, die es gab.

Um sechs saß Calle auf dem Stuhl, auf dem er den größten Teil seiner wachen Zeit verbrachte, vor dem Computerbildschirm, der mitten im Kabelsalat auf seinem abgewetzten Schreibtisch stand. Die Gardinen waren zugezogen, und der Bildschirm war das Einzige, was in dem rechteckigen Raum leuchtete, den achtundzwanzig Quadratmetern, die sein Zuhause waren.

Er fühlte sich ins Abseits gestellt. Seine Hände waren

schweißkalt vor Nervosität. Jedes Mal, wenn das Telefon klingelte – und im Moment schien alles, was er jemals darauf installiert hatte, um seine Aufmerksamkeit zu buhlen –, hoffte er, dass es Helena war, und jedes Mal, wenn sie es nicht war, wurde seine Stimmung schlechter und die Enttäuschung größer.

»Fuck you«, sagte er, nachdem ihn seine Trainingsapp daran erinnert hatte, dass er vor drei Wochen das letzte Mal trainiert hatte. Er sagte es dem Telefon, Helena, seiner eigenen Erschöpfung.

Der Brief von der Rentenversicherungsanstalt lag zerrissen auf dem Küchentisch. Der Tonfall in dem Schreiben hatte ihn fuchsteufelswild gemacht.

... die Auszahlung des Studiengelds ist mit Wirkung vom 31.10. eingestellt worden ... ausreichende Studienleistungen gemäß Ausbildungsförderungsgesetz liegen nicht vor ... die Auszahlung kann wieder aufgenommen werden, sobald ausreichende Studienleistungen nachgewiesen werden ...

Alles war so sachlich und wie aus dem Baukasten. Wie ein Kommando einer Maschine für eine andere, aber vollkommen untauglich als Mitteilung an einen Menschen. Der Ton war so neutral und unpersönlich, dass er höhnisch klang, ohne Rücksicht auf die Konsequenzen, ohne Rücksicht darauf, dass das alles für den Absender nichts bedeutete, während es sein Leben vollständig ruinierte.

Aber die Macht hatte ja immer schon gerne die Dinge bestimmt und reguliert, an denen sie selbst keinen Anteil hatte.

Es gab eine Zeit, in der er ernsthaft überlegt hatte, Politologie zu studieren, aber es war wie mit dem Joggen und dem Romanschreiben und dem Finnischlernen und so vielen anderen Dingen: Es gab Augenblicke, in denen er das Interesse und die unbedingte Zielstrebigkeit verspürte, in denen er richtig auf Touren kam – das hier wollte er machen, *das war sein Ding!* –, aber diese Augenblicke waren nur Augenblicke, und das Feuer reichte selten für mehr als ein paar inspirierte Google-Suchen und niemals länger als für den Kauf von Laufschuhen oder die Lektüre der Einleitung des Begleitbuchs zum Einführungskurs des jeweiligen Fachs. Wenn er nur einen Teil der Energie, die er in jenen Augenblicken empfand, in denen er sich zu etwas berufen fühlte, in wirkliche Handlungen umgesetzt hätte, dann säße er jetzt nicht hier, mit dieser Selbstverachtung, die mit zunehmendem Alter immer tiefer geworden war und in der er sich mittlerweile düster und leidenschaftlich wälzen konnte. Je länger er so weitermachte wie bisher, während immer mehr Gleichaltrige etwas aus sich machten und auf Facebook darüber schrieben, desto deutlicher wurde ihm, dass aus *spät* allmählich *zu spät* wurde, und am Schluss stünde das endgültig erniedrigende *niemals*.

Aber er war sich dessen zumindest bewusst. Er brauchte niemanden, der ihm die Wahrheit erzählte. Und schon gar nicht so einen gefühllosen staatlichen Zeigefinger in Briefform.

Ausreichende Studienleistungen liegen nicht vor.

Als wüsste er das nicht selber!

Ohne Studiengeld würde alles den Bach runtergehen, daran bestand leider kein Zweifel. Seine ökonomischen Möglichkeiten auszuloten, hatte nicht besonders lange gedauert. Die Kreditkarte gab noch vierhundert her, wenn er für die Miete Aufschub bekäme, gab es keinen unmittelbaren Grund zur Panik. Das Geld vom

Jahresfest der Studentenverbindung Vasa war auf dem Weg, und er war bereits für ein paar weitere Auftritte gebucht. Pasi schuldete ihm einen Fünfziger seit der Tallinnkreuzfahrt, die sie im Frühjahr unternommen hatten. Helena war ihm einen ähnlichen Betrag schuldig, aber das beschloss er zu ignorieren. Er hatte ein zweites Bücherregal in seinem Keller stehen, das er über das Schwarze Brett im *Arken* bestimmt zu Geld machen konnte.

Fürs Erste also keine Panik, nur ein paar weitere Stressfaktoren in seinem bereits jetzt tosenden Bewusstsein.

Seine Mutter anzurufen war ausgeschlossen. Zum einen hatte sie selbst kaum mehr, als sie zum Leben brauchte, zum anderen hatte es überhaupt keinen Sinn, ihre giftigen Ergüsse auf sich herabzurufen. Sie begegnete allem, was mit ihm zu tun hatte, mit großer Verachtung, seit er weder an der Fachhochschule Arcada noch bei der Schwedischen Gesellschafts- und Verwaltungshochschule in Helsingfors angenommen worden und deshalb nach Åbo gezogen war, um an der Akademie Anglistik zu studieren, nach einem düsteren Jahr als Aushilfsbriefträger, in dem er bei ihr zu Hause gewohnt und die meiste Zeit am Computer gespielt hatte.

Sie war launisch und krank, und zwar auf mehr als eine Weise. Mit Anfang vierzig war sie wegen einer bipolaren Störung und Fibromyalgie als Erzieherin in den vorzeitigen Ruhestand entlassen worden. Sie verbrachte ihre Tage in ihrem Haus in Nickby damit, Gedichte zu schreiben – sie nannte sie Sonette – oder Bilder zu malen, auf denen entweder Buschwindröschen zu sehen waren oder Calles Vater, der an Magenkrebs gestorben war, als Calle vier Jahre alt gewesen war. Je mehr sie trank, desto schlimmer wurden ihre Stimmungsschwankungen und Schmerzattacken. Sie hatte schon eine Weile nicht mehr angerufen, aber es gab immer wieder Zeiten, in denen Calle aufwachte und lange, abgehackte Mitteilungen auf dem Telefon vorfand, in denen sie sich über ihre Schmerzen, über ihre Einsamkeit oder über die Schlechtigkeit von Åbo beklagte.

Hast du schon die Åboseuche? Pass bloß auf!

Vor langer Zeit hatte sie vermutlich von der skandalösen Stadtplanung in Åbo gelesen, bei der alte Holz- und Jugendstilhäuser abgerissen worden waren, um Platz für moderne Gebäude zu schaffen, was im allgemeinen Sprachgebrauch als Åboseuche bezeichnet wurde. Irgendwann muss sie dann vergessen haben, was eigentlich damit gemeint war, und inzwischen schien sie wirklich zu glauben, dass es sich um irgendeine Art von Virus handelte. Dass die Stadt einen krank machen konnte.

Schwimm nicht im Fluss! Du bist doch nicht etwa im Fluss geschwommen?

Eine richtig gruselige Mitteilung, vielleicht weil sie so kurz und sachlich gewesen war, hatte sie eines Nachts vor ein paar Wochen geschickt. Seitdem hatte er gespannt auf ein weiteres Anzeichen dafür gewartet, dass sie allmählich ganz den Verstand verlor.

Ich weiß doch, dass du auf dem Speicher bist. So hatte es dort gestanden.

Die Lautsprecher neben dem Bildschirm gaben ein Geräusch von sich. Die Downloads waren abgeschlossen, und er startete eine Folge von *Game of Thrones*, drehte die Lautstärke auf und lehnte sich in dem knarzenden Stuhl zurück. In der nächsten Stunde wollte er nicht über Beschwerdeschreiben, Studienpläne oder

Geldprobleme nachdenken, er wollte zu überhaupt gar nichts Stellung beziehen.

Als die Folge vorbei war, startete er die nächste, und obwohl er sich selbst versprochen hatte, dass es für diesen Tag die letzte sein sollte, schaute er sich direkt danach noch eine an.

Er wärmte sich eine Pizza in der Mikrowelle auf, und während er im Stehen in der engen Kochnische aß, klingelte das Telefon. Als er Helenas Namen auf dem Display las, schienen sich sämtliche Muskeln in seinem Körper plötzlich zu entspannen. Das Ausmaß der Erleichterung überraschte ihn, denn in seinem tiefsten Inneren hatte er sich eigentlich keine Sorgen gemacht, dass sie wirklich einfach so verschwinden würde.

»Hallo«, sagte sie. Er hörte sofort, dass sie traurig war. Es war die Art, wie sie atmete.

»Hallo«, sagte er.

Sie zögerte. »Was machst du?«

»Essen.«

»Was?«

»Saarioinens Mikrowellenpizza.«

Sie ließ einen kurzen Seufzer hören. »Glaubst du, das Universum möchte, dass du so etwas isst?«

»Es scheint so, denn es gab nichts anderes.«

Sie schwieg. Es blieb lange still. Er sagte nichts, er hatte ihr ja schon geschrieben, was passiert war. Der Ball war bei ihr.

»Und dann noch die ganzen Vitamine«, fügte er hinzu, nur weil er die Stille nicht mochte, die trotzdem nicht enden wollte.

Er wunderte sich darüber, wie unglaublich froh es ihn machte, einfach nur ihre Stimme zu hören, und als er sich setzte, spürte er, dass allein ihre Gegenwart oder auch einfach nur seine Erleichterung über ihre Gegenwart ihm einen Ständer beschert hatte.

Eine Erektion hat wenig mit Erotik zu tun, dachte er sofort. *Ich bekomme wegen jeder Kleinigkeit einen Ständer.*

Dieser Gedanke setzte etwas in ihm in Gang, und er machte sich eine gedankliche Notiz. Es war der Beginn eines Dialogs, ein Monolog, ein Scherz. Etwas.

Das war eine andere Eigenschaft seines Gehirns. Einerseits war es kaum in der Lage, eine Begeisterung für längere Zeit am Leben zu erhalten, zum anderen lieferte es ihm Ideen zu verblüffenden Zeitpunkten.

Obwohl. Mikrowellenpizza. So seltsam ist das vielleicht gar nicht. Billig, schnell und lecker: Schon ist der Ständer da!

Die Stille begann ihn schon zu beunruhigen, als sie sagte: »Ja, und? Okay? Was spielt das jetzt für eine Rolle?«

Im ersten Moment dachte er, dass sie von der Mikrowellenpizza sprach, und begriff überhaupt nichts. Aber als sie weitersprach, immer zorniger, wurde ihm klar, dass sie mit sich selbst redete, laut dachte, das machte sie manchmal. »... um mich muss sich doch auch jemand kümmern! Es interessiert dich gar nicht, wie es mir geht, das war dir schon immer egal ...!«

»Ich komme zu dir, dann können wir reden.«

»Ich bin in Borgå.«

»Du bist in Borgå? Was machst du da?«

Sie schluchzte, sagte aber nichts.

»Halt, warte, jetzt komme ich nicht mehr mit.«

Es passiert einfach. Man geht in die Stadt, denkt an Essen, sieht eine Möwe. Steckt die Hand in die Hosentasche, oh, hoppla! Ein Ständer!

»Ich habe es einfach so satt.«

Es ist nichts passiert! Möwen machen mich nicht an – ich hasse Möwen! Aber mein Schwanz ist so hart, dass man Steine damit zertrümmern könnte!

»Was hast du satt?«

»Na, dich!«, schrie sie.

Es war seltsam, als würde er ein Geräusch hören, ein leises Knacken, und sein Bewusstsein blieb stehen, als wären seine Gedanken gerade gegen die Wand gelaufen.

Sie sagte etwas, sagte eine ganze Menge, ein zorniger Sermon, sie schluchzte, und er hörte alles, war bei vollem Bewusstsein, aber irgendwie blockiert, war nicht in der Lage, ihren Zorn und das, was sie sagte, zu verarbeiten, brachte keine verständliche Antwort über die Lippen, war wie gelähmt.

Das Gespräch ging noch zehn Minuten weiter, und in dem Augenblick, als sie auflegte, konnte er sich nur daran erinnern, wie zornig sie geklungen hatte, als sie schrie, dass sie ihn satt hatte.

Das, und noch ein Gedanke: *Die Freundin macht Schluss – Megaständer!*

Das war das Einzige.

Von all den ungeahnt dramatischen Ereignissen, die im Laufe der letzten vierundzwanzig Stunden sein Leben auf den Kopf gestellt hatten, konnte Calle am wenigsten verstehen, dass Helena ihm den Laufpass gegeben hatte. Er hatte gewusst, dass es Pasi schlecht ging, selbst wenn ihm das ganze Ausmaß vielleicht nicht klar gewesen war. Das gestrichene Studiengeld hatte er sich selbst zuzuschreiben, und auch wenn der Bescheid wie ein Blitz aus heiterem Himmel gekommen war, hatte er doch schon seit einiger Zeit die dunklen Wolken gesehen, die sich am Himmel auftürmten. Aber Helena hatte ihm am Abend zuvor noch eine Torte gebacken. Ihm noch vor wenigen Tagen geschrieben, dass sie ihn liebte. Und plötzlich wollte sie ihn nicht mehr sehen. Plötzlich hatte sie ihn satt.

Im Grunde ging es ihm genauso.

Aber warum sie, so plötzlich? Im Laufe des letzten Jahres hatte sie ihm dabei zugesehen, wie er die Anglistik aufgegeben und die Volkskunde verschludert hatte. Er hatte fünfzehn Kilo zugenommen, einen immer höheren Haaransatz bekommen und unzählige Male mit dem Rauchen wieder angefangen, was sie mehr als alles andere verabscheute. Sie hatte zugesehen, wie er zur Walpurgisnacht in der Faustkammer auftrat, der schlechteste Auftritt aller Zeiten, bei dem ihn das Publikum sogar ausgebuht hatte. Danach hatte sie ihn umarmt und gesagt, dass es vielleicht nicht so gut gelaufen sei, aber dass sie ihn trotzdem liebe.

Liebe.

Sie hatte viel gesehen, das sie irgendwann satt bekommen konnte, aber trotzdem. Immerhin.

Liebe.

Das Telefon klingelte. Er zuckte zusammen. So sehr wollte er, dass es Helena war, dass er zunächst ganz perplex war, als er die Nachricht las – *alles okay, gerade einen runtergeholt und eingeschlafen* –, bis ihm klar wurde, dass Pasi der Absender war. Sie hatten abgemacht, dass er am Abend noch von sich hören lassen würde.

Er musste sie anrufen.

Die Panik kam durch den Raum auf ihn zu wie ein

Luftgeist. Calle spürte den kitzelnden Hauch, als er ihn umrundete, um den Stuhl kreiste, und er stand auf, um ihm zu entkommen, hatte Angst, dass er sich aufbäumen und ihn direkt im Gesicht treffen könnte.

Er musste sie anrufen. Was sie getan hatte, war doch vollkommen unsinnig! Im Grunde müsste sie ihn anrufen!

Aber die Reihenfolge spielte keine Rolle. Er rief an. Wartete. Wurde von einer künstlichen Männerstimme darauf hingewiesen, dass die gewählte Nummer nicht erreichbar sei. Er rief noch einmal an, mit demselben Ergebnis.

Nach dem dritten Versuch musste er akzeptieren, dass ihr Telefon sich im Flugmodus befand und sie schlafen gegangen war. Das war eine ihrer irritierendsten Marotten, die Angst vor der Handystrahlung. Sie schaltete es nachts immer aus.

Aber vielleicht hatte sie es an diesem Abend auch deshalb ausgeschaltet, weil sie mit seinem Anruf gerechnet hatte.

Sie hatte sich unnahbar gemacht. Hatte sich auf der anderen Seite des Ereignishorizonts versteckt.

Verloren für den Rest des Universums.

Er ging in seinem Zimmer umher, versuchte sich zu beruhigen, versuchte den Gedanken auszuhalten, dass er sie nicht erreichen konnte.

Schließlich sah er ein, dass es seine Signale waren, die sie nicht erreichten, und nicht andersherum. Er war derjenige, der bald vom schwarzen Loch verschlungen werden würde.

MEIN PLAN

CALLE HOLLENDER WAR NICHT in der Vorlesung.

Am Morgen hatte ihm noch vorgeschwebt, dass er sie besuchen würde, ansonsten wäre er schließlich gar nicht erst zur Akademie gegangen. Aber nach einer Tasse Kaffee in der Cafeteria und ein paar Zigaretten draußen im Nieselregen hatte er einen tiefgreifenden Widerwillen gegen die Aussicht entwickelt, zwei Stunden dazusitzen und Iron Man zuzuhören. Stattdessen hatte er sich an einen der Computer in der Bibliothek gesetzt, um herauszufinden, wie er sich die fehlenden Studienpunkte besorgen könnte.

Die Ironie der Situation war nicht zu übersehen, so viel war im selbst klar.

Er studierte das Angebot von Internetkursen und schrieb sich ein paar Termine auf. Entschied sich letztendlich dafür, es trotz allem mit dem Seminar zur Geschichte der Satire zu versuchen. Er verfolgte diese

Pläne nur mit der äußersten Schicht seines Bewusstseins, wandte nicht mehr Energie auf, als nötig war, um über den Bildschirm zu scrollen und sich Notizen zu machen. Aber selbst diese einfachen Tätigkeiten ließ er alle paar Minuten ruhen, um auf ihre Facebookseite zu gehen, ihre Mitteilungen zu lesen und sich die Bilder von ihr anzuschauen, die er auf dem Telefon hatte.

Drei Tage waren vergangen, und er war beängstigend eingleisig geworden. Die Gedanken an Helena ließen sich nicht abschütteln, und sie verdunkelten sich zu einer Art Besessenheit. Er dachte praktisch ununterbrochen an sie, konnte sich stundenlang in bestimmten Erinnerungen wälzen, ihre Mitteilungen analysieren und fast vergehen vor Sehnsucht, alles in Erfahrung zu bringen, was sie gerade tat. Nachdem er den ersten Tag überstanden hatte, indem er sich zum Märtyrer gemacht und sich eingeredet hatte, dass sie bald von sich hören lassen und alles zurücknehmen würde, hatte er inzwischen bedingungslos vor den Umwälzungen kapituliert, vor die sie ihn gestellt hatte.

Wahrheiten, die er nie hatte sehen und noch weniger formulieren wollen, waren plötzlich deutlich hervorgetreten und hatten alle Kanäle seines Bewusstseins übernommen. Dass sie die Frau seines Lebens war. Dass er ohne sie nicht glücklich sein konnte.

Alles, was es gab, hatte er um sie herum gezeichnet und geformt.

Wenn sie verschwand, geriet unweigerlich alles in Schieflage – sämtliche Routinen, die gemeinsame Sprache, alle Pläne.

Er selbst. Für alle Zukunft ... haltlos.

Mit großer Kraftanstrengung gelang es ihm, seine Aufmerksamkeit wieder auf den Bildschirm zu richten, er klickte sich durch die Abendkurse, einer uninteressanter als der andere. Er ging die Literaturlisten und Anforderungen durch. Bald wanderte der Blick wieder zurück auf das Telefon, und er drückte auf das Display, um es zum Leben zu erwecken, schaute sicherheitshalber zum hundertsten Mal nach, ob sie nicht doch unbemerkt eine SMS geschrieben oder ihn angerufen hatte.

Dass sie ihn auf diese Weise aussperrte, war grausam. Einfach nicht zu antworten, wenn er anrief, und nicht zurückzurufen. Facebook nicht zu aktualisieren. Er wusste nicht einmal, ob sie wieder in Åbo war oder immer noch bei ihren Eltern in Borgå. War der stete Strom an Trivialitäten von ihrer Seite in den letzten Jahren ein wenig ermüdend gewesen, so war ihr Schweigen vollkommen unerträglich.

Vielleicht lag es daran, dass er hin und wieder ihre Stimme zu hören meinte, ihre spitzen Bemerkungen zu seiner Handlungsunfähigkeit:

Glaubst du, das Universum will, dass du hier herumsitzt und dich selbst bemitleidest?

Die Liste, die Calle zusammenstellte, während er die meiste Zeit an Helena dachte, war eine bunt zusammengewürfelte Collage aus musikwissenschaftlichen, psychologischen und anglistischen Seminaren. Sie war einzig und allein nach dem Prinzip des geringsten möglichen Widerstandes zusammengestellt und mit einem trotzigen »Mein Plan« überschrieben.

Es fehlten noch fünf Punkte, um ihn abzurunden. Als Anhang zu seinem Beschwerdeschreiben würde er vielleicht funktionieren und im besten Fall den Staat dazu bewegen, seine Schatullen wieder zu öffnen. Als Studienplan war er vollkommen wertlos.

Das wusste er natürlich. Eigentlich fehlten ihm gut

zweihundert Punkte, und vor allem ein Schwerpunkt. Der Plan hatte keinerlei Richtung.

Carl Oscar Hollender hat sein Masterexamen in allem möglichen Scheiß abgelegt.

Er machte sich eine Notiz auf seinem Handy und konnte es anschließend nicht lassen, ein paar Minuten in seinen Fotos von Helena herumzublättern, bevor er das Telefon betrübt wieder zur Seite legte, um das Kursangebot der Fakultät auf der Jagd nach den fünf fehlenden Punkten ein letztes Mal durchzugehen.

Es gab so viele Möglichkeiten. Sie erschöpften ihn, diese ganzen Möglichkeiten.

Seite rauf und Seite runter. Das war total krank.

Wahlfreiheit jenseits aller Vernunft.

Der Begriff an sich war schon schief, seine Bedeutung dunkel. Wenn es Freiheit in der Wahlfreiheit gab, dann auf dieselbe Weise, wie es Freude in der Schadenfreude gab. In einer gewissen Form vielleicht, klar. *Aber echte Wahlfreiheit*, dachte er, *wäre es, davon befreit zu sein, überhaupt etwas wählen zu müssen.*

Unkompliziert, schnell, zufriedenstellend. Wie Saarioinens Mikrowellenpizza.

Oder einfach nur seinen Platz zu kennen. Man bekommt eine Berufung, einen Befehl aus dem Himmel, *dies sollst du werden.* Man kommt aus einer Familie mit Traditionen und folgt ihnen, ohne sie infrage zu stellen. Wie schön! Aber wenn es nur das Schweigen gab – das innere und das äußere Schweigen, das immer weiterging, sich endlos hinzog und dabei immer dichter wurde, je mehr Möglichkeiten man ablehnte und verwarf, weil man schlicht und ergreifend keine Ahnung hatte, welche die richtige war …

So etwas lässt einen an der allmächtigen Güte unseres Heilands zweifeln, pflegte Pasi zu sagen.

Wenn er an Pasi dachte, musste er an Helena denken.

Auf der anderen Seite ließ ihn auch der gelbe, mit Hattifnatten verzierte Kaffeebecher der Bibliothekarin an Helena denken. Sie hatte auch so einen.

Und dieser Computer, hatten sie nicht vor kurzer Zeit gemeinsam genau vor diesem Bildschirm gesessen und eine Freistunde lang planlos herumgesurft?

Und der Zeitungsraum.

Der Süßigkeitenautomat.

Fast alles erinnerte ihn an sie. Die dünnen Fäden aus Alltag, Erinnerungen und Sinn, die ihr gemeinsames Gewebe bildeten, liefen überall entlang, wohin er auch schaute.

Er durchsuchte die Datenbank weiter, strengte sich wirklich an, um mit seinen Gedanken nicht wieder bei ihr hängen zu bleiben, und wenn er neben den komplizierten Sorgen wegen der Helena-Situation noch etwas anderes empfand, dann war es apathische Gleichgültigkeit. Es spielte gar keine Rolle, für welchen Kurs er sich entschied. Es war einfach nur lächerlich, hier herumzusitzen und zu erwarten, dass ihm ausgerechnet jetzt, nach all den Jahren, inmitten dieser Leere, eine Eingebung kam, welches Ziel und welche Richtung sein Leben nehmen sollte.

Er klickte irgendeinen beliebigen Kurs an, zufällig war es ein literaturwissenschaftliches Seminar – *Elmer Diktonius. Leben und sich verwandeln* war der Titel, und als er nach den Büchern auf der Literaturliste googelte, um zu sehen, wie dick sie waren, landete er auf einer schwedischen Anzeigenseite und fand dort eine Annonce:

```
Kaufe Ausgaben von E. Diktonius aus den
frühen Zwanzigern. Originalausgaben, keine
Privatbände. Guter Zustand, guter Preis.
```

Etwas, eine Eingebung, bewirkte, dass er die Annonce ein weiteres Mal las, statt den Link direkt wieder zu schließen, und während er den Rest der Seite las, amüsierte er sich über einen verrückten Gedanken.

Mit einem leisen Murmeln grüßte Calle Professorin Fogh, die mit ihrer üblichen beklommenen Miene vor einer der Anschlagtafeln stand und die angehefteten Zettel und Papiere aufräumte. Er tat sich schwer mit dieser Frau, ihren Schals und Lippenstiften und der Art, mit der sie Übellaunigkeit und Meinungen verbreitete, die Calle instinktiv verachtete. Der Umgang miteinander war noch wesentlich anstrengender geworden, seit er in einer seiner ersten Vorlesungen bei ihr die Qualität von *Stolz und Vorurteil* infrage gestellt hatte, einem Buch, das er für unverzeihlich zäh und verquast hielt. Der Widerstand aus dem Rest der Gruppe hatte ihn in die Ecke gestellt und ihn zu immer schärferer Kritik aufgestachelt, und neben Professorin Fogh schien es noch etliche andere aus dieser Gruppe zu geben, die ihm nicht verziehen hatten.

Ein Buch für die chronisch Ungevögelten, hatte er gesagt, und niemand hatte auch nur im Geringsten versucht, es mit Humor zu nehmen, stattdessen hatte gleich jemand losgequengelt, dass die Enthaltsamkeit und die Erotik des Abstands doch die interessantesten Leitmotive des ganzen Buchs waren.

Wenn es etwas gab, das man in dem deutlich frauendominierten Institut nicht schmähen durfte, dann war es Jane Austen.

Er ging durch die Glastür in den abgetrennten Bereich des Instituts, in dem Iron Man, Professorin Fogh und die Doktoranden ihre Büros hatten. Dort war auch die Präsenzbibliothek untergebracht, eine fensterlose Kammer, die man wohl mit einem gemusterten Sofa und einer Fransenlampe aufzuhübschen versucht hatte. Die Bücherregale gingen bis unter die Decke und verliehen dem Raum einen staubigen Duft und eine dezent klaustrophobische Atmosphäre. Und die Büchersammlung bestand zum größten Teil aus gebundenen Abhandlungen, den üblichen Klassikern und einer Zusammenstellung der aktuellen Kursliteratur.

Calle brauchte eine Weile, um die Signatur zu finden, die er sich nach der Datenbankabfrage gemerkt hatte, und bald hielt er einen dünnen blassbraunen Band in der Hand. Er sah nicht besonders beeindruckend aus. Der Umschlag war mit schwarzen, kantigen Strichfiguren geschmückt, die er erst nach einer Weile als Buchstaben identifizieren konnte, die Wörter bildeten.

Elmer Diktonius stand dort. *Mein Gedicht*.

Die Seiten waren teilweise noch unaufgeschnitten und unregelmäßig vergilbt, aber die Bindung war heil, und das Buch lag gut in der Hand. Das Papier war steif und trocken wie Zunder, es fühlte sich unangenehm an, wenn man es berührte, und verströmte einen muffigen Geruch. Die Jahreszahl auf der Titelseite war die richtige, 1921. In der Hand hielt er ein Stück Literaturgeschichte, eine Erstausgabe des Debüts des fünfundzwanzigjährigen Dichters Elmer Diktonius.

Es war ein seltsames Gefühl, vielleicht eher eine Art

Nicht-Gefühl, als wäre er sich gar nicht bewusst, dass er selbst es war, der die Schultertasche öffnete und das Buch zwischen die Ordner steckte.

In seinem ganzen Leben hatte Calle nur einmal gestohlen, einen schmetterlingsförmigen Knopf aus einem Knopfgeschäft. Das Verbrechen war in Prag verübt worden, während einer Urlaubsreise, als er sechs oder sieben Jahre alt war. Während seine Mutter eine gefühlte Ewigkeit nach einem Reißverschluss gesucht hatte, war er von diesem Knopf verzaubert worden, der wie ein Edelstein in einer der Vitrinen schimmerte. Er hatte ihn sich schnell und unbemerkt geschnappt, ihn in seiner Tasche begraben und sich gleichzeitig vergnügt und beschämt gefühlt. Den ganzen Tag verfolgte ihn die Angst, dass man ihm auf die Schliche kommen würde, sodass er den Knopf schließlich durch das Gitter eines Gullys verschwinden ließ, und am Abend hatte er ein dermaßen schlechtes Gewissen, dass er seiner Mutter alles gestand. Zu seiner Verwunderung wurde sie nicht so furchtbar wütend, sondern sagte nur, dass man einem Knopf nicht nachheulen solle, da es unendlich viele Knöpfe auf der Welt gebe.

Jetzt, zwanzig Jahre später, dachte Calle in denselben Bahnen.

Es gab unendlich viele Bücher. In der Bibliothek der Akademie würde niemand eine alte Gedichtsammlung vermissen.

Trotz dieser mutmaßlichen Wahrheit lief sein Gehirn auf Hochtouren, als er nach Hause wanderte, es dachte sich Ausflüchte aus und kam mit Ausreden für das, was er gerade machte, verhielt sich, als fürchtete es sich vor der Stille, fürchtete sich davor, dass die kleinste Gelegenheit zum Innehalten sämtliche Schleusen für Angst und Selbstverachtung öffnen würde.

Bislang hatte er sich nur ein Buch über Nacht nach Hause ausgeliehen, dachte er beispielsweise. Das war zwar bei den Büchern der Präsenzbibliothek nicht gestattet, aber letztendlich nur eine Bagatelle. Ein Experiment! Noch waren keine Grenzen überschritten worden, sein Leben lief weiterhin auf derselben hoffnungslosen, aber unschuldigen Bahn durch das Raum-Zeit-Kontinuum wie am Morgen.

Ein Experiment, genau. Vielleicht war er nur ein bisschen verwirrt von all dem, was ihm in den letzten Tagen widerfahren war, und er dachte nicht ganz klar. Natürlich war er frustriert! Aber was sollte er denn tun, wenn sie sein Studiengeld einfach so sperrten? Er brauchte Geld. Es war eine Notsituation!

Aber während er die Gedichtsammlung im Licht seiner Schreibtischlampe fotografierte und die Bilder an den Sammler mailte, der die Anzeige aufgegeben hatte, begann er zu akzeptieren, dass er diese Entschuldigungen nicht brauchte. Er spürte nämlich gar nichts, weder Stolz noch Schuld, angesichts seiner Tat.

Die Wahrheit war, falls ihn jemand danach fragen würde, dass es einfach nur eine weitere Handlung von ihm war, ein Impuls, dem er folgte, eine Gedankenmutation mit einem konkreten Resultat, das er weder voraussehen oder beeinflussen konnte und auf einer moralischen Skala unmöglich einzuordnen war.

Die Antwort auf die Mail kam am selben Abend, und als er sie las, stieß er einen erstaunten Laut aus. Der Sammler bot ihm zweitausend Kronen für das Buch an.

Ein paar schnelle Mails später hatte Calle eine Adresse bekommen, die Frachtkosten ergoogelt und versprochen, das Paket am nächsten Tag loszuschicken. Als er eine Weile später sein PayPal-Konto kontrollierte, sah er, dass das Geld bereits eingetroffen war.

Und schon lief die Sache. Es war so einfach, wie einen Knopf zu stehlen.

DER BALKEN

IN SORGENVOLLE GEDANKEN VERTIEFT eilte Mickel durch die Flure, und als er die Ecke am Westermarck-Hörsaal umrundete und fast in Mårten Tanner hineinlief, war er dermaßen überrascht und über alle Maßen erschrocken, dass er nach Luft schnappen musste.

»Guten Tag!«, grunzte Tanner, anscheinend genauso überrumpelt wie er selbst. »Das hier ist ein verdammtes Labyrinth! Und alle Stile wild durcheinandergewürfelt, ein Trauerspiel ...!«

Mickel versuchte sich zusammenzureißen. »Ach, du hier?«, bekam er heraus. Er hatte gerade eine Vorlesung gehalten, die für die Studenten vermutlich unbegreiflich oder zumindest unerträglich gewesen war, so zerstreut war er gewesen. Tanners Erscheinen brachte seine Gedanken noch mehr durcheinander. Myrna musste mit ihm gesprochen haben, musste ihm erzählt haben, dass sie es erzählt hatte. War Tanner gekommen, um reinen Tisch zu machen, um sich zu entschuldigen? Die buschigen Augenbrauen hatten sich in nervöse Linien gelegt. Er war auffällig blass. Atmete schwer und laut. Es lag ein ängstlicher Zug in dem aufgedunsenen Hundegesicht, seine Haltung wirkte abwartend. Hatte er Angst davor, dass Mickel etwas tun könnte? Ihn angreifen?

»Ja, ich ... hatte nach der Literaturwissenschaft gesucht, und anscheinend bin ich hier richtig?«, sagte Tanner. »Furchtbar eng hier.«

»Etwas anderes haben wir nicht. Ich versuche, mich nicht so ausladend zu bewegen.« Es war ihm beinahe unmöglich, Tanner ins Gesicht zu sehen. Aber Mickel überraschte sich selbst damit, dass er ihn in sein Büro führte. »Komm rein und setz dich.«

Als der Verlagschef seinen mächtigen Körper durch die Tür ins Büro schob, zog er eine Wolke hinter sich her, die nach abgestandenem Alkohol roch. Er drehte eine neugierige Runde am Bücherregal, bevor er sich auf den Stuhl vor dem Schreibtisch setzte. Mickel beobachtete sein rastloses Verhalten und versuchte sich auszurechnen, welche Art von Treffen das werden sollte. Er bemerkte, dass *Winterspiel* auf dem Schreibtisch lag, sah, wie Tanner seine Handschuhe neben dem Buch ablegte.

»Na, Mickel«, sagte der Mann, der seine Frau in so vielen Betten gevögelt hatte, dass sie ein Sternbild formten. »Wie läuft's mit der Forschung?«

Smalltalk, dachte Mickel und empfand es in diesem Moment als die gröbste aller Verunglimpfungen.

»Ja, du weißt ja ...«, sagte er. »Es gibt eine Zeit zu säen und eine Zeit zu ernten. Nur der Forscher hat keine Zeit.«

Tanner nickte und musste über seine quälende Atemnot lächeln. »Auf den Treppen muss ich mich total verausgabt haben!«, bemerkte er mit einem Räuspern. »Man ist schließlich kein Teenager mehr!«

Mickel hatte keine Ahnung, von welchen Treppen er sprach. Das Institut lag im Erdgeschoss, und außer der Logopädie – der Tanner ja wohl kaum einen Besuch abgestattet hatte – war der gesamte Komplex der Philosophischen Fakultät so perfekt auf alle Menschentypen und Behinderungen zugeschnitten, dass er sich fragte, ob er nicht gelogen hatte, um irgendetwas zu verbergen. Nervosität? Angst?

Mickel ballte die Hände unter dem Tisch.

»Eigentlich habe ich eine Verabredung in der Stadt, ich bin nur hier, um ...« Tanner griff sich an die Stirn und schien nach Worten zu suchen, und Mickel sah dem, was jetzt mit Sicherheit kommen würde, voller Spannung entgegen, dem Geständnis, der Entschuldigung, der Reue über das, was Myrna und er getan hatten. »Ich wollte hier eigentlich einen Studenten treffen, das ist ... also das ist bestimmt nicht einfach, ich meine, sie sitzen ja hier nicht aufgereiht in der Aula herum wie irgendwelche Schulkinder, was?« Tanners Blick war rätselhaft. Fragend, flehend ... ängstlich?

Mickel schüttelte den Kopf. »Ich verstehe nicht.«

»Also, ich dachte, dass es ganz einfach wäre. Man kommt hierher, und dann ...« Tanner lachte. »... aber so funktioniert das heute wohl nicht mehr, sie sitzen wahrscheinlich meistens zu Hause und lesen?« Er verstummte. Es klang, als würde seinen Lungen die Luft ausgehen.

Langsam kochte der Zorn in Mickel hoch. Falls dies Tanners Versuch war, ihn zu stellen und die Situation mit Myrna zu klären, dann war er nicht nur kläglich, sondern auch frech.

Und betrunken war er auch noch, an einem Mittwochnachmittag.

»Mårten, warum bist du wirklich hier?«

Tanner trommelte auf der Armlehne des Stuhls, ein blassgrüner Schatten zog über seine Wangen. »Ich muss ohnehin gleich wieder gehen ...«

»Hör mal ...«

»... das heißt, falls ich überhaupt wieder nach draußen finde, das ist ja alles so schrecklich schlecht ausgeschildert hier ...«

Der Zorn traf ihn wie ein Elektroschock, und Mickel hob seine Hand und knallte sie auf den Tisch. Tanner zuckte zusammen, und seine Kinnlade fiel hinunter.

»Sag jetzt, was du sagen wolltest!«, brüllte Mickel. »Du weißt, dass ich es weiß! Myrna und du! Sag es!«

Tanners Gesicht war vor Schreck erstarrt, und hätte Mickel in diesem Augenblick nicht ein vollkommen überladener Schreibtisch im Wege gestanden, und hätte sein steifer Rücken derartige Übungen nicht unmöglich gemacht, hätte er dem Mann direkt ins Gesicht geschlagen.

Die Stille nach seinem Ausbruch war größer und spürbarer als die Stille in der Küche, wenn man nach stundenlangem Kochen die Abzugshaube ausstellte. Sie hielt nur wenige Sekunden an, bis Tanner das Atmen wieder aufnahm, aber sie war bodenlos.

»Du weißt also, dass ...?«, sagte Tanner.

Mickel nickte.

»Aha, ach so, tja ...« Tanner stammelte, und seine ungläubig aufgerissenen Augen ließen ihn noch älter aussehen. »Ich meine, es tut mir natürlich leid, Mickel, ganz furchtbar leid, ganz ehrlich … das war alles ein großes Missverständnis …«

Mickel steckte immer noch mitten in seinem Wutausbruch, jedes Wort war ein gehässiges Aufstoßen, seine Verachtung für Tanner grenzenlos: »Was … bist du eigentlich für ein Mensch, in Wirklichkeit?«

Tanner stand ruckartig auf und riss mit einer ausladenden Bewegung seine Handschuhe wieder an sich, die muffige Alkoholdünste über den Schreibtisch wehte. Er drehte sich auf dem Absatz um und bewegte sich wie ein Sumoringer mit wankenden Schritten auf die Tür zu. Mickel stand auf und verzog das Gesicht vor Schmerzen. »Warte! Mårten, du bleibst jetzt hier …!«

Tanner hatte die Tür erreicht, die wie immer geschlossen war, und legte die Hand auf die Klinke, während Mickel ihn gleichzeitig an der Schulter packte.

»Was hast du jetzt vor?«, fauchte Mickel. Er erinnerte sich plötzlich, wie dünn die Wände waren, und stellte sich vor, wie die Doktoranden im Nachbarraum ihre Ohren spitzten. »Willst du etwa weglaufen? Ist das deine Absicht?«

»Lass mich raus. Ich brauche frische Luft, ich … mir geht es nicht so gut …«

Tanners verzweifelter Gesichtsausdruck jagte Mickel einen kalten Schauer über den Rücken. Gleichzeitig öffnete der Verlagschef die Tür und drängte nach draußen, ständig keuchend, als wäre er gerade bei einer schweißtreibenden Übung im Fitnessstudio.

»Tut mir leid …«, hechelte er. »Wir können irgendwann mal ein Glas zusammen trinken gehen und reden, über das hier reden, versprochen …« Er schob sich rückwärts durch den Korridor zur Glastür, die zu den Historikern führte.

»Warte«, sagte Mickel.

Tanner war bereits draußen, und sein Wurstnacken verschwand hinter den Reflexionen auf der Glastür.

Sie saßen in der Küche und aßen aufgewärmten Kartoffel-Schinken-Auflauf, bis er das Schweigen nicht mehr aushielt. Es war ein riskanter Schachzug. Am Abend würde Myrna mit der Fähre nach Stockholm fahren, von wo aus sie am folgenden Tag nach Gotland flog. Er wollte sich in den letzten Stunden vor der Reise nicht streiten, aber sich in den nächsten Monaten auch nicht mit Grübeleien herumplagen, die er vermeiden konnte.

»Tanner hat mich heute im Büro besucht«, sagte er und strengte sich an, so neutral wie möglich zu klingen. »Weißt du etwas darüber?«

Sie stockte. »Was wollte er denn?«

»Er sagte, dass er dort war, um einen Studenten zu treffen. Aber das klingt in meinen Ohren ein bisschen seltsam, deshalb vermute ich ...«

Sie murmelte etwas.

»Was?«

Ein ungeduldiges, verärgertes Kopfschütteln. »Tanner trifft ständig irgendwelche jungen Männer, das weißt du genauso gut wie ich.«

»Also, davon weiß ich nichts.«

Sie machte ein belustigtes Geräusch. »Sie *beten* ihn an! Die angehenden Schriftsteller, jung, hungrig auf Erfolg, die Künstler, sie ... scharwenzeln um ihn herum, als wäre er der Messias!«

Mickel erinnerte sich an den jungen Mann an der Theatergarderobe, und wie Mårten an seinem Arm zog. »Messias ist vielleicht ein bisschen übertrieben ...«

»Tanner bringt sie direkt in die Salons. Für sie ist es das Schlaraffenland. Ich möchte gar nicht wissen, was er von den Jungen dafür als Gegenleistung verlangt.«

»Also bitte ... das sind ja ziemlich wilde Spekulationen ...«

Sie schnaubte, und er dachte, dass sie in den letzten Tagen oft geschnaubt hatte, anscheinend automatisch, als würde seine Stimme ihren inneren Druck erhöhen, sodass sie gezwungen war, ihn wieder abzulassen, um nicht zu platzen.

Nach dem Schnauben war ihre Stimme wieder ruhig. »Wenn du einen von Tanners Jungen als Student hast, dann halt einfach die Augen offen. Vermutlich ist es ein kommendes Genie.«

»Ich dachte ... Du verstehst sicher, warum ich dachte, dass Tanner mit mir sprechen wollte, es aber nicht wagte. Über euch beide. Er war unheimlich nervös. Und dann hatte er es plötzlich ganz eilig, als ich laut wurde.«

Sie schaute ihn mit einem ernsten Blick an. »Das kann nicht sein.«

»Weil ...«

»Nervös! Er!«

Sie aß weiter Rote Bete, und in diesem Weiteressen lag die ganze Verachtung, die in den vergangenen Tagen alles Vertraute bis zur Unkenntlichkeit verändert hatte. Er versuchte den Zorn zu unterdrücken, der in ihm aufstieg. Er wollte sie anschreien, dass sie sich hüten solle, dass sie mit ihrer Untreue genauso widerwärtig sei wie er selbst – oder sogar noch widerwärtiger! –, und wandte seinen Blick ab.

»Und warum hat er sich dann so seltsam verhalten?«, fragte er.

»Was fragst du mich? Ich habe seit vielen Jahren nicht mehr mit Mårten Tanner gesprochen. Wahrscheinlich war er betrunken. Oder geil.« Sie schnaubte. Und stand auf, räumte die Spülmaschine ein und verschwand ohne ein weiteres Wort im Schlafzimmer. Den Geräuschen nach zu urteilen, packte sie weiter ihre Koffer.

Er aß schnell, schluckte große Bissen herunter, ließ die Wut wachsen, bis das Besteck in seinen Händen zitterte. Er beschloss, dieses Gefühl zu genießen. Einmal hatte er sie dabei ertappt, wie sie Ragnars Tagebuch las, und daraufhin hatte er tagelang nicht mehr mit ihr gesprochen. In Paris hatte sie einmal einen Museumskurator beschimpft, und obwohl der mit seinen Anekdoten über Gauguin tatsächlich ziemlich daneben lag, warf er sie hinaus, nachdem sie ihn einen Crétin genannt hatte. Peinlich berührt und rasend vor Zorn hatte Mickel sie am Fluss stehen gelassen und ein Taxi zurück zum Hotel genommen.

Und damals, genau wie jetzt, hatte er sich stark gefühlt. Aber abgesehen von diesen Vorfällen, als er sie wirklich verachtet hatte, konnte er sich nicht erinnern, dass er jemals wütend auf sie gewesen war. Starke Gefühle hatten in ihrem Zusammenleben nie eine Rolle gespielt.

Er ließ das Besteck auf den Teller fallen und ging mit entschlossenen Schritten ins Schlafzimmer. Sie legte ein Unterhemd zusammen und schaute nicht auf, als er die Tür öffnete.

»Glaubst du wirklich, du hast das Recht, dich so zu benehmen?«, polterte er energisch und mit einem letzten Bissen Essen im Mund. »Als wäre ich der Einzige in diesem Haus, der einen Balken im Auge hat.«

Seine Atemzüge strahlten in den Rücken aus, aber

trotz des ungewöhnlichen Ausbruchs saß sie anscheinend ganz ungerührt da, was ihn nur noch mehr aufregte. Er trat ganz dicht an sie heran.

»Ein Sternbild aus den Orten, wo wir uns geliebt haben!« Er schrie es fast, aber dann verlor er den Faden.

Etwas Rotes leuchtete auf der straff gezogenen und strahlend sauberen Überdecke. Es dauerte ein paar Sekunden, bis er begriff, dass er beim Sprechen Rote Bete ausgespuckt hatte. Das daumennagelgroße Stück hatte Streifen und Tropfen hinterlassen, während es über das Bett gekullert war. Er fasste sich ans Kinn und entdeckte noch mehr Essensreste in seinem Bart, stöhnte und wischte sich den Mund ab, schaute nach unten und entdeckte noch mehr Rote Bete auf dem Teppich.

»Äääääh ...« Der Abscheu traf ihn wie ein Hammer, die Selbstverachtung überwältigte den Zorn. »Das ist ... geht das wieder weg?«

»Tja, ich habe jetzt keine Zeit zum Waschen«, sagte sie mit eisiger Stimme. »Lass es einfach so.« Sie legte weiter Kleider zusammen. In der Stille schwebte die ganze Bedeutung dessen, was sie gesagt hatte, ihre Überlegenheit und seine peinliche Niederlage.

Da er sie brauchte. Da er ohne sie nicht einmal sein Bett sauber halten konnte.

»Du zitierst aus der Bibel«, sagte sie und warf ihm einen kurzen Blick zu. »Sprichst von Balken.« Ein Lächeln kräuselte für einen Augenblick ihre faltigen Wangen, dann wurde sie wieder ernst, beinahe feierlich. »Die einzige Elsa, die seinerzeit immatrikuliert war, ist eine Elsa Sinnemäki aus Sastmola. Sie hat vor fünfzehn Jahren ihr Kandidatenexamen abgelegt, aber ihren Magister nie zu Ende gebracht.«

Er starrte ihr direkt ins Gesicht, unfähig, ihr etwas zu erwidern, als würde eine plötzliche Kälte ihn in seiner Position einfrieren.

»Der Name kam mir irgendwie bekannt vor ... ich habe lange darüber nachgedacht, was der Grund dafür gewesen sein könnte ... aber war sie nicht diejenige, die in der Nunnegatan vom Bus überfahren wurde? Vor deinem Büro? Nach diesem Unfall wurde doch die Haltestelle verlegt. Ich erinnere mich sogar noch daran, was du damals gesagt hast! Es war nämlich so abscheulich. Gar nicht deine Art. Du sagtest, dass es dir ganz recht sei, dass sie die Haltestelle verlegen, der Lärm würde dich bei der Arbeit stören. Du hast sogar nachgemacht, wie die Studenten dort herumjohlten, wenn sie dort standen und rauchten.«

Er versteinerte immer mehr, während sie sprach, wollte sich verteidigen, aber selbst wenn er die frostige Erstarrung hätte lösen können, was hätte er schon sagen sollen?

»Und du hast vor Gericht ausgesagt, als der Busfahrer freigesprochen wurde. Das Mädchen war kurz vor dem Unfall bei dir im Büro gewesen und hatte mit dir diskutiert. Sie war deine Schülerin. Aber du hattest nichts Besonderes bemerkt. Du hast es vor den Geschworenen unter Eid ausgesagt.«

»Myrna ...« Es klang wie ein Flehen.

Ihre Augen waren kalt, aufmerksam. »Der Balken im Auge also, Mickel. Was soll ich davon halten, dass du aus der Bibel zitierst?«

Das Taxi kam und nahm sie ihm weg. Die eine Stille wurde von einer anderen ersetzt.

Mickel hatte erwartet, dass er mit dieser neuen Stille besser umgehen könnte, stattdessen litt er unter der Einsamkeit. Es kam selten vor, dass er allein in dem Haus an der Fänriksgatan war, aber wenn es doch so war, verwandelten sich die Räume in etwas anderes, von einem Zuhause in einen kühlen Aufbewahrungsort für Möbel, Teppiche und Bücher. Eine Weile lief er planlos umher, ohne groß über etwas nachzudenken, ließ die Hand über den Klavierdeckel gleiten, setzte sich und spielte ein paar Variationen, aber es klang ängstlich und verstimmt, und er ging stattdessen ins Badezimmer und öffnete den Wasserhahn. Rechtzeitig zu Myrnas Abreise war Wind aufgekommen, und als die Standuhr im Salon halb neun schlug und das Badewasser eingelaufen war, tobte draußen ein Herbststurm, der sein Gemüt noch stärker aufwühlte.

Langsam ließ er sich in das beinahe glühend heiße Badewasser sinken und spannte jeden Muskel und jede Sehne an, um den ersten quälenden Schock ertragen zu können. Der Rücken protestierte gegen seine Bewegungen, aber er wusste, dass das Wasser bald jeden Schmerz und jede Ablenkung überwinden, ihn klar und konzentriert machen würde.

Ich muss es nicht wissen, hatte Myrna gesagt und dann das Wort benutzt, unter dem er zusammengezuckt war. Sie sagte, was damals auch passiert sei, es sei jetzt *verjährt*.

Als hätte er ein Verbrechen begangen, als hätte er Elsa Sinnemäki mit eigenen Händen vor die Zweiunddreißig gestoßen, oder so etwas. Dabei hatte es mehr als zwanzig Augenzeugen gegeben, die gesehen hatten, dass sie vor diesen Bus gelaufen war. Er hatte gegen Myrnas Formulierung protestiert, aber sie hatte ihn unterbrochen, darauf bestanden, dass sie es nicht wissen wollte, dass sie sich im Augenblick einzig und allein dafür interessierte, rechtzeitig zur Abfahrt der Fähre fertig zu sein.

Dann war das Taxi gekommen, und die neue Stille.

Und aus ihr war ein beißendes Schuldgefühl entstanden, über das, was mit Elsa Sinnemäki passiert war, und es war das erste Mal seit vielen Jahren, dass er das empfand.

Das Klappern der Dachziegel wurde wieder lauter. Mickel beugte die Knie und ließ den Rücken ins Wasser gleiten, bis er die Augen schließen und den Kopf unter die Wasseroberfläche gleiten lassen konnte.

Der Busfahrer arbeitete immer noch beim öffentlichen Nahverkehr. Mickel hatte ihn noch im Sommer gesehen, als er an einem der Wartehäuschen auf dem Marktplatz eine Zigarette geraucht hatte. Der Mann hatte seine Haare verloren, an Gewicht zugelegt. Mickel hatte sich gefragt, ob er immer noch über das nachdachte, was passiert war, und ob er sich schuldig fühlte? Ob er sie vielleicht sogar hin und wieder besuchte?

Mäntymäki, Abteilung dreizehn.

Mickel kannte den Ort, aber er war niemals dort gewesen. Er hatte Elsa das letzte Mal gesehen, als sie in den Krankenwagen getragen wurde.

Und so sollte es bleiben. Das hatte er beschlossen.

Er hielt die Luft an, solange er konnte, hoffte, dass sich die Sorgen auflösen und davonschwimmen würden, aber als der Schmerz in den Lungen ihn zum Auftauchen zwang und die Gedanken immer noch da waren, begann er zu weinen.

Vierzehn Jahre. Wann verjährte ein gebrochenes Herz?

VERRÜCKTE TAGE

DER MANN TRUG EINEN vollgepissten Popeline-Mantel und schien die meisten seiner Zähne verloren zu haben. Der Nacken und die Kinnfalten lagen wie ein heruntergerutschter Strumpf unter einem grauen Hundegesicht, und er brüllte mit seinen alkoholgeschädigten Stimmbändern, weil es ihn ganz offensichtlich amüsierte, dass Pasi ihm geantwortet hatte.

»Ei sun kannata röökii vetää hei, se pilaa sun ihon!«

»Haista vittu saatana, sul on koko aski täys ...«

»Saattaa olla, mitä sitte?«

»Vittuiletsä mulle perkele, pihi paska viel vittuilet ...«

Der Mann hatte auf der Rasenfläche am Fluss unterhalb des Ruinenmuseums gesessen, und als Pasi und Calle vorbeigingen, hatte er angefangen zu grölen. Erst hatte er um Hilfe geschrien, aber bald war er aufgestanden und hatte ihnen befohlen, ihm Tabak zu geben.

Calle schaute amüsiert zu, wie die beiden sich zankten und einander verfluchten, aber er machte sich auch ein bisschen Sorgen, weil der Mann, der bedeutend größer als Pasi war und meilenweit gegen den Wind stank, die ganze Zeit näher kam und seine Augen mit jedem trockenen Kommentar, den Pasi ihm zurückspielte, mehr Feuer zu fangen schienen.

»Hej, scheiß auf den Typen«, sagte Calle.

Ein feuchtes, zahnloses Lächeln spannte das graue Raster auf, das die eine seiner Wangen bildete, während die andere Wange schlaff hinunterhing, als wäre sein Gesicht zur Hälfte gelähmt. »Verdammte Finnlandschweden«, blökte er.

Pasi schlug seine Hände zusammen. »Er spricht Schwedisch!«

Der Mann massierte sein Gesicht mit einer rauen, schwieligen Hand, um sie anschließend zur Faust zu ballen und an seiner Seite herunterhängen zu lassen, als wäre er jederzeit bereit, sie Pasi ins Gesicht zu rammen. »Ich s-preche ssieben S-prachen! S-wedis, Russis und Araapis!«

Der Gestank des Mannes war so kräftig und säuerlich, dass Calle ein paar Schritte zurückwich und nur zurückhaltend atmete. »Pasi«, sagte er.

Pasi lachte schallend. »Wow! In welcher Gosse bist du denn zur Schule gegangen? In dieser großen in Räntämäki, der Pissgosse?«

»Pasi.«

Neben dem Mann, der sich mittlerweile mit nach wie vor geballter Lederhand fast über ihn beugte, sah er wie ein kleiner Schuljunge aus. Calle brummelte vor sich hin und fragte sich, ob und wie er eingreifen sollte. Der Mann konnte jederzeit zuschlagen.

Pasi zog plötzlich eine Zigarettenschachtel aus der Jackentasche, klopfte eine Zigarette heraus und hielt sie dem Mann vors Gesicht. Die Kinnrollen bebten, als der Mann seine Lippen bewegte, und der alte, schwammige Blick schien sich allmählich auf den gelben Filter zu konzentrieren.

»Frag auf Arabisch, dann bekommst du sie«, sagte Pasi.

Für ein paar Sekunden wurde es still, während der Mann regungslos und wie hypnotisiert der Zigarette mit den Augen folgte, als Pasi sie sich zwischen die Lippen steckte und anzündete. Er zog daran und hielt sie dann zwischen Daumen und Zeigefinger vor sich hoch. In seinem Blick entdeckte Calle eine Seite von ihm, die er schon länger kannte, aber nur ungern beobachtete. In den Gesichtszügen spiegelte sich eine dunkle und ungeduldige Ruhe, hinter der Iris eine fast amüsierte Verachtung.

»Na! Du sprichst doch *ssieben S-prachen* ...!«

»Spielst du gerne mit deinem ... Piller?«, fragte der Mann mit einem zahnlosen Lächeln, nachdem er etwa zehn Sekunden geschwiegen hatte.

Pasi brach in lautes Gelächter aus. Er sank zusammen und sah nicht, wie der Mann ganz offensichtlich versuchte, ihm die brennende Zigarette aus der Hand zu stibitzen. »Oh!«, sagte Pasi und zog sich zurück. »Da haben wir es ja! Arabische Poesie! So etwas möchte man bis zum Morgengrauen lesen!« Er streckte dem Mann immer noch lachend die Zigarette entgegen.

Der Mann rauchte ein paar Züge und spuckte dann auf den Boden. Er brummelte etwas und ging.

Pasi lachte immer noch, als sie die Auragatan hinaufgingen. »Scheiß Idiot«, sagte er zwischen den Attacken, und ein paarmal schien er umdrehen und wieder zurückgehen zu wollen, aber Calle behielt das Tempo bei, und als sie auf der Brücke waren, hatte sich Pasi beruhigt.

»Er hat auf mich gespuckt, hast du das gesehen? Dabei habe ich ihm meine verdammte Zigarette gegeben ...«

»Mhm.«

»Ich hätte das Arschloch in den Fluss schmeißen sollen.«

Calle schüttelte den Kopf. »Sinnlos.«

Pasi schnaubte und schien seinen eigenen Gedanken nachzuhängen. »Stimmt«, sagte er. »Das scheiß Wasser würde nur noch dreckiger werden.«

Pasi führte sie zu einem heruntergekommenen Antiquariat in der Universitetsgatan. Während er mit dem Inhaber in der hintersten Ecke des Lokals diskutierte, streunte Calle zwischen den Bücherstapeln herum und fand ein Regal mit schwedischer Literatur. Am Abend zuvor hatte er im Internet einige Bücherannoncen studiert und sich eine Liste auf dem Telefon angelegt. Das einzige Buch, das im Internet nachgefragt wurde und sich in diesem bescheidenen schwedischen Regal befand, war ein Roman von Christer Kihlman, aber das Exemplar war zerfleddert, vermutlich unverkäuflich. Außerdem hatte er nicht vor, Bücher aus einem Laden zu stehlen. Der praktische Unterschied war zwar nicht offensichtlich, aber sein Gefühl sagte ihm klar und deutlich, dass er sich an die Sammlungen in der Bibliothek halten sollte.

Pasi ließ sich Zeit, und Calle ging nach draußen, um

eine Zigarette zu rauchen. Es ging auf vier Uhr zu, und es begann langsam zu dämmern. Obwohl sie sich fast im Zentrum der Stadt befanden, war ihm dieses Viertel unbekannt. Gegenüber bildeten nackte Bäume und Büsche eine Art Park, links war in einiger Entfernung eine Art Kirchturm zu sehen. Die Wohnhäuser waren anonyme, hässliche Stapelkästen. Calle vermutete, dass er noch niemals hier war.

Seine Gefühle für Åbo waren noch nie von einer aktiven Neugierde geprägt gewesen. Für jemanden aus Nickby, wie er es war, erfüllte Åbo seine Funktion als Woanders auf eine zufriedenstellende Weise, aber es gab nichts, was ihn jemals dazu verlockt hatte, die Stadt in ihrem Innersten zu erkunden.

Åbo war eben, wie es war. Nach den ersten Eindrücken vor fünf Jahren hatte ihn die Stadt kein einziges Mal mehr überrascht. Woran das lag, war schwer zu sagen. Vermutlich hatte die Stadt gegenüber seiner allgemeinen Gleichgültigkeit keine Chance.

Es hatte schon früh angefangen. Ich hatte keine Lust, die gelben Kapseln in den Überraschungseiern zu öffnen.

Calle erinnerte sich plötzlich an die Stand-up-Nummer, die er anlässlich dieses Gefühls geschrieben hatte.

Er hatte es seine *Ungierde* genannt.

Heutzutage muss Iltalehti *schon NASA ENTDECKT PLANETENGROSSE TITTEN! SIEHE BILDER! titeln, damit ich es überhaupt anklicke.*

Überraschend geringe Reaktionen, jedes Mal. Er hatte eine Liste mit Beispielen für extreme Gleichgültigkeit zusammengestellt, die er selbst für unheimlich lustig hielt, hatte aber immer mehr davon weggelassen, bis er irgendwann die ganze Nummer strich.

Würde ich eine glitzernde Katze sehen, die meinen Namen singen und durch eine goldene Pforte mit einem Fragezeichen darüber liefe, ich würde mit den Schultern zucken und stattdessen Schnaps kaufen gehen, bevor der Laden schließt.

Es war jedes Mal erniedrigend, wenn ein Witz nicht funktionierte, aber bei der Ungierde-Nummer hatten ihm die ausbleibenden Reaktionen richtig die Laune verdorben. Seitdem hatte er das Gefühl, dass nur er allein an dieser ... Ungierde litt.

Zum letzten Mal war ich an jenem Morgen richtig neugierig, als ich einen Krankenwagen ausschiss. Es stellte sich heraus, dass ihn mir jemand am Abend vorher ins Glas getan hatte, und so war das Geheimnis gelöst. Aber als ich dasaß und drückte ... und als ich sah, was herauskam ...! Was für ein Gefühl! Echte Überraschung! Schon Ewigkeiten her!

»Hier bin ich noch nie gewesen«, sagte er Pasi, der mit leeren Händen aus dem Laden kam.

Pasi sah geistesabwesend aus, steckte sich eine Zigarette in den Mundwinkel, zündete sie aber nicht an. »Nee, klar«, sagte er. »Du sitzt ja auch meistens zu Hause und spielst mit deinem Piller.«

Das Einkaufszentrum Hansaquartier war ein wimmelndes Wespennest voller pelztragender Menschen mit gelben Plastiktüten. Der Schlussverkauf schien das gesamte Umland in die Stadt gelockt zu haben. Calle und Pasi standen zwischen Heliumballons, Schulkindern und übersteuerten Lautsprecheranlagen in der Schlange, um ihre Kartons voller schaumgefüllter Schokoladenküsse zu bezahlen. Das war Tradition seit dem ersten Semester, mitsamt der Übelkeit, wenn die Kartons leergegessen waren, und dem heiligen Versprechen, nie wieder Schokoladenküsse zu essen.

Ein bisschen später saßen sie an einem Tisch und beobachteten das Gedränge, aßen einen glasurgetränkten Donut und schlürften brühend heißen Kaffee. Pasi wirkte immer noch zerstreut und hatte zu Calles Verwunderung die Begegnung mit dem Penner immer noch nicht abgehakt.

»... dann holen wir uns ein Studiendarlehen und werden so schnell wie möglich fertig, damit wir ins Arbeitsleben finden und seinen verdammten Fusel finanzieren können ...« Sein Blick war verträumt in den Menschenstrom gerichtet, als redete er mit sich selbst.

Calle ergriff die erste Chance, ihn zu unterbrechen und das Gespräch auf ein anderes Thema zu lenken: »Du hast übrigens vergessen, mir zu gratulieren«, sagte er. »Ich bin gerade zehntausend Tage alt geworden.«

Pasi schluckte seinen Kaffee mit Nachdruck. »Und mir fallen gerade zehntausend Fragen ein.«

»Aha.«

»Zum Beispiel, wer so etwas ausrechnet?«

Calle lächelte. »Helena.« Allein ihren Namen zu sagen verdarb ihm direkt die Laune. »Sie hatte eine Torte gebacken.«

Pasi strahlte. »Ja, da habe ich sie doch getroffen. Sie hatte sich gerade auf diese Torte gesetzt.«

»Du warst dort?«

Pasi erzählte, wie er Helena auf dem Bahnhof getroffen hatte. »Ich erinnere mich, dass sie zu Tode erschrocken wirkte. Aber vielleicht habe ich ja diese Wirkung auf Frauen.«

»Na ja, nach dieser Glühweinrunde.«

»Das dachte ich auch«, sagte Pasi.

Ein Mann hatte Helena verfolgt, als sie im Dezember des vergangenen Jahres am Fluss entlang nach Hause gegangen war, nach einer Studentenveranstaltung, die Glühweinrunde genannt wurde. Unter der Eisenbahnbrücke direkt vor der Studentensiedlung war der Mann zum Angriff übergegangen und hatte sie zu Boden geworfen, aber als sich ein Radfahrer genähert hatte, war er verschwunden. Kurze Zeit später war ein Student für mehrere Vergewaltigungen verurteilt worden, und Helena meinte, dass es derselbe Mann gewesen sei, der sie angegriffen hatte.

In derselben Nacht war Calle auf einer Nachfeier eingeschlafen und hatte, vollständig besiegt vom Kater, erst am späten Vormittag bemerkt, dass Helena immer wieder versucht hatte, ihn anzurufen. Über dieses Ereignis hatten sie lange nicht gesprochen, aber manchmal dachte er, dass die Nachbeben ihres Zorns und ihrer Enttäuschung seitdem ständig in ihren Augen standen.

Ganz abgesehen von der Angst, sich draußen allein zu bewegen.

»Und jetzt ist er schon wieder draußen, dieser Typ«, sagte Calle. »Das ist ...«

»Krank.«

»Wohnt in der Studentensiedlung, als wäre nichts passiert.«

»Es gibt so viele ... die man einfach in den Fluss werfen sollte.«

»Das ist heute deine Lösung für alles?«

Pasi seufzte. »Die Gesellschaft hat Krebs. Und wir hätscheln und tätscheln die Tumore, weil sie schließlich auch ein Teil von uns sind.«

»Und deswegen radebrechst du plötzlich auf Deutsch?«

Pasis Blick wurde schärfer. »Lutsch meinen Rock'n' Roll-Penis! Dagegen zu sein, dass jemand die Gesellschaft und die Moral vergewaltigt, hat doch nichts mit Nazismus zu tun.«

Eine Mutter am Nebentisch, die versuchte, ihre beiden Kinder im Zaum zu halten, schaute sie erschrocken an und wandte sich ab. Man konnte leicht vergessen, dass es trotz allem noch Leute in Åbo gab, die Schwedisch konnten.

»Würdest du mich auch in den Fluss werfen?«, fragte Calle.

»Was?«

»Ich bin ja schließlich auch eine Belastung für die Gesellschaft.«

Pasi betrachtete ihn aufmerksam und auf eine Weise, die Calle vermuten ließ, dass er ihn missverstanden hatte.

»Ich lebe von der Stütze«, fuhr Calle fort. »Ich bin langsam. Meine Zeugnisse sind wertlos. Und was werde ich dann? Literaturwissenschaftler?« Er lachte trocken. »Genau das, was die Gesellschaft braucht. Ein Vergewaltiger der Marktwirtschaft und ein Penner in ein und derselben Person.«

Pasi schien nachzudenken, und sein Schweigen brachte Calle langsam auf die Palme. Was er gesagt hatte, war als lustige Stichelei gedacht gewesen. Pasi sah aus wie ein Priester, der gerade die Beichte entgegengenommen hatte und zwischen Vergebung und Verdammung schwankte.

»Du machst doch Stand-up und kannst alles Mögliche werden«, sagte Pasi schließlich.

»Ich hatte zehntausend Tage Zeit und bin noch nicht einmal alles Mögliche geworden.«

»Aber du hast doch Ideen.«

»Was?«

»Also, irgendeinen Plan.«

»Bist du jetzt mein Studienberater?«

»Du musst doch eine Idee haben, was du machen willst?«

»Aha. Muss ich das?«

»Du gehst doch nicht auf die Bühne, ohne dass du eine Ahnung davon hast, was du dort machen willst.«

»Nein!«, sagte Calle mit entschlossener Stimme. »Das weiß ich!«

Der Zorn schien Pasi zu erweichen, wie das Weinen des gemobbten Jungen die Meute der Mitschüler auseinanderscheucht. Calle bereute sofort, dass er so aufbrausend gewesen war, und sie saßen eine Weile schweigend da und versuchten, sich wieder aufeinander einzuschwingen.

Pasi zuckte mit den Schultern. »Du bist gut beim Stand-up.«

»Mhm. Und ich kann furzen und wichsen und Filesharing.«

»Den Volkshochschulkurs will ich auch besuchen.«

»Schon ausgebucht, aber im Frühjahr wichsen wir weiter.«

Pasis Gesicht entspannte sich, als er lachte, und die Härte verschwand aus seiner Stimme. Sie verbrachten ein paar Minuten damit, sich möglichst widerliche und anstößige Kurse auszudenken, bis sie beide so laut lachten, dass die Kinder am Tisch nebenan herüberschauten und ihrer Mutter etwas ins Ohr flüsterten.

Das Problem bestand darin, dass die wertvollsten Bücher an Orten aufbewahrt wurden, zu denen Calle keinen Zugang hatte. Die Akademiebibliothek hatte alles, was man sich wünschen konnte, im Überfluss, aber der größte Teil der Bücher befand sich in geschlossenen Magazinen oder in den berüchtigten Kellergängen, und um an sie heranzukommen, musste man sie über die Webseite der Bibliothek bestellen, woraufhin ein Bibliothekar das Material für einen holte.

Für Calles Zwecke war sie also ungeeignet.

Er setzte sich an einen freien Rechner in der Eingangshalle der Hauptbibliothek und tat so, als würde er seine E-Mails lesen, während er das Personal beobachtete, das Buchwagen vor sich her durch Türen schob, die sich mit elektronischen Schlüsseln öffnen ließen. Sich in die inneren Bibliotheksräume hineinzuschmuggeln, ohne Verdacht zu erwecken, dürfte schwer sein, wenn nicht sogar unmöglich.

Er grübelte lange darüber nach, ohne zu einem Ergebnis zu kommen. Bevor er hinausging, meldete er sich zu einem Kurs zum Thema Informationsbeschaffung an, der an der Anschlagstafel angekündigt war. Der Kurs interessierte ihn nicht im Geringsten, aber er dachte, dass er so in irgendeiner Form Zutritt zu den geschlossenen Abteilungen der Bibliothek bekommen könnte.

Er ging weiter zur Philosophischen Fakultät mit ihren offenen Regalen, an denen man sich selbst bedienen konnte. Er fand eine frühe Auflage von Pär Lagerkvists *Der Zwerg,* musste aber feststellen, dass der Einband in Einzelteile zu zerfallen drohte, und die Seiten voller Stempel waren. Es war offensichtlich, dass er in den geschlossenen Abteilungen suchen musste, wenn er Bücher finden wollte, die man verkaufen konnte.

Im Literaturwissenschaftlichen Institut durchsuchte er eine halbe Stunde lang die Regale der Präsenzbibliothek. Die meiste Zeit verbrachte er damit, in einer Abhandlung zu lesen, weil ein Mädchen, das er nicht kannte, hineinkam und sich mit einem Lehrbuch auf das Sofa setzte.

Als sie gegangen war, schnappte er sich noch ein paar Ausgaben von Diktonius. Die Bücher waren in einem guten Zustand, und er überlegte sich, dass er sie vielleicht selbst anbieten könnte. Vielleicht würde er den Käufer des ersten Buchs kontaktieren, um zu sehen, ob er interessiert war. Dann fand er eine Erstauflage von Märta Tikkanens *Die Liebesgeschichte des Jahrhunderts*. Sie befand sich auch auf der Liste, die er anhand der Annoncen zusammengestellt hatte. Das Buch war ein bisschen vergilbt, wirkte aber immer noch elastisch.

In dem Rucksack, neben dem Karton mit den Schokoladenküssen, landeten auch die *Erzählungen eines Feldschers* von Topelius, Christer Kihlmans *Homo tremens* und ein paar Gedichtsammlungen von Bo Carpelan. Nach kurzem Zögern steckte er auch ein schön eingebundenes Exemplar von *Also sprach Zarathustra* dazu, bevor er die Bücher mit einem Pullover bedeckte, den er allein zu diesem Zweck mitgenommen hatte. Seine Hände waren kalt und verschwitzt, als der den Reißverschluss zuzog.

»Aha!« Calle zuckte zusammen, als er Iron Mans Reibeisenstimme hörte. Der alte Dozent stand plötzlich in der Türöffnung, lang und bedrohlich wie ein krummer Baum.

»Hallo«, flüsterte Calle und sah mit steigendem Entsetzen, wie Iron Man den Raum betrat und sich ihm humpelnd näherte.

Die Scham war unerträglich. Er war aufgeflogen! Auf frischer Tat ertappt, mit einer Tasche voller Beweismaterial.

Er sah die gesamte Abfolge der kommenden Ereignisse vor sich. Strafanzeige, Bußgelder, Rauswurf aus der Akademie. Er würde seine Wohnung verlassen müssen und vermutlich zurück nach Nickby ziehen, zu seiner Mutter, die ihn umbringen würde, vielleicht nicht körperlich, aber auf jeden Fall seelisch mit ihrer enttäuschten Verachtung und ihrem unerträglichen Getue.

Diese Schande! Calle sah Iron Mans verbissenen Gesichtsausdruck.

Vermutlich war er der schlechteste Dieb der Welt. Er hatte noch nicht einmal die Tür zugemacht, bevor er angefangen hatte, die Bücher aus den Regalen zu holen. Und wozu das Ganze? Für ein paar Hundert Euro? Es war so sinnlos, dass es beinahe komisch war.

Iron Man stelzte an ihm vorbei und begann in dem Regal mit den Klassikern zu suchen. Calle starrte den gebeugten Rücken mit stockendem Atem an, bis der alte Mann ein paar Bücher herausnahm und sich mit einem blassen Lächeln zu ihm umdrehte.

»Ziemlich kalt draußen heute«, sagte er, und erst nach ein paar Sekunden fiel bei Calle der Groschen, dass er genau das auch meinte, dass es nichts als höflicher Smalltalk war.

Dass Iron Man tatsächlich nichts davon ahnte, was Calle in diesem Raum getan hatte.

Calle stammelte irgendetwas mit November, und sie

nickten einander lächelnd zu, bevor Iron Man wieder in den Korridor verschwand.

Calle hatte das Gefühl, dringend nach draußen zu müssen und zwei Zigaretten zu rauchen, um sich zu beruhigen. Aber dann beschloss er, der Paranoia nicht das Kommando zu überlassen. Mit etwas unsicheren Schritten begab er sich zur letzten Station dieses Nachmittags und nahm sich selbst das Versprechen ab, die Vorsicht an erste Stelle zu setzen.

Das Grindenswärdska Kabinett lag in den Räumlichkeiten des Romanistischen Instituts und war im vergangenen Frühjahr eingeweiht worden. Dort wurden Teile der Büchersammlung aufbewahrt, die der finnlandschwedische Erfinder und Bücherliebhaber Evald Grindenswärd der Akademie vermacht hatte. Er hatte bereits in jungen Jahren ein Vermögen mit einer Aufhängung für Schiebetüren gemacht und konnte den größten Teil seines Lebens seiner Sammelleidenschaft für französische Literatur widmen. Seine Bibliothek war eine der wertvollsten privaten Büchersammlungen Nordeuropas, und die Schenkung an die Akademie hatte sogar internationale Aufmerksamkeit erregt. Es waren Stimmen laut geworden, dass die Bücher besser im Museum ausgestellt werden sollten, statt sie, wie es Grindenswärds Wunsch gewesen war, den Studenten zur Verfügung zu stellen. Die Lösung dieses Konflikts hatte darin bestanden, einen Raum zu bauen, der einer klassischen französischen Bibliothek nachempfunden war und der teils Repräsentationszwecken diente, teils als Forschungsbibliothek des Romanistischen Instituts.

Über die Datenbank der Bibliothek hatte Calle

herausgefunden, wie viele wertvolle Bücher dort untergebracht waren. Und da hatte er noch nicht einmal begonnen, sich die französischsprachigen Bände genauer anzuschauen. Evald Grindenswärd war nämlich ausgesprochen fasziniert von Edith Södergran gewesen, und seine Sammlung enthielt etliche wertvolle Ausgaben ihrer Gedichtbände.

Calle ging mit leichten Schritten durch den leeren Flur des Romanistischen Instituts, bis er die Tür erreichte, auf der Grindenswärds Name in weißen Druckbuchstaben stand. Abgeschlossen, natürlich. Er hatte nichts anderes erwartet. Aber die Tür sah wie alle anderen Türen im Gebäudekomplex der Philosophischen Fakultät aus, eine grau gestrichene Holztür mit einem einfachen Schloss. Genau das hatte er gehofft.

Er setzte sich auf eines der Futonsofas weiter hinten im Flur und begann auf seinem Handy zu daddeln, versuchte auszusehen, als hätte er jeden Grund der Welt, ausgerechnet dort zu sitzen und sich die Zeit zu vertreiben.

Er wartete. Fünfzehn Minuten. Zwanzig. Ein Dutzend Studenten kamen vorbei, schauten sich aufgehängte Listen an, kopierten, gingen auf die Toilette. Eine Vorlesung endete und der Flur war für eine Weile voller Leute, bevor es wieder ruhig wurde.

Als er bereits über eine halbe Stunde gewartet hatte, wurde eine Tür am anderen Ende des Flurs geöffnet. Jemand, der durchaus die Französischprofessorin sein konnte, ging in seine Richtung, ruhig und mit wiegendem Gang, die Pantoletten klapperten sanft auf dem Steinboden. Calle hielt den Atem an und gab sich alle Mühe, mit seiner Umgebung zu verschmelzen. Als die Frau tatsächlich vor dem Grindenswärdska Kabinett stehen blieb und die Tür aufschloss, konnte er ein breites Lächeln nicht unterdrücken.

Er wartete zehn Sekunden, bevor er seine Tasche nahm und aufstand. Mit einer Geschmeidigkeit, die ihn selbst verblüffte, streckte er die Hand aus und schob den Entriegelungsknopf im Schließblech hinunter, während er an der weit geöffneten Tür vorbeiging. Das Klicken war überraschend laut, und er hielt erschrocken inne, ging aber anschließend weiter zum anderen Ende des Flurs, wo er sich mit pochendem Herzen vor eine Anschlagstafel stellte und las.

Es dauerte ein paar Minuten, bis die Frau, die vielleicht die Professorin war, mit ein paar Büchern unter dem Arm wieder in den Flur trat.

Als sie die Tür zum Kabinett mit einem Krachen hinter sich zuschlug, kontrollierte sie nicht, ob sie eingerastet war, sondern ging den Flur in seine Richtung hinunter.

Spät am Abend kehrte Calle in den Flur des Romanistischen Instituts zurück, wo es jetzt so dunkel war, dass nur noch die weißgrünen Leuchten der Notausgänge und die Straßenlaternen vor den Fenstern etwas Licht gaben. Er ging leise an der Anschlagstafel vorbei und duckte sich instinktiv vor den Fenstern. Es war eigentlich nichts Verbotenes, dass ein Student mit eigenem Schlüssel abends die Räume der Akademie betrat. Er könnte sich jederzeit damit herausreden, dass er Prüfungsergebnisse nachschauen oder einem Dozenten etwas ins Fach legen wollte. Aber am besten war es natürlich, wenn er so wenig Aufmerksamkeit wie möglich auf sich zog.

Vor dem Grindenswärdska Kabinett blieb er stehen und lauschte.

Nichts zu hören, nur das leise Surren von Computern im Ruhezustand.

Er war so konzentriert und aufgepumpt mit Adrenalin, dass alle Zweifel und die ganze Angst, die ihn fast dazu bewegt hatten, zu Hause zu bleiben, wie weggeweht waren. Die drei Dosen Bier, die er noch schnell in sich hineingeschüttet hatte, taten wahrscheinlich ihr Übriges, um die Angst zu dämpfen und die Selbstverachtung zu unterdrücken.

Gleichzeitig empfand er eine ungeheure Zufriedenheit, als hätte er gerade ein großes Problem gelöst oder eine besonders anspruchsvolle Aufgabe erledigt, als er die Klinke hinunterdrückte und feststellte, dass die Tür tatsächlich aufglitt, dass in den fünf Stunden, die er zu Hause gesessen und gewartete hatte, keine einzige Seele bemerkt oder vermutet hatte, dass sie unverschlossen war, um sie anschließend wieder zu verriegeln.

Er führte seinen Plan mit ruhiger Präzision aus. Er hatte sich die Regalordnung mithilfe einer Übersichtskarte aus dem Internet eingeprägt und wusste genau, wo die Södergran-Sammlung stand und wie er dorthinkam, ohne an den Fenstern vorbeizumüssen.

In der Bibliothek war es warm. Die schweren Bände standen dicht beieinander in den massiven Regalen aus Mahagoni und schienen eine staubige Hitze auszustrahlen, wie Batterien, in die eine Art Urkraft eingelagert war.

Er erreichte das richtige Regal und schaltete die Taschenlampe ein.

Der Lichtkegel wanderte über die Reihen der geschmackvoll in graublaues Leder eingebundenen Bände, auf deren Rücken die Titel in zierlichen goldenen Lettern eingeprägt waren.

Der Hauch eines schlechten Gewissens keimte auf, einen Augenblick lang zögerte er. Es war ganz offensichtlich ein so sorgfältig zusammengestelltes Ganzes, und die leeren Stellen, die zurückblieben, als er die Bände *Rosenaltar* und *Schatten der Zukunft* herausgenommen hatte, amputierten die Sammlung, ja zerstörten sie im Grunde.

Er verdrängte dieses Gefühl mithilfe des eigentümlichen Gedankens, dass der Einbruch so gut ausgeführt war, dass er sich die drei- oder vierhundert Euro, die er für die Bücher bekommen würde, redlich verdient hätte. Mehr als zwei wollte er nicht nehmen. Das wäre gierig, und deshalb bedeutend frevelhafter.

Er bewegte sich zügig wieder in Richtung Tür, so konzentriert, dass es ihm gelang, die Fassung zu bewahren, als er bemerkte, dass sich jemand im dunklen Flur der Romanistik aufhielt, jemand, der stehen blieb, als die Tür sich öffnete.

Ein erstauntes Japsen glitt über den dunklen Steinboden und hallte durch die Dunkelheit. Calle durchfuhr ein eiskalter Schauer, und er fluchte stumm, versuchte aber sofort, sich natürlich zu verhalten, trat ohne zu zögern in den Flur und schloss die Tür hinter sich, als hätte er nichts zu verbergen.

»Was machst *du* denn hier?«

Die Stimme klang vertraut, und die Silhouette kam ihm auch bekannt vor. Calle hielt den Atem an.

Es war Werther Fogh! Das rote Haar sah in der Dunkelheit hellgrau aus, und als er näherkam, konnte er die verblüffte Miene seines Kommilitonen erkennen.

»Ach so, aha …«, sagte Calle ganz außer Atem, und

es gelang ihm nicht wirklich, vollkommen ungezwungen zu klingen. »Stehst du hier im Dunkeln?«

»Ist das hier nicht dieses Kabinett?«

»Das hier ist ...«, erwiderte Calle schnell und ohne nachzudenken, um sich durch ein unnötiges Zögern nicht verdächtig zu machen. »Das hier ist eine Bibliothek. Ich habe hier gesessen und mich mit Literaturgeschichte befasst. Und was machst du hier?«

Werther schien seine Frage nicht gehört zu haben, trat näher an die Tür heran.

»Grindenswärd, genau, das war der Name.« Dann wandte er sich Calle zu und betrachtete ihn mit einem seltsamen Gesichtsausdruck. »Mama hat gesagt, dass Bücher aus der Präsenzbibliothek verschwunden sind. Ich glaube, langsam verstehe ich, wie das alles zusammenhängt.«

Die Angst presste sofort kalte Schweißperlen auf Calles Stirn. Er verließ sich auf seinen Instinkt, schnaubte und zeigte mit dem Finger auf Werther. »Was? Willst du damit etwa sagen, dass ich das war? Das ist das Dämlichste, was ich jemals gehört habe ...!« Er spielte wie eine Knallcharge, aber die Panik war in diesem Moment so nah, dass es unmöglich war, gelassen zu bleiben.

Werther lachte verunsichert, und Calle beschlichen Zweifel. Hatte er vielleicht nur gescherzt?

»Und du? Was machst du hier?«

Werther hielt einen USB-Stick hoch. »Drucken ... Also ... verkaufst du die Bücher dann, oder was machst du?«

»Verdammt. Bist du blöd? Ich hab nichts geklaut!« Calle wandte sich von Werther ab und begann auf das leuchtende AUSGANG-Schild zuzugehen. Er fühlte sich schwindelig und hatte das unbehagliche Gefühl, dass er vergessen hatte, den Rucksack zu schließen, und Werther die Bücher deutlich sehen konnte.

Polizeiverhör. Ausschluss. Rauswurf.

Werther ging hinter ihm her. »He, reg dich ab, ich werde niemandem etwas erzählen!«

»Leck mich!«

»Ehrlich ... das würde ich nie tun! Aber kann man ...« Er senkte die Stimme. »Kann man Geld damit verdienen?«

Sie hatten die Tür erreicht. Calles Gehirn arbeitete fieberhaft, versuchte zu entscheiden, ob er sich auf Werther verlassen und ihm alles sagen konnte, oder ob er weiter alles leugnen sollte, obwohl seine Nervosität vermutlich kaum zu missdeuten war.

Am Ende spielte es vielleicht ohnehin keine Rolle, weil er während des kurzen Wegs durch den Flur beschlossen hatte, seine Buchgeschäfte aufzugeben. Das Versprechen, dass er formuliert hatte, glich eher einem Gebet.

Wenn ich aus dieser Sache herauskomme, werde ich nie wieder einen Einbruch begehen.

»Halt dich da raus«, sagte er wütend und ging durch die Tür.

SORGEN

IN DEN ERSTEN TAGEN HATTE Mickel Backman Schwierigkeiten, mit sich selbst zurechtzukommen. Er hielt seine Vorlesungen, empfing Studenten in seinem Büro und aß pünktlich um halb zwölf sein Mittagessen. Aber es kam mehrere Male vor, dass er, während er Dramengeschichte unterrichtete oder mit einem Doktoranden diskutierte, völlig den Zusammenhang aus dem Auge verlor oder die Fragen vergaß, die ihm gestellt worden waren. Stattdessen starrte er aus dem Fenster oder blind auf die Papiere, die er gerade las, und beim Mittagessen saß er häufig nur da, hatte keinen Appetit und rührte in der Suppe oder kaute auf einem Stück Kartoffel. Während die Kollegen um fünf nach Hause gingen, blieb er bis in den Abend in seinem Büro, aß Salat oder Obst und bereitete den Unterricht vor oder machte sich Notizen, bis der Wachmann um halb zehn seine erste Runde durch die Flure machte.

Obwohl er ein paarmal überlegt hatte, im Büro zu schlafen, oder vielleicht auf dem Sofa vor der Präsenzbibliothek, fiel es ihm schwer, diese Idee ernst zu nehmen. Und so ging er dann gegen zehn Uhr trotzdem die wenigen Meter nach Hause in die Fänriksgatan. Das Haus erschien ihm groß und provozierend still, so ungastlich wie eine Kathedrale. Er fand Myrnas Schlaftabletten in der Küche, und sie halfen ihm, die Nächte zu überstehen.

Myrnas SMS verrieten nichts darüber, was sie dachte. Widerwillig hatte sie sich vor ein paar Jahren ein Handy angeschafft, aber ihr Misstrauen gegenüber dieser Art der Kommunikation hatte sie nie abgelegt. Mickel wusste, dass es vermutlich dumm war, Vorwürfe in ihre ziemlich verspäteten und kurzgefassten Nachrichten hineinzudeuten. Es war schon schwer genug sich vorzustellen, wie sie an dem zerfurchten Schreibtisch in ihrem zugigen Zimmer in Visby saß und daran dachte, wie er sowohl sie als auch die Behörden belogen hatte. Vielleicht dachte sie sogar, dass er ein Mörder war?

Was für ein *wahnsinniger* Gedanke.

Elsa Sinnemäki war am Leben. Er hatte am Morgen nach Myrnas Abreise in Mäntymäki angerufen und es sich bestätigen lassen.

Der Mann, der seinen Anruf entgegengenommen hatte, antwortete mit freundlicher Stimme und hatte sogar ein bisschen Schwedisch gesprochen. Er hatte nicht nach Mickels Namen gefragt.

Elsa Sinnemäki war in der Langzeitpflege, Abteilung dreizehn.

Am Leben.

Nach dieser Nachricht breitete sich die Erleichterung wie ein Wärmestrom in Mickels nervösen Gliedmaßen aus. Gleichzeitig war ihm natürlich klar, dass vierzehn Jahre in diesem Zustand im Großen und Ganzen keine gute Nachricht waren und nur eine geringe Hoffnung blieb, dass sie das Krankenhaus jemals wieder verlassen könnte.

Möchten Sie einen Termin für einen Besuch machen?

Der Mann hatte hoffnungsvoll geklungen, beinahe wie ein richtiger Schwede in seiner leicht übersteigerten Behaglichkeit.

Mickel hatte gezögert. Für einen Moment war er ganz ergriffen und drauf und dran, Ja zu sagen, aber dann spürte er, wie seine Ruhe zerriss und fragte, ob er sich später wieder melden könnte.

Es hatte lange gedauert, bis sein Herz wieder in den normalen Rhythmus gefunden hatte.

Er würde sie nicht besuchen. Das Gespräch hatte ihm die Antwort auf das gegeben, was er unbedingt wissen musste, ihm einen Schild gegen die kräftig aufbrausenden Vorwürfe in die Hand gegeben, die sein Gewissen (und, zumindest hypothetisch, auch seine Frau) ihm ins Gesicht schleuderten: dass er schuld am Tod eines Menschen war. Dafür war er dankbar.

Aber ein Besuch? Das kam überhaupt nicht infrage.

Mickel war beinahe erleichtert darüber, dass es auch andere Probleme gab, über die man sich den Kopf zerbrechen konnte, wenn die Gedanken begannen, sich in ermüdenden Spiralen festzufahren.

Pasi Maars war ein solches Problem.

Bei der letzten Veranstaltung zur Modernistischen Literatur hatte Mickel die gähnenden Studenten gefragt, wie sie mit ihren Seminararbeiten vorankämen, und als Pasi an der Reihe war, der entgegen seiner

Gewohnheit ganz vorne saß, hatte ihm der Junge einen Blick zugeworfen, bei dem Mickel ganz mulmig zumute wurde, und ihn dann gefragt, ob er wisse, wo sich Dietrich Wangmans halbfertige Abhandlung von 1981 befinden könnte, die sich mit Leander Granlunds Lyrik befasst hatte.

Der Junge hatte sogar den Titel gewusst, zumindest annähernd. *»Literarische Paukenschläge«*, hatte er gesagt, und sein Lächeln war noch breiter geworden.

Mickels nervöse Reaktion musste jedem Studenten im Hörsaal klargemacht haben, dass irgendetwas nicht stimmte. Wie ein Junge, der beim Äpfelklauen erwischt worden war, hatte er sich hin und her gewunden, mit den Augen geflackert und gestottert, dass Pasi seines Wissens doch über Hagar Olsson schreiben wollte, darauf hätten sie sich doch geeinigt. Schließlich hatte er noch verkündet, dass er Pasi leider keine Hilfe anbieten könne, wenn er über Granlund schreiben wolle.

»... also, ich weiß wirklich nicht, wie das möglich sein soll!«

So hatte er sich ausgedrückt. Und die Stille im Hörsaal hatte ihn angewidert, genau wie das Wort *wirklich*, dieses völlig überflüssige Adverb, dass wie ein Rotzklumpen bei einem plötzlichen Husten aus ihm herausgeflogen kam und den Studenten förmlich zugebrüllt hatte, dass sie jetzt die Ohren spitzen sollten – aufgepasst, hier lügt ein Dozent.

»Es geht hier um eine literaturwissenschaftliche Arbeit«, sagte er und versuchte, den seltsamen Eindruck abzumildern, den er hinterlassen hatte. »Ohne theoretische Grundlagen und den Zugang zu den Werken, die ihr analysieren wollt, kommt ihr nicht weiter. Und denkt dran – Wikipedia ist keine zulässige Quelle.«

Ein paar Studenten hatten gekichert, aber der unbehagliche Ausdruck war nicht aus Pasis Miene gewichen – diese Andeutung eines *stillschweigenden Wissens*, die Mickel überhaupt erst so unangenehm berührt hatte.

»Hagar Olsson«, hatte er noch einmal zu Pasi gesagt, bevor er sich dem nächsten Studenten zuwandte, getrieben von einem Rausch aus panischen Gedanken, die ihn effektiv daran hinderten, klar zu denken und die Fragen zu stellen, die er hätte stellen müssen.

Fragen wie: Warum interessiert sich der junge Mann für Leander Granlund? Wie will er seine Arbeit schreiben, wenn er kein Material hat? Der Junge ist nicht dumm, er muss irgendeinen Plan haben. Und wie ist er auf Dietrich Wangmans Namen gestoßen?

Während der späten Stunden in seinem Büro, oder wenn er abends noch durch die Flure ging, brannten Mickel diese unbeantworteten Fragen unter den Fingern, wie die Erinnerung an eine Kränkung.

Er beschloss, mit Pasi unter vier Augen zu sprechen. Aber ihm war bewusst, dass er vorsichtig sein musste. Er brauchte einen Vorwand, um Pasis Verdacht nicht zu wecken und sein Interesse nicht noch zu steigern.

Die Lösung des Problems, oder zumindest ein Schritt in die richtige Richtung, kam schließlich unverhofft. Wie schon viele Male zuvor fand er die Lösung in der Kaffeeküche.

»Die Zeit ist aus den Fugen«, sagte Professorin Fogh.

Mickel massierte sich gerade den Nacken und zuckte zusammen, als er plötzlich ihre Stimme hörte. Er hatte ganz allein in der Kaffeeküche gesessen und nicht bemerkt, dass jemand hereingekommen war.

»Was ist?«

Professorin Fogh seufzte. »Die Studenten! Wie konnte es so weit kommen ...« Sie begegnete Mickels Blick, setzte sich an den Tisch und vergrub ihr Gesicht in den Händen. Das ansonsten so sorgfältig frisierte Haar hing platt und traurig über ihre Ohren. »Wo verläuft die Grenze zwischen der normalen, ehrenwerten Schlamperei und der chronischen, unheilbaren Faulheit? Ich habe immer gedacht, Prokrastination wäre ein lustiges Modewort, aber es scheint das Motto einer ganzen Generation zu sein.«

Mickel nahm die Hand aus dem Nacken und versuchte, das normale, lineare Gedankensystem wieder in Gang zu bringen. »Kommt mir bekannt vor. Sind es viele, die den Abgabetermin verpasst haben?«

»Beinahe ein Drittel ... na ja, ein Viertel ... aber der Kurs zur Literaturgeschichte ist seit einem *halben Jahr* vorbei, und sie geben einfach ihre Hausarbeiten nicht ab ... ich habe gerade meine Mails gelesen, hör dir das an ... jetzt haben sich sogar drei zusammengetan und eine gemeinsame Mail geschrieben, in der sie mich auffordern, ihnen endlich ihre Studienpunkte gutzuschreiben ... aber, mein Gott, was soll ich denn machen, wenn keiner von ihnen seine Hausarbeit eingereicht hat?«

Mickel lächelte. »Du kannst ihnen mit Knausgård drohen. Sag ihnen, dass sie zur Ergänzung alle sechs Bände von *Min Kamp* lesen müssen.«

Da passierte es. Er koppelte seine eigenen Probleme mit ihren, und plötzlich hatte er eine Idee.

»War das der Kurs vom Frühjahr? Weißt du, ob Pasi Maars dabei war?«

Professorin Fogh warf ihm einen verblüfften Blick zu. »Dieser Magere mit den eingesunkenen ...? Der die Kurse so belegt, wie er will?«

Mickel nickte aufgeregt.

Professorin Fogh richtete ihren Schal, der sich verzogen hatte, weil sich die Fransen in ihren Ringen verfangen hatten. »Bei mir hat er jedenfalls nicht Literaturgeschichte gehört. Wahrscheinlich hatte er keine Zeit dafür. Ich glaube, er studiert noch Jura an der finnischsprachigen Universität.«

Mickel spürte, wie seine Idee seinen Körper wärmte, als hätte er ein paar Glas Wein getrunken. »Er hat ihn nicht besucht«, sagte er und wurde verlegen, als er merkte, dass er es laut gesagt hatte. Aber Professorin Fogh schien es nicht weiter seltsam zu finden.

»Er scheint ziemlich aufgeweckt zu sein«, sagte sie und erhob sich mit einem Seufzen, um sich eine Tasse Kaffee einzuschenken. »Im Unterschied zu den dreien, die mir diese Mail geschrieben haben ... Wenn sie ihre Hausarbeiten nicht spätestens nächste Woche abgeben, dann werde ich ...«

Als Mickel eine Weile später wieder in seinem Büro war, las er sicherheitshalber in der Studienordnung nach, ob das, was er zu wissen glaubte, auch wirklich stimmte, bevor er sich an den Schreibtisch setzte und eine Mail schrieb.

In der Stille, die anschließend herrschte, lehnte er sich zurück und drückte gegen die Rückenlehne, bis sie knarzte. Er wippte vor und zurück, erschuf einen traurigen Rhythmus. In seinem alten Büro in der Nunnegatan hatte ein geschmackvolles Samtsofa mit Spiralfederung gestanden, das einen ähnlichen Lärm erzeugen konnte. Das Geräusch lag in einem Frequenzbereich, der große Entfernungen überwinden und sogar Wände durchdringen konnte, sodass es im ganzen Institut zu hören war, wenn sich jemand hineinsetzte.

Elsa und er hatten sich einen Teufel darum geschert.

Weil alles darauf hindeutete, dass er einen weiteren Abend im Büro verbringen würde, rief er bei den Libanesen an, um zu fragen, ob sie noch Lachssuppe hatten. Sie hatten. Anschließend rief er in Mäntymäki an und machte einen Termin für einen Besuch.

FAUST

CALLE STAND DIREKT DANEBEN, als Pasi fünfzehn Minuten später die Mail auf seinem Handy las. Sie waren auf der Einzugsparty eines entfernt bekannten Theologiestudenten und standen auf dem Balkon, um zu rauchen. Es dämmerte, und Calle betrachtete die verlassene sechsspurige Tavastgatan, als Pasi plötzlich einen Wutanfall bekam und gegen einen Stapel Umzugskartons trat.

»Verdammte Scheiße!« Pasi reagierte, als hätte er einen Stromschlag bekommen. Schäumender Apfelcidre kleckerte auf den schmutzigen Betonboden. »Er … *schmeißt mich einfach raus!*«

Calle schaute verdattert zu, wie sich der Wutausbruch mit weiteren Tritten und Zuckungen entlud. Vor wenigen Sekunden war Pasi noch die Ruhe selbst gewesen. Sie hatten sich über eine Frau unterhalten, die den Universitätshügel hinunterging, und festgestellt, dass es wahrscheinlich unmöglich war, sexy einen Abhang hinunterzugehen. Sie hatten gegrinst und an ihren Flaschen genuckelt, und dann das. »Wer denn, warum denn?«, fragte Calle, aber Pasi hörte ihm nicht zu.

»Das ist diese verdammte Akademiebürokratie ... verdammt! Willkommen in der Åbo Akademi!«

Calle fragte noch einmal nach: »Sie haben dich aus einem Kurs geworfen? Warum denn?«

Pasi Stimme klang fremd und triefte vor Verachtung, als er die Antwort ausspuckte: »Weil es die falsche Reihenfolge war! Ich habe noch keine *Literaturgeschichte* gehört! Das muss man nämlich *zuerst* tun! Weil es so in der *Studienordnung* steht!« Er breitete die Hände aus und schrie mit rot angelaufenem Gesicht: »Das ist doch scheißegal!«

Calle sah, dass ein Mann mit schwammigem Blick und einer Bierflasche in der Hand ans Fenster gekommen war, um zu sehen, was draußen auf dem Balkon vor sich ging. »Jetzt beruhig dich mal«, flüsterte er Pasi zu und drückte seine Zigarette in einem Blumenkübel aus, spürte, dass er außer Atem war und sein Herz hämmerte.

Pasi trank seine Flasche aus und bebte vor Zorn, drückte auf dem Telefon herum und schüttelte immer wieder den Kopf, aber er sagte nichts mehr.

Calle zündete sich eine weitere Zigarette an.

Seit dem Abend an der Hallisbrücke waren zwei Wochen vergangen, und Pasi war in vielerlei Hinsicht wiederhergestellt. Er war immer noch mager und anämisch, aber die Energie war zurück, sein Blick war klarer, und er lächelte wieder. Er hatte sogar ein paarmal angerufen, nur um zu quatschen. Er ging zu den Vorlesungen, und Calle hatte seinen Namen auf den Anmeldelisten zu Kursen gesehen, die nach Weihnachten anfangen würden. Er schien ganz offensichtlich seine Zukunft zu planen.

Das war gut zu wissen. Die Medizin schien ihren Teil dazu beizutragen.

»Dieser beschissene Dozentenarsch ...« Pasis Kiefer bewegten sich unter der gespannten Haut seiner Wangen.

»Ich erinnere mich, dass ich einst träumte ...«, sagte Calle und wartete, bis Pasi ihm in die Augen sah, »... dass alles nicht beschissen war.«

Pasi starrte zurück und kicherte.

Aber lag es auch an der Medizin, dass er so cholerisch war? In Pasis Stimme und in seinen Bewegungen hatte in den letzten Wochen ständig so eine Ungeduld mitgeschwungen, die es vorher nicht gegeben hatte. Als wäre ein Wutausbruch wie dieser, der jetzt allmählich verebbte, immer nur ein paar frustrierte Atemzüge entfernt.

Nebenwirkungen, vielleicht. Es würde natürlich eine Weile dauern, die richtige Medizin zu finden.

Genau wie in diesem Song. *Whatever gets you through the night*. Lieber wütend als zerschmettert auf den Steinen unter der Hallisbrücke.

»Sollen wir hier bleiben?« Der Zorn war verschwunden, Pasis Stimme wieder die alte. Er spielte darauf an, dass die Party bislang nicht besonders aufregend gewesen war.

»Oder gehen wir ins *Faust*?«

»Mir ist alles recht«, sagte Pasi und zögerte einen Augenblick. »Und wenn sie dort ist? Wird es besser oder schlimmer, wenn du ihr begegnest?«

»Keine Ahnung.«

Pasi schien etwas sagen zu wollen, aber dann schüttelte er stattdessen seine leere Flasche. »Lass uns noch eins trinken.« Er beugte sich über das Geländer und rief: »Moi, hallo!«

Calle schaute hinunter. Auf der Straße vor dem Hauseingang stand ein Mann mit einer großen, schwarzen Tüte. Pasi warf seine Flasche hinunter. Der Mann schaute erstaunt nach oben, als sie klirrend über den Asphalt sprang.

»Bitte schön!«, rief Pasi.

Irgendetwas stimmte nicht mit den Kleidern des Mannes und seinem Gesichtsausdruck. Langsam ging Calle auf, dass es kein Flaschensammler war, wie Pasi gedacht hatte.

»Ich glaube, das ist der Hausmeister.«

Pasi schaute dem verblüfften Mann direkt in die Augen.

Schnell verschwanden sie vom Balkon. Das Lachen umfing sie wie eine Umarmung, und in diesem Augenblick war alles gut.

Auf dem Weg zum *Faust* blieben sie oben auf dem Universitätshügel stehen und teilten sich einen ramponierten Joint. Der Rausch legte sich über den des Alkohols, und bald grinste Calle träge und zufrieden, weil die Krankenhausfenster in der Abenddämmerung in alle Richtungen zu blinken und zu schimmern schienen, als Pasi plötzlich das Lied unterbrach, das er vor sich hin summte.

»Glaubst du an die Hölle?«, fragte er.

»Ob ich an die … Hölle glaube?«, entgegnete Calle belustigt.

»Du lachst.«

Das tat er wirklich. Aber Pasi schien ihm sein Gekicher krumm zu nehmen, also versuchte er mit einer Kraftanstrengung, die Mundwinkel herunterzuzwingen, aber es war so gut wie unmöglich. »Ich bin nur …«, setzte er an, aber dann musste er schon wieder lachen.

»Du bist high. Nach fünf oder sechs Zügen.«

»High.« Es war so lustig, dass er schon wieder losprustete.

Pasi fuhr fort, als hätte er lediglich festgestellt, dass Calle zu spät zu einer Verabredung gekommen war. »Als ich ungefähr sechs Jahre alt war, weckte mich mein Vater einmal mitten in der Nacht. Ich hatte ein ziemlich großes Zimmer im dritten Stock, direkt unter dem Dach … ich hasste es, es war das gruseligste Zimmer, das du dir vorstellen kannst. Das Dach neigte sich und knarrte ununterbrochen, es gab kein einziges Fenster, und es war immer dunkel … und sobald auch nur ein bisschen Wind aufkam, klang es so, als würde jemand pfeifen oder schreien … Ich wache also mitten in der Nacht auf, weil jemand die Treppe hinaufläuft, und dann stürmt Papa ins Zimmer, ganz außer Atem, und fuchtelt mit der Taschenlampe …«

Calle versuchte aufrichtig zuzuhören, aber seine Gedanken wanderten in ganz eigenen Spuren. Das Krankenhaus hatte gelbe und weiße Lampen. Vielleicht lagen die Schwerkranken in den weißen Zimmern und die Alten in den gelben, dachte er, vielleicht waren die gelben Zimmer für Leute, die ein bisschen durcheinander waren?

»Er hatte geträumt, dass die ganze Familie in der Hölle landen würde«, fuhr Pasi fort. »Der Traum war unglaublich realistisch gewesen, also wollte er, dass wir alle gemeinsam beteten, damit es nicht so kommt. Der Alte war schweißgebadet, er hatte wirklich die Hosen voll! Und wir beteten. Ich sollte so beten, meinte er: *Liberate me ex inferis!* Immer und immer wieder! Rette mich vor der Hölle! Papa kann Lateinisch, das ist die Sprache des Gebets, sagte er immer. Er ist echt krank im Kopf ...«

Calle kicherte, es war unmöglich, irgendetwas anderes zu tun. Es war, als würden alle Eindrücke in Schnipsel geschnitten, die einander überlagerten, wenn sie zusammengesetzt wurden. Er hatte hin und wieder gekifft, aber dieses Mal war die Wirkung unmittelbarer und unberechenbarer als jemals zuvor.

»Guter Stoff«, sagte er und hielt den Daumen hoch, aber in die falsche Richtung. Er streckte die Hand der Stadt entgegen, die dort unten rätselhaft schimmerte.

»Aber dann, weißt du, habe ich begriffen, dass die Hölle kein bestimmter Ort ist«, sagte Pasi, dessen Stimme jetzt düsterer klang. »Sie ist immer und überall, eine absolut gültige Version des ... Hier und Jetzt. Wie ein vibrierendes Boson ... das in den Raum hineinschwingt. Das Gehirn legt nur einen Schleier über das Chaos. Wir denken nicht daran. Du bist sicher, solange du auf der richtigen Seite bleibst. Und nichts siehst. Nicht zu viel fühlst, nicht zu viel denkst.« Pasi schaute ihm plötzlich direkt in die Augen, und selbst durch den entspannenden Filter des Haschischrauchs sah sein Gesicht unangenehm fremd aus. »Reiß bloß nicht den Schleier herunter ...«

Calle konnte nicht still stehen, er klapperte mit den Füßen auf den Pflastersteinen und bewegte die Hände, als wollte er ein Orchester durch ein gemächliches Stück dirigieren. »Guter Stoff! Ich liebe guten Stoff!«, sagte er und begann erneut zu lachen, als er gewahr wurde, wie idiotisch das klang.

»Das wirklich Kranke ist ...«, flüsterte Pasi, dessen Gesicht plötzlich ganz nah an Calles Wange lag und dessen Stimme wie ein Findling klang, der durch Calles Gehörgang rollte, »... dass man bei jedem diesen Schleier herunterreißen kann. Einfach so.« Er schnipste mit den Fingern. Das Geräusch war wie ein Pistolenschuss, und Calle jubelte. Das Echo rollte über den gepflasterten Campus und hallte zwischen den stillen Universitätsgebäuden wider.

Sie begannen zu gehen und bewegten sich im Zickzackmuster, lachten alle beide.

Der Rausch wurde immer unberechenbarer, und als sie den Hügel zur Biskopsgatan hinunterstolperten, nahm Calle die Umgebung in ruckeligen haferschleimgrauen Augenblicken war, deren zeitliche Reihenfolge er nicht einordnen konnte, während er ständig am Rande einer Lachattacke entlangbalancierte.

»Pasi? Hör mal?«, sagte er, als sie sich der Tür näherten. »Soll das etwa hier sein, das hier ... soll das so sein?« Selbst bei dieser einfachen Frage war die Wortfolge eine Herausforderung.

»Genau so soll es sein!« Pasis Stimme klang lauter, näher, als sie sein sollte. »Die ganze Zeit sollte es so sein.«

»Nicht die ganze Zeit ...« Er klang wie ein Kind, das keine Ironie verstand, und deshalb musste er kichern.

Im Innenhof des *Faust* standen etwa zwanzig Leute und tranken und unterhielten sich. Calle war es etwas peinlich, dass er so high war, also vermied er jeglichen

Augenkontakt. Sie stellten sich in die Nähe der anderen und zündeten sich eine Zigarette an.

Plötzlich wurde ihm bewusst, dass Helena tatsächlich hier in der Kneipe sein könnte und dass er bereits seit mehreren Stunden nicht mehr an sie gedacht hatte. Und seine Gedanken blieben auch nicht lange bei ihr hängen, denn bald lachte er wieder, ohne besonderen Grund.

»Nicht die ganze Zeit!«, wiederholte er und schüttelte den Kopf.

Sein Bewusstsein war eine Installation von Lichtern, die zufällig an- und ausgeschaltet wurden, und über dem Ganzen schwebte die Heiterkeit wie ein Nebel, aber Calle empfand auch eine leichte Unruhe angesichts des Gedankens, dass es vielleicht niemals vorbeigehen würde, dass dies vielleicht seine neue, nichtlineare Wirklichkeit war, die jenseits jeglicher Kontrolle lag.

Die jungen Männer, die neben ihnen standen, begannen plötzlich zu lachen. Es waren sechs Leute, allesamt größer als er, die ein lebendiges Stonehenge um denjenigen bildeten, der in der Mitte stand.

»Scheiß Homo!«, höhnte ein groß gewachsener Anzugträger. Seine Schultern waren breit wie ein Garagentor, und Calle erkannte ihn wieder, es war Riku Baron, der Leichtathlet und Elitestudent, und er bewegte sich blitzschnell und schlang seine Arme von hinten um den Typen in der Mitte, schwang ihn im Kreis herum und hielt ihn lachend fest. »Scheiße, du bist so homo, dass ich dich am liebsten in Fetzen ficken möchte!«, grölte Riku und begann, seinen Schritt an dem Jungen zu reiben.

Die Meute lachte sich kaputt, der Typ in der Mitte

grinste nervös, und sein Pony schaukelte vor und zurück mit jedem Stoß, den er in den Rücken bekam. »Lass das, Mann!«, keuchte er, aber Riku stieß weiter, drückte ihn nach vorn und beugte sich über seinen Rücken, während er mit der Hüfte immer kräftiger zustieß. Riku veränderte seinen Griff, hielt den Jungen mit einer Hand fest, damit er die andere frei hatte.

»Natürlich bekommst du deinen Snus. Du sollst ja nicht leiden!«, stöhnte Riku. »Natürlich lade ich dich ein, das mach ich doch immer!« Riku spuckte einen Portionsbeutel Snustabak in seine Hand und drückte ihn dem Jungen auf die Stirn, während die Meute jubelte. Dunkle Flüssigkeit rann dem Jungen aus dem zerdrückten Beutel ins Gesicht, und er begann zu schreien:

»Scheiße, Riku, bist du bescheuert, verdammter Mist ...!«, während Riku so breit grinste, dass seine Zähne wie ein glänzendes Fenster über seinem Kinn thronten, das energischer und amerikanischer war als jemals zuvor. Die Meute lachte, und alles andere im Innenhof hielt inne, während sich Riku triumphierend umschaute.

»Du bist echt zurückgeblieben«, sagte Pasi mit lauter Stimme und zog sofort die gesamte Aufmerksamkeit auf sich.

Calle stieß unwillkürlich einen amüsierten Laut aus, teils weil es schwer war, ihn zurückzuhalten, teils weil er instinktiv wahrnahm, dass er Pasis herausfordernden Einwurf entschärfen musste.

»Und wirklich eklig ...«, fuhr Pasi fort, anscheinend unberührt von der plötzlichen Stille und all den Blicken, die auf ihn gerichtet waren. »... so abgrundtief widerwärtig.«

»Leck mich doch am Arsch«, sagte Riku Baron mit einem kalten Grinsen, entließ die Beute aus seinem Griff, die keuchend davonstolperte und sich das Gesicht abwischte.

Mehr war nicht nötig. Die Meute lachte leise, der Stillstand im Innenhof löste sich auf, und die Situation ließ sich wie folgt beschreiben: Riku Baron genoss volle Unterstützung für das, was er getan hatte, und ging als Sieger vom Platz. Pasi war ein Idiot, der sich um seine eigenen Angelegenheiten kümmern und ansonsten die Klappe halten sollte.

Die Tür wurde geöffnet, und eine weitere Gruppe betrat den Innenhof. Von drinnen hörte man dumpfe Musik. Die Truppe mit Riku Baron an der Spitze ging laut grölend und lachend die Treppe hinunter. Calle schaute zu Pasi hinüber, der seine Kippe austrat. Es konnte an der Dunkelheit liegen oder an der Kälte oder am Gras, seine Wangen waren jedenfalls rot, und sein Blick verfehlte das Ziel, als er Calle anschaute. »Sollen wir verschwinden?«, fragte Calle.

Pasi schüttelte den Kopf. »Nää.«

Sie zündeten sich eine neue Zigarette an, und während sie wortlos rauchten, gingen die unberechenbaren Bewusstseinslampen zum ersten Mal in eine dunklere Serie über, und Calle musste gähnen.

In der Untergrundkneipe der schwedischsprachigen geisteswissenschaftlichen Studenten herrschte wie immer erstickende Hitze. Die Musik knallte zornig an die Betonwände und schlug gegen die Decke. Alle Tische waren besetzt und die Sofas an den Wänden vollgestopft mit verschwitzten Studenten. Ein Mädchen mit

Dreadlocks und eingefallenen Wangen stand hinter dem Tresen und stellte Bierdosen auf. Calle nahm sich zwei für sich selbst und Pasi, gab dem Mädchen einen Fünfer und bekam zwei Euro zurück. Sie stellten sich ein Stück entfernt von der kleinen Bühne in die Ecke.

Pasi sagte nichts, er trank sein Bier und ließ seinen Blick durch den Raum schweifen. Calle fühlte sich immer noch beschwingt und wippte im Takt der Musik, fand den Song fantastisch, was er Pasi auch mehrere Male erzählte. Der Höhepunkt des Rauschs war vorüber, und er konnte schon wieder etwas besser bei der Sache bleiben.

Helena war nicht hier. Egal, ob high oder nicht, das war das Erste, was er herausgefunden hatte, nachdem sie den Raum betreten hatten.

Damit musste er leben. Es war eine Enttäuschung, klar. Er konnte nicht leugnen, dass seine Lust, in diesem Keller zu bleiben, innerhalb eines Augenblick auf null gesunken war. Und während ein Song auf den anderen folgte und die Schweißflecken auf seinem Bauch und seinem Rücken immer größer wurden, machte er sich ständig Gedanken darüber, wo sie wohl sein könnte. Und mit wem.

Der Rausch verwandelte sich in Müdigkeit, und Calles Gedanken kreisten auf trostlosen und dunklen Bahnen um Helena. Als die Schlägerei losging, saß er bereits auf dem Bühnenrand und gähnte mit dem Telefon in der Hand, vollkommen unvorbereitet auf das, was dann geschah.

Plötzlich schrie jemand. Mehrere Stimmen fielen ein, und für eine Weile klang es wie das Gebrüll eines aufgeputschten Fußballpublikums.

Eine richtige Schlägerei war es trotzdem nicht,

zumindest nicht nach dem zu urteilen, was Calle sehen konnte. Riku Baron baute sich vor Pasi auf und schlug ihm in die Fresse, stieß ihn anschließend an den Rand des Kreises, der von den Leuten am Tresen gebildet worden war. Pasi torkelte mit poliertem Gesicht umher und verpasste seinem bedeutend größeren Gegner ein paar misslungene Schläge gegen den Brustkorb, bis ein paar Leute dazwischengingen und die beiden voneinander trennten.

In den folgenden Minuten herrschte ein Durcheinander aus Lärm, auslaufendem Bier und verschwitzten Studenten. Calle versuchte, zu Pasi zu kommen, aber es war unmöglich, sich durch das Gedränge zu schieben. In einer Ecke stand Riku Baron, umgeben von seinen Freunden. Er blickte verbissen drein, während er seine Krawatte zurechtrückte. Am Tresen drückte sich Pasi eine Bierdose gegen die Wange und grinste, als ein Mädchen ihre Hände auf seine Schultern legte und im etwas ins Gesicht sagte.

Als der Türsteher, ein tätowierter Historiker mit Ziegenbart und imponierendem Körperumfang, kurz darauf Pasi zum Ausgang begleitete, folgte Calle mit ein paar Rücken Abstand. Als es an der Garderobe nicht so richtig weiterging, sah er Helena, die auf halbem Weg die Treppe hinuntergekommen war und mit erstaunter Miene das Gedränge betrachtete. Sie hatte sich schon halb abgewendet, als hätte sie es sich anders überlegt, und wollte direkt wieder umkehren.

Tränen traten Calle in die Augen. Er hielt den Atem an. Für einen Augenblick war er wie gelähmt. Dann entdeckte sie ihn.

Ihre Reaktion sollte ihn noch lange danach immer wieder heimsuchen. Die Verwunderung und Überraschung ging sofort in eine offensichtliche Verlegenheit über, und ohne auch nur kurz in seine Richtung zu nicken, drehte sie sich um und ging die Treppe wieder hinauf, verschwand durch die Tür, wenige Sekunden vor Pasi und dem Türsteher.

»Helena! Warte …« Das Lächeln, das er ihr schenken wollte, verwelkte, bevor es überhaupt an die Oberfläche kam. Er pfiff auf seine Jacke und kämpfte sich durch das plappernde, berauschte Gedränge, rutschte auf den Stufen aus und erntete ein paar zornige Kommentare, drängelte weiter, bis er draußen war.

Die Nachtluft war trocken und kalt, und er holte tief Luft. Im Innenhof standen Raucher in Gruppen zusammen, an der Wand lehnte Pasi und unterhielt sich mit dem Türsteher. Helena war gerade durch das Tor zur Biskopsgatan hinausgegangen. Calle rief ihren Namen. Er lief.

Und er verachtete sich selbst.

Weil er seine Selbstkontrolle aufgegeben und seinen Stolz weggeworfen hatte wie ein Stück Dreck. Weil er seine Kehle entblößte und seine leeren Hände offenbarte, weil er sich nackt und entmannt zeigte, sich auf seine jämmerliche Sehnsucht nach ihr reduzierte.

»Warte, Helena …«

Man hörte an seiner Stimme, wie abhängig er war.

Die Scham loderte wie eine brennende Fackel hinter der Stirn. Sie brannte schlimmer als der große Zeh, den er bei seinem Sprint zum Tor mit voller Kraft gegen die Schwelle rammte, sie schmerzte heftiger als das Knie, nachdem er auf die Pflastersteine aufgeschlagen war, sie erlosch nicht, als er mit dem Kopf auf den Boden schlug, sie brannte immer noch, als er die Augen wieder aufschlug und in einem fremden Bett lag.

MICKEL BACKMANS SÜNDE

MICKEL ZOG DIE JALOUSIEN hoch und ließ ein Dreieck blassen Tageslichts herein, das auf das Krankenhausbett und den zerbrechlichen Körper fiel, der darin lag.

»Ich ...« Seine Stimme versagte.

Er versuchte, ihr ins Gesicht zu schauen, aber es war von ihm abgewandt, sodass er nur ein Auge und einen Teil der Nase sehen konnte. Das Nasenloch war erweitert und das Auge aufgerissen, aber sie bewegte sich nicht, gab keinen Laut von sich.

»... bin es, Mickel ...«, fuhr er fort, und es war sinnlos, gegen die Tränen anzukämpfen. Er setzte sich mühsam in den Stuhl, den ihm die Pflegerin hineingetragen hatte, und schloss die Augen, damit er die Frau im Bett nicht sehen musste, genau wie in den letzten vierzehn Jahren.

Elsa Sinnemäkis beinahe durchsichtige Hände waren zu knotigen Klumpen geballt. Die Pflegerin hatte gesagt, dass sie gerade eine schlechtere Phase hatte, und Mickel wurde klar, dass die Riemen, mit denen ihre Handgelenke festgebunden waren, zu den *notwendigen Maßnahmen* gehörten, die eingesetzt wurden, um *ihre Sicherheit zu gewährleisten.*

Sie hört schlecht und spricht nicht. Sie verliert immer wieder das Bewusstsein. Das Gehirn heilt langsam und in Schüben, aber sie kämpft, und sie macht Fortschritte.

»Ich wollte dich treffen …« An dieser Stelle hätte er aufhören müssen, aber es ging nicht. Ihr offenes Auge, oder war es die Scham, zwangen die Entschuldigung aus ihm heraus: »… ich weiß, ich hätte schon früher kommen sollen, aber ich …«

Er verstummte und fühlte sich so unglücklich und miserabel, dass er körperliche Schmerzen empfand.

»Hörst du mich, Elsa?«

Keine Antwort. Sie trug ein loses, bleiches Krankenhaushemd, und erst nach einer Weile war er sich sicher, dass sich ihr schlaffer Brustkorb tatsächlich hob und senkte. Ansonsten lag sie dort wie eine groteske Puppe, reglos wie eine Leiche.

Lolita, dachte er und öffnete seinen Mund, um es laut zu sagen, aber er hielt es zurück, weil er Angst hatte, dass sich die letzte Silbe in ein trauriges Geheul verwandeln würde.

Oder weil sie vielleicht darauf reagieren und mit einem Zucken zum Leben erwachen könnte.

Auf dem Tisch neben dem Bett standen gerahmte Fotos und ein paar verblichene Karten. Blumen schickte natürlich niemand mehr, der Strauß, den er mitgebracht hatte, strahlte demzufolge einsam in seiner Vase. Auf den Fotos sah man pastorale Landschaften mit lächelnden Menschen. Mickel erkannte Elsas Eltern wieder. Auf einem Foto war ein großer Hund abgebildet, der vermutlich schon lange tot war. Und dann war da ein Foto von Elsa selbst, sie stand in einem langen Kleid neben einem Ford Taunus und lachte. Jung, begeistert, lebendig.

Wie Mickel sie in Erinnerung hatte.

Meine Sünde, meine Seele.

Sie waren beide jung gewesen. Er zwar zwanzig Jahre älter, aber trotzdem jugendlich. Sie war direkt vom Gymnasium an die Akademie gekommen und hatte die literaturwissenschaftlichen Grundkurse schnell absolviert. Sie studierte Deutsch und Schwedisch in den Nebenfächern und erreichte so gute Resultate, dass Mickel, der frisch zum Dozenten ernannt worden war, ihr schon am Ende ihres dritten Studienjahres geraten hatte, mit ihrer Magisterarbeit zu beginnen. Zu diesem Zeitpunkt waren sie sich seit fast einem halben Jahr bei anderen Anlässen schon häufiger begegnet.

Mickel nahm ein Foto von der jungen Elsa in die Hand. Sie betrachtete ihn fast wie eine Puppe. Der Fotograf hatte sie direkt von vorn in einem Licht eingefangen, das ihre blauen Augen funkeln und ihr Haar strahlen ließ.

Er hatte sie Lolita genannt, obwohl sie kein Kind mehr war, obwohl sie die Nase gerümpft und gesagte hatte, dass sie den Namen eklig fand. Sie hatte Schwierigkeiten mit Nabokov, nannte ihn einen geilen, alten Sack. Aber dennoch hatte er sie, aber nur in seinen Gedanken, auch danach noch so genannt.

Wie Lolita hatte sie ihn verhext, ihn eingewickelt. Er betete sie an.

Mickel seufzte, während er nach Worten suchte, und

zuckte zusammen, als er seinen eigenen Atem wahrnahm. Muffig, übelriechend. Der Atem eines gealterten Menschen. Er hielt die Luft an, entsetzt von dem Geruch, der ihm alt und fremd vorkam. Er versuchte, sich an ihr Parfum und den Duft ihres Shampoos zu erinnern, an den Geruch seines eigenen, noch jungen Körpers, ihrer Haut und seines Schweißes, der noch nicht gealtert und streng und ranzig war.

Dass er sie gehabt hatte, wenn auch nur für eine begrenzte Zeit, war immer noch ein unbegreiflich großer Gedanke. Dass sie immer wieder zu ihm gekommen war, während seiner vollkommensten Zeit auf Erden. Wie es seinen Glauben an sich selbst aufgerichtet, sein Leben erweitert und sein Selbstbild fundamental verändert hatte.

Und dann hatte er sie verloren. Die Finsternis, durch die er gegangen war, konnte er hin und wieder noch spüren, in einem schwachen Augenblick.

Und was er ihr in seiner grenzenlosen Verzweiflung angetan hatte.

Der Mund auf dem Foto lächelte. Er hatte diese Lippen geküsst. Wie fern und schwindelerregend es ihm jetzt auch vorkam, aber er hatte sie so viele Male geküsst, dass es zu einer vollkommen natürlichen Handlung geworden war.

Hätte sich ihre unwahrscheinliche Anziehungskraft nicht in dieser lang gezogenen Finsternis verloren, sondern weitergewirkt, dann wäre der Schimmer, in den sie sein Gedächtnis hüllte, schon längst verschwunden.

Das war ihm natürlich klar.

Ihr Verlust war ein entscheidender Faktor seiner Besessenheit und ihrer Göttlichkeit.

Aber er dachte gar nicht daran, die schönsten Erinnerungen seines Lebens zu löschen, indem er hartnäckig auf der Wirklichkeit bestand.

Mickel streckte sich im Stuhl und trotzte dem schmerzenden Rücken, um zu sehen, was von seiner Geliebten übrig geblieben war.

EIN ENGEL

DIE FRAU, DIE HEREINKAM, besaß eines dieser Gesichter, die einen zu einem anderen Menschen machten, wenn sie lächelten. Mit matschiger Birne lag Calle im Bett und wand sich hin und her im Niemandsland zwischen einer vollen Blase und der Unlust aufzustehen. Sie kam herein, still und beige, und schaute sich bedächtig um, baute sich vor dem Bett auf, so alltäglich wie eine Gartenbank.

»Du bist Calle«, sagte sie, und während dieser kurzen Aussage trat die Veränderung ein.

Die Lippen zogen sich auseinander, zogen sich noch weiter auseinander, drückten die Wangen nach oben, und es war, als hätte jemand die Jalousie hochgezogen, der Raum bekam plötzlich ein anderes Licht. Feine Fältchen bildeten sich um ihre Augen, eine verspielte Zahnreihe wurde sichtbar. Das Lächeln war so begeistert und strahlte eine solche warme Zauberkraft aus, dass sich auch Calles Gesicht trotz aller Verwirrung und Niedergeschlagenheit entspannte.

»Ich heiße Marjut«, sagte sie und schaute ihn mit amüsierter Miene an, als wären sie alte Freunde und sie machte sich lustig über seine missliche Lage. Calle versuchte, etwas zu sagen, aber er hatte einen Frosch im Hals und bekam nur ein paar brummende Laute heraus. Sie lachte ein wenig, und das Lachen klang freundlich.

»Hallo, hallo«, sagte Calle, nachdem er sich gründlich geräuspert hatte.

Sie machte eine Geste, die den Raum, das Bett, das Krankenhaus und ihn umfasste. »Sieht ganz so aus, als wärst du hingefallen.«

Er betastete seinen Haaransatz. Ein raues Stück Stoff war fest über die vier Stiche geklebt worden, von denen die Schwester gesprochen hatte.

Gehirnerschütterung, hatte sie gesagt. Er solle sich ausruhen.

Marjut redete weiter, unbekümmert, als würde sie ihn kennen. »Als ich vierzehn war, bin ich vom Pferd meiner Freundin gefallen. Ich konnte nicht reiten, und das Pferd war einfach losgelaufen. Sie mussten mich für mehrere Tage ins Koma versetzen und mir ein Loch in den Kopf bohren.« Sie führte ihre Hand an den Scheitel. »Es hat geklungen, als würde man eine Dose Fanta öffnen, hat mein Vater gesagt, *psschhh* …«

Calle fühlte sich hoffnungslos verloren, als wäre er mitten in einem Film für eine Weile rausgegangen und könnte nun der Handlung nicht mehr folgen. Sein Kopf tat weh, und er war müde. Aber der Blasendruck. Und Marjut, wer auch immer sie sein mochte.

»Ich hatte den Geschmackssinn und den Geruchssinn verloren«, fuhr sie fort. »Aber es dauerte ziemlich lange, bis ich es gemerkt habe. Als es passierte, hatte ich Kaugummi gekaut, und als ich hinfiel, blieb der Geschmack einfach da.« Sie lächelte. »Das Gehirn hatte sich irgendwie aufgehängt. Nach dem Unfall bin ich einen Monat oder so herumgelaufen und habe mich gewundert, warum alles nach Kirsche schmeckte.«

Ihre Begeisterung und ihr Lächeln glätteten alle Widersprüche. Calle hatte immer noch keine Ahnung, wer sie war oder was sie von ihm wollte, aber ihre Anwesenheit war seltsam mitreißend.

Marjut sah aus, als würde sie sich konzentrieren oder ein Lachen unterdrücken. »Und ich kann es auch heute noch hervorrufen! Es geht nicht immer, aber ... mhm, ja! Jetzt. In diesem Augenblick kann ich das Kaugummi wieder schmecken! Ist das nicht verrückt?« Ihre Lippen öffneten sich, die Zähne glitzerten.

»Das ist dann so was wie ...« Er musste sich noch einmal räuspern. »... eine Superkraft. Du kannst alles nach Kirsche schmecken lassen.«

Sie brach in Lachen aus, machte Gesten, die Calle auf die Idee brachten, dass sie vielleicht Schauspielerin war.

»Du solltest ein langes Cape tragen«, fuhr er fort. »Und du kannst dich durch alle Gefahren und Hindernisse fressen.«

»Klingt anstrengend.«

»Stimmt. Eine ziemlich sinnlose Superkraft.«

Marjuts Augen leuchteten, und ihre Wangen wurden rot. Calle lächelte schief. Einen anderen Menschen zum Lachen zu bringen war ein Gefühl, von dem er niemals genug bekommen konnte, ein warmer Ort in seinem Kopf, ein Kitzel irgendwo zwischen Stolz und Verlegenheit.

»Aber …«, sagte sie nach einer Weile und schüttelte den Kopf. »Deswegen bin ich nicht hier.«

»Nee, klar.«

»Darf ich mich einen Augenblick setzen?«

»Auf jeden Fall.«

Sie nahm auf einem Hocker neben ein paar Infusionsständern Platz. »Ich habe den ganzen Tag darauf gewartet, dass du aufwachst. Das klingt, als wäre ich eine Art Stalker. Aber du wolltest einfach nicht aufwachen.«

»Aha.«

»Ich bin Mitglied bei Metsku, das ist die Methodistengemeinde hier in Åbo.«

Vor Enttäuschung schrumpfte seine Neugierde sofort zusammen. »Okay«, sagte er und dachte, dass es das Schlimmste war, was sie hätte sagen können.

»Wir machen bei der Aktion *Zusammen* mit, hast du schon davon gehört?«

Er erinnerte sich an die Aushänge, die Österbottninger in der Aula im *Arken*. »Sagt mir nichts.«

Marjuts Lächeln wurde – ungelogen – noch ein bisschen breiter. »Ich wollte dir eigentlich nur meine Nummer geben.«

»Deine Nummer.« Calle wand sich unter der Decke. Für einen Augenblick hatte Marjuts Erscheinen alles andere in Schach gehalten, aber jetzt, wo er ahnte, worum es ging, meldete sich der Blasendruck mit voller Stärke zurück.

Marjut zog einen Zettel und einen Stift aus der Tasche. »Mhm. Du … kannst mich jederzeit anrufen.« Sie schrieb ihre Nummer auf den Zettel und gab ihn Calle. »Ehrlich. Wann immer du willst.«

Er betrachtete ihre regelmäßige Handschrift. »Was ist das hier?«

»Ach so, das ist eine Eintrittskarte zum Logomo. Du kannst gratis eine Ausstellung besuchen. Es wird gerade eine neue eröffnet, über Helene Schjerfbecik ...«

»Ja, verstehe. Aber was ist das hier?«

Sie schaute ihn amüsiert an, und Calle bemerkte das Goldkreuz, das aus ihrem Kragen geglitten war und direkt unter ihrer Halsgrube hing und schief glänzte. »Die Aktion soll zeigen, dass es Menschen gibt, die sich um andere kümmern. Ganz einfach.«

»Du kümmerst dich also um mich?«

Sie lachte. »Wir kennen einander ja nicht, also klingt es vielleicht ein bisschen seltsam, aber ja, ich kümmere mich um dich.«

Wenn sich Calles Bauch in diesem Augenblick nicht verkrampft und er für einen schrecklichen Augenblick geglaubt hätte, dass er ins Bett machen würde, hätte er gesagt, dass er ihr nicht glaube.

Obwohl sie diese Aufrichtigkeit ziemlich gut rüberbrachte. Sie vermied offensichtliche Fehler, hatte keinen unsicheren Blick, war nicht aufdringlich oder warf mit leeren Phrasen um sich. Er verachtete religiöse Menschen mehr als fast alles andere, aber Marjut machte sich zumindest nicht lächerlich.

»Man kann niemals zu viele Freunde haben, oder?«, fuhr sie fort.

Das Kreuz glomm im Licht der Neonröhren, und ihr Gesicht strahlte mit ihm um die Wette.

Programmiert, sich zu kümmern.

»Du gehst also zu jedem betrunkenen Studenten, der hier im Krankenhaus wieder aufwacht?« Ihm war natürlich klar, dass es so nicht war, aber er wollte ihre Antwort hören, und für einen Moment kräuselte sich ihr Gesicht vor Unsicherheit.

»Nein, so nun auch wieder nicht ...« Das Kräuseln spiegelte jetzt Verlegenheit und bestätigte ihm, was er geahnt hatte.

Jemand hatte angerufen und gesagt, dass er Hilfe bräuchte.

Helena. Wer hätte es sonst sein können?

Calles Stimmung verdüsterte sich. Seit er die Augen aufgeschlagen hatte und ihm klar geworden war, dass er in einem Krankenhausbett lag, hatte er über Helenas Verhalten vor dem Faust gegrübelt. Ihre gequälte Reaktion, als hätte sie jemanden gesehen, den sie auf gar keinen Fall sehen wollte. Ihre Flucht, und wie er jeglichen Stolz abgeworfen hatte ...

Schrecklich! Die Abscheu traf ihn an den empfindlichsten Membranen, wo sich der Körper und das Bewusstsein berührten, diese Erinnerung – sie kratzte und krallte und klopfte ...

»Ich habe deinen Auftritt gesehen«, sagte Marjut plötzlich. »Beim Studentenfest der Philosophischen Fakultät. Du warst zum Schreien komisch!«

Die Überraschung erstickte jeden Gedanken an Helena.

»Es ist selten, dass man jemanden so offen über sich selbst reden hört«, fuhr sie fort und wirkte ein bisschen verlegen. »Und so witzig. Ich habe mich halb tot gelacht.«

Er nickte dämlich.

»Wir wohnen übrigens fast nebeneinander. In der Studentensiedlung. Ich sehe dich manchmal, wenn du auf den Bus wartest.«

Er fuhr fast nie mit dem Bus, nickte aber trotzdem.

»Und als ich gestern nach Hause ging, kam ich am Faust vorbei. Ich habe gesehen, wie du gefallen bist. Die

Leute waren ziemlich betrunken und schrien wild herum und versuchten, dich auf die Beine zu bekommen. Ich habe den Krankenwagen gerufen, weil du am Kopf geblutet hast.«

»Danke«, sagte Calle.

Sie lächelte. »Und jetzt wollte ich einfach sehen, wie es dir geht. Aber du hast geschlafen. Geschlafen und geschlafen.«

Sein Telefon lag dunkel und mit leerem Akku auf dem Tisch, aber die Schwester hatte gesagt, dass es halb sieben sei. Es war Sonntagabend. »Habe ich etwas verpasst?«

»Es hat den ganzen Tag geregnet.«

Er wunderte sich über die Einsicht, dass er sie falsch beurteilt hatte. Sie war vielleicht religiös, aber ihre Aufrichtigkeit war so nackt, dass alles darauf hindeutete, dass sie zu ihrer Persönlichkeit gehörte.

»Aber, ich will dich nicht stören«, sagte sie. »Jetzt habe ich ja gesehen, dass du okay bist.«

»Du störst nicht.«

»Du siehst aber so aus, als müsstest du dringend auf die Toilette.«

Er starrte auf das Lächeln, das sie anscheinend nicht unterdrücken konnte.

MICKEL BACKMANS SEELE
(Mickel Backmans Sünde, Forts.)

PLÖTZLICH SCHNAPPTE SIE KURZ nach Luft. Mickel zuckte zusammen. Das Auge war nach wie vor weit aufgerissen, wässerig und dunkel, es starrte an ihm vorbei in eine ungefähre Richtung, ja, es schien an allem vorbeizustarren. Die dünnen Haare rahmten ihre eingesunkene Wange ein, das Nasenloch gähnte still.

Gab es sie noch in dieser Dunkelheit? Oder hatte sich ihr Geist im Laufe der Zeit aufgelöst und ein Seelengramm zur Decke verdunstet, sodass jetzt nur noch die Schale übrig war?

»Elsa«, flüsterte er und lauschte nach weiteren Lauten. Das kurze Keuchen war das einzige Lebenszeichen, was er seit einer Viertelstunde von ihr gehört hatte.

»Elsa«, flüsterte er noch einmal.

Für einige Minuten folgte er den Anweisungen der Pflegerin und sprach mit ihr wie mit einem normalen Menschen. Er hielt ihre kühle, leblose Hand und erzählte, was am Institut passierte, von seiner Forschung und von den neuen Räumlichkeiten der Fakultät am Fluss. Scham und Verzweiflung machten es bald unmöglich, die Worte zu formen, sie kamen immer langsamer, und ganz gleich, was er versuchte, so klangen sie künstlich und höhnisch. Schließlich erlösten ihn die Tränen.

Er hielt ihre Hand und weinte, und als er nach etwas suchte, um sich die Tränen abzuwischen, entdeckte er den Papierstapel, der in dem Regal neben dem Bett lag. Die Typografie erkannte er sofort wieder, auch im Schatten und unter der dünnen Staubschicht. Hier lag sie also, fein säuberlich in eine grüne Klarsichthülle verpackt. Elsa Sinnemäkis angefangene Magisterarbeit.

Er legte ihre Hand nieder, griff nach dem Papierstapel und las den maschinengeschriebenen Text auf der Titelseite:

Ins Abseits –
Zur Veröffentlichungspraxis modernistischer Lyrik im Åstrand-Verlag
Arbeit zur Erlangung des Magistergrades
im Fach Literaturwissenschaft
Elsa Sinnemäki, BW-34002
Betreuer: Mickel Backman
Åbo Akademi, 1998

Mickels Hände begannen zu zittern, obwohl er wusste, dass die halbfertige Abhandlung mit seinem Namen auf der Titelseite kein böses Omen bedeutete. Dass sie hier aus demselben Grund lag wie die Fotografien und Grußkarten auf dem Regal. Natürlich. Alles waren Erinnerungen für sie. Inspiration. *Wenn es dir besser geht, kannst du dein Projekt beenden*, könnte der Text ihr nach Ansicht des Personals vielleicht sagen. Aber das schmutzige Papier und der Staub auf der Klarsichthülle sprachen eine deutliche Sprache: Die Zeit, in der man noch versucht hatte, ihr Hoffnung zu machen, war seit Langem vergangen.

Vierzehn Jahre in der geschlossenen Abteilung. Großer Gott.

Mickel fragte sich, wie oft sie so wie jetzt mit fixierten Armen liegen musste. Die Pflegerin hatte gesagt, dass ihre destruktiven Phasen parallel zu den Jahreszeiten verliefen. Dass der Herbst und der Winter im Allgemeinen am schlimmsten waren, während man im Sommer normalerweise ihre Medikamente so weit reduzieren konnte, dass sie im Aufenthaltsraum fernsehen oder sogar draußen im Park sitzen konnte. Das Destruktive schien mit der Dunkelheit zurückzukehren. Ihr letzter Versuch, sich selbst zu schaden, lag vier Wochen zurück. Sie hatte ein Stück Gummi verschluckt, dass sich von einer Sandale gelöst hatte.

»Elsa, ich hatte keine Ahnung«, flüsterte er, aber er biss sich auf die Zunge, angewidert davon, dass er sie belog.

In diesem Moment drohten ihn die Verzweiflung und die Schuldgefühle zu übermannen. Er wollte den Schmerz spüren und die Hölle ausgleichen, die in diesem Raum herrschte, obwohl es unmöglich war, all das jemals abzubüßen und wiedergutzumachen.

»Ich wusste nicht, dass es so kommen würde«, fuhr er fort und zwang sich, ihr ins Gesicht zu sehen und sich ein weiteres Mal zu korrigieren. »Ich wusste nicht, dass es so schlimm ausgehen würde.«

Es war ein Unfall. Sie war aufgewühlt gewesen und hatte den Bus nicht gesehen.

Das hatte er während all der Jahre gedacht, und er musste es weiter glauben, so sehr ihre fixierten Hände und die leisen Bemerkungen der Pflegerin über ihr destruktives Verhalten ihm auch unter die Haut krochen.

Elsa Sinnemäkis Studienerfolge waren das Resultat harter Arbeit und vieler langer Abende in der Akademiebibliothek. Mickel arbeitete an einer Reihe von Artikeln über Georg Stiernhielm, und in der Bibliothek hatten sich Elsa und er das erste Mal außerhalb der Unterrichtsräume getroffen. Die Initiative war von Elsa ausgegangen, sie hatte die Kettenreaktion in Gang gesetzt. Falls das überhaupt eine Rolle spielte. Er hatte schließlich nicht gerade Widerstand geleistet, nachdem er begriffen hatte, wohin ihr überraschender Flirt führen würde.

Ihre Beziehung hatte ein Jahr gedauert, jedenfalls die körperliche. Die dunkle Passion, in der sie endete, war schwerer zu bemessen. Aber während dieser zwölf Monate, von Herbst bis Herbst, hatte sie ihm Zutritt gewährt.

Sie hatten sich in leeren Hörsälen getroffen, in Archiven und in Büros. Die Verliebtheit hatte ihn abgestumpft und jungenhaft leichtfertig gemacht. Er hatte mit frohem Herzen alles aufs Spiel gesetzt – seine Ehe, seinen Sohn, die Arbeit, das Ansehen –, um sie während der Zigarettenpause in einer Vorlesung im Büro zu vögeln oder sich während einer Disputation hinter dem Projektorschrank einen blasen zu lassen.

Welche Energie er verspürt hatte! Für ihn, der das Seelische stets hoch geachtet, der die Nachdenklichkeit immer für eine Tugend gehalten hatte und zum Sinnlichen eher eine pragmatische, nicht selten prüde Einstellung pflegte, war es eine Offenbarung gewesen, als würde er zum ersten Mal wirklich leben.

Alles war so selbstverständlich, eine tiefe Verwandlung.

Elsa Sinnemäki hatte alles geändert. Sogar seine Forschung, denn plötzlich las er Lyrik auf eine andere Weise, als hätte er eine höhere Bewusstseinsebene erreicht, in der das Gedicht näher war, körperlich und vibrierend wurde.

Das alles ungeschehen machen zu wollen oder auch nur auf eine Sekunde davon zu verzichten, war unmöglich gewesen. Nur ein Narr würde eine solch tiefe Einsicht bereuen.

Jetzt, wo er an Elsa Sinnemäkis Seite saß, spürte Mickel, dass er eine Erektion hatte, und er rückte den Stuhl erschrocken zur Seite, damit die Beule in der Hose nicht zu sehen war. Er biss die Zähne zusammen und fühlte sich jämmerlich.

Wie ein Schurke.

Und dass er seine Erektion immer noch vor ihr verbarg, als würde sie ausgerechnet in diesem Moment auf die Idee kommen, ihm auf den Schritt zu schauen.

»Verzeih mir«, flüsterte er ziellos in den Raum.

Aus der Manteltasche zog er eine Schere. Verbarg sie an seinem Oberschenkel, neben seinem pochenden Penis, spürte, wie seine Finger an dem kalten Stahl klebten, betrachtete Elsa Sinnemäkis starrendes Auge und ihre weiße Haut.

Draußen wurde es dunkel. Er musste gehen.

So, wie sie es getan hatte. Großer Gott. Nachdem sie ihn für alle Zeit von Grund auf verändert hatte, nachdem sie ihn dazu gebracht hatte, für alles, was er wusste und kannte, ganz neue Koordinaten zu zeichnen.

Danach war sie gegangen.

Ein Zorn, der so dunkel war, dass er sein ganzes Blickfeld verfinsterte, überkam ihn. Er erkannte das Gefühl wieder. Es war das, was übrig geblieben war, die Ascheflocken, die in der Zugluft tanzten, der Rest der unsäglichen Trauer.

Er umklammerte die Schere, sah Elsa Sinnemäki still und regungslos vor sich liegen, spürte, wie die Wunden, die sie bei ihm hinterlassen hatte, wieder aufplatzten und die Ränder wie von langen Nägeln geritzt wurden.

Bei verlorener Ehre und blauen Flecken sorgte das Gesetz für Wiedergutmachung, aber ein gebrochenes Herz war ein Unrecht, das man akzeptieren und mit dem man leben musste.

Brauchte es nicht eine enorme Tapferkeit oder eine mindestens ebenso große Einfalt, damit sich aus so einem gebrochenen Herzen nicht ein selbstherrliches Gericht erhebt?

Wunden, die niemals heilten. Schmerzen, die kalt geschluckt werden mussten.

Aus dem Winter war Sommer geworden, und Mickel war mit dem Auto hinauf nach Österbotten gefahren. Er hatte Myrna angelogen, hatte gesagt, dass er in Vasa Vorlesungen halten müsse, und hatte ein paar Tage im Sommerhaus der Familie Sinnemäki verbracht. Sie hatten einander Gedichte vorgelesen und sich auf dem Steg geliebt und waren nackt herumgelaufen, bis ihre Haut voller juckender Insektenstiche war. Er wusste mit jeder Faser seines Körpers, dass er sie liebte.

Wenn sie gesagt hätte, dass sie das Gefühl teilte,

hätte er Myrna verlassen, ohne zu zögern, und seine Gewissheit hatte eine angenehme Leichtigkeit mit sich gebracht.

Aber der Sommer war zu Ende gegangen, ohne dass einer von ihnen so etwas gesagt hatte. Und als sich die Straßen und Kneipen in Åbo wieder mit Studenten gefüllt hatten, war sie in sein Büro gekommen und hatte gesagt, dass es wohl am besten sei, wenn er ihre Magisterarbeit nicht betreuen würde.

Anschließend hatte sie sich von ihm ferngehalten, hatte sich weder im Institut noch in der Bibliothek oder der Mensa blicken lassen, hatte seine Briefe nicht beantwortet.

»Ich hätte früher kommen sollen«, flüsterte er und tastete nach dem Riemen, der ihren linken Arm ans Bett fesselte. »Aber ...«

Er brachte nicht über die Lippen, was ihm sein Herz sagte. Dass er so lange gebraucht hatte, um ihr zu vergeben.

»Hörst du, was ich sage?«, flüsterte er in ihr Ohr und musste sich räuspern, damit seine Stimme nicht versagte.

Er schaute direkt in das Auge, das er geliebt und begehrt hatte – ihren glühenden Blick, wenn er auf dem Katheder in sie eingedrungen war, auf dem Boden zwischen den Bücherregalen, in der Besenkammer –, und das jetzt nicht mehr wiederzuerkennen war, gereinigt von allem Menschlichen und Vertrauten, nur noch ein dunkles Nichts, ein Brunnen der Leere.

Elsa Sinnemäki blinzelte so unerwartet, dass Mickel zurückzuckte. Eine Batterie kalter Blitze zog wie ein Schwarm Insekten durch seinen Körper.

Sie war dort. Sie wusste, wer er war.

»Elsa?«

Sie wandte ihm ihr Gesicht zu, und Mickel schrie vor Entsetzen. In den eingesunkenen Augenhöhlen glänzte es wässerig und schwarz. Ihr Kiefer bewegte sich, und die Sehnen in ihrem Hals spannten sich, als sie ein krächzendes Gurgeln von sich gab und gleichzeitig die Hände so weit hob, wie es die Riemen zuließen. Die Decke glitt hinunter und entblößte spitze Schultern. Die Haut über dem mumiengleichen Gesicht schien bis zum Zerreißen gespannt.

Mickel stolperte in den Flur hinaus, sein Herz raste, und er schob die Tür zu, ohne zurückzuschauen, konnte sich zu keinem weiteren Blick auf ihr Gesicht überwinden.

Jetzt wusste er, dass sie wirklich dort war. Jetzt hatte ihm das Ausmaß dessen, was er ihr angetan hatte, direkt ins Gesicht geschaut.

Er humpelte durch den Flur und begriff erst nach einigen Sekunden, dass er die Schere für alle sichtbar in der Hand trug. Er steckte sie rasch in die Tasche und schaute sich um, zitternd und mit kaltem Schweiß auf der Lippe. Niemand war zu sehen.

Die Pflegerin am Empfangstisch schaute zu ihm auf und fragte, ob er gehen wolle. Er schniefte, blinzelte die Tränen aus den Augen, und sie nickte verständnisvoll.

Nachdem er den Aufzug nach unten genommen hatte, über den Parkplatz geeilt war und sich hinter das Steuer seines Autos gesetzt hatte, ließ er den Schrei heraus, der seine Lungen zu sprengen gedroht hatte.

ANIARA

DIE FINGER WAREN WIE aufgeschwollen und schwer zu koordinieren. Schließlich drückte Calle einfach mitten auf das Display, und das Gespräch wurde beendet. Er ließ das Telefon neben dem Haufen gestohlener Bücher auf den Schreibtisch fallen und atmete tief aus. Die Wunde an der Stirn pochte warm, der Mund war trocken.

Die Welt war total krank im Kopf.

Er trug immer noch seine Schuhe. Kaum war er aus dem Krankenhaus nach Hause gekommen, hatte das Ladegerät geholt und das Telefon aktiviert, rief eine alte Freundin an, die ihn noch nie zuvor angerufen hatte. Calle hatte überlegt, den Anruf nicht anzunehmen, er hatte nicht die geringste Lust, ausgerechnet jetzt eine erkaltete Freundschaft wiederzubeleben.

Doch was sie dann erzählt hatte, war vollkommen unfassbar.

Sie hatten sich beinahe zehn Minuten lang darüber unterhalten, wie unfassbar es war, aber als das Gespräch beendet war, dachte Calle immer noch, dass es sich um ein Missverständnis handeln musste.

So unfassbar war es.

Er versuchte, Pasi anzurufen, aber der ging nicht ran. Er war zu erschöpft zum Duschen, zog sich einen neuen Pullover an, fand ein paar salzige Cracker und spülte sie mit Leitungswasser hinunter. Der Kühlschrank war leer. Im Gefrierfach fand er eine reifüberzogene Tüte Köttbullar, schüttete den Inhalt in die Bratpfanne und versuchte noch einmal, Pasi anzurufen.

Als er immer noch nicht ranging, setzte sich Calle an den Rechner, ging auf Facebook und schickte ihm eine Nachricht. Dann rief er Riku Barons Seite auf und scrollte durch zehn verzweifelte Beiträge und Besserungswünsche.

Es war tatsächlich wahr. Das Leben, die Zeit – die ganze Welt – war total krank im Kopf.

Auf seinem Profilbild war Riku mit nacktem Oberkörper zu sehen und zeigte auf den Fotografen. Das Haar war nass und zurückgekämmt, die Muskeln wie bei einer Statue, und sein Lächeln und seine Haltung strahlten eine Selbstzufriedenheit aus, die jeden Kritiker herausforderte und verkündete, dass hier ein Mann stand, der sich jede nur erdenkliche Eigenwilligkeit oder Behauptung leisten konnte.

Auf dem nächsten Bild schwebte er in der Luft, nachdem er gerade vom Weitsprungbalken abgehoben hatte. Das Gesicht war zu einer intensiven Grimasse zusammengezogen und jeder Muskel des groß gewachsenen Körpers angespannt.

Auf dem dritten Bild trug er einen grauen Anzug und

hatte den Arm um Sara Haugens-Lind gelegt, eine Psychologiestudentin, die Calle und vermutlich auch jeder andere Student der Akademie kannte, weil sie bloggte und sang und so gut aussah, dass man gezwungen war, irgendwie Stellung zu ihr zu beziehen, indem man sich entweder verliebte, sie bewunderte oder beneidete, sie mit Vorurteilen überzog oder Angst vor ihr hatte. Riku Baron hielt sie im Arm, als wäre es das Selbstverständlichste auf der Welt. Und das war es wohl auch, sie waren seit Jahren zusammen.

Es war ein schwindelerregend absurder Gedanke. Dass der Mann, der seine kräftigen Arme um die sagenumwobenste Brust der Akademie legte, versucht hatte, sich in der Zelle an seiner eigenen Krawatte zu erhängen und jetzt mit ernsthaften Hirnschäden im künstlichen Koma lag.

Sara Haugens-Lind war noch auf einem weiteren Bild zu sehen, und Calle dachte, dass es mit ihr zu tun haben musste.

Ihre Seite war gesperrt. Das Einzige, was er sehen konnte, war ihr Profilbild, auf dem sie mit ernsthafter Miene Bratsche spielte.

Was konnte sonst der Grund sein? Sie musste ihn verlassen haben, plötzlich und unerwartet.

Sie hatte ihn satt gehabt.

Ein Chatfenster öffnete sich, und das Geräusch ließ Calle zusammenzucken. Es war Pasi, der schrieb. »Bin im Turm und wichse zu Aniara.«

Helenas Gesicht in einem kleinen Fenster mitten unter den anderen Gesichtern in seiner Freundesliste zog Calles Blick auf sich, und er ging auf ihre Seite, schloss sie aber genauso schnell und entschlossen wieder. Die Köttbullar zischten und brutzelten in der

Pfanne, und ein leichter Brandgeruch erreichte Calles Nasenlöcher. Er antwortete Pasi, bat ihn, im Turm zu warten und schrieb, dass er auf dem Weg war.

Dann rief er wieder Helenas Seite auf.

Erst als der Feueralarm losging, riss er sich von ihren Profilbildern los.

Rolf Pippings Turm war eine kleine Bibliothek mit Arbeitsplätzen in der nordwestlichen Ecke des Campus der Philosophischen Fakultät unten am Fluss. Vom dritten und höchsten Stockwerk konnte man gerade so über die Baumwipfel blicken. Ein richtiger Turm war es also nicht, aber der Raum war luftig und lichtdurchflutet, und man fand dort fast immer einen ruhigen Platz. Als Calle die Treppe hinaufkam, sah er Pasi schlafend an einem der Tische sitzen, den Kopf hatte er neben einem Stapel Bücher auf die verschränkten Arme gelegt.

In dem Raum herrschte ein süßlicher Geruch nach Schmutz und eingetrocknetem Schweiß. Auf dem Tisch stand eine leere Sandwichpackung und vier Plastikbecher vom Kaffeeautomaten im Erdgeschoss. Pasis Hände weckten Calles Aufmerksamkeit, sie waren von Schrammen und kleinen Wunden übersät, und die Knöchel sahen geschwollen aus.

Als Calle den Stuhl gegenüber unter dem Tisch hervorzog, fuhr Pasi erschrocken hoch, hob abwehrend die Hände und saß dann mit blinzelnden Augen ein paar Sekunden schlaftrunken da, um sich schließlich langsam wieder zu entspannen.

»Du riechst persönlich«, sagte Calle.

Pasi sank wieder zusammen, verbarg sein Gesicht in den Armen, seufzte. »Sack.«

»Was?«

»Ich rieche nach Sack.«

Calle setzte sich. »Ich finde, es riecht eher nach den Falten zwischen den Oberschenkeln und dem Geschlechtsteil.«

Ein Gähnen. »Du meinst die Käselinien. Das ist schwer zu sagen. Die ganze Region ist wahrscheinlich ungewaschen.« Sein schwammiger Blick wanderte zu Calles Stirn. »Mussten sie nähen?«

»Vielen Dank für deinen Besuch.«

»Scheiße, ja, das hätte ich tun können.« Pasi schien einen Augenblick darüber nachzudenken. Plötzlich richtete er sich auf, tastete seine Hosen- und Brusttaschen ab, begann dann in der Jacke zu suchen, die über dem Stuhlrücken hing. »Du bist hingefallen ... beim Faust?« Er zog eine Streichholzschachtel aus der Jacke.

»Helena war auf der Treppe. Ich habe versucht, ihr hinterherzulaufen ... ich war sturzbetrunken.«

Pasi murmelte etwas Unhörbares, während er mit einer schnellen Bewegung etwas aus der Streichholzschachtel nahm und in den Mund steckte. »Der Krankenwagen ist gekommen ...« Er schien den Faden zu verlieren. Schließlich grinste er. »Also, ich bin so müde, ich bin hier eingeschlafen.«

»Ist das deine Medizin?«

Pasi schaute ihn fragend an. »Das hier?« Er hielt die Streichholzschachtel hoch. Der Inhalt kullerte klackernd. »Genau. Das ist meine Medizin.« Er nickte und begann zu lächeln.

Calle war sich nicht sicher, was ihr Augenkontakt andeutete. Dass Pasi unter irgendwelchen Drogen stand, war offensichtlich, aber sein Lächeln war so ansteckend, dass Calle zurücklächeln musste. »Na, das scheint ja eine gute Medizin zu sein.«

Pasi gähnte ausgiebig, rieb sich die Augen. »Sehr gut.«

»Aber was mit Riku passiert ist ...«

»Mhm, ja. Er hat versucht, sich aufzuhängen.«

Calle verlor den Faden, ihn irritierte Pasis beinahe fröhlicher Tonfall. »Ich habe gehört, dass ihr euch am *Mantun Grilli* geprügelt habt?«, sagte er schließlich.

»Wir saßen dort und warteten auf unsere Ei-Hamburger. Ich und eine ... Klavdija hieß sie, glaube ich, sie kam aus ... Slowenien. Vorher waren wir im Dynamo. Sie war ein gutes Stück größer als ich, aber verdammt hübsch, sie hatte so eine ... dunkle Ausstrahlung.« Pasi schaute an Calle vorbei, als ob die Frau, von der er sprach, neben ihm stand. »Sie hatte so ein langes Piercing in der Wange.«

»Aber ihr habt euch geprügelt ...«

»Ja, also während wir dort warten, taucht Riku auf, genauso voll wie ich, und beginnt zu grölen ... ich würde eher sagen, dass wir eng umschlungen tanzten, als dass wir uns schlugen. Ein Autofenster ging kaputt, und jemand rief die Polizei und wir mussten in der Zelle schlafen. Und Klavdija ist natürlich verschwunden ... verdammt ... daraus ist nichts geworden.« Pasi verstummte, als ginge es hauptsächlich um das Mädchen aus Slowenien und die Geschichte wäre damit zu Ende.

»Worum ging es überhaupt?«

»Ich habe Riku dazu gratuliert, dass er nach Australien darf.« Pasi musste plötzlich kichern. »Das heißt, eigentlich habe ich ihn gefragt, welchem seiner Onkel er einen blasen musste, um das Stipendium zu kriegen.

Er wurde ganz rot, das hättest du sehen sollen!« Pasi grinste so breit, dass sich eine Schramme an seiner Unterlippe öffnete und zu bluten begann. Er fasste sich an den Mund und kicherte seltsam, schaute sich das Stück Schorf an, das an der Fingerspitze kleben geblieben war. »Dann habe ich sein Bier verschüttet, aber das war keine Absicht ...«

»Aber weißt du, woran es lag ... denkst du, es hatte irgendwas mit Sara Haugens zu tun?«

Pasi saugte an der Unterlippe. »Was denn?«

»Dass sie Schluss gemacht hat oder so was und dass er deshalb ...?«

»Ich lag am anderen Ende der Polizeiwache und habe selig geschlafen. Am Morgen habe ich gehört, dass er sich aufhängen wollte.«

Calle überlegte eine Weile. »Ich meine, das wäre sonst doch vollkommen unbegreiflich.«

»Warum ist das unbegreiflich?«

»Na ja, ... immerhin ist es Riku Baron.«

»Weil er so reich ist?«

»Weil er ... wegen allem.«

»Er war wohl kaum so reich, wie er alle glauben machen wollte. Der Schlips war jedenfalls ein billiger Fummel ... der ist ja sofort gerissen.« Plötzlich war jede Spur von Müdigkeit aus Pasis Augen verschwunden.

»Aber du verstehst, was ich meine. Er ist kein Mann, von dem man glauben würde, dass er sich das Leben nehmen will.«

Pasi schnaubte. »Weil er Sara Haugens gevögelt hat? Die ja jetzt quasi wieder Single ist ... zwinker, zwinker! Oder meinst du, weil er so ... gut aussehend ist?« Pasi zog eine Grimasse und wurde plötzlich laut: »Er war ein

Arschloch! Weißt du, ein einziges, sinnloses, verdammtes … Nichts! Am Ende musste er das wohl selbst auch einsehen und hielt es nicht mehr mit sich aus. Hoffe ich.«

»Warum so böse?«

Pasi rollte mit den Augen. »In allzu klaren Räumen blickt der Schrecken und durchschaut gedankenlos die Welt.«

»Aha.«

»Harry Martinson.« Pasi nahm das oberste Buch von dem Stapel, der auf dem Tisch lag, in die Hand. Es war nicht Aniara, aber das schien ihn nicht zu stören. »Sie sind am Arsch, die Menschen auf der Aniara, sie treiben durch den Weltraum, frei … ohne Hoffnung, *piku*-klein dort draußen …!«

Calle zuckte mit den Schultern.

Pasi legte das Buch wieder hin. »Sie leben nur noch weiter, weil sie einen Computer haben, mit dem sie spielen können. Und weil sie nicht begreifen, wie hoffnungslos und sinnlos alles ist. Dieses Buch ist so verdammt deprimierend! Aber verdammt wahr!«

»Was hat das mit Riku …«

»Hat irgendjemand von uns einen Grund, sich nicht das Leben zu nehmen?«

»Die meisten tun es trotzdem nicht einfach so.«

»Vielleicht hat er es getan, weil er einen kleinen Schwanz hat.« Pasi grinste wieder. »Das habe ich gespürt, als wir auf der Kaskisgatan lagen und einander umarmt haben.«

Er ließ die Stirn auf die Tischplatte sinken und lachte. Mit einer hastigen Bewegung öffnete er erneut die Streichholzschachtel, und eine Sekunde später war die Hand am Mund und er schluckte etwas hinunter.

»Das Einzige, was noch kleiner ist als ein Mensch im Weltraum … ist Riku Barons Schwanz.«

»Du bist high.«

»Und wo ist das Problem?«

»Es ist Montag.«

»Was zum Teufel hat das mit irgendetwas anderem zu tun?«

»Du bist jetzt also ein Junkie?«

»Leck mich. Junkies müssen. Ich habe die Wahl.«

»Der Unterschied ist winzig.«

»Weißt du, was noch winziger ist? Riku Barons Schwanz.« Pasis zog erneut eine angespannte Grimasse, und Blut sickerte aus seinen zusammengepressten Lippen. Bald prustete er vor Lachen.

Calle lächelte, schüttelte den Kopf. »Hej, er liegt im künstlichen Koma.«

»Davon wird er auch nicht größer!«

Calle wartete geduldig, bis Pasi aufgehört hatte zu lachen. »Was haben wir am Samstag geraucht?«, fragte er schließlich.

»Spielt das eine Rolle?«

»Ich will es einfach nur wissen.«

»Martinson sagt: ›Mein Freund, du weißt zu viel, ohne gedacht zu haben.‹«

»Scheiß auf Harry Martinson …«

»Du weißt schon, dass Harry Martinson sich das Leben genommen hat, indem er sich den Bauch mit einer Schere aufschnitt?«

»Es war kein Gras, das wir geraucht haben, oder?«

»Wir haben das Leben geraucht!« Pasis Gesicht strahlte. »Ja! Wir waren gut drauf! Wir haben geraucht und alles andere vergessen!«

»Aha.«

»... wie recht, das nächste Leben auch zu rauchen, es zeigt, dass man Freude hat am Leben ...«

»Mann, bist du zugedröhnt.«

»Aa...nii...ara!«

In den nächsten Minuten schlingerte das Gespräch immer bedrohlicher, und Calle wurde klar, dass es keinen Sinn hatte, auf eine Antwort zu warten. Pasis Lachanfälle gingen ineinander über, sein Kopf schaukelte immer heftiger hin und her, und er schien Calle immer weniger zuzuhören.

Schließlich lag er mit den Kopf auf den Armen da, so wie Calle ihn vorgefunden hatte. Calle gab auf.

»Ich gehe jetzt«, sagte er. Die Antwort war nichts als tiefe Atemzüge. Er dachte kurz darüber nach, ob er Pasi wecken und ihn aus dem Turm bringen sollte, damit ihn nicht irgendein Hausmeister oder Dozent dort finden würde, aber er beschloss, ihn liegen zu lassen, fühlte sich gerade ziemlich genervt davon, so eine Art persönlichen Assistenten spielen zu müssen. Bevor er aufstand, streckte er die Hand über den Tisch und fischte die Streichholzschachtel aus Pasis geschwollenen Fingern.

Er hätte sie nicht öffnen müssen, um zu wissen, dass sie leer war.

EIN GEKRÄNKTER WEISSER MANN

MITTEN IN DIE ANGST, die sein Besuch bei Elsa Sinnemäki ausgelöst hatte, platzte die Nachricht, dass dem interaktiven Södergran-Projekt *EdithCopyPaste*, das Mickel koordinierte, keine EU-Mittel bewilligt worden waren. Das Projekt war damit zum Tode verurteilt, und ein ganzes Jahr Planungsarbeiten und Recherchen waren umsonst gewesen. Die Nachricht schlug Mickel auf die Stimmung, und als er am selben Nachmittag hörte, dass die Universität Helsingfors eine halbe Million für ihr Aleksis-Kivi-Jubiläum bekam, regte er sich dermaßen auf, dass er laut fluchte und mit der Hand kräftig auf die Schreibtischplatte schlug.

»Wunder über Wunder«, seufzte Professorin Fogh in der Kaffeeküche, die sich an diesem Tag zufällig in einen blass türkisen Schal gehüllt hatte, der perfekt zu der Ambivalenz in ihrer Stimme passte. »Aber dann sollten wir Renée gratulieren, nicht wahr?«

Mickel würdigte sie keiner Antwort.

Seit über zwanzig Jahren haderte Mickel mit der Vorzugsbehandlung für die große Universität. Diese unterdrückte Verbitterung wurde noch zusätzlich genährt, als die Universität Renée Kraft als Literaturprofessorin berufen hatte. Sie war eine Linksradikale aus Stockholm, die auf der Titelseite des Frauenmagazins *Me naiset* den Mittelfinger gezeigt und eine Abhandlung über Astrid Lindgrens psychosexuelle Geschwisterrelationen geschrieben hatte, die großes Aufsehen erweckt hatte und mehrere tausend Mal verkauft worden war. Die Konsequenz ihres medialen Erfolgs machte sich in sinkenden Bewerberzahlen für die Literaturwissenschaft an der Åbo Akademi bemerkbar und, so sah es Mickel, auch in der immer ungerechteren Verteilung der Drittmittel.

Eine Viertelmillion für ein paar Symposien und eine total überflüssige, kommentierte Ausgabe der *Heideschuster?* Vermutlich das kaputtgespielteste Stück der finnischen Theatergeschichte.

Mickel versank für einige Tage in Entrüstung und Selbstquälerei, und obwohl sein Zorn so giftig war, war es befreiend, an etwas anderes denken zu können als an Elsa Sinnemäkis Gesicht.

Am Ende machte sie sich doch bemerkbar, so wie ein summendes Insekt irgendwann in ein konzentriertes Bewusstsein drang. Er hatte Albträume von ihren mageren Schultern und meinte gurgelnde Geräusche im Straßenlärm und in den Gesprächen auf dem Flur zu vernehmen. Ihr bodenloser Blick sagte ihm eines Tages, dass die Eifersucht, die er gegenüber dem Schwesterinstitut in Helsingfors empfand, viel schlimmer war, als er gedacht hatte, dass sie Teil von etwas Größerem war, ein infiziertes Leitmotiv seines Lebens. Sie streckte ihre Arme aus, bis die Riemen sich strafften, gurgelte und weinte, und er wusste, was sie mit ihren stummen Stimmbändern zu schreien versuchte, weil er in diesem Augenblick dasselbe dachte: dass seine Eifersucht auch die Ursache dafür war, dass sie seit vierzehn Jahren in diesem Krankenhausbett lag und verrottete.

Dass sie mit ihrem Leben für sein gekränktes Ich bezahlte.

Er versuchte, sich gegen den Vorwurf zu wehren, aber er war viel zu treffend, um ihn einfach wegzuwischen. Waren es nicht gerade die Eifersucht und der Stolz, die die Kette der dunklen Ereignisse seit jenem Tag vor dreißig Jahren gesteuert hatten, als Dietrich Wangman den Entwurf seiner Magisterarbeit in der Luft zerrissen hatte?

Mickel stellte seine Vorlesungen für zwei Tage ein, als die Angst zu groß wurde. Er spielte Klavier und badete, während ihm der kalte Schweiß von der Stirn rann, seine Gedanken fanden keine Ruhe, und er verfluchte sich selbst dafür, dass er sie besucht hatte. Weil er sich freiwillig in die moralische Zwickmühle manövriert hatte, die leicht vorauszusehen gewesen war. Es war unmenschlich, ihr nicht zu helfen, während es gleichzeitig verhängnisvoll war, es zu tun.

Und wie kurz stand er davor, sich vollkommen und unwiderruflich zu blamieren?

Die Schere, du lieber Gott. Was für eine wahnsinnige Idee! Sie hatte seit ein paar Wochen in seiner Manteltasche gesteckt, nachdem er eines Abends einen Artikel in der Bibliothek ausgeschnitten hatte. Wenn Elsa nicht aufgewacht wäre und ihn das Ausmaß ihrer Krise nicht so abgestoßen hätte, dass er seine Absicht nicht mehr umsetzen konnte, hätte er vermutlich den schlimmsten Fehler seines Lebens begangen.

Denn selbstverständlich hätten sie ihn erwischt, wenn er seinem Bauchgefühl gefolgt wäre und ihre Riemen durchtrennt hätte. Selbst wenn es keine Überwachungskamera in dem Zimmer gab, er wäre mit Sicherheit der einzige Besucher gewesen, den sie seit Ewigkeiten gehabt hatte. Alles hätte auf ihn gedeutet, ganz ohne Zweifel.

Obwohl es Elsa Sinnemäki wohl kaum gelungen wäre, sich selbst einen ernsthaften Schaden zuzufügen, hätten die Behörden und ihre Familie ihn zur Rede gestellt.

Warum um alles in der Welt hatte er versucht, ihr in ihrem langen Kampf beizustehen, sich endlich das Leben zu nehmen?

Er hätte natürlich sagen können, dass er sie nicht länger leiden sehen konnte. Dass das Mitgefühl ihn zu dieser verzweifelten Handlung getrieben hatte. Aber die Angehörigen hätten sich damit nicht begnügt. Ein lebensgefährliches und hart gewickeltes Knäuel aus Geheimnissen wäre ins Rollen gekommen. Wenn herauskäme, dass Mickel nicht nur ihr Lehrer und Betreuer, sondern auch ihr Liebhaber gewesen war, würde er vermutlich seine Arbeit verlieren, und dann wäre zweifellos die Frage aufgekommen, welche Rolle er bei ihrem Unfall gespielt hatte.

Jemand würde zu der Auffassung kommen, dass Mickels Aussagen bei der Polizei und im Gerichtssaal wenig vertrauenswürdig geklungen hatten. Damals hatte er behauptet, dass bei ihrem Treffen nichts Besonderes vorgefallen oder besprochen worden sei, kurz bevor sie anscheinend absichtlich vor den Bus gelaufen und an ihren Verletzungen beinahe gestorben war.

So wenig würde schon reichen. Sobald jemand einen losen Faden gefunden hatte, würde er daran ziehen und alles zu entwirren beginnen.

Und am Ende würde irgendjemand auf Leander Granlund stoßen. Mickel wäre dann gezwungen, von Wangmans Abhandlung zu erzählen. Er wäre gezwungen, sie vorzulegen. Und das durfte niemals geschehen.

Er suchte Trost in der betäubenden Hitze der Badewanne, aber er hörte Elsa Sinnemäkis Gurgeln aus dem Ablauf, und ihr leerer Blick wiederholte unablässig, dass alles anders gelaufen wäre, wenn er nicht so mimosenhaft, so stolz und so eifersüchtig wäre.

Er verabscheute sie für das, was sie sagte.

Weil es bei ihr so einfach klang.

Als hätte er den Text einfach zusammen mit Dietrich Wangman verschwinden lassen können. Als hätte er sie loslassen, den Schmerz verarbeiten und weitergehen können.

So einfach, wie die Tatsachen, dass man hinterher immer alles besser wusste, oder wie jemanden zu verlassen, den man nicht liebte.

DER BRIEF

DIE ERSTE VERSION DES BRIEFS enthielt Worte wie »bitte« und Wendungen in der Art von »noch eine Chance«. Calle hatte ihn mit der Hand geschrieben, innerhalb einer Stunde wie in einem Rausch, und als er sich nachts kurz vor eins die sieben Seiten durchlas, empfand er etwas, das er seit vielen Jahren nicht mehr empfunden hatte. Eine Druckveränderung, ein Brennen in der Gesichtsmuskulatur.

Er wehrte sich mit einer Intensität gegen die Tränen, die beinahe komisch war, und nach ein paar tiefen Atemzügen war es vorbei. Er hatte geglaubt, dass er gar nicht mehr weinen konnte, dass diese Funktion im Laufe der Jahre still und heimlich aus der Liste seiner Fähigkeiten gestrichen worden war. Aber jetzt sah er die Worte, die er benutzt hatte, um die Situation zu beschreiben. Sie waren exakt und fügten sich wie Puzzleteile zu seinem Gefühl zusammen.

Trotzdem wusste er, dass er ihr diesen Brief niemals geben konnte, und nachdem er ihn durchgelesen hatte, landete er im Küchenabfall.

Was half es schon, wenn er bis ins Detail beschrieb, wie unglaublich er sie vermisste?

Es war die Wahrheit, aber sie war nutzlos. Vielleicht waren es Gedanken, die er für sich selbst einfach einmal hatte formulieren müssen, aber ganz bestimmt nicht der Strohhalm, nach dem er greifen sollte, wenn er sie umstimmen wollte.

In dem Fall sollte er besser dafür sorgen, dass sie ihn vermisste.

Er ging nach draußen und rauchte seine letzten beiden Zigaretten. Der Rauch brachte langsam wieder Ordnung in seine Gedanken, sorgte für Konzentration, schmierte die Synapsen, oder wozu auch immer das Nikotin gut war. Unter dem Vordach, geschützt vor dem Nieselregen, wurde ihm jedenfalls klar, was er zu tun hatte.

Um halb zwei riss er eine weitere Hand voll Seiten aus dem staubigen Block, den er im Kabelwirrwarr in einer Schublade gefunden hatte, starrte ein paar Minuten vor sich hin und fing dann noch einmal von vorne an.

Hallo, Helena,
ich schreibe diesen Brief per Hand, bekomme ständig Krämpfe und bete zu Gott, dass ich nicht alles vollschmieren werde. Hoppla, da muss ich direkt an unseren ersten Sex denken.

Er hatte sie immer zum Lachen gebracht. Das war vermutlich das Einzige, wodurch er sich von den anderen Männern dort draußen abheben konnte. Von denjenigen, die kochen konnten, die trainierten und harte Körper und ein kantiges Kinn hatten, die einen guten Job und Führungspositionen anstrebten, die im Leben zu etwas kommen wollten, die sich gut kleideten und in der richtigen Situation genug Dominanz ausüben konnten, die gut rochen und Geld hatten und ein breites Kreuz und übers Wochenende einen perfekten Dreitagebart hervorzaubern konnten. Von denjenigen, die zuhörten, unermüdlich, die Lösungen hatten oder zumindest kräftige Arme, die einen umarmen konnten.

Woher zum Teufel sollte er wissen, was Frauen wollten? Aber über diese spezielle Frau wusste er zumindest, dass sie Selbstdistanz und einen trockenen Sarkasmus zu schätzen wusste. Seine Aufgabe war also ebenso einfach wie entscheidend: Er musste diese Seiten mit dem Unsinn füllen, von dem er hoffte, dass sie ihn vermisste.

Ich habe zehn Minuten gebraucht, bis mir diese Einleitung eingefallen war. Stell dir vor! Gut fünfmal länger, als ich gebraucht habe, um auf der Matratze zu kommen. Damals also, beim ersten Mal. Erinnerst du dich, wie wir mit dem Wischlappen darauf herumgerieben haben? (Nicht den! Der ist für den Esstisch! Nimm den anderen! Den, ja!) Ja, damals! Ich war beweglich wie eine Schwedenfähre, sinnlich wie ein Asthmaanfall. Selten hat jemand wohl so viel geschwitzt? Bei einem so mittelmäßigen Einsatz!

Sie hatten von Beginn an nur miteinander herumgeflapst, kaum einen normalen Satz miteinander gewechselt. Bei ihrer ersten Begegnung auf einem Konzert im Kårhuset hatte er bereits nach wenigen Sätzen gemerkt, dass man mit ihr scherzen konnte. Als er sie gefragt hatte, ob ihr Longdrink das Beste sei, was sie jemals getrunken hatte, hatte sie geantwortet, dass es sich anfühlte, als würde sie klassische Musik trinken.

Sie haben mein Studiengeld gestrichen. Oder, wie es in dem Schreiben stand: »Verdammt, bist du faul!« Ich habe Beschwerde eingelegt und dabei auf das Gesetz hingewiesen, laut dem jeder ein Recht auf gratis Geld und acht Stunden Netflix am Tag hat. Mal sehen, was passiert.

Klassische Musik! Er hatte grinsen müssen. In ihrem Augenkontakt hatte eine Herausforderung gelegen, die er vorher noch nie im Gesicht einer Frau entdeckt hatte, ein doppelbödiger Ernst, ein instinktives Verständnis dafür, dass sie gerade begonnen hatten, ein Spiel zu spielen, dessen Ziel darin bestand, aus dem Ernst des anderen die Luft herauszulassen.

Würdest du sagen, dass sich dein Leben in die Zeit vor diesem Drink und die Zeit danach aufteilen lässt?

Ja, genau so ist es.

Und die Zeit davor war widerwärtig?

Die absolute Hölle.

Erstaunlich, wie du das überhaupt durchhalten konntest.

Aber jetzt habe ich ja diesen Drink getrunken.

Ja, jetzt ist alles gut.

Über derartige improvisierte Spiele hatten sie einander kennengelernt. Es hatte ihn verblüfft, aber er hatte es von Anfang an geliebt. Als sie nach etwa einem Monat angefangen hatten, miteinander zu schlafen, hatte er im Grunde nur sehr wenig Handfestes über sie gewusst, aber trotzdem begriffen, dass er drauf und dran war, sich zu verlieben.

Heute hatte ich eine neue Arbeitsmarktstatistik für Literaturwissenschaftler in der Mail. Wenn man ihr Glauben schenkt, bilde ich mich gerade zu einer arbeitslosen Frau aus. Abgesehen davon habe ich ohnehin langsam keine Lust mehr. Ich denke, ich werde mit der Studienberaterin sprechen, vielleicht gibt es ja noch ein anderes Fach, in dem ich das Grundstudium abbrechen könnte.

Ihr Jargon war mit der Zeit etwas abgeflacht, aber die Herumflapserei war immer noch eine unersetzliche Ressource gewesen, auf die sie zurückgreifen konnten, wenn sie einander mal satt hatten oder ganz generell die Nase voll.

Er hatte gedacht, dass es sie einzigartig gemacht hatte, stärker als gewöhnliche Paare. Jetzt dachte er, dass dieses lustige Spiel, so befreiend es sein konnte, ihnen letztendlich vielleicht im Wege gestanden hatte.

Weil sie einander nie wirklich gekannt hatten. Und dass sie deswegen gegangen war.

Hatte sie hinter die Ironie geschaut und etwas entdeckt, das sie verachtete?

Was hast du satt?

Na, dich!

Es war immer noch wie eine kalte Dusche, wenn er

sich daran erinnerte, dass sie es wirklich so gesagt hatte, selbst wenn er mittlerweile besser dagegen gerüstet war.

Satt. Nicht wütend, nicht enttäuscht. Satt.

Unmöglich, dagegen zu argumentieren.

Dieser Brief würde sein letzter Versuch sein. Danach gab es nichts mehr, was er tun konnte, ohne dass es nach Verzweiflung riechen oder wie Stalking aussehen würde.

Wenn ich einen Job bekommen will, sollte ich offensichtlich Theologe werden, im ganzen Land herrscht Priestermangel. Lustiges Wort übrigens, Priestermangel! Klingt wie eine Ernährungsstörung.

Er schrieb über die Schule. Über seine schlechte Kondition. Ein paar Zeilen über seine Nacht im Krankenhaus, aber nichts darüber, dass er ihr hinterhergelaufen war, bevor er auf die Nase fiel. Vielleicht wusste sie, dass es so war, aber es sollte nicht so aussehen, als wollte er ihr Vorwürfe machen.

Ein Krampf in der Hand zwang ihn zu einer Pause. Es war Viertel nach zwei. In sechs Stunden begann eine Vorlesung, die er mit größter Wahrscheinlichkeit nicht besuchen würde. Er spreizte die Finger, ließ den Daumen rotieren. Das Verlangen nach einer Zigarette war wieder da und drohte, auch den Teil des Gehirns zu übernehmen, der die nächsten Schritte plante.

Er zog ein paar Schreibtischschubladen heraus in der Hoffnung, eine alte Zigarettenpackung zu finden, und war überrascht, den kleinen Beutel mit Gras zu finden, den er von Pasi zu seinem Geburtstag bekommen hatte. Er hatte ihn total vergessen und dachte, dass der Stoff mittlerweile wahrscheinlich verdorben war, dass er die Tüte besser im Kühlschrank aufbewahrt hätte. Er öffnete den Verschluss. Ein scharfer und frisch süßlicher Geruch, verlockend wie ein kaltes Glas Bier.

Ohne weiter darüber nachzudenken, suchte er sein Zigarettenpapier heraus und begann die getrockneten Blütentrauben ungeschickt auf einem der Blättchen zu verteilen. Als er alles zusammenrollte und die Gummierung leckte, kullerte ein Teil heraus und landete auf seinem Pullover. Geduldig sammelte er ein Stück nach dem anderen wieder auf, drückte sie in die misslungene Öffnung der Zigarette und drehte das Ende schließlich wie bei einem Knallbonbon zu.

Draußen hatte es aufgehört zu regnen, aber es war nasskalt, und er zog sich den Joint in hastigen Zügen rein. Ohne Filter war der Rauch so stark, dass er zu husten begann und ihm Tränen in die Augen stiegen. Wenn er früher Gras geraucht hatte, war es immer jemand anderes gewesen, der den Joint gedreht hatte, und als seine Lippen auf dem Weg zurück in sein Zimmer langsam taub wurden, begann er sich zu fragen, ob er nicht vielleicht zu viel geraucht hatte.

Er las seinen Brief an Helena mit einem Unwohlsein, das ihm den kalten Schweiß auf die Stirn trieb. Das Unbehagen verzog sich allerdings wieder und ging in den ansteigenden Bewusstseinsrausch über, den er schon von früher kannte. Die Hände waren leicht, und die Fingerspitzen fühlten sich kalt an, als er die letzten Zeilen des Briefs schrieb.

Vielleicht können wir ja mal einen Kaffee trinken?
Ich schlage Anfang nächster Woche vor, weil ich am Donnerstag Synchronschwimmen habe, am Freitag Ballett und anschließend bis Sonntag auf ein Fistingwochenende fahre.
Mit liebenswürdigen Grüßen,
Calle

Er las sich die Seiten noch einmal mit Augen durch, die inzwischen trocken und kaum noch stillzuhalten waren. Er kam zu dem Urteil, dass der Brief gut genug war, obwohl er von dem Vorschlag, einen Kaffee zu trinken, nicht ganz überzeugt war. Er fürchtete, dass die kleinste Andeutung, dass er sie treffen wollte, zu verzweifelt klingen könnte.

Die Zweifel ertranken in dem immer heftiger werdenden Rausch.

Er konnte kaum stillsitzen. Der Mund war trocken, er musste ständig unwillkürlich schmatzen, Helena wäre verrückt geworden, wenn sie es gehört hätte.

Er sah ein, dass es keine Rolle spielte, wie spät es war: Er musste hinübergehen und den Brief sofort in ihren Briefkasten werfen, ansonsten war das Risiko groß, dass er für immer auf dem Schreibtisch liegen bleiben würde, oder dass er ihn vor lauter Selbstzweifel und Ungewissheit in Stücke reißen würde, sobald er wieder aufgewacht war.

Er hatte keinen Umschlag, aber auf der Abzugshaube lag eine Büroklammer.

Dort lagen auch die Wohnungsschlüssel und sein Telefon. Und dort blieben sie liegen, als er aus der Tür taumelte.

ABGESTUMPFT

IN STUNDEN GROSSER SORGE empfand Mickel Backman manchmal Trauer über das, was er als seine berufsbedingte Abstumpfung gegenüber der Literatur wahrnahm. Er hatte niemals irgendeine Religion praktiziert und war ein kategorischer Gegner der New-Age-Bewegungen des einundzwanzigsten Jahrhunderts, aber in seinem Leben hatte er unzählige Male seelischen Trost in der Lyrik gefunden, auf eine Weise, die er durchaus als religiös bezeichnen würde. Doch all die Jahre des analytischen und kritischen Lesens schienen seinen emotionalen Zugang zur Literatur geschwächt zu haben, denn mittlerweile geschah es nur noch äußerst selten, dass er dieses überraschende Gefühl erlebte, dass ein Text ihm Trost spendete oder Wahrheiten über das eigene Leben erzählte.

An der Wand in seinem Büro hing eingerahmt eine Strophe von Rabbe Enckell, weil sie einen zentralen Teil seiner Lizentiatsabhandlung ausmachte, aber auch, weil er über ihr einmal ungehemmt losgeweint hatte.

Auf lange Sicht verlieren wir alle.
Denn was wir gewannen, rann uns aus den Händen.
Und was wir verloren, kehrte zurück.
Im selben Maße, wie wir es verloren gaben, kehrte es zurück.
Es kehrte zurück durch den Verlust, der uns versöhnlich stimmt.
Es kehrte zurück durch den Verlust, der uns reiner träumen lässt.
Es kehrte zurück durch den Verlust, der uns wahrer denken und richtiger wollen lässt.

Manchmal saß er zurückgelehnt in seinem Stuhl und las die Strophe immer und immer wieder, natürlich ohne auch nur ansatzweise dasselbe zu spüren, was die überwältigende Kraft der ersten Lektüre in ihm ausgelöst hatte, aber mit der vagen Hoffnung, trotzdem ergriffen zu werden, etwas zu erleben, ein Beben, ein Seufzen, ein Zittern durch die Schädeldecke hindurch.

Die Wörter standen schließlich da, unverändert, aber die Zeit hatte die Bedeutung aus ihnen herausgepresst und sie stumm gemacht vor seinem ungeduldig gleichgültigen Gehirn. Und er konnte spüren, mit der strahlendsten Melancholie und der schwärzesten Klarsicht, dass das Leben eine lang gezogene Fahrt in eine Gleichgültigkeit genau dieser Art war, dass alles dazu verurteilt war, seine Bedeutung zu verlieren, und dass seine eigene Bewegung in diese stumme Teilnahmslosigkeit hinein immer schneller geworden war, dass das Altern ein sich beschleunigender Widerwille war.

Es hatte diese finsteren Stunden gegeben, in denen er das, was von Leander Granlunds Gedichten übrig war, hervorgeholt und gierig die vereinzelten Strophen gelesen hatte, mit der vagen Sehnsucht, dass sie wirklich etwas anderes waren.

Dass es mehr darin zu entdecken gab.

Nichts Übernatürliches, wie es sich Dietrich Wangman vorgestellt hatte, aber vielleicht ein subtiler Tonfall, den er übersehen hatte, ein Rhythmus oder ein geheimer Hinweis in der Bildsprache.

Irgendetwas, das Wangmans Besessenheit und die Verwandlung erklären konnte, die Mickels Gedanken auch nach so langer Zeit noch beschäftigten.

Jedes Mal holten ihn die schlichten Zeilen auf den Erdboden zurück, und Wangmans langwierige Ausführungen fand er ebenso ermüdend wie die meisten Aufsätze seiner Studenten. Die Gedankengänge in der halb fertigen Abhandlung waren die eines jungen Mannes: eine holzschnittartige Wahrheit nach der anderen, dick überzogen mit selbstherrlicher Brillanz. Die Gedichtanalysen waren so getränkt von Wangmans Eifer, seine These zu beweisen, das nicht nur die Glaubwürdigkeit litt – man konnte den Text einfach nicht mehr ernst nehmen.

Trotzdem schien Wangmans Ansicht Mickel nie ganz aus ihrem Griff zu entlassen. Seine Gedanken wurden von einer ebenso plötzlichen wie selbstverständlichen Kraft immer wieder von Wangman angezogen, so wie das Verlangen nach einer Zigarette nach Jahrzehnten der Abstinenz zurückkehren konnte, und das galt im Grunde genommen für alles, was mit Wangman zu tun hatte. Die Erinnerungen wurden offensichtlich irgendwo ganz tief in einem Bereich seines Gehirns aufbewahrt, der es mit den Details sehr genau nahm. Mickel hatte noch nie mit einem Experten über seine immer wiederkehrenden Albträume und Erinnerungsbilder gesprochen, sich aber auch nie darüber gewundert, dass es sie gab. Er fand es nachvollziehbar, dass der Mann, der ihn beinahe umgebracht hatte, mit einer deutlich größeren Detailschärfe in seiner Hirnrinde abgelagert war, als seine Augen sie mittlerweile besaßen.

Weiterrr, als du glaubst!

Wangmans letzte Worte waren hierfür ein Paradebeispiel. Er hatte sie ausgesprochen, als die Flammen bereits seine Arme schwärzten und ihre Haut aufplatzte, als wären sie Bratwürste über einem Lagerfeuer. Sie waren in Mickels Bewusstsein in einer unglaublichen Deutlichkeit erhalten, selbst die kleinen Nuancen des gurgelnden r-Lautes und die panischen Verschiebungen ins Falsett. Mickel hatte dreißig Jahre lang mit dem Echo dieses Schreis gelebt und lange über seine Bedeutung nachgedacht. Er hatte sich gefragt, warum Wangman in seinem letzten Augenblick nicht nur besinnungslos schrie, sondern auch eine Botschaft vermitteln wollte. Offenbar ein Bedürfnis, das größer gewesen sein musste als der Schmerz und das Wissen um seinen bevorstehenden Tod.

Diese Worte waren vielleicht ein Schlüssel zu seinem Wahnsinn, oder vielleicht waren sie auch der Wahnsinn selbst. Mickel war mal von der einen, dann wieder von der anderen Variante überzeugt.

In der Einleitung zu seiner Abhandlung über Leander Granlunds Lyrik versuchte Wangman das zu beschreiben, was Mickel als eine Art kosmischen Angstzustand verstand. In den Beispielen, die er anführte, stellte sich ein einsamer Mensch, ausgerüstet mit einem Lied und einer Geschichte, der Aufgabe, vor der Sonne zu fliehen, die bald erlöschen würde. In seinem gestelzten Schwedisch malte Wangman die hoffnungslose Winzigkeit und die Machtlosigkeit angesichts des Sternensystems und des sich über Lichtjahre erstreckenden Weltraums aus, aber mehr als alles andere wirkte er geschwätzig und melodramatisch.

Jetzt gerade hatte Mickel allerdings die leere Ewigkeit in Elsa Sinnemäkis schwarzen Augen in frischer Erinnerung, und auf eine unangenehme Weise schienen Wangmans Worte ihren Blick zusammenzufassen.

Weiter, als er glaubte.

War das der Kern von Leander Granlunds Dichtung? Die Hoffnungslosigkeit in einem seelenlosen und ewigen Universum?

Dietrich Wangman war im Rahmen eines europäischen Austauschprogramms im selben Herbst wie Mickel nach Åbo gekommen. Sie waren die einzigen Männer unter den Magisterstudenten, und waren nach ein paar unglücklichen Zwischenfällen (Wasserschaden und Evakuierung des Wohnheims für Gaststudenten) auch zu Nachbarn im selben Studentenwohnheim geworden. Ob es an ihren Persönlichkeiten lag oder an ihrer jugendlichen Naivität, ihre Freundschaft war jedenfalls von Anfang an von einer starken, beinahe instinktiven Rivalität geprägt gewesen.

Wangman war ein extrovertierter Bohemien, der ausschließlich Anzüge trug und mit einem anmaßendem Gestus und stets gerunzelter Stirn durch die Welt ging. Seine Leidenschaft galt zwei Dingen: Büchern und schlanken Jünglingen, und er konsumierte beides in einem Takt, über den Mickel sich nur wundern konnte – Dietrich Wangman war mit großem Abstand der promiskuitivste Mensch, dem er jemals begegnet war, und auch der schnellste Leser. Um bei der Kursliteratur mit ihm mithalten zu können, musste Mickel manchmal ganze Nächte durchlesen, und er würde nie vergessen, wie er sich durch Molière und Boccaccio gekämpft hatte, indem er Papierknäuel in seine Ohren stopfte, um nicht hören zu müssen, wie Wangman auf der anderen Seite der Wand herumvögelte.

Du kannst Platon nicht verstehen, bevor du nicht von einer nennenswerten Anzahl von Männern gefickt worden bist, konnte er allen Ernstes verkünden, als sie auf seinem Sofa zusammensaßen und Opium rauchten, und der Rauch ihn feierlich und milde gestimmt hatte. *Ich würde sagen, dass hundert reichen, aber nicht weniger.*

Wangmans Gedankenwelt war körperfixiert, narzisstisch und befremdend rätselhaft. Er posaunte voller Selbstbewusstsein alles heraus, von genialen Analysen bis zu suspekten Weisheiten, aber nur selten konnte er seine eher hochfliegenden Behauptungen begründen, wenn Mickel genug von seiner Selbstherrlichkeit hatte und genauer nachfragte.

Du verstehst die Griechen nicht, wenn du von Schwänzen keine Ahnung hast, Mickelina.

Ach ja? Was meinst du damit?

Ich sage dir, der Schwanz ist der Schlüssel, Mickelina.

Das musst du mir genauer erklären.

In diesen Momenten bekam Wangman stets einen seiner großen, keuchenden Lachanfälle, sein Gesicht öffnete sich, der Kragen spannt sich auf und die Wangen zitterten wie bei einem Hund. Wangmans Lachen war ein wohlbekanntes Geräusch auf dem Campus der Akademie und in den Bierkellern beiderseits des Flusses, und er verteilte es freigiebig, konnte sowohl Spott und Lob, Glück und Unglück, Professoren und Hausmeistern mit diesem keuchenden Bellen begegnen.

Zu den Lerngruppen kam Wangman zu spät, high und ekstatisch, unterbrach das Gespräch mit seiner lärmenden Ankunft und saß danach oft nur stumm dabei, bis er ganz am Ende mit einem Knaller kam, der alles, was sie bisher diskutiert hatten, in den Schatten stellte. Und es waren diese Dinge, die das Verhältnis von Mickel und den anderen Kommilitonen zu Wangman so schwierig machte: Seinen ganzen Marotten und seiner gelegentlichen Verworrenheit zum Trotz war er immer noch der scharfsinnigste Student des gesamten Instituts.

Mickels und Wangmans interner Wettstreit wurde schnell ein bestimmender Teil ihrer Freundschaft, und er formte alles, von der Art ihres Umgangs bis zur Erstellung ihrer Stundenpläne. Die Hiebe wurden meistens zwischen den Zeilen verteilt, mit Ironie und scheinbar flüchtigen Bemerkungen über die Leistungen und Noten des jeweils anderen, aber gleichzeitig konnten sie auch in aller Freundschaft gemeinsam ins Kino gehen und Kunstausstellungen besuchen, sich über ganz andere Dinge unterhalten als das Studium, und gemeinsam high oder betrunken werden.

Soweit Mickel wusste, begann Wangmans Veränderung zu der Zeit, als sie beide mit ihren Abhandlungen begannen.

Eines Nachmittags hatte Mickel an Wangmans Tür geklopft, aber keine Antwort erhalten, und nach einer

Weile hörte Mickel ein tiefes Schnarchen aus dem Zimmer. Als er die unverschlossene Tür geöffnet hatte, sah er Wangman, der mitten im Zimmer mit dem Bauch auf einem Haufen Papier lag, nackt bis auf die Unterhose und offensichtlich im Tiefschlaf.

An und für sich war es nichts Seltsames, dass ein Student mitten am Tag ein kleines Schläfchen einlegte, aber Wangman war ein Arbeitstier, das selbst nachts kaum schlief, und als Mickel später an die Ereignisse dieses Herbstes zurückdachte, erinnerte er sich, dass dieser Moment der erste war, an dem er dachte, dass irgendetwas nicht stimmte.

Mickel konnte sich im Nachhinein nicht im Detail daran erinnern, wie diese Entwicklung verlief. Er war mit seiner eigenen Abhandlung so beschäftigt gewesen, dass er die meisten Dinge in seiner Umgebung kaum wahrnahm. Nachdem er jede Menge Ideen durchgespielt und ein paar vorsichtige Skizzen niedergeschrieben hatte, hatte er beschlossen, über die Männlichkeitsrhetorik in Henry Parlands Roman *Zerbrochen* zu schreiben. Professor Simpson, der gute alte Tom Bombadil, hatte sich in einem Seminar ganz enthusiastisch über seinen Ansatz gezeigt, und Mickel, der begonnen hatte, sich eine Karriere als Wissenschaftler auszumalen, ging mit Eifer an die Arbeit. Und als er hörte, dass Dietrich Wangman über Leander Granlund schreiben wollte, hatte er zuerst geglaubt, es wäre ein schlechter Scherz.

Für Mickel, genau wie für alle anderen am Institut, war Leander Granlund ein vollkommen unbekannter Name gewesen. Als sich herausstellte, dass es sich um einen erfolglosen lokalen Dichter handelte, dessen Manuskripte immer wieder abgewiesen worden waren, war Mickel über Wangmans Entscheidung absolut verblüfft gewesen, aber er hatte auch eine gewisse bösartige Befriedigung verspürt. Seit vier Jahren hatte er mit Wangman gleichauf gelegen, mal lag er an der Spitze, und mal wurde er überholt, aber jetzt auf der Zielgeraden, kurz vor dem Endspurt, schien er ganz offensichtlich derjenige zu sein, der die notwendigen Ressourcen hatte, um als Sieger durchs Ziel zu gehen.

Aber es geschahen seltsame Dinge. Dietrich Wangman zog sich plötzlich zurück und war immer seltener in der Mensa und im Raucherzimmer zu sehen. Durch die Wand hörte Mickel noch spät in der Nacht die Schreibmaschine klappern, und manchmal auch, wenn er am Morgen erwachte. Wenn der junge Deutsche durch die Korridore ging, dann mit hängenden Schultern, abwesendem Blick und einer rätselhaften Ruhe. Das keuchende Lachen verschwand aus der akustischen Landschaft des Instituts, als Wangman immer mehr Zeit zu Hause verbrachte. Und jedes Mal, wenn Mickel sich mit gezügelter Neugierde zu fragen erdreistete, ob sie nicht zusammen ein Bier trinken sollten, gab Wangman dieselbe ungeduldige, beinahe aggressive Antwort, dass die Arbeit nicht warten könne.

Bier, konnte er verächtlich schnauben. *Als wäre ansonsten alles in Ordnung.*

Und dann kam die Seminarsitzung, in der Mickel den Entwurf seiner Abhandlung gegen Dietrich Wangman verteidigen musste, der seine Ideen gnadenlos abfertigte und eine höhnische Rede darüber hielt, wie angepasst die Wahl dieses Themas doch sei. Mickel war nicht nur wütend und fühlte sich gedemütigt, er war danach auch geradezu besessen von dem Gedanken, dass Wangmans Ruhe und seine Überheblichkeit nur eines bedeuten konnten: Der nervtötende Deutsche war mit seiner eigenen Abhandlung bereits richtig gut in Gang gekommen.

... langweilig! Durchführbar, absolut, aber ich finde es ehrlich gesagt todlangweilig ...!

Mickel wäre fast explodiert, aber er zügelte seine Lust, seinem grinsenden Opponenten direkt ins Gesicht zu schlagen. Tom Bombadil hatte Wangman zwar gebeten, sachlich und konstruktiv zu bleiben, aber Mickel trug seinen Zorn seit dieser Demütigung mit sich herum.

Sein Stolz, aufgeschlitzt mit einem Reibeisen. Diese Sitzung war einer der Augenblicke, die er weder vergessen noch abhaken konnte.

Die Verbitterung war eine Salzlake, die ihre Gründe ewig aufbewahren konnte.

Danach hatte er sich mehrere Wochen lang geweigert, mit Wangman zu reden, und an seiner Abhandlung schrieb er auch nicht weiter. Je länger er sie liegen ließ, desto

... langweilig!

uninspirierter kam sie ihm vor. Es sollte noch über ein Jahr dauern, bis Mickel wieder zu schreiben begann. Und das war nach seinem Krankenhausaufenthalt und der Rekonvaleszenz. Zu dem Zeitpunkt hatte er sich ein ganz neues Thema ausgesucht. Seine Abhandlung über Henry Parland sollte er niemals fertigschreiben.

DIE HOCHZEIT IN GUSTAVS

ALS MICKEL IMMER MEHR Details bekannt wurden, wie Wangman seine Abhandlung angelegt hatte, kehrte seine Selbstsicherheit für einen kurzen Zeitraum zurück.

Der junge Deutsche schien ganz offensichtlich sein Urteilsvermögen verloren zu haben und drohte sich zum Gespött zu machen. Seine Idee war zwar außergewöhnlich und entsprach Tom Bombadils leidenschaftlicher Aufforderung in der ersten Seminarsitzung, den Konventionen mit respektvoller Rücksichtslosigkeit zu begegnen, aber sie wirkte trotzdem eher wie ein parapsychologischer Scherz.

Wangman war (über einen ehemaligen Freund, der Polizist war, sollte sich herausstellen) an Berichte, Protokolle und Beweisstücke von zwei sechzig Jahre alten Kriminalermittlungen gekommen. Bei dem ersten Fall ging es um den Tod des Verlagschefs Kenneth Björk, und beim zweiten um ein Hochzeitsfest, bei dem zehn Personen unter mysteriösen Umständen ums Leben gekommen waren. Wangman hatte in seinem Entwurf behauptet, dass er einen Zusammenhang zwischen den beiden Fällen gefunden habe, dass dieser Zusammenhang von großem literaturwissenschaftlichen Interesse sei und dass er in seiner Abhandlung nicht nur diese beiden sechzig Jahre alten Rätsel lösen, sondern obendrein sowohl die Psychologie als auch die Literaturwissenschaft erschüttern werde.

Das war eine steile Behauptung im klassisch wangmanschen Stil, natürlich provokant zugespitzt, und sie hatte Mickel dermaßen aus der Fassung gebracht, dass er mehrere Nächte lang schlaflos im Bett lag, bis er schließlich seinen Stolz und seinen Zorn schluckte und Wangman mit einer Flasche Wein besuchte, obwohl er nach der demütigenden Sitzung geschworen hatte, kein Wort mehr mit ihm zu reden, bevor er nicht um Entschuldigung gebeten hatte.

Wangman war an dem Abend bei guter Laune gewesen, er hatte sogar sein Jackett ausgezogen und saß mit aufgeknöpftem Hemd auf dem Sofa. Sie hatten die Flasche ausgetrunken, über Punkrock, Politik und das Studium diskutiert, als Wangman LSD einwarf. Irgendwann in dem euphorischen Redeschwall, der darauf folgte, hatte er begonnen, über seine Abhandlung zu sprechen und verraten, dass sie nur von einem einzigen Buch handelte.

Aus dem trübseligen Dunkel des Lebens …, sagte er, sei der Name des Buchs, und der Zigarettenrauch quoll aus Nase und Mund, während er lachte. Mickel, der zu Beginn des Herbsts mit allen Drogen aufgehört hatte, nachdem er von intensiven Albträumen heimgesucht worden war, nippte an seinem Wein, lachte mit und versuchte mit keiner Miene zu verraten, dass er gekommen war, um genau das herauszufinden.

... Gedichte von Leander Granlund, ehrlich gesagt die besten, die ich je gelesen habe ...

Laut Wangman (der sich zu diesem Zeitpunkt kaum verständlich machen konnte, das meiste hatte Mickel erst erfahren, als er später die Abhandlung gelesen hatte) enthielt das Buch eine Lyrik, die dermaßen erschütternd war, dass sie heftige negative Gefühle bei ihren Lesern auslöste, und zwar in einem Ausmaß, das nie zuvor dokumentiert worden war. Das Manuskript hatte er in den Ermittlungsakten zum Fall Kenneth Björk entdeckt, und Wangmans bahnbrechende Erkenntnis – von der er erzählte, während er mitten in seinem Zimmer auf dem Rücken lag und in die Deckenlampe starrte – bestand darin, dass das Buch verantwortlich für die elf Todesfälle war, die Gegenstand der Ermittlungen waren. Um das zu beweisen, hatte er ein Experiment vorbereitet, das die emotionalen Veränderungen bei einer Testgruppe messen sollte, die Teile aus dem Buch lesen sollte.

Mickel hörte ihm zu und betrachtete stumm, wie Wangman in traumartigen Spasmen irre kicherte, sich auf dem Teppich wälzte und sagte, dass dieses Buch keinem anderen gleiche, und was er vorhabe, sei ...

groß ... das größte literarische Ereignis seit Gutenberg!

Nach dieser Behauptung war Wangman bald auf dem Sofa eingeschlafen, und Mickel konnte der Versuchung nicht widerstehen, sich an den Schreibtisch zu setzen und in seiner begonnenen Abhandlung zu blättern.

Was er an diesem Abend las, war im Grunde dieselbe Geschichte, die er seinen Studenten im Seminar *Modernistische Literatur* dreißig Jahre später erzählen würde. Wie Leander Granlund immer wieder abgelehnt worden war und wie sein Bruder erst das Familienunternehmen und dann die Frau bekommen hatte, die er liebte. Wie Leander nach Lappland geschickt worden war und in einem verzweifelten Zustand zum Hochzeitsfest seines Bruders zurückgekehrt war, um sich zu rächen.

Das war die Geschichte, die von der Polizei in den Ermittlungsakten als Motiv angeführt worden war, als sie Leander Granlunds mögliche Beteiligung an den Ereignissen auf der Hochzeit in Gustavs und im Fall Kenneth Björk untersuchten.

Danach gingen die Angaben auseinander. Die Zeitungen schrieben von vergifteter Erbsensuppe und vergifteten Manuskriptseiten, und das war auch die Version, die Mickel seinen Studenten erzählte, obwohl jeder, der die alten Artikel las, erkennen konnte, dass diese Informationen unvollständig waren und einzig und allein auf Spekulationen beruhten.

Aber was hätte er sonst erzählen sollen? Die Ermittlungsergebnisse der Polizei waren ein einziges Durcheinander aus seltsamen Theorien und Wangmans Erklärung ebenso sensationell wie verrückt.

Es lag am Buch, behauptete er und war so erpicht darauf, es zu beweisen, dass seine Abhandlung zu einem hoffnungslosen Sammelsurium aus unsauber zitierten Polizeiberichten und seiner eigenen Fantasie wurde.

Wangman schrieb, dass der Verlagschef Kenneth Björk der erste Leser des Buches gewesen sei und damit auch das erste Opfer. Die Theorie, dass sich ein giftiges Pulver im Manuskript befunden habe, sei nur eine Legende. Stattdessen hatte die Polizei große Mengen Birkenpollen zwischen den Seiten gesichert. Kenneth Björk litt an Heuschnupfen, was Leander Granlund mit Sicherheit wusste, weil Björk im selben Jahr dem *Hufvudstadsbladet* ein Interview gegeben hatte, in dem er von diesem Leiden berichtet hatte.

Kenneth Björk war allerdings nicht an einer allergischen Reaktion gestorben, aber das sei auch nie die Absicht gewesen. Laut Wangman hatte Leander Granlund die Pollen über das Manuskript verstreut, weil er dem Mann eins auswischen wollte, der seine Poesie abstoßend genannt hatte. Granlund wollte, dass der Verlagschef husten und niesen musste, dass seine Augen trieften und die Luftwege sich verengten, während er das Manuskript las, dessen rätselhafte Kraft ihn später dazu bewegen sollte, sich im eiskalten Wasser des Aura zu ertränken.

... Aura ...

Mickel hörte Wangmans Worte genauso deutlich wie das Blut, das durch seinen Körper rauschte.

Das Wasser ist so braun, weil er durch Finnlands Arschloch fließt.

Wangman war der Auffassung, dass die Familie Granlund das Gerücht über die vergiftete Erbsensuppe bei der Hochzeit in Gustafs selbst in Umlauf gebracht hatte, um dem Ruf des Familienunternehmens nicht zu schaden. Die polizeilichen Ermittlungen hatten zu keiner Verhaftung oder gar Anklage geführt, weil weder die Beweisführung noch die Zeugenaussagen eindeutig waren: Die Opfer hatten sich ihre Verletzungen alle von eigener Hand zugefügt oder sich zumindest nicht gewehrt. Die Protokolle der Zeugenvernehmungen hatten ganz oben auf dem Stapel des Quellenmaterials auf Wangmans

Schreibtisch gelegen, und Mickel hatte sie nur dieses eine Mal vor dreißig Jahren gelesen. Aber die Fotografien und die widerlichen Details der Berichte hatten sich in sein Gedächtnis eingeritzt.

Ingrid und Simeon Granlund hatten ihre Hochzeit an einem strahlend schönen Sommertag in Gustavs gefeiert, direkt am Meer auf dem Hof des prachtvollen Sommerhauses der Familie Granlund. Es war ein kostspieliges Fest gewesen. Ein Streichquartett hatte gespielt, das Essen war pünktlich serviert worden, und die Fotografien zeigten ein elegantes Brautpaar, das draußen auf der Terrasse saß und auf sechs lange Tische hinunterschaute, an denen die gut einhundert Gäste saßen und vor der Meereskulisse aßen.

Das Datum fiel nicht zufällig mit einer totalen Sonnenfinsternis zusammen, die an jenem Tag auf der Linie Bodø–Tallinn über Skandinavien zog. Simeon Granlund war ein begeisterter Freizeitastronom, und dass das Sommerhaus in Gustavs zufällig in der Bahn der Sonnenfinsternis lag, war ein Glücksfall, den man um jeden Preis ausnutzen wollte.

Eingeladen waren in erster Linie Verwandte, aber auch Honoratioren aus Wirtschaft und Lokalpolitik sowie Grundbesitzer, Kollegen und Geschäftspartner.

Nach dem Essen hatte der Vater der Braut eine lange Rede gehalten (sie war nach den Angaben vieler Zeugen tatsächlich übertrieben lang ausgefallen), an deren Ende auf das Brautpaar getrunken wurde. Der Pfarrer hatte einige Bibelstellen ausgelegt, und danach folgten für eine gute Stunde noch weitere Programmpunkte, bevor der Bruder des Bräutigams, Leander Granlund, sich auf die Terrasse gestellt hatte, um dem Brautpaar und den Gästen einige Gedichte vorzutragen.

Mehrere Zeugen erinnerten sich, dass während des Kaffeetrinkens Unruhe aufkam und die ersten Gäste die Tische verließen. *Es war, als hätte sich die Luft verändert*, hatte eine der Tanten der Braut es ausgedrückt. *Als hätte Gott uns den Rücken zugekehrt*, war eine Beschreibung, die der Pastorengattin Stella Pettersson zugeschrieben wurde. Jemand meinte sich zu erinnern, dass Wind vom Meer aufgekommen sei und einen Gestank mit sich geführt habe, *der mir den Atem verschlug und etliche Gäste von den Tischen vertrieb*.

Einige Zeugen wussten zu berichten, dass eine Hand voll Leute zu diesem Zeitpunkt die Tische verließ, andere sprachen von bis zu einem Viertel der Gäste. Sicher wusste man allerdings, dass das Brautpaar verschwunden war, als die Versammlung aufgefordert wurde, hinunter zum Steg zu gehen, um die Sonnenfinsternis durch verrußte Glasscherben zu betrachten.

Die Sonnenfinsternis begann kurz nach sechs Uhr und dauerte zwölf Minuten. Am wolkenlosen Himmel konnte sie ungehindert beobachtet werden – es war ein großartiges Erlebnis. Als sich das Tageslicht im Laufe weniger Minuten in Dämmerung verwandelte und die Sonnenscheibe in eine schwarze Pupille, war die Natur – die Vögel, die Insekten, und wenn man manchen Zeugen glauben mochte, selbst der Wind in den Pappeln und die Wellen auf den Klippen – in einem gruseligen, andächtigen Abwarten verstummt. Einige sagten, dass sie den Tumult im Wald und die Suche nach dem Brautpaar zuerst gar nicht bemerkt hatten, weil sie von dem Erlebnis so gefesselt gewesen seien. Erst als das Licht zurückkehrte, wurde auch ihnen klar, dass das Weinen und die Schreie, die man von überall hörte, von schrecklichen Vorfällen kündeten.

Die Zeugenaussagen zu den Ereignissen nach der Sonnenfinsternis waren zeitlich schwer einzuordnen und spiegelten das Chaos wider, das sich um den Festplatz schnell ausgebreitet hatte.

Ein paar Kinder hatten durch die Türspalte in eines der Speichergebäude geschaut und Elof Granlund entdeckt, einen Cousin des Bräutigams, der sich röchelnd auf dem Boden wälzte. Der Vater der Kinder, ein britischer Geschäftsmann, hatte später erzählt, *the boy was dead when I came there, it looked as if he had stabbed himself repeatedly in his stomach*. Elof Granlund war der Erste, der gefunden wurde, aber kurz darauf schienen alle, die sich auf dem Gelände bewegten, überall Leichen zu finden.

Die Pastorengattin Stella Pettersson, die überhaupt nicht einverstanden war mit dem Aufhebens, das um die Sonnenfinsternis gemacht wurde, hatte die Gelegenheit genutzt, um auf den Abtritt zu gehen. Auf dem Weg dorthin hatte sie die Mutter des Bräutigams leblos im Wald entdeckt. Das schöne Kleid der eleganten Frau war blutüberströmt, und ihre Handgelenke von tiefen Schnitten durchfurcht. Die Pastorengattin sagte aus, dass sie die Ruhe bewahrt und umgehend den als Gast anwesenden Arzt Bo Videkvist aufgesucht habe, aber dieser sei damit beschäftigt gewesen, das Leben der beiden kleinen Schwestern der Braut zu retten, die gerade aus dem Wasser gezogen worden waren, in das sie sich laut Zeugenaussagen freiwillig vom Steg gestürzt hatten, nachdem sie ihre Taschen mit Steinen gefüllt hatten. Der Arzt konnte ihr Leben nicht mehr retten.

Der Onkel des Bräutigams sagte später aus, dass die Cousins der Braut, Pär und Alfred Drenger, weinend mit

Messern aufeinander eingestochen hätten. Die jungen Männer hatten dem Bürgermeister Per-Erik Segernäs schwere Verletzungen an den Armen zugefügt, als er versuchte hatte, sie aufzuhalten.

Tumult, Panik und blutüberströmte Festkleidung. Menschen, die verzweifelt nach ihren Angehörigen suchten. Polizei und Krankenwagen waren aus Åbo und Nystad herbeigerufen worden, aber der Weg war lang, und die Liste der schrecklichen Entdeckungen schien nicht abzureißen.

Auch das Brautpaar wurde schließlich gefunden. Sie saßen nebeneinander auf dem Boden einer Dachkammer im Haupthaus, mit weit aufgerissenen Augen und aufgeschnittenen Hälsen.

Wohin Leander Granlund verschwunden war, schien niemand zu wissen, es hatte sich auch niemand Gedanken darüber gemacht, schrieb Dietrich Wangman. Ein Paar Schuhe, das angeblich ihm gehörte, wurde am Strand gefunden, und nachdem er selbst nicht wieder auftauchte, wurde dies als Beweis dafür akzeptiert, dass er ertrunken war. Ein aufsehenerregendes Detail, das die Polizei später veranlasste, Leander Granlund zu verdächtigen und nach ihm zu fahnden, waren die Messer, die die Opfer benutzt hatten. Die Fotografien zeigten, dass es sich um hübsches Kunsthandwerk handelte, breite Klingen mit einem Schaft, der aus Rentierhorn und Birke geschnitzt war. Mehrere Zeugen hatten beobachtet, dass Leander Granlund die Messer an Freunde und Verwandte verteilt hatte, als Mitbringsel aus der lappländischen Wildnis, aus der er gerade zurückgekehrt war.

Dietrich Wangman widmete den Polizeiermittlungen und der wachsenden Verzweiflung bei den Behörden, als man keine Erklärung für die Ereignisse finden konnte, ein ganzes Kapitel. Man hatte lange mit der Theorie gearbeitet, dass die Opfer eine Art von Todespakt miteinander eingegangen waren und sie die Hochzeitsfeier zu ihrem Abschiedsfest machten wollten. Teufelsanbetung war ebenfalls eine beliebte Theorie, nicht zuletzt, weil mehrere der Zeugen ausgesagt hatten, dass sie auf dem Speicher, in dem Elof Granlund gefunden worden war, umgedrehte Kreuze gesehen hatten.

Genau diese Art von Gerüchten und Spekulationen hatte die Familie Granlund laut Dietrich Wangman unbedingt vermeiden wollen, und sie hatte ihren gesamten Einfluss in die Waagschale geworfen, um die Berichterstattung in den Zeitungen zu manipulieren. Was der Öffentlichkeit berichtet wurde, war deshalb ein seltsames Konglomerat aus zusammengeschusterten Indiskretionen, unter denen die vergiftete Erbsensuppe die Theorie war, die im öffentlichen Bewusstsein am längsten weiterlebte, obwohl man niemals nachweisen konnte, dass ein Gift existierte, oder eine Erklärung dafür fand, dass nicht alle betroffen waren, die von der Suppe gegessen hatten. Leander Granlund war zum Sündenbock abgestempelt worden, und die Familie schien diesen Standpunkt zu teilen – als das Familienoberhaupt Per Granlund zehn Jahre später interviewt wurde, verlor er nur wenige Worte über das Ereignis, sprach von Leander aber wie von einem Kain, der ihn seiner Familie beraubt hatte.

Dietrich Wangman behauptete, dass es an den Gedichten gelegen hatte. Dass die Poesie, die Leander Granlund den Hochzeitsgästen vorgelesen hatte, einige von ihnen so stark in ihren Bann gezogen hatte, dass sie von einer akuten existenziellen Angst erfasst worden waren, einer Angst, die so intensiv und überwältigend war, dass sie sie in den Selbstmord getrieben hatte. Dasselbe, meinte er, sei Kenneth Björk passiert, und vielleicht noch vielen anderen. Wangman hatte sich eine handschriftliche Notiz gemacht, dass er überprüfen müsste, ob sich von den Überlebenden des Hochzeitsfests später noch weitere umgebracht hatten und wer von den Teilnehmern eine andere Muttersprache als Schwedisch gesprochen hatte.

Mickel hatte eine gute Stunde heimlich in der Abhandlung gelesen, als Wangmans Körper die kritische Phase erreichte, in der die Schwerkraft die Kontrolle übernahm und er umfiel und sich den Kopf an der soliden Lehne des Sofas stieß. Wangman erwachte mit einem Fluch auf den Lippen, und Mickel eilte erschrocken zu ihm und half ihm auf die Füße. Ein warmer Geruch nach Urin hatte sich im Zimmer ausgebreitet, und widerwillig sah sich Mickel gezwungen, Wangman halb zur Toilette zu tragen und halb zu ziehen.

Es sollte weniger als eine Woche dauern, bis er es war, der sich in demselben Zimmer vor Schreck in die Hose machte.

Mickel seufzte, als er sich einunddreißig Jahre später in seinem Büro im Sessel zurücklehnte und spürte, wie aus der Narbe in seinem Rücken eine steife Kälte zu rinnen schien. Er wollte gerade aufstehen, um die Strafe für sein langes Stillsitzen zu empfangen, als sein Blick erneut auf dem Gedicht von Rabbe Enckell hängen blieb, und er las den Rest der Strophe mit einer gebrochenen Wehmut.

Niemand gewinnt endgültig, sondern alle verlieren,
verlieren, bis sie es gewahr werden und begreifen,
dass allein der Verlust den Strom der Dinge,
die verloren gehen,
aufhalten kann. Es ist so einfach. Das Weinen
ist das Zucken
in unserem Wunsch, etwas zurückzubehalten,
es ist das Kind, das nicht einsehen will,
dass das Gefühl des Verlusts dem Leben seinen
tiefsten Inhalt gibt.

Für einen Augenblick spürte er eine kleine Freude darüber, wie wohlformuliert es war. Wie die Worte zusammenschmolzen und ihren Gegenstand einkreisten. Aber mehr spürte er nicht.

SCHWARZE SNEAKERS

ALS SICH SEINE ZEITWAHRNEHMUNG auflöste, begriff Calle, dass er viel mehr genommen hatte, als er glauben wollte. Ihm war, als wäre er seit einer Viertelstunde zwischen den herbstkranken Bäumen und den Häusern der Studentensiedlung zu Helenas Wohnung unterwegs, als er plötzlich vor dem Schild des *Three Beers* stand und begriff, dass er sich erst hundert Meter von seiner Haustür entfernt hatte.

Er musste laut loslachen, und in dem einsamen Licht der Straßenlaternen, ganz allein auf der Inspektorsgatan, kicherte er noch lange vor sich hin.

Er bog in das Labyrinth baugleicher Wohnkomplexe ab. Vor Tarus Haus blieb er stehen und pisste. Sie war die engste Freundin von Helena. Im September war eine Zweizimmerwohnung in ihrem Flur freigeworden, und Helena und er hatten ernsthafte Diskussionen darüber geführt, ob sie zusammenziehen sollten, bis hin zu der

Frage, welches ihrer Betten sie opfern wollten. Dann hatte ein lesbisches Paar die Wohnung bekommen, und der ganze Plan war im Sande verlaufen.

Danach hatte es nur noch sechs Wochen gedauert, bis auch alles andere zwischen ihnen scheiterte. Und daher würde er Taru wohl auch keinen Besuch mehr abstatten.

Aber in diesem Moment fühlte sich das, wie alles andere auch, nicht besonders schlimm an.

Die Zeit wurde in Stücke geschnitten.

Es war richtig lustig. Es war nicht zu entscheiden, ob er gerade gepisst hatte, oder ob er jetzt erst anhalten würde, um es zu tun. Unmöglich zu entscheiden, ob die Hauswand neben ihm in diesem Augenblick existierte, oder ob er den rauen Putz eben erst mit der ausgestreckten Hand berührt hatte.

Was für eine atemberaubende Erleichterung.

Die Zeit hatte keine Richtung! Keine Linie, keinen Anfang, kein Ende. Keine Reihenfolge. Er schwebte schwerelos in der Zeit und war vollkommen glücklich.

Ideenfragmente und Gedankenfetzen fügten sich zu einer großartigen Flickendecke zusammen, in der alles stimmte und perfekt zusammenpasste.

Alles war ein einziger Augenblick, und jetzt stand er auf dem höchsten Punkt und schrie:

Zehntausend Tage bedeuteten nichts, verlangten nichts, waren weder der Anfang, die Mitte noch das Ende!

Es war fantastisch, sich so glücklich zu fühlen!

Er schrie irgendetwas Euphorisches, oder wollte er es gerade tun?

Auf jeden Fall lachte er, dachte, dass das Lachen eine Art zu atmen war, und fühlte sich stark, weil er diesen

Gedanken formuliert hatte, dass man seine Sauerstoffversorgung mit wunderbaren Glückszuckungen sichern konnte.

Die nächste Glückswelle erreichte nicht mehr dasselbe Niveau. Sie blieb ein paar Stufen unterhalb der Euphorie hängen, aber er gab sein Bestes und lief schneller, überquerte mit schallendem Gelächter einen Parkplatz und klammerte sich immer noch an das Gefühl, als die Hitze in seinen Schläfen bereits nachließ und er nicht mehr leugnen konnte, dass er langsam runterkam.

Ein plötzlicher Windstoß ließ ihn erschauern, und zwanzig Schritte später hörte er mit einem letzten, angestrengten Kichern auf zu lachen und begann zu frieren.

Die Studentensiedlung wirkte erleichtert über sein Schweigen.

Der Marihuanarauch war eine Decke, die ihn umschloss. Bis jetzt war sie warm und wohlwollend gewesen, hatte ihn in wunderbare Höhen getragen. Als sich die Gefühle zu ändern begannen und der Rausch weiter zunahm, kam der beunruhigende Gedanke, dass er die Decke, wenn sie plötzlich eiskalt und bösartig wurde, nicht mehr abwerfen konnte.

Ein Tropfen Angst würde vermutlich reichen, um diese Decke zu tränken, wie Likör, der sich im Tortenboden verteilte. Wenn das passierte, war er arm dran.

Er behielt die Richtung und das Tempo bei und hoffte das Beste. Maximal eine Stunde. Dann wäre der Rausch vorbei und die Kontrolle über die Gefühle wiederhergestellt.

Wachsam und zitternd legte er die letzten Meter über die vertrauten Abkürzungen zwischen Büschen und durch Innenhöfe zurück, hielt den Brief an Helena in der verschwitzten Hand und versuchte, seine Gedanken im Griff zu behalten.

Er näherte sich ihrem Haus von der Rückseite. Die Rollos waren heruntergelassen. Eine Runde über die Rasenfläche führte ihn zu der Reihe aus gelben Türen, deren vorletzte ihr gehörte. Er war immer noch unsicher, ob er sich nicht gerade zum Narren machte, und als er vor ihrer Tür stand, klopfte das Herz, als hätten all seine zitternden Organe gleichzeitig über Mangel an Blut geklagt.

Seine Finger berührten die Tür, streiften den Klingelknopf. Die Buchstaben ihres Namens leuchteten weiß und alltäglich. Er griff nach dem Briefschlitz, klappte ihn vorsichtig auf, ging in die Hocke. Er sah, dass irgendwo da drin eine Lampe brannte, vielleicht die an der Abzugshaube, oder die Nachttischlampe, er konnte einen Teil der Türmatte in der Dunkelheit erkennen.

Sie war wach!

Er hörte sie lachen. Gedämpft und lange, es klang so, als würde sie liegen. Er lauschte gespannt. Sie sprach, leise, lachte erneut.

Calle ging noch tiefer in die Hocke und entdeckte ein Paar Schuhe im Flur. Schwarze Sneakers mit weißen Schnürsenkeln. Eine teure Marke. Diesel? Einer der Schuhe lag auf der Seite und zeigte seine abgewetzte Sohle. Sie waren groß, vielleicht Größe fünfundvierzig.

Er verstand, was es bedeutete, noch ehe er eine andere Stimme etwas Lustiges murmeln hörte und Helena erneut lachte.

Als die Decke angriff, war es nicht mit den Zähnen, sondern mit einer Umarmung. Das Blut wurde aus seinen Gliedern gepresst, die Luft aus seinen Lungen.

Er ließ die Klappe fallen, und sie schloss sich mit einem metallischen Scheppern, einem Laut, der ihm so vertraut war, dass sofort Erinnerungsbilder in seinem Bewusstsein auftauchten, wie ein plötzlicher Geschmack in seinem Mund.

Es war das Geräusch der Zeitung, die ausgeteilt wurde, ein Geräusch, das sie geweckt hatte, manchmal hatte es sie auch erschreckt, wenn sie wach waren und sich einen Film angeschaut hatten, manchmal hatte es ihren Sex unterbrochen, und er hatte darüber gesprochen, dass er es mit einem Ring aus Acrylmasse dämpfen wollte, aber er war nie dazu gekommen. Ein Geräusch, das ein Teil seines Lebens war. Doch von nun an würde es die Synapsen eines Menschen prägen, der schwarze Sneakers trug.

Er hatte nie gedacht, dass es möglich wäre, ein Geräusch zu verlieren.

Nachdem er sich mit ein paar ungeschickten Schritten von der Tür entfernt hatte, rannte er los, von der Angst getrieben, dass Helena oder der andere herauskommen könnten.

Dass sie ihn dort finden könnten mit seinen zugerauchten Augen und seinem dämlichen Brief in der Hand.

Was hatte er sich bloß dabei gedacht, und was zum Teufel machte er hier? Der Brief war plötzlich ein beschämender Ballast, etwas Peinliches, bei dem er jeden Augenblick erwischt werden konnte. Er stopfte ihn in die Hosentasche, lief über den Asphalt und stolperte über das nasse Laub in einer überwinternden Blumenrabatte.

Scheiße!, dachte er, sein ganzes Bewusstsein war in diesem Moment ein einziger blinder Fluch.

Er musste anhalten. Er hatte das Gefühl, als hätte ihm jemand einen Gürtel um den Brustkorb gespannt. Er erinnerte sich an das, was er über Angstattacken gegoogelt hatte, und versuchte, tiefer zu atmen und nicht mit dem Hals.

»Calle«, sagte eine verwunderte Stimme, und er zuckte zusammen, bereit, sich Helena zu stellen, auch wenn er keine Ahnung hatte, was er ihr sagen sollte.

Aber dann erkannte er das Mädchen, das ihn im Krankenhaus besucht hatte. Sie stand mit einer Zigarette in der Hand auf der Betonplatte vor der Reihe mit gelben Türen im Nachbargebäude. Er konnte sich nicht an ihren Namen erinnern, und seine Stimme bekam er auch nicht so schnell in den Griff. Er begriff für sein Leben nicht, wie sie hier stehen konnte.

»Was ist?«, sagte er, außer Atem und unwirsch.

Sie lachte. Das Lächeln spannte ihre Wangen im diesig gelben Licht der Außenlampe wie einen Regenschirm auf. »Hier stehe ich, mitten in der Nacht, und denke an dich, und schon bist du da.«

Sie sagte es, als ob es lustig wäre. Ihm fiel keine Erwiderung ein. Er bekam immer noch nicht richtig Luft.

Was meinte sie damit, dass sie an ihn dachte?

»Frierst du nicht?« Sie betrachtete ihn amüsiert, und erst jetzt merkte er, dass er keine Jacke trug.

Die Erkenntnis ließ ihn schaudern, während er versuchte, sich an ihren Namen zu erinnern. »Ich muss nach Hause«, sagte er und erinnerte sich, dass es etwas Altmodisches und Finnisches war, Marit, genau, nein, Marjut. Das war es.

Sie stieß Rauch aus, und ihre Zähne glänzten. »Ich dachte, du wohnst hier. Du stehst immer an der Bushaltestelle. Ich stalke dich, wie du sicher schon bemerkt hast.«

»Nein, ich wohne ... dort, am anderen Ende.«

Eine Eingebung ließ ihn hastig seine Taschen durchsuchen. Er fluchte, als ihm klar wurde, dass er seine Schlüssel zu Hause liegen gelassen hatte. Ein paar Augenblicke später stellte er fest, dass er sein Telefon ebenfalls nicht dabeihatte.

»Hast du etwas verloren?« Marjut bückte sich und drückte die Glut der Zigarette an der Innenseite einer Konservendose aus. Das Kreuz, das sie am Hals trug, glitzerte. »Ich wollte noch eine rauchen. Möchtest du auch eine?«

»Ich muss nach Hause«, wiederholte er sich. »Aber ich habe den ... scheiß Schlüssel vergessen.«

Sie streckte ihm ihre Zigarettenpackung entgegen, und er brauchte den Tabak so dringend, dass das Begehren geradezu körperlich war, es zog an ihm, und er war wehrlos. Er ging auf sie zu.

Sie kicherte. Das Kreuz glitzerte erneut, eine Leuchtdiode am Kragen ihrer Bluse.

Der erste Zug war wie eine Morphinspritze. Er seufzte ausgiebig und spürte, wie das Nikotin in den Körper gespült wurde und begann, an der Unordnung zu arbeiten.

Zu rauchen war auch eine Art zu atmen.

Sie lachte, es lag wohl an seiner wollüstigen Miene, und fragte: »Und wie geht es sonst?«

GLOOMY SUNDAY

MICKEL PRESSTE DAS TELEFON an die Wange. Die Wärme seines Gesichts prallte auf das Glas, und das Ohr fühlte sich glitschig an. Draußen im Flur offenbarte sich Professorin Fogh, öffnete den Mund, um etwas zu sagen, wandte sich in der Tür aber wieder ab, nachdem sie gesehen hatte, dass er telefonierte. Die Wähltöne lösten einander ab. Im aufgeschlagenen *Hufvudstadsbladet*, das vor ihm auf dem Tisch lag, stand Renée Kraft neben der Aleksis-Kivi-Statue auf dem Bahnhofsplatz in Helsingfors und schenkte den Lesern einen durchdringenden Tribadenblick. Mickel dachte zerstreut, dass das Lächeln, das sich hinter der herausfordernden Straffheit ihrer Mundwinkel versteckte, eher unfreiwillig aussah, und dass Renée mit dem Bild vermutlich nicht zufrieden war. Andererseits wäre es geradezu unmenschlich, angesichts einer Viertelmillion nicht zu lächeln, ganz egal, wie rot man sich ansonsten profilierte.

»Geh schon ran«, sagte er und trommelte mit den Fingern auf der Tischplatte. Und als hätte er eine magische Formel ausgesprochen, meldete sich Sigvard Hansen im selben Augenblick.

»Hier ist Mickel Backman. Hallo, Sigvard, wie geht's?«

Wie üblich dauerte es etwa zehn Sekunden, ungefähr genauso lange wie die überschäumenden Höflichkeitsphrasen, bis sich Mickels Ohren an die dänische Aussprache gewöhnt hatten und er verstand, was Sigvard sagte.

»... es passiert jede Menge an der Universität, du weißt ja, wie anstrengend das erste Semester ist ... und wie geht es dir?«

»Danke, alles gut, alles gut.«

»Und Myrna?«

»Sie ist auf Gotland.«

»Ah, sie schreibt ein neues Buch?«

Mickel seufzte. »Tut mir leid, dich zu stören, Sigvard, ich rufe nur an, um zu hören, ob du Ragnar in letzter Zeit gesehen hast? Er geht nicht ran, wenn ich anrufe, und ich ... wir fragen uns ...«

Sigvard dachte nach, zögerte, die Kaffeemaschine knackte, Mickel wandte sich von Renée Krafts herausforderndem Blick ab, spürte einen leichten Kopfschmerz und den sauren Nachgeschmack des Cognacs, den er am vorhergehenden Abend getrunken hatte.

Er war auf Ragnars Facebookseite gegangen, nachdem Myrna ihm eine besorgte SMS wegen eines Bilds geschrieben hatte, das Ragnar hochgeladen hatte. Es war eine unscharfe Aussicht auf eine pastorale Landschaft mit einer wilden Wiese im Vordergrund und einem trüben Himmel voller bedrohlich tief hängender

Wolken. Es gab keine Bildunterschrift, und solche Bilder machte Ragnar normalerweise nicht. Anscheinend hatte er sich aus irgendeinem Grund aufs Land begeben.

Ragnars letztes Statusupdate, eines der wenigen, die er im Laufe des Jahres geschrieben hatte, war vier Tage alt.

Ragnar RG Backman
den 16. November
gLOOMY SUNDAYY

Mickel hatte Myrna geantwortet, dass sie sich keine Sorgen machen sollte, obwohl er sich bewusst war, dass sich ihre Nerven erst wieder beruhigen würden, wenn sie von ihm gehört hatten. Ragnar war vermutlich auf irgendeiner Art von Exkursion, oder zu Hause bei einem Kommilitonen auf dem Land. Das hatte er auch Myrna geschrieben, wohl wissend, dass es nicht der Ort war, der ihr Sorgen machte.

Es war die Unschärfe der Aufnahme, die Nachlässigkeit. Das sah ihrem Jungen überhaupt nicht ähnlich.

Außerdem vermutete er, dass Myrna, genau wie er selbst, versucht hatte, Ragnar anzurufen, nur um festzustellen, dass sein Telefon nicht eingeschaltet war.

Sigvard klang unsicher, aber ruhig, als er fortfuhr: »Ich habe ihn in der Mensa gesehen, aber das ist wohl schon zwei Wochen her ... Seitdem habe ich ihn nicht mehr gesehen ... aber wir haben im Augenblick auch schreckliches Wetter, beinahe sintflutartige Regenfälle ... Viele Studenten sind zu Hause geblieben ...«

Die Störungen in der Verbindung machten es noch schwieriger zu verstehen, was der dänische Kollege sagte, aber im Prinzip war es klar, es war dasselbe wie immer.

»Es gibt also keinen Grund zur Besorgnis«, fasste Mickel mit gespielter Erleichterung zusammen. »Tut mir leid für die Störung, Sigvard, und wir werden versuchen, uns keine Sorgen mehr zu machen, aber wenn du dich meldest, sobald du den Jungen gesehen hast, werde ich dich auf einen Weinbrand einladen, wenn wir uns das nächste Mal sehen.«

»Ich hoffe, das tun wir schon bald!«

Als das Gespräch beendet war, starrte Mickel noch eine Weile vor sich hin, spürte unruhige Zuckungen in der Brust und war gleichzeitig wütend auf sich selbst, weil er sich so leicht beunruhigen ließ, aber auch auf Ragnars Arroganz.

War es denn zu viel verlangt, ab und zu eine SMS oder eine Mail zu schreiben?

Machte er sich mittlerweile so wenig Gedanken, oder überhaupt keine mehr?

Mickel versuchte noch einmal, ihn anzurufen, und wurde erneut von der Ansage begrüßt, dass die Nummer nicht erreichbar sei.

Es war unvorstellbar, dass Ragnar nicht bewusst war, wie er sie aussperrte. Er war zu klug und zu sensibel für eine solche Blindheit. Dass er sie für irgendetwas bestrafte, konnte er auch nicht glauben. Wofür auch?

Blieben nur noch das Drogenszenario und die Schwermut, natürlich. Dass die Depression, die er im Gymnasium durchlitten hatte, zurückgekehrt war.

Die Melancholie, die monotonen Lieder, die er geschrieben hatte, die selbstgewählte Einsamkeit. Diese Dinge kannten Myrna und er aus ihrer eigenen Jugend, also hatten sie den Ernst der Lage erst begriffen, als Ragnar von sich aus gesagt hatte, dass er in eine Therapie gehen wolle. Gleichzeitig hatte sie dieser reife Ausdruck seines Selbsterhaltungstriebs beeindruckt und davon überzeugt, dass er stark war und wusste, was gut für ihn war.

Ragnar war ein paar Jahre zur Therapie gegangen, hatte nicht viel darüber gesprochen, aber sie schien ihm gutgetan zu haben. Er war immer noch verschlossen und melancholisch ..., aber gab es nicht auch viele andere, die so waren? Soweit Mickel wusste, hatte er weder Panikattacken noch irgendwelche Psychopharmaka genommen, seit er seinen Zivildienst beendet hatte.

»Kann ich reinkommen?«

Professorin Fogh kam herein, als sich Mickels Kopf gerade mit abstoßenden Bildern füllte, in denen sich Ragnar auf einem holländischen Acker zu Tode spritzte, wahlweise mit Windmühlen im Hintergrund. Professorin Fogh ging leise an ihm vorbei, schenkte sich eine Tasse Kaffee ein und fragte ihn vorsichtig, wie sie seine blasse Miene zu deuten habe.

Mickel schüttelte den Kopf, hatte keine Lust, ihr davon zu erzählen. »Gloomy Sunday«, sagte er und starrte auf das Telefon.

Professorin Fogh summte die bekannte Melodie. »Hast du die Zeitung gesehen?«, fragte sie schließlich.

Mickel seufzte, schielte zu Renée Kraft und Aleksis Kivis gesenktem Kopf im Hintergrund hinüber. »Wenigstens wird die Literatur gefeiert«, sagte er. »Bald haben wir niemanden mehr, der sich daran erinnert, dass es einst Literatur gegeben hat.«

»Oh, daran werden sie sich schon erinnern. Aber vermutlich nicht, wozu sie verwendet wurde.«

»Hm, hm«, sagte Mickel.

Den Rest des Tages lief Mickel mit einer rastlosen Unruhe herum und dachte an Ragnar und Drogen und an Dietrich Wangman, an Renée Kraft und die Verschwendung nicht vorhandener Ressourcen, während die Melodie, die Professorin Fogh gesummt hatte, sich wie eine wehmütige Dekoration um all seine Gedanken schlängelte.

Bald schien alles miteinander zusammenzuhängen. Mickel sah Ähnlichkeiten zwischen Ragnars Zurückgezogenheit und Dietrich Wangmans plötzlicher Veränderung, dachte, dass die Drogen ein gemeinsamer Nenner waren und beide unter der harten Universitätswelt gelitten hatten, die schon vor dreißig Jahren anspruchsvoll war, aber mittlerweile noch härter geworden war.

Es war ein düsteres Bild, das Mickels Gedanken malten, und während der einzigen Vorlesung des Tages musste er eine starke Lust unterdrücken, die zusammengesunkenen Studenten von dieser Tatsache zu unterrichten.

Lasst das Studium nicht das Wichtigste sein, wollte er sagen. *Lebt. Seid ehrlich zu euch selbst, wenn es um eure Ziele und die Ansprüche geht, die ihr an euch stellt.*

Er schluckte sein plötzliches Pathos hinunter, kam aber zu dem Entschluss, dass es an der Zeit war, diesen Missstand mit dem Rektor zu besprechen, er versprach sich selbst, dass er es tun würde.

Denn jeder Student, der abbrach oder von den Anforderungen entkräftet war, jeder Zwanzigjährige, dessen Fragen in den immer größer werdenden Gruppen verschwanden, jeder Aufsatz, dem Mickel aus Zeitmangel die notwendige zweite Lektüre nicht widmen konnte, ließ die Risse in diesem Pfuschbau deutlicher zutage treten. Dass man bewusst eine Universität gebaut hatte, die den jungen Menschen den Verstand und die Leidenschaft austrocknete, um dafür umso schneller Titel an sie verteilen zu können, war eine beispiellose Grässlichkeit.

Und das Widerlichste war, dass die Zerstörung ungehindert voranschreiten durfte, obwohl dunkle Wolken diesen Sturm schon angekündigt hatten, seit Mickel zurückdenken konnte.

Dietrich Wangmans Selbstmord hatte eine Schwemme von Leserbriefen ausgelöst, die sich mit den Anforderungen beschäftigten, die schon 1981 an die Studenten gestellt wurden.

Überforderte Studenten. Mickel konnte sich an die Schlagzeile erinnern und an das Interview mit dem Minister. Wangmans Tod war spektakulär genug gewesen, um es auf die Titelseiten zu schaffen, sodass die Debatte bald auch auf dem höchsten politischen Niveau aufgeflammt war. Die Zeitungen hatten einen ernsthaft dreinblickenden Wangman in seinem ewigen Jackett abgebildet, seine Kommilitonen interviewt (Mickel war darum herumgekommen, weil er im Krankenhaus lag) und seine Familie in Deutschland.

Alle hatten das Gleiche gesagt. Wangman war ein Genie. Ein dermaßen scharfer Intellekt braucht Zeit und Raum, um sich zu entfalten, und durfte nicht unter überhöhtem Zeitdruck in einen anstrengenden konformistischen Rahmen gepresst werden.

Die Leserbriefschreiber gingen darauf ein, wiesen auf die knappen Ressourcen der Gesundheitsversorgung an den Universitäten hin. Andere griffen das System der Abhandlungen an, meinten, dass zu viel Gewicht auf die

Abschlussarbeiten gelegt wurde. Einer der eher aufsehenerregenden Leserbriefe bedankte sich für alle guten Beiträge, wunderte sich allerdings, warum man die Tatsache ignoriert habe, dass Wangman wahrscheinlich ... vom anderen Ufer war?

Die allgemeine Schlussfolgerung, die sich über die Jahre gehalten hatte, lautete, dass Wangman sich das Leben genommen hatte, weil er ausgebrannt und homosexuell war.

Vermutlich war er früher schon destruktiv gewesen. Vielleicht hatte ihn Leander Granlund deswegen so angezogen? Bestimmt hatte es zu seiner wilden Theorie über die Kraft in Granlunds Gedichten beigetragen.

Mickel versuchte, Ragnar anzurufen und kehrte zu seiner Facebookseite zurück, studierte die Landschaftsaufnahme, klickte auf gut Glück in seiner Freundesliste hin und her und überlegte, ob er einem von ihnen eine Mitteilung schicken sollte, aber dann ließ er es sein.

Noch nicht.

Er suchte sich den Song bei Youtube heraus, lehnte sich zurück und ließ sich von der Stärke in Billie Holidays Stimme berühren.

Wangman hatte sich zum Ende hin immer stärker verändert. Sein Platz in der ersten Reihe war immer häufiger leer geblieben, und wenn er da war, starrte er nur auf die Tischplatte.

Es gab Gerüchte, dass er diese Krankheit hatte, die in den USA homosexuelle Männer umbrachte, und man konnte beobachten, dass sich die Leute in der Mensa so weit wie möglich von ihm wegsetzten und im Flur die Richtung änderten, um ihm nicht zu begegnen.

Mickel hatte ihn manchmal gefragt, sich erkundigt, wie es ihm gehe, und die Antwort war immer die gleiche gewesen. Gut, alles bestens.

Gut.

Aber ansonsten war Mickel zu sehr mit seinen eigenen Angelegenheiten beschäftigt gewesen, um sich richtig Sorgen zu machen. Für eine ganze Weile hatte ihm Wangmans Verhalten auch eine gewisse Befriedigung verschafft, das konnte er nicht leugnen. Mickel hatte vermutet, dass sein Verfall mit der Abhandlung zu tun haben musste, und seiner Meinung nach geschah es Wangman ganz recht, wenn er für seine übermäßige Arroganz von der schnöden Wirklichkeit bestraft wurde. Erst an dem Tag, als Wangman nicht zu der Sitzung erschien, auf der sein eigener Entwurf diskutiert werden sollte, hatte Mickel begriffen, dass irgendetwas richtig schiefgelaufen war und er vielleicht eine gewisse kollegiale Verantwortung hatte.

Professor Simpson hatte die Seminarteilnehmer eine halbe Stunde warten lassen, bevor er mit sichtlichem Ärger festgestellt hatte, dass Wangman anscheinend nicht mehr auftauchen würde und sie gezwungen wären, eine Extrasitzung anzuberaumen. In jenem Herbst schrieben viele an ihren Abhandlungen, und der Stundenplan war ein kompliziertes Puzzle, das keine Überraschungen duldete.

Abmachungen auf diese Weise zu brechen, ist unverantwortlich, sagte Tom Bombadil mit zerbrechlicher Schärfe und atemloser Stimme, die ersten spürbaren Anzeichen der Lungenkrebserkrankung, der er nur ein knappes Jahr später erliegen würde.

Am selben Nachmittag hatte Mickel an Wangmans Tür geklopft, ohne eine Antwort zu bekommen. Einer der anderen Studenten im Flur behauptete, dass er ihn möglicherweise auf dem Weg zur Bibliothek gesehen habe, aber ein unverwechselbarer Geruch nach Marihuana hatte vor der Tür geschwebt, und Mickel war überzeugt, dass ein zugedröhnter Wangman in seinem Zimmer eingenickt war.

Er hatte den Abend mit einem seiner vielen Versuche verbracht, Auerbachs *Mimesis* zu Ende zu lesen, dann aber aufgegeben und Essen gemacht, ein bisschen Wein getrunken. Als er ins Bett gehen wollte, hörte er plötzlich Lärm von der anderen Seite der Wand. Der Krach wurde lauter und wieder leiser, Möbel wurden über den Boden gezogen, dann wieder hörte er polternde Schritte, hin und wieder ein wimmerndes Geräusch.

Gruppensex, dachte er, und zeitweise hatte es wirklich so geklungen, als hätte Wangman seine alte Gewohnheit wiederbelebt, ganze Scharen von schlanken jungen Männern zu sich einzuladen. Schließlich war Mickel auf den Flur gegangen und hatte noch einmal geklopft. Niemand öffnete die Tür, also rief er. Und plötzlich nahm er den Rauchgeruch wahr und sah dünne, flimmernde Dämpfe aus dem Schlüsselloch sickern.

Nach wenigen Sekunden sprang der Feueralarm an. Das durchdringende Geräusch erfüllte den Flur und übertönte Mickels Hämmern an der Tür. Niemand sonst hatte seine Tür geöffnet. An diesem Abend veranstaltete die Humanistische Vereinigung ihre Weihnachtskreuzfahrt nach Mariehamn, und Hunderte von Studenten waren auf See. Mickel, der sich beinahe auch angemeldet hatte, musste später oft daran denken, wie anders sein Leben verlaufen wäre, wenn er nicht ausgerechnet in jenem Herbst gezwungen gewesen wäre, mit seinem knappen Geld zu haushalten.

Nachdem Wangman auf das Klopfen nicht reagiert hatte, begann Mickel gegen die Tür zu treten. Die Wohnheime waren bekannt für ihre dünnen Wände und billigen Türen, und das Schloss war nach wenigen Augenblicken aufgebrochen.

Das Zimmer war rauchgeschwängert, aber der süßsaure Geruch eines schmutzigen Menschen schlug ihm beinahe ebenso deutlich entgegen. Vor einem lodernden Feuer im Spülbecken stand Wangman mit nacktem Oberkörper, leichenblass und mit wilden Haaren und fütterte die Flammen mit einem Blatt nach dem anderen.

Viel später hatte Mickel die Ereignisse so oft erzählt, dass er bei gewissen Punkten gar nicht mehr unterscheiden konnte, was davon auf seiner Erinnerung beruhte und was auf der Geschichte, die er darum herum gebaut hatte. Manchmal hatte sich Wangman ihm zugewandt, als er zur Tür hereinkam, manchmal drehte er sich erst um, als Mickel seinen Rücken berührte. Was Mickel dagegen mit absoluter Sicherheit wusste, war Wangmans komplett ausdruckslose Miene, als sie einander in die Augen sahen.

Als wäre er hypnotisiert, oder als hätte er vollständig kapituliert.

Er sah schon tot aus, pflegte Mickel zu sagen, und wenn ihn jemand bat, es genauer zu erklären, klopfte er sich stets an die Stirn und ergänzte: *Da drin war niemand mehr.*

Aus den Augenwinkeln hatte Mickel den abscheulichen Zustand des Zimmers wahrgenommen. Kleidung, Zeitungen, Essensreste und etwas, das wie Exkremente aussah. Die Sofakissen waren auseinandergerissen, und die Füllung hatte sich wie Sägespäne in einem Holzschuppen über all den Abfall ausgebreitet.

Mit betonter Zielstrebigkeit ließ Wangman die Papiere fallen. Polizeiberichte, Zeugenaussagen, Fotografien, sein gesamtes Forschungsmaterial. Die Flammen schlugen immer höher. Es war nur eine Frage der Zeit, bis die Küchenschränke und das ganze Zimmer Feuer fangen würden.

Der Feueralarm und Mickels Schreie vereinten sich mit Wangmans Brüllen, als die Flammen seine Arme ergriffen.

In diesen Sekunden wurde vieles nicht getan.

Mickel hätte Wangman zu Boden ringen müssen, ihn gegen den Kopf schlagen, in den Rücken treten, aus dem Zimmer schleppen müssen, er hätte den Wasserhahn aufdrehen und das Feuer mit dem Flickenteppich ersticken müssen – im Nachhinein sollten ihn all diese und noch viele andere Möglichkeiten verfolgen, aber die Wahrheit war, dass die Vernunft weder die Zeit noch den Raum oder die Bereitschaft für einen sinnvollen Handlungsplan hatte.

Er hatte geschrien und gehustet, für mehr hatte es nicht gereicht.

Wie ein Junge mit seinem streitlustigen großen Bruder.

Hör auf damit!

Der Rauch hatte ihn in die Knie gezwungen. Wangmans Schreien war erst schrill, dann nur noch gackernd, und mit einem Mal hatte er den restlichen Stapel aus Dokumenten verloren, der sich wie eine überreife Frucht über den Boden verteilte.

Zwischen den ausgebreiteten Papieren entdeckte Mickel die Ledermappe, die Wangmans Abhandlung enthielt, und erst jetzt begriff er, womit er das Feuer gefüttert hatte.

Im Nachhinein hatte Mickel sich gefragt, ob es trotzdem einen Plan hinter dem gab, was er als Nächstes tat. Vielleicht wollte er Wangman mithilfe der Abhandlung aus dem Zimmer locken? Wie bei vielen anderen lebensentscheidenden Ereignissen hatte das Gehirn in Sekundenbruchteilen einen Entschluss gefasst. Er griff sich die Mappe vor Wangmans tastenden Händen vom Boden, drehte sich um und drückte sie sich an die Brust, während er auf die Tür zukrabbelte.

Der Schuss traf ihn schräg von hinten. Er schlug in den Lenden ein, zersplitterte Teile der Lendenwirbelsäule, zerriss seine Rückenmuskulatur, verfehlte die Niere und trat an seiner rechten Seite wieder aus. Der plötzliche Schmerz war weiß, glühend, und Mickel wurde nach vorne geworfen und landete längs auf dem Bauch, bereits halb draußen auf dem Flur, ohne dass er begriff, was passiert war. Der erste Gedanke war, dass Wangman ihn getreten hatte und dass er am Rücken brannte, und voller Panik drehte er sich um, um das Feuer zu löschen. Die Schmerzen ließen ihn rasch innehalten. Und die Pistole, die auf ihn gerichtet war.

Später sollte sich herausstellen, dass die Pistole Wangmans Onkel in Bochum gehörte und dass dieser ihr Fehlen nicht einmal bemerkt hatte. Andere Zeugen konnten bestätigen, dass Wangman sie schon seit mehreren Jahren besaß. Ein achtzehnjähriger Junge sagte aus, dass er immer davon ausgegangen sei, dass die Pistole nicht echt war, und er deshalb auch nichts dagegen gehabt habe, wenn Wangman sie ihm an die Schläfe drückte, während er ihm einen blies.

Aber in diesem Augenblick hatte die Pistole in Wangmans Hand nur eine Bedeutung. Mickel wusste, dass er sterben würde. Es war ein Gefühl ganz anders als die großen Ängste, die er sonst erlebt hatte, und im Nachhinein schwer zu beschreiben.

Eine Art verwunderte Entrüstung darüber, wie hastig und unerwartet sein Leben enden würde.

War das alles? Irgendetwas in dem Stil.

Weiter als du glaubst!, hatte Wangman geschrien, und Mickel hatte die Augen zugekniffen, um zu sterben, und deshalb nicht gesehen, wie er die Pistole auf sein eigenes Kinn richtete und abdrückte.

Als Mickel die Augen wieder öffnete, war Wangmans Gesicht verschwunden, und das scharfsinnige, analytische Gehirn rann bereits vom Bücherregal und der Wand hinter ihm hinunter. Dreißig Jahre später gab es immer noch Bücher in der Bibliothek des Literaturwissenschaftlichen Instituts, die Flecken von Dietrich Wangmans Blut und seinem Gehirn trugen.

Was danach passierte, war in Mickels Gedächtnis nicht mehr so deutlich bewahrt. Aber es konnte nicht mehr als eine Minute vergangen gewesen sein, als der Hausmeister mit einem Feuerlöscher in den Händen in den Flur stürmte. Es gelang ihm, das Feuer zu löschen, und er rief auch den Krankenwagen.

Mickel wurde operiert und lag sechs Wochen im Krankenhaus. Er hatte unheimliches Glück gehabt, dass er noch lebte. Aber die jahrelange Reha trieb ihn fast in die Verzweiflung. Er musste für den Rest seines Lebens auf einen Teil seiner Beweglichkeit im Rücken verzichten, sodass viele seiner Bewegungen steif wirkten. Iron Man hatte das Licht der Welt erblickt.

Dietrich Wangman war in dem Augenblick gestorben, in dem die Kugel sein Gehirn durchschlug. Der Körper hatte schwere Brandverletzungen, und in seinem Blut wurden mehrere narkotische Substanzen gefunden. Ein Abschiedsbrief wurde nie gefunden, aber dass ein Student einen Nervenzusammenbruch erlitt, war keine Seltenheit, und dass so viel über den Fall geschrieben und diskutiert wurde, lag eher an der dramatischen Ausführung und der Tatsache, dass es sich um einen Austauschstudenten handelte.

Unter den Kommilitonen, die wussten, worüber Wangman forschte, wurde darüber gemunkelt, was für ein unheimliches Zusammentreffen es war, dass Wangman sich das Leben genommen hatte, während er sich mit einem Text beschäftigte, von dem er behauptete, dass er seine Leser zu genau dieser Handlung treibe.

Ein böses Buch. So hatte Pasi Maars es ausgedrückt. *Man landet in der Hölle, wenn man es liest.*

Mickel glaubte weder an den Himmel, die Hölle oder an böse Bücher, aber seit Dietrich Wangmans Schrei ihm ständig in den Ohren klang und ihn Elsa Sinnemäkis wässeriger Blick verfolgte, musste er zugeben, dass diese poetische Beschreibung zweifellos ihre Berechtigung hatte.

Wenn Wangmans Kommilitonen geschwätziger gewesen wären und weniger Respekt vor ihrem toten Freund gehabt hätten, wäre aus dieser Geschichte vielleicht eine Legende geworden. Die Bausteine waren jedenfalls alle vorhanden. Aber diese Details waren in der überhitzten Debatte über die psychische Gesundheit von Studenten verloren gegangen. Wangmans Betreuer Thomas Simpson erkrankte und starb, und weil das gesamte Forschungsmaterial vom Feuer und vom Feuerlöscher zerstört worden war, konnte niemand wissen, was Wangman wirklich untersucht hatte und zu welchen Ergebnissen er gekommen war.

Zumindest hatte Mickel geglaubt, dass es so war, bis

Pasi Maars den Mund geöffnet und nach Leander Granlund gefragt hatte.

Es gibt eine halbfertige Abhandlung über Leander Granlund.

Aha, das kann sein.

Mickel hatte nie ein Wort darüber verloren, dass er die Mappe noch in den Händen hielt, als ihn die Rettungssanitäter aus dem verrauchten Flur getragen hatten. Zuerst hatte er keine Kraft gehabt, und als er sich erholt hatte, war zu viel Zeit vergangen. Es hätte verdächtig gewirkt, wenn er plötzlich zugegeben hätte, dass er die Abhandlung besaß. Und natürlich hatte er die Abhandlung längst ganz gelesen. Das Leben war weitergegangen. Die Dinge hatten sich verkompliziert.

Das Telefon klingelte, und die Unruhe ergriff Mickel wie ein plötzlicher Schmerz, als er Myrnas Namen auf dem Display sah.

»Er hat geantwortet«, sagte sie müde. »Er sitzt im Bus auf dem Weg nach Hause.«

Mickels Erleichterung wurde zu einem nach Cognac duftenden Seufzer. »Schön. Schön. War der Akku leer?«

»Ja.«

»Was für eine unglaublich gute Nachricht!«, sagte Mickel.

»Mhm.«

Er wunderte sich über das Schweigen, woher es kam und wohin es führen würde.

Schließlich fuhr sie fort, mit unterdrückter Kühle: »Du möchtest also nicht wissen, wo er war?«

»Natürlich möchte ich das wissen ...«

»Er hat gesagt, dass er den Akku erst vor zwei Stunden wieder geladen hat.«

Mickel wusste, dass das nicht stimmen konnte, er hatte erst vor einer Stunde versucht, Ragnar anzurufen.

»Aha.«

Sie sprach weiter, mit einer Kälte, bei der sich ihm die Nackenhaare sträubten: »Wann hast du zuletzt versucht, ihn anzurufen?«

Die Karte, auf der verzeichnet war, wohin die unterschiedlichen Antworten führen würden, stand ihm klar vor Augen, aber als sie genau in diesem Augenblick diesen Weg vorzuschlagen wagte, verlor er jegliche Lust, darüber hinwegzusehen.

»Wann hast du es denn versucht?«, fauchte er.

»Gerade eben, deswegen rufe ich dich ja an!«

»Ich habe den ganzen Tag über angerufen«, sagte er schroff. »Und ich habe auch mit Sigvard telefoniert. Dir ist doch hoffentlich klar, dass ich mir genauso viel Sorgen gemacht habe wie du!«

Die Pause brachte deutlich zum Ausdruck, dass sie das vollkommen anders sah.

»Wenn ich jetzt also nicht angerufen hätte, dann hättest du direkt wieder bei ihm angerufen?«, sagte sie.

»Ja! Natürlich!« Er schrie beinahe. »Sag jetzt einfach, wo er war!«

Sie war stolz auf ihre ruhige Haltung, nutzte sie raffiniert aus, um zu zeigen, dass sie die Moral, die Vernunft, die Elternschaft, das ganze Paket auf ihrer Seite hatte.

»Er sagte, dass es nur ein Ausflug war. Er hat in einer Scheune übernachtet.«

»Allein?«

»Anscheinend nicht.«

»Wieso?«

»Er sagte ›wir‹, glaube ich.«

»Aber jetzt ist er zu Hause?«

»Auf dem Weg nach Hause.«

»Bald zu Hause.«

»Ja«, seufzte sie. »Er ist bald zu Hause.«

Mickel war im Raum auf und ab gelaufen, während sie telefonierten, jetzt setzte er sich an das Klavier. Eine dünne Staubschicht hatte sich auf die Klappe gelegt. Er fuhr mit dem Finger darüber und seufzte, spürte, wie sein Körper von einer kolossalen Müdigkeit erdrückt wurde. »Entschuldige«, sagte er, »dass ich so aufbrausend war.«

Sie atmete.

»Ich gehe jetzt zur Vorlesung. Ich wollte dir nur sagen, dass es ihm gutgeht.«

»Das ist schön.«

»Dann mach's gut.«

»Ja, mach's gut.«

Mickel dachte darüber nach, Ragnar anzurufen, kam aber zu dem Schluss, dass zwei besorgte Eltern den Jungen wahrscheinlich unnötig aufregen würden. Er holte das Cognacglas, ließ das Badewasser ein und kehrte an das Klavier zurück, wo er zögerlich die Melodie zu spielen begann, die er den ganzen Tag im Kopf gehabt hatte.

IMMUNABWEHR

MARJUT LUD IHN NOCH einmal ein, sagte etwas von Tee. Calle hatte das erste Mal abgelehnt, aber jetzt öffnete sie ihre Tür, und die Wärme traf auf sein verfrorenes Gesicht.

»Nur ganz kurz«, sagte er, zögerte aber vor der Schwelle, bis sie ihn darauf hinwies, dass er die Wärme herausließ.

»Hast du Hunger?«, fragte sie. »Es gibt Hackfleischpastete.«

Die Kälte und das Nikotin hatten für Ernüchterung gesorgt, und von seinem Rausch war nur Müdigkeit und ein riesiger, bohrender Hunger geblieben. »Oh, tja ...«, sagte er. »Gerne.«

Sie sah glücklich aus. »Prima!«

Es lag wohl nicht nur an seiner Müdigkeit, dem Gras und den vergessenen Schlüsseln. Irgendetwas an ihrer Art vertrieb sein instinktives Gefühl, sich gegenüber anderen Menschen wie eine Last vorzukommen und sich ständig entschuldigen zu müssen.

Ihre Wohnung war eine exakte Kopie seiner eigenen, aber genau wie Helena hatte sie sie mit Bildern, Gardinen und Teppichen eingerichtet, die das abgewetzte Linoleum überdeckten und den Raum größer aussehen ließen.

»Schön hast du es hier«, sagte er, und sie bedankte sich von der Kochnische aus, in der sie das Essen vorbereitete und Teewasser kochte.

Auf dem Sofa lag eine Katze und schaute ihn dösig an. Er streichelte ihr das Fell, und sie reagierte darauf, indem sie sich streckte, ausgiebig gähnte und sich auf den Rücken rollte.

»Das ist Totti«, sagte Marjut. »Sie ist eine Katze.«

Totti räkelte sich und verschwand dabei fast unter seinem Kissen. Calle musste lächeln. »Wie Edith Södergrans Katze.« Er hatte es irgendwo gelesen, als er Angaben zu einer Gedichtsammlung suchte, für die ein Sammler in Tromsø ihm hundertsechzig Euro geben wollte.

»Wer?«

»Das war eine Schriftstellerin.«

»Aha.« Sie stellte zwei Becher auf den Küchentisch. »Na ja, sie heißt jedenfalls Totti, weil sie es ist.«

»Okay.«

»Irgendwie, du weißt schon …« Marjut machte ein paar unbestimmte Bewegungen. »Tottig und köckig. Richtig böbig.«

Calle hatte es vorher nicht gewagt, ihrem Blick zu begegnen, weil er Angst hatte, dass sie ihm seinen Rausch ansehen könnte. Aber ihre Augen signalisierten nichts, betrachteten ihn mit einer ganz ungezwungenen Leichtigkeit.

»Das ist ein guter Name«, sagte er. »Ich glaube, sie hasst mich, weil ich sie aufgeweckt habe, oder so etwas.«

»Sie hasst alles. Sie sitzt ständig auf dem Fensterbrett und ekelt sich vor den Dingen dort draußen.«

»Satansbraten.«

Sie lachte, zum Glück. Er fragte sich, wie religiös sie eigentlich war. Anscheinend nicht so sehr, als dass sie nicht rauchen und Flüche ertragen konnte.

Das Teewasser sprudelte immer gleichmäßiger und lauter, bis es mit einem Knacken aufhörte. Er schaute sich die Bücher in ihren Regalen an und schaute zu, wie sie die Pastete in die Mikrowelle schob.

Diese ganz normalen Vorgänge verbreiteten eine heimelige Stimmung. Je länger er über die Situation nachdachte, desto weniger konnte er begreifen, dass er sich hier befand, einfach so, bei einer Frau, die er gar nicht kannte. Und dazu noch mitten in der Nacht – die Uhr stand zwischen den zartgliedrigen Kräutern auf der Fensterbank und zeigte unerhörter Weise Viertel nach drei.

»Bist du nachts öfter wach?«, fragte er, nachdem sie sich an den Tisch gesetzt hatten.

»Nein. Das heißt, manchmal, wenn ich Migräne habe.«

»Oh.«

»Nein. Also, jetzt geht es mir gut ...« Zum ersten Mal schien sie sich ein bisschen unwohl zu fühlen. »Man könnte sagen, dass ich auf Schicht bin.«

»Aha.«

Sie lachte. »Nein, also ... es geht um eine Art Stafette. Das gehört zu dieser Aktion. *Zusammen. Yhdessä*. Du erinnerst dich? Die Idee ist, dass wir einen Monat lang für die Aktion beten.«

Er konnte ein erstauntes Schnaufen unterdrücken. »Also rund um die Uhr?«

Sie errötete auf eine Weise, die er plötzlich sehr anziehend fand.

»Am Ende muss jeder nur zwei oder drei Schichten übernehmen«, sagte sie. »Das war gerade meine zweite, von zwölf bis drei. Inzwischen hat der Nächste übernommen und macht bis sechs weiter. Die nächste Schicht habe ich erst wieder am neunundzwanzigsten.«

Er dachte eine Weile nach. Schon seltsam, dass eine Sache, die eigentlich vollkommen wahnsinnig klang, ihm in diesem Augenblick so selbstverständlich vorkam, weil Marjut davon erzählte. »Du hast also jetzt drei Stunden hier gesessen und ... gebetet? Für was denn?«

Sie zuckte mit den Schultern, immer noch verlegen, aber nicht mehr unangenehm berührt. »Für die Stadt und für die Menschen und für alles Mögliche. Du musst dir das nicht so vorstellen, dass man die ganze Zeit mit gefalteten Händen dasitzt. Es ist eher so, dass man an die Dinge denkt. Und meditiert.«

»Stimmt. Ja, das klingt eigentlich ganz schön.«

Eine Gebetsstafette. Irgendwie musste er bei dem Wort lächeln.

»Ja, genau.« Sie bereitete ihren Tee mit schnellen Bewegungen zu, suchte sich mehrere Beutel aus einer Dose aus und hängte sie alle zum Ziehen in ihren dampfenden Becher.

Er konnte den Duft auf der anderen Seite des Tisches riechen und las das Etikett. »Ginger Explosion.«

»Jaa.« Sie legte ihre Stirn in amüsierte Falten und errötete erneut. »Es gibt auch normale Sorten. Ich nehme den Geschmack nicht wahr, ich ... aber das habe ich dir ja schon erzählt, oder? Ingwer spürt man oben in der Nase, und im Hals. Es kitzelt.« Sie atmete den aufsteigenden Dampf tief ein. »Es ist also *beinahe* so, als würde ich etwas schmecken.«

»Cool.«

»Die Pastete ist übrigens auch ...« Sie zog die Folie ab und entblößte eine ramponierte Hackfleischpastete. »... behindertengerecht, sozusagen. Sie dürfte ziemlich würzig sein, mit Chili und Zwiebeln und so was.«

»Sie sieht sehr lecker aus.« Calle schnitt ein Stückchen ab, das auf der Grenze balancierte zwischen dem, was seine anerzogene Bescheidenheit erlaubte, und dem, was sein Mordshunger forderte. Der kräftige Appetit, der nach dem Joint folgte, hatte noch zugenommen, als er die Pastete vor sich stehen hatte.

»Und was ist mit dir?«, sagte Marjut. »Darf man fragen, was du so spät in der Nacht noch draußen gemacht hast?«

Die Pastete war betäubend gewürzt. Der Angriff auf seine Geschmacksnerven trieb ihm die Tränen in die Augen, aber die richtige Schärfe kam erst nach zehn Sekunden, und als er schluckte, hatte er das Gefühl in der Zunge bereits verloren und spürte, wie ihm die Schweißperlen auf die Stirn traten.

Sie sah gleichzeitig besorgt und belustigt aus. »Oh, verdammt, ist das wirklich so scharf?«

Er stand auf, konnte kaum sprechen, keuchte: »Ich brauche Wasser.«

Kurz darauf standen sie nebeneinander vor der Spüle. Er beugte sich vor und trank direkt aus dem Wasserhahn, stöhnend und mit zugekniffenen Augen, vollkommen übermannt von den Schmerzen im Gaumen und den glühenden Lippen. Sie stand daneben und jammerte mitleidig und bat um Entschuldigung und kam ihm dabei so nahe, dass ihre Haare in seinem Nacken kitzelten. »Milch soll helfen«, sagte sie. »Obwohl, Scheiße, ich habe keine Milch …«

Die Nase triefte, die Augen brannten. Nach einer Weile richtete er sich auf und prüfte seinen Gaumen wieder, atmete in kurzen, schnellen Zügen. Er musste lachen, und ein paar Wassertropfen gerieten in die Nase und brannten. Ihre Hand bewegte sich über seinen Arm, und für einen Augenblick war er sicher, dass sie ihre Arme um ihn legen würde.

Er kam ihr zuvor und griff nach ihrem Arm. Es wurde fast sofort eine Umarmung daraus. Und wie die Luft um ihre erste, kurze Begegnung herum fühlte sich ihre Wange an seiner Brust vollkommen selbstverständlich an, und seine Hände auf ihrem schmalen Rücken brauchten eigentlich keine Worte.

Marjut überredete ihn, auf dem Sofa zu schlafen. Das heißt, sie überredete ihn nicht, sondern sie erwähnte die Möglichkeit, und Calle, der schon im Stehen einzuschlafen drohte, als sie den Tisch abräumte, ergriff sie ohne zu zögern. Sie hob Totti vom Sofa, der sich mit elektrischen Funken vom Bezug löste und aussah, als wollte er dieses Unrecht mit Mord und Totschlag vergelten, und bezog es mit einem Laken und einer Decke, von der sie sagte, dass sie sie selbst gestrickt hatte.

Er legte sich hin, während sie ins Badezimmer ging, und konnte kaum die Augen offen und die Gedanken im Zaum halten. Er fragte sich, ob sie nicht eigentlich alle beide lieber nebeneinander im Bett liegen wollten, aber zu schüchtern waren, um es direkt auszusprechen. Er überlegte sich, wie es sein musste, drei Stunden am Stück zu beten. Und dann dachte er darüber nach, warum er sie nicht geküsst hatte, als sich die Gelegenheit dazu ergeben hatte.

Er hatte es doch gewollt. Oder war es so, dass er es nicht gewollt hatte? Als sein Bewusstsein erlosch und die Gedanken zu Wirbeln wurden, die tanzten und sich auflösten, dachte er, dass der Unterschied zwischen diesen beiden Willensäußerungen unmöglich zu bestimmen war.

Die Deckenlampe im Zimmer wurde ausgeschaltet, und er hörte, wie sie sich ins Bett legte. »Marjut«, sagte er, eher schlafend als wach.

»Mhm?«

»Du hast da draußen gesagt … dass du an mich gedacht hast …«

»Ja?«

»Also, in deiner Gebetsstafette …?«

»Dass ich für dich gebetet habe, meinst du?«

»Für mich gebetet …«

In der Stille, die folgte, taumelte er die ganze Zeit an der Grenze zum Schlaf, und als sie ja sagte und fragte, ob es ihn stören würde, dass sie es getan hatte, lachte er leise und war fort.

Überraschenderweise wusste er sofort, wo er sich befand, nachdem er aufgewacht war.

Die Straßenlaternen tauchten den Raum in ein trübes Licht, das nur wenig heller war als vollständige Dunkelheit. Marjuts regelmäßige Atemzüge und das schwache Summen der Klimaanlage waren die einzigen

Geräusche, die er hörte. Auf dem Küchentisch stand die Katze und starrte ihn an.

Sein Mund war trocken, aber im Großen und Ganzen fühlte er sich gut. Das war vielleicht das Beste am Kiffen. Kein Kater, eher eine angenehme Balance am Morgen danach. Für ein paar Augenblicke waren seine Gedanken nach dem Schlaf eher defragmentiert, und er konnte frei über alles Mögliche nachdenken.

Er dachte noch etwas in der Art, wie lustig es war, sich hier zu befinden.

Dann fing er die Frequenzen auf, die Helena immer noch in seinem Seelenraum besetzte. Als das supermassive schwarze Loch, das sie war, begann sie ihn zurück in ihre Umlaufbahn zu ziehen.

Nach zehn Sekunden war alles wieder wie vorher.

Der Schmerz, die Leere.

Er starrte ins Zimmer und fühlte sich unglücklich.

Fragte sich, warum die Psyche keine Immunabwehr hatte. War seine DNA wirklich so primitiv, dass sie keine weißen Blutkörperchen produzieren konnte, um die Seuche anzugreifen, die sein Gehirn zersetzte?

Wie schön wäre doch ein richtiges Fieber gewesen, geschwollene Lymphdrüsen und Schüttelfrost. Wie gerne hätte er den kalten Schweiß willkommen geheißen und Tage voller Bettruhe. Wenn er danach einfach aufgewacht wäre und nicht automatisch wieder an Helena gedacht hätte.

Das Blut rauschte dumpf in seinen Ohren, vermutlich beschäftigt mit Erkältungen und belanglosen Verunreinigungen, allem Anschein nach ungerührt davon, dass die Fundamente wackelten und die Schaltzentrale den Geist aufzugeben drohte.

Wie unterentwickelt musste die Menschheit sein,

wenn sie noch nicht einmal einen Aktionsplan gegen schwarze Sneakers besaß?

Er sah die Schuhe an zwei großen Füßen sitzen. Er stellte sich die Gesichtszüge des Mannes vor, sah, dass er einen Dreitagebart trug und müde Augen und kurz geschnittene Haare hatte, er sah eine hässliche Tätowierung, die unter dem Hemdkragen herausschaute. Er sah sie in der Löffelstellung und wie der Mann bereitwillig den Arm, der sie nicht hielt, schmerzend unter seinem eigenen Rumpf begrub, sodass er allmählich einschlief – ein deutliches Zeichen dafür, dass man verliebt, verwundert und achtsam war.

Er stand auf, um seine Gedanken neu zu mischen, und atmete eine Weile in dem dunklen Raum, lauschte nach der Katze, die in der Küche fraß. Das Trockenfutter klickerte im Plastiknapf und krachte sorglos zwischen scharfen Zähnen.

Dann ging er zum Bett und glitt so leise wie möglich unter die Decke und in die kompakte Wärme, die von Marjuts schlafender Haut ausstrahlte. Sie zuckte zusammen und keuchte und schien halb aufzuwachen, und er war auf der Hut. Sie atmete gleichmäßig weiter, und als er schließlich seinen Arm um sie legte, zog sie ihn an sich und drehte sich auf die Seite, bis sie dicht aneinandergedrückt waren. Viele Stunden blieben sie so im Halbschlaf liegen. Erst als es hinter den Rollos hell wurde, drehte sie sich um und küsste ihn.

Er formte einen Gedanken, während die anfängliche Schüchternheit vorüberging und die Hände mutiger wurden. Hinter der Bereitschaft des Menschen, mit seinen Lippen denen eines andern zu begegnen, steckte die Seele, die im Atem und im Speichel ihre eigene Immunabwehr suchte.

EIN MANN DES BUCHES

MICKEL BACKMAN ERSCHRECKTE SICH, als er Pasi Maars' Gesicht sah. Die eingesunkenen Wangen waren blassgelb und voller Schrammen und Blutergüsse, die Lippen zeigten Spuren von Schwellungen, und in einem Augenwinkel hingen kleine Reste von geronnenem Blut.

»Kommen Sie rein!«, sagte Mickel. Es gelang ihm, freundlich zu klingen. »Sie scheinen ja einiges mitgemacht zu haben, ist das ...?«

»Das war auf einem Fest.« Die Stimme klang müde und heiser, deutlich älter als der Rest des Jungen. Pasi ging an Mickel vorbei ins Büro, direkt zu dem Stuhl auf der Besucherseite des Schreibtischs. Er wand sich auf eine eher trotzige Art aus der Jacke und ließ sie auf der Lehne hängen. Ohne die zusätzliche Breite, die die Jacke seinen hängenden Schultern verlieh, sah er auf eine fast gruselige Weise wie ein Kind aus.

»Aha, so, so«, sagte Mickel und beschloss, es nicht weiter zu kommentieren. Er kehrte zu seinem Platz zurück, berauscht von der Nervosität, die sich in ganz absurde Höhen geschraubt und ihren Gipfel in dem Moment erreicht hatte, als es an der Tür klopfte.

Erst am Sonntagabend, mehr als eine Woche nachdem Mickel ihm die Mail geschickt hatte, war Pasi auf sein Angebot eingegangen, zu ihm zu kommen und über die Angelegenheit zu reden, und zu diesem Zeitpunkt war Mickels Gefühl von Machtlosigkeit bereits in Verzweiflung übergegangen. Was sollte er tun, wenn der Junge ihn einfach ignorierte und ein Treffen verweigerte? Und wie sollte er eine solche Reaktion deuten?

»Danke, dass Sie gekommen sind!«, sagte er, während er sich in seinen Stuhl setzte. »Es ist gut, wenn man von Angesicht zu Angesicht miteinander reden kann. Dann gibt es weniger Missverständnisse, und man kann sich aussprechen.«

Pasi zuckte nur mit den Schultern. Sein zerschundenes Gesicht verzog sich.

Mickel beugte sich vor und schielte über seine Brille hinweg. »Das sehe ich doch richtig? Ein ganz außergewöhnliches Buch.« Er deutete mit einem Nicken auf das bekannte Motiv auf Pasis T-Shirt. »Das ist doch der *Codex Seraphinianus*, oder? Anscheinend lebt er immer noch.«

Pasi zog an dem Hemd, damit der Aufdruck sich glättete und die Bilder deutlicher zu erkennen waren: ein Liebespaar, das sich Stück für Stück in ein Krokodil verwandelte. Rundherum standen handschriftliche Kommentare in verschnörkelten Fantasiezeichen, die vollkommen unverständlich waren.

»Ja«, sagte Pasi. »Es ist mächtig.« Seine Stimme war flach, von seinem Atem verdünnt, als wäre er undicht.

Mickel bemerkte, dass die Hände des Jungen ebenfalls verwundet waren. Es musste eine ordentliche Prügelei gewesen sein. »Es kam heraus, als ich meine Magisterarbeit schrieb. Ein paar von uns haben aus Spaß versucht, es zu entziffern. Bis jetzt ist es wohl noch niemandem gelungen, die Sprache zu deuten.«

»Vermutlich bedeutet es gar nichts.«

»Der Autor soll gesagt haben, dass er den Inhalt des Buchs von einer streunenden Katze telepathisch empfangen habe.«

Eine Art belustigtes Leuchten flackerte in Pasis Augen auf, aber er erwiderte nichts mehr. Die kleine Reaktion hatte trotzdem die Stimmung verändert und Mickel gestärkt. Er lachte leise weiter, bis er schließlich wieder ernst wurde und sagte:

»Also, Pasi ... ich habe Ihnen ja schon per Mail geschrieben, worum es geht, aber Sie möchten vielleicht auch wissen, warum ich so gehandelt habe?«

»Äh, ja.«

»Es verhält sich so, dass wir immer versuchen, die Gruppen so klein wie möglich zu halten. Wir bieten dreißig Plätze im Modernismus-Seminar an, und dann gibt es noch eine Warteliste, und wir müssen denen den Vorzug geben, die ...«

»Okay.«

»Früher hatten wir größere Ressourcen und mehr Spielraum, sodass wir nicht gezwungen waren ...«

»Ja, ja.«

»Es gibt ja noch andere Lektürekurse, mit denen Sie die Anforderungen erfüllen ...«

»Ja, ja, ja.« Eine wegwerfende Geste.

Mickel nickte. »Sie studieren auch an der finnischsprachigen Universität. Jura, wenn ich richtig gehört habe?«

»Mhm.«

»Respekt. Sehr beeindruckend, dass Sie so ganz nebenbei auch bei uns mitmachen!« Mickel hatte das Gefühl, dass sein hartnäckiges Lachen ziemlich nervös klingen musste. »Hoffentlich haben Sie noch nicht angefangen, an der Seminararbeit zu schreiben?«, sagte er schließlich. »Wollten Sie sich nicht mit dem Buch beschäftigen, das einen angeblich in die Hölle bringt?«

»Aus dem trübseligen Dunkel des Lebens.«

»Leander Granlund, ja ... wie sind Sie auf diese Idee gekommen?«

»Ich habe im Internet davon gelesen.«

»Natürlich. Es gibt ja nichts, was es nicht auch im Internet gibt.«

Keine Antwort, aber was sollte der Junge auch auf so eine sinnlose Aussage erwidern? »Ich habe selbst schon einmal versucht, nach Granlund zu googeln«, fuhr Mickel fort, »aber ich bin auf nichts anderes gestoßen als Verschwörungstheorien.«

»Das war in einem Forum. Da kommt man nicht einfach so rein.«

»Schau an. Ein Forum, auf dem man über finnlandschwedische Literatur diskutiert, das klingt ja richtig ... ja, ermutigend!«

Pasi schien sich zu amüsieren. »So war es nun auch wieder nicht.«

»Nein?« Das Gespräch begann wie ein Verhör zu klingen. Als Pasis amüsiertes Grinsen immer breiter wurde, schöpfte Mickel den Verdacht, dass es dem Jungen vielleicht genauso vorkam.

Aber Pasi fuhr unbekümmert fort: »Das ist ein Forum, in dem ich Mitglied bin. Es geht um Fantasy und Spiele. Und dann gab es da noch diesen Thread zur Teufelsverehrung. Oder eigentlich ging es um norwegischen Black Metal, aber jemand hatte einen Artikel über Leander Granlund gepostet, aus irgendeiner religiösen Zeitschrift ... anscheinend wird auch in Schweden von der Hochzeit in Gustavs gesprochen.«

Ein großer Teil der Spannung fiel von einem Moment auf den anderen von ihm ab. Mickel kannte den Artikel. Er war vor ein paar Jahren in dem Jugendmagazin einer schwedischen Erweckungsbewegung veröffentlicht worden, unter der Überschrift *Die Gefahren des Okkulten*. Der hoffnungslos verkorkste Text behauptete unter anderem, dass der Massenmörder Leander Granlund ein Buch mit satanischen Texten geschrieben hatte, die so gotteslästerlich waren, dass man sich selbst daran verdarb und sich zur ewigen Verdammnis verurteilte, wenn man sie las.

»Richtig. Das stimmt. Es ist behauptet worden, dass Granlund ein Teufelsanbeter gewesen sei. Es gab Theorien, denen zufolge das sein Motiv gewesen sei, die Morde zu begehen.«

»Ich hatte den Beitrag fast vergessen, aber auf Iniö sprach man von dieser Hochzeit, als ich noch klein war. Wenn man traurig war, sagten ältere Leute, dass *es gut wird, bis du heiratest*, und alle wussten, wie man darauf zu antworten hatte. *Außer du tust es in Gustavs!* Wie ein Ritual. Eine Art Spiel.«

»Ich wusste gar nicht, dass Sie von Iniö stammen, Pasi.«

»Tattaa!«

»Ich komme aus Nystad. Da kannte man diese Redensart auch.«

»Viele hatten Angst. Die Leute sind so verdammt abergläubisch da draußen ... Bei manchen wirkte es wie ein Fluch, wenn man diese Hochzeit erwähnte ... als würde es wieder passieren, wenn man darüber sprach. Als käme irgendein böser Fluch über das Meer herangeweht, wie ein verdammter Nordwind.«

Mickel wollte wieder auf das Studium zurückkommen, aber Pasi beugte sich plötzlich vor und schnaubte. »Vergiftete Erbsensuppe«, sagte er mit einem amüsiert verächtlichen Tonfall.

»Tja, da gab es ganz unterschiedliche Theorien und Gerüchte ...«

»Aber fast alle Ermittlungsakten sind verschwunden, es ist also schwierig, die Wahrheit herauszufinden.« Pasis geschundenes Gesicht war ihm direkt zugewandt. »Oder? Alle Zeugenaussagen, alle Berichte sind aus dem Archiv der Polizei verschwunden.«

Mickel verspürte eine plötzliche und starke Lust, den Jungen zum Gehen aufzufordern. »Ach, so, ich verstehe«, hörte er sich selbst sagen.

»Was verstehen Sie?«

»Nein, das ... davon wusste ich nichts.«

Pasi lachte. »Nein, natürlich nicht.« Und dann lächelte er höhnisch.

Mickel saß mucksmäuschenstill da. Sein Mund war trocken. Als Ragnar acht Jahre alt war, wurde eine Biopsie von einem Knoten gemacht, den er in der Achsel hatte. Mickel hatte jetzt dasselbe Gefühl einer bevorstehenden Explosion und einer unterdrückten Panik, wie in dem Augenblick, als der Arzt vor zwanzig Jahren Myrna und ihn in sein Büro gerufen hatte, um ihnen die

Befunde mitzuteilen. Er betrachtete Pasi, wie er den Arzt betrachtet hatte, suchte voller Anspannung nach Zeichen für das, was als Nächstes kommen würde, und vor allem nach Zeichen, die auf das Schlimmste hindeuteten.

»An dem Tag gab es eine Sonnenfinsternis«, sagte Pasi. »Deswegen hatten sie wohl die Hochzeit auf diesen Termin gelegt. Der Himmel in Gustavs ... bei klarer Witterung ist er so groß, das man kaum nach oben zu schauen wagt. Wie der Himmel über der Savanne, oder so. Es ist ein perfekter Ort, um eine Sonnenfinsternis zu beobachten. Ich glaube, dass es zu dieser Zeit passiert ist. Als die Sonne schwarz wurde und die Möwen endlich den Schnabel hielten.«

Bei Ragnar wurde nichts gefunden. Die Erleichterung war so groß gewesen, dass die Erinnerung noch zwanzig Jahre später Tränen in Mickels Augen treiben konnte. Vielleicht war es schändlich zu hoffen, dass eine solche vollständige Rettung einem Menschen mehr als einmal im Leben vergönnt war.

»Was wollen Sie, Pasi?«

»Was glauben Sie? Ich will diese Abhandlung.«

»Die gibt es nicht. Sie ist zerstört.«

»Tatsächlich?« Pasi beugte sich näher an ihn heran, und seine Augen glommen wie ausgespuckte Salmiakstücke. »Ich glaube, sie befindet sich hier irgendwo.«

Mickel schnaubte, hob die Hände in einer seltsamen Geste, beging jeden Fehler, den er nur begehen konnte. »Sie ist verbrannt! Das ist lange her. Schon vor dreißig Jahren.«

Das Telefon auf dem Schreibtisch klingelte. Der Ton reagierte mit der Stimmung im Büro und klang wie ein Alarm, ließ sie beide zusammenzucken. Mickel streckte die Hand schneller nach dem Hörer aus, als sein Rücken es erlaubte, und zog eine schmerzhafte Grimasse, als er das Gespräch wegdrückte.

Als er Pasis Blick wieder begegnete, schaute ihn der Junge mit einem Lächeln an, das ihm Schauer über den Körper jagte. Es war ein freudloses Grinsen mit einer Glut in den Augen, die anscheinend ganz ungewollt, wie durch einen chemischen Prozess entstanden war. Mickel hatte ein solches Lächeln schon öfter gesehen, in den Gesichtern drogenabhängiger Studenten, auf der Straße und manchmal auch in den Hörsälen, und bei den bettelnden Junkies auf dem Marktplatz. Vor allem ließ ihn diese Grimasse an Dietrich Wangman denken. Als Pasi den Mund öffnete, erwartete Mickel schon, dass er denselben kratzigen Akzent sprach wie der Deutsche.

»Wenn es die Abhandlung also nicht gibt ...«, sagte Pasi und tat so, als würde er gleich in Lachen ausbrechen. »Warum haben Sie dann so viel Angst? Sie sind ja vollkommen außer sich. Und dann lügen Sie und erfinden ...«

Wie viel wollen Sie haben?, wollte Mickel gerade flüstern, vollkommen überzeugt davon, dass der junge Mann nur hier war, um ihn zu erpressen. Aber das Flüstern wurde stattdessen zu einem verwunderten:

»Sie bluten.«

Ein Streifen Blut lief plötzlich aus Pasis aufgeplatzter Unterlippe. Pasi tastete die Stelle ab und betrachtete die roten Tropfen auf seinen Fingerspitzen. »Tatsächlich.« Sein Lächeln ließ ein bisschen nach, aber die Augen glühten weiter. »Sie sollten vielleicht rangehen. Es könnte wichtig sein.«

Erst jetzt hörte Mickel das hartnäckige Summen seines Handys. Er zog die Schreibtischschublade heraus und sah das Telefon wie einen panischen kleinen Roboter vibrieren und blinken. Myrnas Name auf dem Display schickte kühle Schocks durch sein Skelett. Was war denn jetzt schon wieder mit Ragnar?

»Es ist meine Frau ...«, sagte er.

»Gehen Sie ruhig ran! Ich gehe.« Pasi stand auf.

»Warte, Pasi.«

»... man sollte es vielleicht zum Stillstand bringen ...« Die Wunde in Pasis Lippe entließ ein immer breiter werdendes Rinnsal aus Blut auf sein Kinn.

»Pasi, wir sollten reden!«

»Ich habe jetzt vier Stunden Steuerrecht.« Pasi klemmte die Jacke unter den Arm und öffnete die Tür. »Wir können später reden. Wenn Sie die Abhandlung gefunden haben!«

»Nein, hören Sie zu ...!« Die Situation trieb Mickel den Schweiß auf die Stirn. Er wollte Pasi nicht gehen lassen, aber gleichzeitig wollte er ihn niemals wiedersehen. Das Telefon zitterte in seiner Hand, und als der Junge die Tür hinter sich geschlossen hatte, verschwand Myrnas aufdringlich blinkender Name vom Display und wurde durch den Hinweis ersetzt, dass er drei Anrufe von ihr verpasst hatte. Hatte sie vielleicht gerade auch seine Büronummer angerufen?

Während er ihre Nummer wählte, pochte sein Herz so heftig, dass er sich Sorgen machte. Ein Schweißtropfen glitt in den Augenwinkel, und er nahm die Brille ab, rieb sich das Auge mit seinen kalten Fingern.

Myrnas Stimme füllte sein Ohr. Sie weinte, er hörte die Bewegung in ihrer Stimme schon, bevor sie schluchzte. Sie fragte ihn, ob er die Nachrichten gelesen hätte. Er brauchte nicht lange, um Leben in seinen Computer zu bringen und auf die Homepage des Hufvudstadsbladet zu gehen, wo er sofort sah, was sie meinte, und erstarrte.

Professorin Foghs Gesicht hatte deutlich an Farbe verloren, als sie Honig in die Teetasse drückte. »Das ist ein *unermesslicher* Verlust für die Literatur!«, brach es aus ihr heraus. Die roten Lippen zitterten. Sogar ihr Schal war auf eine Weise in Unordnung geraten, die tiefste Erschütterung zum Ausdruck brachte.

Mickel hatte sich an die Spüle gelehnt und nickte. Er war immer noch ganz mitgenommen von dem Schock. »Man wird ihn kaum ersetzen können.«

»Er brannte für die Literatur! Seine Neuauflagen von Söderholm und Tuominen sind kulturelle Großtaten gewesen! Er war ein Mann des Buches. Und wie selten kann man diese Bezeichnung auf jemanden anwenden!«

Die Honigflasche furzte, ließ einen goldenen Tropfen nach dem anderen frei. Professorin Fogh legte sie auf den Tisch und rührte kräftig mit einem Löffel in ihrem dampfenden Becher. Sie hatte Tränen in den Augen und versuchte, Mickels Blick einzufangen. »Ich hoffe, man wird sich an ihn erinnern! Im Namen der Literatur.«

Mickel seufzte. »Es wird natürlich jede Menge Gerede geben. Spekulationen. Es war jedenfalls nicht die Rede davon, dass er einen Brief hinterlassen hätte ...«

Professorin Fogh schüttelte den Kopf. »Sie haben wahrscheinlich noch gar nicht gesucht. Sie haben ja heute Morgen erst ... stell dir vor! Sunniva war in Indien, sie ist jetzt auf dem Weg nach Hause. Stell dir vor, so eine Nachricht zu bekommen! Die Flugreise!«

»Wer hat ihn gefunden?«

»Hedda meinte, dass der Krankenwagen von einem Wehrpflichtigen gerufen wurde. Sie hatte schon den ganzen Morgen gehört, wie der Wagen lief, aber erst als sie die Post holte, hatte sie gesehen, dass es aus der Garage qualmte.«

Mickel schloss die Augen und stellte sich den groß gewachsenen Jungen an der Theatergarderobe vor, sah, wie Tanner sich lang machte, um eine Hand auf seine Schulter zu legen. »Einer von Tanners Jungen«, sagte er leise.

Professorin Fogh schüttelte den Kopf, schien seine Antwort nicht gehört zu haben. »Sein Einsatz für die finnlandschwedische Literatur ...!« Ihre Stimme brach. »In den Achtzigerjahren hat er mir ein Manuskript zurückgeschickt, habe ich das schon mal erzählt? Ich hatte versucht, eine Sammlung feministischer Gedichte zu veröffentlichen, die ich in meiner Studienzeit geschrieben hatte. Sein Brief an mich war drei Zeilen lang. *Das war wohl nichts. Du hast eine Fotze. Schreib damit.*«

Mickel begegnete Professorin Foghs traurigem Lächeln. »Das klingt nach Tanner.«

»Zuerst war ich natürlich furchtbar sauer! Ich schrieb ihm einen Brief, in dem ich ... aber ich habe ihn nie abgeschickt. Er hatte doch recht! Diese Gedichte ... waren einfach nichts. Ich habe so geschrieben, wie ich glaubte, dass feministische Gedichte sein sollten ... es gab nicht das geringste eigene Pathos.« Sie trank einen Schluck Tee und schluchzte. »Mårten Tanner war in mehr als einer Hinsicht ein fantastischer Mann.«

KAFFEE

DIE SMS TRAF MIT einem arglosen *Pling* ein. Der Inhalt war ebenso arglos. Lang. Passte nicht auf das Display. Großer Humor, viele Smileys. Trivialitäten und unbefangene Fragen, die auf eine niedliche Weise von der Annahme ausgingen, dass die Konversation weitergehen würde.

Und zwischen den Zeichen eine Einladung in ihr Leben, das wurde immer klarer.

Die Antwort, die Calle schrieb, war lang und überraschend lustig, wo er jetzt plötzlich einen Grund hatte, sich um andere Dinge zu kümmern, als für den Auftritt am Wochenende Scherze über Kaffeeautomaten zu schreiben. Er las die Nachricht noch einmal und wusste natürlich, was fehlte. Aber er schickte sie so, wie sie war, ohne Gegenfragen.

Es wäre grausam von ihm, auf diese Weise den Anschein zu erwecken, er wäre an ihr interessiert.

Drei Tage waren vergangen, seit sie zusammen geschlafen und am folgenden Morgen eine unbeholfene Pettingrunde eingelegt hatten. Deutlich übermotiviert hatten sie in ihrem Bett geknutscht, aber seine Lust und seine Erregung waren erloschen wie ein Lagerfeuer, bis er schließlich abbrechen musste, um auf die Toilette zu gehen. Seitdem hatte er die Situation gründlich analysiert, weil sie so viele Schamgefühle in ihm hervorgerufen hatte, aber er hatte keine andere Erklärung gefunden als die offensichtliche: Er wollte einfach keinen Sex mit ihr haben.

Als er wieder zu Hause war, nachdem ein phlegmatischer Mann von der Hausverwaltung ihm die Tür geöffnet und eine nachlässig hingekritzelte Rechnung übergeben hatte, war die erste fröhliche Mitteilung von ihr bereits auf seinem Telefon eingetroffen. Und seitdem schickten sie ständig Nachrichten hin und her.

Er starrte aus dem Fenster und versuchte, etwas Humorvolles aus dem Gedankenspiel zu machen, welche Kaffeesorten welchen Typ Akademiker repräsentieren könnten.

Cappuccino, schrieb er. *Schaumige Oberfläche, wie ein Philosoph. Oder ein Historiker?*

Espresso, klein, bitter, überschätzt.

Wie wer? Irgendein Professor?

Cappuccino, etwas Einfaches, das jedem schmeckt.

Soziologie?

Also wenn ein Soziologe einen Cappuccino bestellt?

Das hatte was. Er durchwühlte das vage Gefühl, wie der Scherz lauten könnte, und nach fünfzehn Sekunden wusste er es:

Wenn ein Soziologe einen Cappuccino bestellt, wird

die Wirklichkeit damit so verklärt, dass sich Paolo Coelho unmittelbar darauf materialisiert?

Er gluckste, wurde dann aber unsicher. Formulierte es um, wollte es geschmeidiger machen. Wussten die Leute überhaupt, wer Paolo Coelho war?

Vier Lacher pro Minute. Da wollte er hin, Minimum. Vierzig Lacher in zehn Minuten. Und der Großteil sollte neu sein, weil er davon ausging, dass die meisten Studenten des Instituts schon einen seiner Auftritte gesehen hatten. Plötzlich lag Angst in der Luft, jene kritische Sorte, die es ihm unmöglich machen würde, weiterzuarbeiten, wenn er sie hereinließ.

Das Telefon plingte im richtigen Augenblick, vertrieb die Anspannung. Marjut schickte einen breit grinsenden Emoji. Eine etwas ausführlichere Antwort war bestimmt schon auf dem Weg. Calle runzelte die Stirn und stieß einen langsamen Seufzer aus.

Aus ihnen beiden würde nie etwas werden, er wusste es auf diese schlichte Weise, in der man Sachen über sich selbst eben wusste. Aber das änderte nichts daran, dass ihre Mitteilungen ihn aus der Lustlosigkeit und den Gedanken an Helena rissen. Sie waren die beiden Stimmen, die alles, was er sich am Morgen, am Mittag, am Abend vornahm, mit ihrem Gesang begleiteten.

Er surfte im Internet und schrieb Witze. Rauchte. Wichste. Und beantwortete Marjuts Textnachrichten. Auf diese Weise vertrieb er sich die Zeit, und am Abend versank er in seinen Fernsehserien.

Caffè Latte.

Haferschleim?

Geschmacklos wie die Garderobe eines Historikers?

Wie Marjut. Haha.

Und im selben Moment antwortete sie. Ausführlich und arglos, wieder einmal. Wollte am Ende ganz beiläufig wissen, ob er am Abend etwas vorhabe und was er von einem Spaziergang am Fluss halte. Er hatte seit mehreren Tagen damit gerechnet, dass sie so etwas vorschlagen würde, aber er musste trotzdem lange überlegen, was er darauf antworten wollte.

EIN SONDERBARES GEDICHT

MICKEL HUMPELTE VORNÜBERGEBEUGT durch das Akademieviertel und überquerte die Dombrücke, als es gerade vier schlug. Er blieb stehen, um zu Atem zu kommen. Er war warm und verschwitzt nach dem Spaziergang und hörte zu, wie die Trauer der Kirchenglocken über die Stadt geworfen wurde und sich an dem nasskalten Wind vom Meer brach. Die Menschen, die über den aufgeplatzten Bürgersteig eilten, versteckten sich bis zum Kinn in ihren Jacken. Der Himmel war ein wolkiger Schleier, bestreut mit schwarzen Vögeln. Die schmutzigen Scheinwerfer der Autos schauten schläfrig die Aningaisgatan hinunter.

Jede Stadt hat ihr eigenes Temperament, ihren Geist, ihren Dialekt. Aber noch eher fand Mickel, dass Åbo ein eigenes Licht hatte. Man konnte es sowohl im dunklen Halbjahr an den nassen Hausfassaden sehen als während der langsamen Rekonvaleszenz im Frühjahr. Eine verbrauchte Strahlung. Als hätte sich das Licht, das auf den Asphalt und die Pflastersteine der Stadt fiel, bereits sattgesehen an allen Städten und Plätzen und würde gleichgültig darauf liegen bleiben. Als hätte es aufgehört zu reflektieren und würde der Stadt einen blasierten Schimmer verleihen. Es war schön, auf einer Grauskala.

Gleichzeitig pulsierte in der Universitätsstadt das Leben im Takt mit dem Semesterverlauf, jeden Herbst gab es eine Wiedergeburt, wenn neue Studenten mit ihren Fahrrädern und Overalls Bewegung und Farbe in die Straßen brachten. Sie tanzten ein paar Jahre, dann verschwanden sie. Hinaus in die Welt oder zurück zu ihren Wurzeln. Mickel gehörte zu den Wenigen, die geblieben waren, aber nach so langer Zeit konnte er kaum noch Rechenschaft über die Ursachen ablegen. Das Forschungsprojekt hatte sich hingezogen, Myrna war schwanger geworden … und dann die Dozentenstelle. Er hatte es jedenfalls nicht aus Liebe zur Stadt getan. Es war nicht leicht, Åbo zu lieben.

Er ging weiter über die Brücke und bog in den Uferweg ab, schlug den Kragen seines Mantels hoch, um dem Wind zu begegnen, der wie Sandpapier über die Wangen strich.

Der Åstrand-Verlag hatte seine Büros in einem der protzigen, aber ziemlich heruntergekommenen Empire-Paläste an der Slottsgatan. Als die Außentür hinter ihm ins Schloss fiel, blieb Mickel eine Minute stehen und ließ die Wärme und die Stille des riesigen Treppenhauses auf sich wirken, bevor er in den ersten Stock ging. Es dauerte nicht lange, bis die Tür geöffnet wurde, nachdem er auf die Klingel gedrückt hatte.

Das bärtige Gesicht des Büroleiters Samir war

blass, aber seine Augen leuchteten auf, als er Mickel sah. »Doktor Backman, wie angenehm«, sagte er mit einer Stimme, die leise und auffällig weich war, fast wie ein Flüstern. *Er ist genauso ungevögelt, wie er klingt*, hatte Tanner einmal gesagt. *Er steckt so tief im Kleiderschrank, dass er ein Postfach in Narnia hat.*

»Tut mir leid, dass ich störe«, sagte Mickel. »Und mein aufrichtiges Beileid.«

»Nein, nein, Sie stören überhaupt nicht.«

»Ich wollte nicht lange bleiben. Aber ich hatte das Gefühl, dass ich vorbeischauen sollte.«

»Bleiben Sie, so lange Sie mögen.«

Samirs Höflichkeit und die Art, wie er sich mit einer eleganten Bewegung zurückzog, um Mickel einzulassen, erinnerte an einen Butler.

»Leider ist sonst niemand hier«, sagte Samir. »Es war ein kurzer Tag. Viele hatten das Bedürfnis, sich auszusprechen, und danach brauchten sie ein bisschen Freiraum. Ich bin nur hier, um das Telefon zu hüten. Es hat heute sehr hartnäckig geklingelt.«

Die Räumlichkeiten des Verlags waren klein, und in der unaufgeräumten Diele standen stapelweise Kartons und überfrachtete Bücherregale in einem deutlichen Kontrast zu Samirs penibel aufgeräumtem Schreibtisch. Mickel schaute sich um. Tanners dunkles Büro mit seinen schmutzigen Fenstern zur Slottsgatan stand weit offen, so still, wie das Büro eines toten Menschen nur sein kann. Samir schien dasselbe zu denken, denn nachdem er traurig geseufzt hatte, ging er zum Büro hinüber, um die Tür zu schließen. Mitten in der Bewegung hielt er plötzlich inne und schaltete stattdessen die Lampe im Büro an. Mickel stellte sich neben ihn.

»Es ist so schwer zu begreifen«, sagte Samir. »Als Sie

klingelten, habe ich beinahe gedacht, dass er draußen im Treppenhaus steht. Sie verstehen das sicher.«

Mickel lächelte matt. »Das verstehe ich genau.«

Überall lagen Papierstapel – auf Stühlen, Tischen und Fensterbrettern, auf den Armlehnen der Sessel und direkt auf dem Boden. Die Schreibtischplatte war überhaupt nicht mehr zu sehen. Ein Computerbildschirm übersät mit Post-its schaute aus dem Durcheinander heraus. Der Stuhl war schmutzig und schief und stand in der Ecke vor den Bücherregalen, als wäre Mårten Tanner in großer Hast aufgebrochen.

»Er ist gestern gar nicht gekommen. Und er hat auch nicht von sich hören lassen. Als ich direkt vor der morgendlichen Besprechung anrief, sagte er, dass er später noch reinschauen würde. Er war aufgeregt, das konnte ich hören, aber ich habe nicht weiter darüber nachgedacht. Damit muss ich jetzt leben.«

Mickel widerstand dem Impuls, seine Hand auf Samirs Schulter zu legen. »Ich habe mit ihm in unzähligen Kommissionen gesessen. Im Literaturausschuss und in der Piperbergschen Stiftung, im Achrenius-Werk ... Er war nur selten anwesend, so war es schon immer. Und wenn jemand unvernünftigerweise anrief und fragte, wo er denn stecken würde, bekam der arme Kerl ordentlich was zu hören.«

Samir nickte, aber anscheinend brannte ihm etwas auf der Seele, und er sprach mit noch leiserer Stimme weiter, als befänden sie sich in einer Kapelle. »Die letzten Wochen waren schwer für ihn, das wussten wir alle.« Plötzlich hatte der gepflegte Mann Tränen in den Augen. »Sie waren ein guter Freund von Mårten, nicht wahr? Ihnen kann ich es erzählen. Ein Reporter vom *Hufvudstadsbladet* hat ihn verfolgt. Es war eine bösartige Hexenjagd, er tauchte sogar in seinem Lebensmittelgeschäft auf, habe ich gehört. Diese Unverschämtheit führte natürlich dazu, dass Mårten erst recht nicht mit ihm reden wollte. Aber dieser Reporter war schamlos und so hartnäckig ... er hat auch mich angerufen, mehrfach, sowohl hier im Büro als auch auf meiner privaten Nummer.«

Mickel hörte gespannt zu. »Worum ging es?«

Samirs Augen glänzten vor Trauer, und er schien sich vor lauter Entrüstung plötzlich schütteln zu müssen. »Oh, ich kann es kaum laut aussprechen. Es waren so widerliche Vorwürfe ... und der Mann hatte so einen unermesslichen Sensationshunger... er wollte ihm unbedingt wehtun, anders kann ich es nicht erklären ... das *Hufvudstadsbladet* trägt zweifellos eine große Mitschuld an dem, was passiert ist.«

»Mårten wurde also beschuldigt, meinen Sie. Ging es um ein Verbrechen?«

Samir seufzte. »Es waren so viele und so schwere Vorwürfe, dass man sie gar nicht ernst nehmen konnte, wenn Sie verstehen, was ich meine. Es soll da einen jungen Mann gegeben haben, der die Zeitung kontaktiert hatte. Jemand, an dem Mårten ... sich vergriffen haben soll. Und es gab da auch andere Sachen ... die veröffentlicht werden sollten, soweit ich es verstanden habe, schon bald, es hätte jeden Tag passieren können.«

Das Telefon am Empfang klingelte. Samirs Augen glitzerten, sodass Mickel für einen Moment glaubte, er würde gleich anfangen zu weinen. Es war faszinierend, dieses vollkommene, devote Vertrauen in Mårten Tanner zu beobachten, das aus seinem Gesicht strahlte. »Entschuldigen Sie mich«, sagte er, »ich sollte den Anruf besser entgegennehmen.«

»Selbstverständlich.«

Samir machte eine etwas verlorene, unterwürfige Geste und verließ den Raum. Mickel hörte, wie er im Flur ein paarmal diskret schluchzte, bevor er den Hörer abnahm und mit wiederhergestellter Ruhe antwortete.

Es wurde Finnisch gesprochen. Jemand wollte wissen, welche Bedeutung Mårten Tanner für die Literatur Finnlands gehabt habe. Samir antwortete ausführlich und geduldig, mit den kleinen, zusätzlichen Huldigungen, die die Situation erforderte.

Mickel ging ein paar Schritte in das Büro hinein und wurde von einem schwindelerregenden Gefühl gepackt.

Überwältigt, angeekelt, erleuchtet.

Tanners Jungen. Der alte Knabe stand kurz davor aufzufliegen.

Ein abstoßender Geruch drängte sich auf, muffig und warm, als schwebte Tanners letzter Atemzug noch in diesem Raum.

Das Kafka-Zitat, das in Großbuchstaben an der Wand neben einer eingerahmten Fotografie des jungen Gunnar Björlings hing, zog Mickels Blick auf sich und schien in diesem Moment den Kern von Tanners Persönlichkeit zusammenzufassen:

ES IST NUR DURCH LITERATUR ODER DURCH DEN BEISCHLAF MÖGLICH.

Mickel fragte sich, was als Nächstes passieren würde. Würde die Zeitung ihre Anschuldigungen drucken? Würde der Reporter selbst wegen seiner Übergriffe angeklagt werden und einen Teil der Verantwortung für

Tanners Selbstmord tragen müssen, wenn seine Methoden tatsächlich so extrem waren, wie Samir es dargestellt hatte?

Wie auch immer, die Beschuldigungen mussten schwer gewesen sein. *Es ist etwas passiert*, hatte Myrna ins Telefon geweint, und Mickel hatte gedacht, dass sie recht hatte. Dass sich Tanner das Leben nahm ohne einen sichtbaren, drängenden Grund, war ebenso unglaubwürdig wie der Gedanke, dass er ins Kloster gehen könnte.

Plötzlich fingen zwei Augen Mickels Blick und zogen seine Aufmerksamkeit auf sich. Die Augen starrten ihn durch die Papierstapel und die schmutzigen Kaffeebecher auf dem Schreibtisch hindurch an.

Dem Gefühl, dass die Zeit stehenblieb, während Mickel zurückstarrte, widersprach nur das Klopfen seines eigenen Herzens. Das Einzige, was er sah, waren diese Augen, und er wusste, dass sie etwas bedeuteten.

Dann murmelte er etwas, vielleicht einen Fluch. Er ging zum Schreibtisch und nahm die Postkarte in die Hand, denn um eine solche handelte es sich. Seine Hand zitterte, als er sie sich vor die Augen hielt, er atmete heftig ein und sah sich außerstande, das Bild weiter anzuschauen.

Er schloss die Augen. Aber das Bild verschwand nicht.

Die Augen, die er gesehen zu haben meinte, waren in Wirklichkeit Muster auf seltsamen Fischen. Auf der Illustration schwammen sie zur Hälfte oberhalb der Wasserfläche und schufen damit die Illusion von Augenpaaren, die aus der Tiefe herausschauten. Die Schwanzflossen der Fische bildeten Augenbrauen, die die optische Täuschung vervollständigten. Die Zeichnung auf der Postkarte war einer seiner Favoriten aus einem der seltsamsten Bücher, das er je studiert hatte.

Codex Seraphinianus.

Mickel hatte seit Jahrzehnten keine Spur mehr von diesem Codex gesehen. Dass er jetzt zweimal am selben Tag auf ihn gestoßen war, war natürlich kein Zufall.

Pasi Maars hatte Mårten Tanner eine Postkarte geschrieben.

Sie kannten einander also. War Mårten Tanner in die Akademie gekommen, um Pasi zu treffen?

Im Chaos seiner Gedanken hörte Mickel ein pfeifendes Geräusch, als hätte jemand einen Wasserhahn im Stockwerk darüber aufgedreht.

Oder vielleicht hatte auch nur jemand nach Luft geschnappt.

Er öffnete die Augen, ließ die Postkarte sinken und sah, dass Samir zurückgekehrt war. Der bärtige Mann stand direkt vor ihm, und seine Augen folgten Mickels zitternder Hand.

Dem flackernden Blick nach zu urteilen, hatte der adrette Bürochef gerade etwas sehr Erschütterndes auf der Rückseite der Postkarte gelesen.

»Entschuldigen Sie ...«, sagte Samir. Er hörte es aus seiner Stimme heraus, eine Störung, bei der sich Mickel der Magen umdrehte. »Was für ein seltsames Gedicht ...«

DAS AUGE DES STURMS

SIE TRAFEN SICH VOR dem *Three Beers*. Marjut hatte sich mit Pudelmütze und Schal ausgerüstet, und Calle schimpfte sich einen Idioten, weil er noch nicht einmal eine Mütze aufgesetzt hatte.

Es ist November. Glaubst du, das Universum möchte, dass du dich so kleidest?, hätte Helena gesagt. Er wusste es so sicher, dass er für einen Augenblick ganz verwirrt war, als Marjut ihn ganz normal begrüßte und sich über alle Maßen zu freuen schien, ihm zu begegnen.

»Da bist du ja«, antwortete er. »Für einen Moment dachte ich, dass du nur so eine Art App bist.«

Er hatte sich den Spruch auf dem Weg ausgedacht und war enttäuscht, als sie ihn nicht zu verstehen schien, aber dann strahlte sie und lachte ein bisschen. Das machte es leichter, ihr in die Augen zu schauen, was ihm zunächst schwerfiel angesichts der Tatsache, dass sie ihn nackt gesehen hatte und möglicherweise für unbeholfen und impotent hielt.

Sie gingen zum Flussufer hinunter. Die Luft war klirrend kalt, mit einer tief verborgenen chemischen Note, und der Pfad bestand aus halb gefrorenem feuchten Lehm, der sich zäh um ihre Schuhsohlen legte. Sie führten ein eher tastendes Gespräch. Sie erzählte von ihrem Theologiestudium und schien sehr darauf bedacht zu sein, dass es nicht still wurde. Sie erreichten die Uferpromenade und wandten sich nach Norden in Richtung Hallis.

»Schau mal«, sagte Marjut und zeigte aufs Wasser. »Obwohl, nein, nichts. Ich dachte, ich hätte eine Eisscholle gesehen.« Sie lachte, und alles zusammen klang falsch und angestrengt und machte die Situation noch peinlicher als zuvor.

Er dachte, dass es falsch von ihm war, mit ihr auf diesen Spaziergang zu gehen. Ihre Verwundbarkeit war so offensichtlich.

Plötzlich rief sie ganz laut, und er zuckte zusammen. »Hej! Hallo!«

Eine bunte Truppe in wetterfester Ausstattung hatte sich auf dem Kiesweg genähert, ohne dass Calle ihnen besondere Beachtung geschenkt hatte. Die Gruppe verringerte das Tempo, als sie an ihnen vorüberging, lächelte mit roten Wangen und plapperte eifrig herüber. Ein pickeliges Gesicht strahlte Calle an, wandte sich dann aber Marjut zu. Es war der Österbottning, der in der Aula im *Arken* über Spaziergänge gepredigt hatte.

Die *Zusammen*-Menschen. Auf ihrem seligmachenden Spaziergang. Calle trat zur Seite, während sie vorbeigingen, und war unangenehm berührt von ihren neugierigen Blicken. Offensichtlich war Marjut mit jedem von ihnen befreundet, und die Munterkeit schien keine Grenzen zu kennen.

Nach einer Weile fröhlicher Ausrufe und lachendem Rumgeflachse entfernte sich der Truppe mit dem scharfen Geraschel von Goretex-Hosen, und das Schweigen zwischen Marjut und Calle kehrte wieder zurück.

»Peinlich«, lachte sie, als der Abstand groß genug geworden war. »Ich hatte einer von ihnen gesagt, dass ich heute nicht mitgehen könnte. Wir haben ja unsere Montagsspaziergänge an jedem … ja, Montag. Aber wir gehen fast immer zum Hafen. Und ausgerechnet heute … kommen sie hierher.«

»Und da haben sie dich auf frischer Tat ertappt«, sagte er und ließ sich nicht anmerken, dass sie gerade zugegeben hatte, lieber mit ihm zusammen zu sein als mit ihren Freunden.

»Genau, haha.«

»Wie läuft die Gebetsstafette?«, fragte er mit einer plötzlichen Lust, sie in die Enge zu treiben. »Hat Gott schon geantwortet?«

Sie wiederholte die Frage und lachte. »Kommt ganz darauf an, was du meinst.« Sie lachte noch ein bisschen weiter, sagte aber nichts mehr.

Er fand diese Lust, sie herauszufordern, seltsam, aber nicht unverständlich. Diese Fröhlichkeit, die er in der Gruppe beobachten konnte, hatte er als ausgesprochen provozierend empfunden.

Er fuhr fort: »Entweder antwortet Gott, oder er antwortet nicht?«

»Vielleicht ist das so, aber …« In ihrem Lächeln spiegelte sich die Zerrissenheit, ihm einerseits entgegenkommen und gleichzeitig die eigene Meinung behaupten zu wollen. »Ja, also, man kann ja nicht wissen, was passiert wäre, wenn niemand gebetet hätte.«

»Man sollte also keine Wunder erwarten?«

Calle unterdrückte ein allzu selbstsicheres Lächeln. Für eine Weile war Marjut so still, dass er dachte, er hätte sie traurig gemacht.

»Hast du von Riku Baron gehört?«, sagte sie schließlich. »Sie sagen, dass er wieder mit den Zehen wackeln kann. Ich habe es gestern gehört. Vielleicht wird er wieder gehen können.«

Dass Marjut Riku Baron erwähnte, dämpfte Calles Lust, mit ihr zu diskutieren.

»Das ist zumindest mal was Positives«, fuhr sie fort.

»Aber Gott hat ihn nicht daran gehindert, sich aufzuhängen.«

»Ist nicht genau das passiert?«

»Du meinst, weil der Schlips gerissen ist?«

»Man kann es so sehen.«

»Warum sollte man etwas Übernatürliches dahinter vermuten?«

Sie lächelte ein weiteres Mal so breit, wie nur sie allein lächeln konnte, und gleichzeitig hatten ihre Augen etwas Nachtschwarzes an sich. Er erkannte den Glanz sofort wieder, aber es war ein schwindelerregendes Gefühl, ihn in ihrem Blick zu sehen, der auf ihn gerichtet war.

Er sah einen Sturm. Die Bereitschaft des liebenden Körpers, sich umzuformen, sich zu verleugnen, sich aufzugeben, um Berührungen und eine Erwiderung zu erhalten, zur Maschine zu werden für einen einzigen Zweck, ohne Alternative, lebensgefährlich und zutiefst unglücklich.

»Ich finde das ganze Leben ziemlich übernatürlich.«

In dem Moment, wo sie das sagte, erreichten sie die Kuppe eines Hügels. Vor ihnen öffnete sich die Aussicht auf die Hallisbrücke und die Stromschnellen. Die Brücke war so hässlich und unheilschwanger wie eh und je. Die nasse Kälte und das trübe Licht hüllten die Konstruktion in einen vorhistorischen Dunst. Der Wind fegte über die Landschaft, und Calle spürte, wie seine Ohren und die Nase taub wurden.

»Das Leben ist eine Aminosäure, die sich teilen kann«, sagte er. »Der Rest sind Nebenwirkungen. Krieg und Studium und Pläne und Gefühle.«

»Ich fände es anstrengend, so zu denken.«

»Es ist anstrengend!«, erwiderte er mit einem Nachdruck, der eigentlich eine Fortsetzung erforderte, aber ihm fiel keine Punchline ein, also wiederholte er sich einfach nur. »So ist es eben!«

Jemand fuhr mit dem Fahrrad über die Brücke, eine dunkle Gestalt, die durch den Dunst eilte. Ein ebenso dunkler Radfahrer kam von der anderen Seite, und als sie sich in der Mitte begegneten, sah es aus, als würden sie durch den anderen hindurchfahren. Dann fuhren sie weiter, jeder hastig in seine Richtung.

Sie war still, aber er meinte zu wissen, woran sie dachte. »Warum sich selbst belügen? Das werde ich bei euch religiösen Leuten nie verstehen.«

»Vielleicht ist es die einzige Möglichkeit?«

»Ha!«, er grinste, um seine Verwunderung über diese Antwort zu verbergen. Plötzlich war er sich nicht mehr sicher, wo er sie hatte.

»Und wenn das Leben eingesehen hatte, dass es Gott brauchte und Gott erschuf?«, sagte sie.

»Ja.«

»Wer sind wir denn, dass wir einfach so über Bord

werfen, was sich in Tausenden von Jahren entwickelt hat? Man muss an irgendetwas glauben. Gott hat den Menschen seit Tausenden von Jahren geholfen, ob es ihn nun gibt oder nicht. Er hat als Immunabwehr funktioniert.«

Er zuckte zusammen, als sie es so ausdrückte, und grinste noch breiter. »Versuchst du mich zu bekehren?«

»Nein, wirklich nicht.« Sie sah erschrocken aus.

Schweigend näherten sie sich der Brücke.

Es lag ein angenehmer Reiz darin, vor den Gefühlen eines anderen Menschen verschlossen zu sein. Eine besondere Zufriedenheit, als stünde man auf einem Podest im Auge eines Sturms und könnte unbeeinflusst und unbeschadet die ungezügelten Windböen und Turbulenzen betrachten.

Die Verlegenheit, die für jeden, der bewundert und begehrt wurde, wahrscheinlich unausweichlich war, konnte Calle verdrängen. Ebenso den Gedanken, dass Marjuts Gefühle für ihn naiv, unbegründet und fehlgerichtet waren, oder dass er sie nicht verdient hatte. Er lenkte seine Gedanken um, indem er sich ständig einredete, dass er in diesem Moment stark sein müsse, dass er sich ein bisschen Spaß auf ihre Kosten gönnen könne. Im Namen der Gerechtigkeit und der Gleichstellung. Wer würde eine Wüste anklagen, wenn sie sich eine Kanne Wasser stahl?

Als sie sich der Hallisbrücke näherten, wurde Calle von einer großen Unlust befallen, sie zu überqueren, und er sagte Marjut, dass sie umdrehen sollten, dass er fror und weiterarbeiten müsse. Auf dem Weg nach

Hause war das Gespräch ebenso arglos verlaufen wie ihre SMS-Dialoge, mit kürzeren und längeren Pausen, in denen sie vermutlich unter der Stille litt, während er fast nur noch an seine frierenden Ohren dachte.

Es wurde dunkel, die Laternen neben dem Uferweg begannen zu leuchten, und die in der Luft schwebenden Eiskristalle hüllten sie in fusselige gelbe Watte.

Sie begleitete ihn bis nach Hause, und auf der schmutzigen Betonplatte vor seiner Tür spitzte sich die Situation zu. Sie sprach immer schneller und schriller, plötzlich hatte sie jede Menge zu sagen. Sie hätte sein entgegengesetztes Verhalten natürlich als das deuten müssen, was es war, aber in ihrer Lage war die minimale Möglichkeit, dass sie sich täuschte, Grund genug, um weiterzumachen. Was hätte sie ansonsten auch tun sollen?

»Hast du am Wochenende übrigens schon was vor?«

Übrigens.

Calle sagte, wie es war, lächelte steif und mit einem Gesicht, das vor Kälte schmerzte: »Ich habe einen Auftritt. Auf dem Adventsfest im *Arken*.«

Und er konnte unmöglich sagen, ob es das Messer in seinem Herzen war, als er ihre Unbeholfenheit sah, oder seine eigene Angst davor, dass sie ihn allein mit den Gedanken an Helena zurücklassen könnte, jedenfalls hörte er sich kurz darauf fragen, ob sie vielleicht kommen und sich seinen Auftritt anschauen wolle.

FAHRENHEIT 451

DIE SCHMERZEN WAREN SO grässlich, dass er einen knurrenden Schrei nicht unterdrücken konnte. Als Mickel die Kiste vom Archivregal gehoben hatte, war sein Hemd schweißgetränkt und sein Mut verbraucht. Er beugte sich vor und hielt sich am Lundiaregal fest, verzerrte das Gesicht, während die ständig wiederkehrenden Messerstiche in seinem Rücken ihm die Tränen in die Augen trieben.

Er trotzte dem Schmerz mit Verachtung, zog frische Kraft aus dem Zorn. Wenn der Rücken ihn am grausamsten quälte, konnte er sich nur auf die Unabhängigkeit seiner Seele stützen, um die Verzweiflung auf Abstand zu halten. Mit geschlossenen Augen und fest geballten Fäusten verfluchte er seinen nutzlosen Körper, bis das Adrenalin den Schmerzimpulsen die Spitzen nahm.

Zu nichts war er nütze!

Und er wurde immer unnützer. Immer öfter balancierte er an der Grenze zum totalen Zusammenbruch. War er in ein paar Jahren ein vollständiger Krüppel, der nicht einmal mehr in der Lage war, sich selbst anzuziehen? Und was dann? Würde er hilflos in einem Bett liegen, vollkommen abhängig von Myrnas Hilfe und sich bestenfalls noch in einem Rollstuhl fortbewegen können?

Er konzentrierte sich auf die Kiste, die auf dem Schreibtisch stand. Das Schloss seufzte und knarrte, als er es aufbog. Ein faulig-modriger Hauch schlug ihm entgegen. Er sah Plastikhüllen voller Zeitungsartikel, die sich bis zum Rand stapelten.

Ganz oben lag die Gratisannonce zu Ragnars Abitur und Rezensionen zu einem von Myrnas Büchern. Er blätterte sich schnell bis zum Boden der Kiste durch und entdeckte ganz alte Zeitungsausschnitte, unter ihnen auch die Besprechung seiner Doktorarbeit im *Hufvudstadsbladet*. Georg Joensuu von der Diktoniusgesellschaft *Hårda Sångare* hatte sich kühl und verächtlich über seine Diktoniusforschung geäußert und sein Porträt des Dichters als trivial und seine Schlussfolgerungen als Ladenhüter bezeichnet. Dass die Zeitung eine dermaßen unfreundliche Besprechung veröffentlicht hatte, die von einem Mann stammte, der ganz offensichtlich seine Rolle als selbsternannter Experte verteidigte und in seinem Text zwei Mal erwähnen musste, dass er Elmer Diktonius *persönlich* getroffen habe, machte Mickel selbst nach so langer Zeit noch wütend.

Diese große und müde Abscheu, die er gegenüber diesen hartnäckigen Cliquen empfinden konnte, die sich wie schwelende Insektennester in den engen, finnlandschwedischen Ritzen festsetzten. Wenn es wirklich eine böse Sammlung alter Gedichte geben sollte, dann war es diese finnlandschwedische Gesellschaft mit ihrer Selbstbeweihräucherung und ihren immer wieder verblüffenden Allianzen, den dunklen Machenschaften und den geldgeschmierten Getrieben. Man musste sich nicht lange in diese Texte versenken, um zu spüren, wie die Lebensfreude verdunstete wie die Blasen aus einem Glas mit abgestandenem Champagner.

Mickel grub sich mit seinem neu entfachten Zorn über das bald zwanzig Jahre alte Unrecht, das im Endeffekt jegliches Interesse an seiner Abhandlung erstickt hatte, hektisch immer weiter in die Ausschnitte hinein. Ganz unten fand er schließlich die Mappe, die er gesucht hatte.

Er zog Wangmans Abhandlung aus der Kiste. Hielt sie in der Hand mit dem lahmen Gefühl, dass er mehr dafür empfinden müsste. Er drückte die Mappe zusammen, beugte vorsichtig die Kanten. Sie kam ihm leichter vor als in seiner Erinnerung.

Er hatte sie über die Jahre an verschiedenen Stellen aufbewahrt. Als Myrna und er ihre erste gemeinsame Wohnung bezogen hatten, lag sie in einer Aktentasche zwischen den Kisten in ihrem Vorratskeller. Dort hatte sie mehrere Jahre gelegen, bis Myrna eines Tages beschlossen hatte, den Keller aufzuräumen, während er fort war. Sie hatte allem Anschein nach die Aktentasche niemals geöffnet, aber seit diesem Tag war Mickel unwohl bei dem Gedanken, die Abhandlung bei sich zu Hause aufzubewahren. Während einiger Jahre hatte er sie zwischen seinen Noten versteckt, bis er sein eigenes Büro im Institut bekommen hatte, wo er sie in seine Schreibtischschublade einschloss. Als das gesamte Institut Anfang des Jahrtausends auf den neuen Campus am Flussufer umzog, hatte er das Manuskript unter den Papieren seines persönlichen Archivs abgelegt.

Er las den Brief, der an die Mappe geheftet war, und stellte fest, dass sich seine Handschrift über die Jahre kein bisschen verändert hatte.

Liebste Myrna, geliebter Ragnar, sehr geehrter Finder. Dies hier sind meine privaten Tagebuchaufzeichnungen. Im Falle meines Todes dürfen diese Papiere weder gelesen noch archiviert werden, sondern sind zu verbrennen. Das ist mein ausdrücklicher Wille. Eventuelle Max-Brod-Anwandlungen verbitte ich mir auf das Schärfste.

In Liebe,
Mickel

Die Diskussion darüber, ob Max Brod richtig gehandelt hatte, als er den Wunsch seines sterbenden Freunds Franz Kafka ignorierte und seine gesamten Manuskripte nicht verbrannte, war ein Evergreen in Mickels und Myrnas Beziehung. Sie pflegte zu sagen, dass zwischenmenschliches Vertrauen ein bedeutend größeres und wichtigeres Wunderwerk war als die Erhaltung von Literatur und dass Brods Tat ein unverzeihlicher Verrat gewesen war. Er fand es absurd, dermaßen kategorisch zu denken, aber in diesem Fall hätten ihre Grundsätze eine ausgezeichnete Garantie dafür abgegeben, dass Wangmans Abhandlung niemandem in die Hände fallen würde, falls ihm ein Unglück zustieß oder ihm der Herzinfarkt begegnete, der auf jeder Treppe oder Steigung lauern konnte. Myrna wäre mit Sicherheit diejenige, die seine Sachen durchsehen würde, und er war überzeugt davon, dass sie seinem Wunsch entsprechen und die Mappe ohne weitere Umstände verbrennen würde.

Mickel dachte an den Kamin, den es in den alten Räumlichkeiten des Instituts noch gegeben hatte, er wäre dafür perfekt gewesen. Vielleicht war Feuer die einzig richtige Methode, um verhasste Dokumente zu vernichten? Wangman hatte offensichtlich so gedacht. Vierhunderteinundfünfzig Grad Fahrenheit, die Temperatur, bei der Papier sich entzündet, wie in Bradburys Roman. Aber es gab keine Feuerstelle mehr. Mickel musste mit dem vorliebnehmen, was ihm zur Verfügung stand.

Er verließ sein Büro. Als die Tür aufschwang, überfiel ihn die plötzliche Angst, dass Pasi Maars draußen auf dem Flur stehen und mit seinem gerissenen, drogengetränkten Blick die Abhandlung von ihm fordern würde. Mickel hätte mit seinem ruinierten Rücken nicht die geringste Chance, sich ihm zu widersetzen.

Aber in dem abgedunkelten Flur traf er lediglich auf die Klimaanlage und das blasse Licht der Schilder, die den Weg nach draußen markierten. Er ging in den Kopierraum und schaltete das Licht an. In der Ecke stand der Reißwolf, bereits eingeschaltet, die dunkle Spalte geöffnet und bereit wie eine willige Vagina.

Mickel handelte schnell, mit dem Rest der Energie, die ihm sein Entschluss auf dem Rückweg vom Åstrand-Verlag verliehen hatte. Er zog das Papierbündel heraus. Ganz oben und am Ende befanden sich etwa zehn Blätter mit seinen eigenen handschriftlichen Aufzeichnungen, die er als zusätzliche Vorsichtsmaßnahme dazugelegt hatte, falls Myrna doch einen Blick in die Mappe werfen würde. Es war eine schlechte Illusion, er sah es sofort. Man musste den Stapel nur von der Seite betrachten um zu entdecken, dass die Seiten in der Mitte dünner und gelber waren.

Mickel drückte alles zusammen direkt in den offenen Schlund des Reißwolfs. Die Bewegung war so einfach, als hätte er sich mental schon seit Jahren darauf vorbereitet, und es war ein schwindelerregendes Gefühl der Befreiung, als die Maschine mit einem Brummen ihre Arbeit aufnahm.

Warum hatte er es all die Jahre aufgehoben, trotz der offensichtlichen Risiken? Seine Überlegungen zu dieser Frage erstreckten sich weit in die Zeit und den Raum hinein, aber in diesem Augenblick waren alle nüchternen Einwände und komplizierten emotionalen Argumente vollkommen verstummt.

In diesem Augenblick spielte es keine Rolle mehr, dass ihm in den Rücken geschossen worden war, als er versucht hatte, sie zu retten. Die zum Teil einzigartige Qualität dieses Texts war ihm egal. Es juckte ihn nicht, dass es Verwandte und Freunde gab, die Dietrich Wangmans letzte Arbeit vielleicht gerne zurückbekommen hätten. Es interessierte ihn einen Dreck, dass die letzte Dokumentation, die es über Leander Granlund gab, vernichtet wurde.

Man musste es einfach nur hineinschieben. Und das tat er, und zwar richtig!

Doch plötzlich piepste die Maschine.

Noch bevor er das Geräusch wahrnahm, war ihm klar geworden, dass der Papierstapel zu dick war, um ihn auf einmal vernichten zu können. Die Maschine piepste hartnäckig, und eine blinkende Mitteilung auf dem Display warnte, dass die Menge Papier zu groß sei. Schnell und ungeschickt, als würde er sich an den

Papieren die Finger verbrennen, teilte er den Stapel in zwei Hälften und legte den einen Teil zur Seite.

Plötzlich starrte er direkt auf zwei symmetrisch angeordnete Gedichte von Leander Granlund. Zufällig war er in der Einleitung gelandet, in der Wangman vier Gedichte zitierte, die er in seiner einleitenden Diskussion genauer analysierte. Das alte Papier war ein vergilbtes Meer, das um die maschinengeschriebenen Verse wogte und in sie hineinglitt, die grauen Worte mit wechselnden, kränklichen Hauttönen umschloss.

Mickel las die bekannten Zeilen hastig durch, als wolle er bestätigt haben, was er bereits wusste. Das dritte Gedicht war dasjenige, das auf der Postkarte stand, die Pasi an Tanner geschickt hatte. Wie das möglich war, konnte Mickel sich nicht erklären, aber es bestätigte seinen Verdacht, dass nichts mehr sicher war und dass Pasi alles Mögliche wissen konnte.

Mickel blätterte schnell weiter, und in der Mitte der Abhandlung stieß er auf die lange Gedichtsuite *Mondsichel*.

Ausgehend von dem kleinen Ausschnitt, den Mickel gelesen hatte, war es Leander Granlunds bester Text, und ein zentraler Teil von Wangmans Abhandlung.

Bereits nach wenigen Zeilen hörte er wieder auf, den vier Seiten langen Abschnitt zu lesen. Seine Kehle hatte sich zusammengeschnürt, und ihm waren die Tränen in die Augen getreten. Für einen Moment dachte er, dass er sich hinsetzen müsste, aber dann ließ der Schwindel nach. Er zog die Seiten mit der Gedichtsuite heraus und legte sie zur Seite, aber er las sie nicht zu Ende.

Es war diese Suite, die er Elsa Sinnemäki zu lesen gegeben hatte.

Er brauchte eine Weile, um das Bild ihrer hageren

Konturen unter der Decke von sich abzuschütteln. Mickel setzte die Brille ab, rieb sich die müden Augen, atmete tief durch und verordnete seinem zitternden Körper ein wenig Ruhe.

Dann begann er die Abhandlung zu vernichten, sorgfältig, geduldig, immer fünf oder sechs Seiten auf einmal. Ein trockenes, staubiges Aroma stieg aus der rasselnden Ritze auf, und in Mickel formte sich der Gedanke, dass es die Seele des Manuskripts war, die aus den alten Papierbögen floh, als sie mit überwältigender Kraft zu sich kräuselnden Streifen zerschnitten wurden. Mickel hörte erst auf, als die letzte Seite eingezogen und vernichtet war, zögerte nur während weniger Augenblicke, als er den Reißwolf mit dem letzten Kapitel des theoretischen Teils fütterte.

Es war der Abschnitt, in dem Wangman den Begriff *poetisch-emotionale Viskosität* definierte und daraus sein Analysemodell für Aggression und Versöhnung in freien Versmaßen herleitete. Als theoretische Basis verwendete er die Baudelaire-Forschung einiger französischer Linguisten, die er auf eine halsbrecherische, aber elegante Weise mit einer amerikanischen Studie koppelte, in der Forscher die Gehirnaktivität von Testpersonen gemessen hatten, die *Die Blumen des Bösen* lasen. Es waren die mit Abstand interessantesten Seiten, transparent und überraschend und frei von den selbstherrlichen Behauptungen und der dunklen Sehnsucht nach metaphysischen Kräften, die das Analysekapitel durchzogen.

Und es war der Teil der Abhandlung, den Mickel gestohlen hatte, um seine eigene Abhandlung darauf aufzubauen. Die *poetisch-emotionale Viskosität* hatte er zur *Härte der Ansprache* umgetauft, aber ansonsten das Modell direkt übernommen und die Methode auf Lesungen von Elmer Diktonius angewandt – mit interessanten Resultaten. Seine Abhandlung war von sämtlichen Gutachtern mit der Note Laudatur gewürdigt worden und hatte ihm Stipendien verschafft und für einen ordentlichen Anfangskredit in der Wissenschaft gesorgt, wo er die Methode später zu seiner Doktorarbeit ausgebaut hatte.

Er empfand keine Scham in seiner Erleichterung, als der Papierstoß in die Maschine gezogen wurde.

Er wusste es mit Sicherheit, weil er genau in sich hineingehorcht hatte.

Es knirschte und brummte. Dann waren die Seiten aus der Welt.

Das mögliche moralische Dilemma hatte er immer für vernachlässigbar gehalten. Es war trotz allem sein Verdienst, dass die Theorie und die Methode nicht verloren gegangen waren. Wangmans Idee war genial, und sie nicht zu verwenden, wäre idiotisch gewesen. Die vielen Jahre, die seitdem vergangen waren, hatten sicherlich auch ihren Teil dazu beigetragen, dass Mickel sich nicht mehr so viele Sorgen darüber machte, dass jemand herausfinden könnte, woher sein theoretisches Fundament stammte, auch wenn die Höhe des Einsatzes verhinderte, dass diese Sorgen ganz verschwanden.

Bis jetzt, vielleicht.

Die Maschine schluckte die letzten Seiten, summte träge und rülpste einen letzten Hauch Papierseele aus. Der Motor verstummte, und eine rote Lampe leuchtete auf, als Mickel die Klappe zum Sammelbehälter öffnete.

Das Gefühl der Erleichterung war so weit wie der Himmel, als er wenig später mit der zugeknoteten Mülltüte über das Kopfsteinpflaster nach Hause stelzte.

ADVENT

NACH DEM SPAZIERGANG SCHICKTE Marjut eine Freundschaftsanfrage über Facebook, und plötzlich hatten sie die halbe Nacht miteinander gechattet und Links ausgetauscht. Am Tag darauf aßen sie im *Fänriken* zu Mittag, aber dann beschloss Calle, dass er sich zurückhalten musste. Den Rest des Tages antwortete er nicht auf ihre Mitteilungen. Erst als es Abend wurde und seine Stimmung sank, schrieb er nach dem vierten Bier doch noch ein paar Zeilen. Nach ein paar weiteren Dosen hatte er die Kontrolle über seine Stimmung einigermaßen wiedergewonnen und schlief mitten in der Konversation ein. Am nächsten Morgen hatte er besorgte Nachrichten auf dem Telefon und bei Facebook, und er entschuldigte sich bei ihr, ärgerte sich aber gleichzeitig ein bisschen darüber.

Er war doch nicht verpflichtet, sie über jede Minute seines Lebens auf dem Laufenden zu halten?

Es folgten zwei Tage, an denen er mit dem neuen Material arbeitete und sich so motiviert und inspiriert fühlte, dass er kaum an Helena dachte und Marjut überhaupt nichts schrieb.

Am Freitag wachte er auf und fand eine Nachricht, die mitten in der Nacht geschickt worden war:

Habe ich etwas Dummes gesagt/getan? Hoffentlich nicht! Ich komme gerne zu deinem Auftritt, wenn du willst.

Er fluchte genervt, als er es las.

Wenn *er* wollte! Als würde *er* sich so danach sehnen! Über diese Frechheit ärgerte er sich eine halbe Stunde. Danach ging ihm nicht mehr aus dem Sinn, wie sie die ganze Nacht wachgelegen hatte und ständig an ihn hatte denken müssen. Als er sie schließlich anrief, war von seinem Zorn nur noch eine leichte Schärfe in der Stimme zurückgeblieben. Er meckerte sie nicht an, noch bat er um Entschuldigung, sondern erzählte nur, wie viel er gearbeitet habe, und sagte, dass sie natürlich auf dem Adventsfest willkommen sei. Wenn *sie* es wolle.

Punkt sieben Uhr klingelte sie an seiner Tür. Er hatte den ganzen Nachmittag seine neuen Texte eingeübt und hatte sich nach dem Duschen gerade wieder angezogen. Er war ziemlich beeindruckt von ihrem Aussehen. Rot stand ihr gut, und ein zurückhaltendes Make-up machte das absolut Beste aus ihrem Gesicht.

Calle testete ein paar der Gags bei ihr, während sie durch die außergewöhnliche Kälte zum *Arken* gingen, und er war erleichtert, als sie lachte. Die Nervosität begann sich mit einem tauben Unwohlsein bemerkbar zu machen, und als er ihr davon erzählte, zog sie einen ihrer Handschuhe aus und griff nach seiner Hand. Nach einer Weile entstand eine angespannte Situation, weil sie seine Hand ein bisschen zu lange hielt, und als sie schließlich in dem Moment losließ, in dem er brav den Druck erwidern wollte, führte dies zu einer vagen Verunsicherung. Doch im selben Moment erreichten sie die Biskopsgatan und waren den Gästen, die draußen vor dem *Arken* standen und rauchten, schon so nahe gekommen, dass Schweigen die einzige Option war.

Im Flur drängten sich vierzig Studenten in verschiedenen Stadien des Alkoholrauschs. Ein langer Tisch war aufgebaut worden und mit Glitzer und Kerzen dekoriert. Ein Teil der Gäste saß immer noch am Tisch und aß Grütze und Brot, während der Rest in kleinen Gruppen herumstand oder zum Rauchen rein- und rauslief. Es duftete warm nach Zimt und Deodorant. Ein Trio spielte *Do they know it's Christmas?*, und Calle ärgerte sich über die Marotten des Sängers, der die Augen zukniff und grimassierte, während er den falschen Text sang und mit immer heftiger werdenden Kopfbewegungen und glänzenden Schweißperlen auf der Stirn ununterbrochen *Free the woo-orld* blökte.

»Feed the world ... verdammt«, murmelte er und trank seine Dose Bier aus.

Marjut saß ihm gegenüber und unterhielt sich bereits seit einigen Minuten mit einem Mädchen, das sie anscheinend von früher kannte. Die Lautstärke war unerträglich, und er machte ihr ein Zeichen, dass er mehr Getränke holen ging.

Ihre Blicke folgten ihm, als er aufstand, und bevor er sich umdrehte, streckte sie den Daumen hoch. Er brachte ein bleiches Lächeln zustande. Der Gedanke, dass er bald auf die Bühne musste, war in diesem Augenblick eine einzige, schmerzende Qual. Er dachte, dass er trotzdem froh war, dass Marjut dabei war. Dass sie sah, wie es ihm ging, fühlte sich gut an.

Er drängte sich zwischen verschwitzten Menschenkörpern und Stühlen hindurch bis zum Serviertisch, aber während er sich anstellte, um ein Bier zu kaufen, wurde das Unwohlsein so stark, dass er zu den Toiletten in der Aula abbog.

Als er gerade in die Herrentoilette gehen wollte, stupste ihm jemand mit dem Finger auf den Arm. Er drehte sich um und sah Helena. Die Überraschung war so vollkommen, dass er kein Wort herausbekam.

Sie war kürzer und runder, als ihre Bilder auf Facebook vermuten ließen. Er wusste das natürlich, schien auf irgendeine Weise aber vergessen zu haben, dass es so war. Sie hatte sich stärker geschminkt als sonst, trug eine neue Winterjacke und lächelte, als wäre sie glücklicher als jemals zuvor.

Das war der größte Schock. Im vergangenen Monat hatte er sich diese Begegnung so oft vorgestellt, mit grenzenloser Sehnsucht und schwärzester Furcht, aber er hatte nicht ein einziges Mal gedacht, dass sie glücklich darüber sein könnte, ihn zu sehen.

Sie lächelte so breit, dass ihre Augen zu schmalen Strichen wurden, und machte einen unsicheren Schritt auf ihn zu. »Ich habe noch deine Boxershorts zu Hause. Du wirst sie bekommen, sie ... sie waren unter dem Sofa.«

Sie taumelte, anscheinend sturzbetrunken, und fasste sich an die Brust, als hätte sie leise gerülpst.

Alles, was Calle sagen wollte, war aus seinem Kopf verschwunden oder vollkommen unpassend. Der Plan hatte darin bestanden, kühl oder zornig zu sein, sie zu ignorieren und einfach stehen zu lassen ... in einer immer wiederkehrenden Fantasie, hatte er gelächelt und mitleidig mit dem Kopf geschüttelt – als es darauf ankam, stand er mit leicht geöffneten Lippen da und glotzte dämlich. »Du bist auch hier?«, hörte er sich sagen.

»Nur, um Hallo zu sagen«, leierte sie mit entgleister Betonung. »Nicht dir! Das heißt, ich wusste gar nicht ..., dass du hier bist ..., aber wir können natürlich auch hallo sagen!« Sie lachte. »Hallo, hallo!«

Calle zog sich ein Stück zurück. Er fragte sie, wen sie hier treffen wollte. Gleichzeitig meldete sich sein Bauch. »Ich muss jetzt mal ...«

Für einen Augenblick glaubte er, dass sie ihn umarmen wollte, aber sie schwankte nur kurz in die Nähe seines Gesichts. »Musst du schhhheisssn?«, grinste sie. »Aber hör mal, wir können uns ja irgendwann mal ... einfach ein bisschen unterhalten?«

Sie lächelte, als gäbe es nichts Trauriges in der Welt, wickelte ein Tuch um ihren Hals und befreite ihr Haar daraus. Anscheinend wollte sie gerade gehen. Calle war zuerst überrascht von ihrem Vorschlag, und dann wütend. Aber er brachte keinen einzigen Vorwurf über die Lippen.

»Bis dann!«, sagte sie und winkte lächelnd. »Schönen Advent noch ...!«

Sie ging zwischen den Kleiderständern hindurch zum Haupteingang, während er in die Herrentoilette eilte, hinter sich abschloss und mit klopfendem Herzen auf die Toilette sank.

Die Begegnung fühlte sich bereits jetzt unwirklich an. Er spielte sie immer und immer wieder durch und verfluchte seine unbeholfene Schwanzlosigkeit. Er hätte sie anschnauzen sollen, irgendetwas im Stil von, wenn sie schon mit ihm reden wollte, dann hätte sie ja auf seine Anrufe und SMS antworten können.

Er wusch seine eiskalten Hände, massierte sich das Gesicht mit Wasser und versuchte, sich auf seinen Auftritt zu konzentrieren. Er ging noch einmal die Wortfolge in einigen der komplizierteren Pointen durch, trainierte seine gleichgültige Miene im Spiegel, sah aber nur ein dickes und bleiches Jungengesicht mit schwarzen Ringen unter den Augen.

Ein lebender Toter. Kein Wunder, dass sie ihn nicht haben wollte.

Sie hatte so glücklich ausgesehen. Sturzbetrunken, natürlich, aber so ... unberührt. Frei von allen Gefühlen, die den Blick flackern ließen, keine Sehnsucht nach der Haut des anderen oder schicksalsschwere Gedanken über das, was verloren gegangen war.

Nicht die Spur von all dem, was er die ganze Zeit mit sich herumgeschleppt hatte.

Er suchte nach seinem Zorn und fand ihn. Warum musste sie ausgerechnet jetzt auftauchen, wo er kurz vor seinem Auftritt stand?

Es waren nur noch fünfzehn Minuten. Draußen in der Aula schwebten das Gelächter und die Musik der Band, die mittlerweile *War is over* spielte. Calle eilte an der Mensa vorbei, durch die dunklen Korridore des Romanistischen Instituts zu einer der Hintertüren, trat hinaus in die Kälte und die Dunkelheit auf der anderen Seite des Gebäudekomplexes. In diesem Moment musste er einfach nur ganz alleine rauchen.

Die Stille auf der Straße war so perfekt, dass er die Zigarette brennen hören konnte.

Er rauchte. Fror. Ging sein Material durch. Und fragte sich, wen um alles in der Welt Helena hier treffen wollte, wo sie gewesen und wohin sie gegangen war.

Noch zehn Minuten. Er zündete sich noch eine Zigarette an, und um mehr Wärme zu bekommen, ging er zur Biskopsgatan, damit er dort wieder hineingehen konnte. Als er am Literaturwissenschaftlichen Institut um die Ecke bog, meldete sich die Übelkeit zurück, und durch die heruntergelassenen Jalousien sah er, dass im Büro von Iron Man Licht brannte. Er dachte nicht weiter darüber nach, bis er die Zigarette austrat, die große Hintertür mit seinem Schlüssel öffnete und die seltsamen Geräusche hörte.

AURORA

MICKEL ERWACHTE VERWIRRT und ausgetrocknet in zerwühlten Laken. Das Schlafzimmer sah betrüblich aus, nachdem sich Myrna seit zwei Wochen nicht mehr darum gekümmert hatte. Die Staubkörner schwebten wie Nieselregen im Schein der Nachttischlampe. Das Durcheinander aus schmutziger Kleidung, herumliegenden Kissen und geöffneten Schranktüren wirkte nachlässig, aber seine Versuche, das Bett zu machen und die Sachen zusammenzulegen, hatten solche Schmerzen verursacht, dass er es einfach nicht wichtig genug fand.

Er stellte sich unter die Dusche und verharrte dort beinahe apathisch, während sich der Raum mit Dampf füllte und das Kondenswasser auf dem Spiegel zu rinnen begann. In der Nacht hatte er von Elsa Sinnemäki geträumt, sie hatten nebeneinander in dem Holzbett gelegen, das sich im Sommerhaus ihrer Familie befand, und sie hatte seinen Körper spielerisch mit ihren Händen erkundet, ihm zugeflüstert, dass sie nachdachte und nachdachte, aber nicht verraten, worüber sie nachdachte.

Diese unerlöste Geschichte verfolgte ihn in den neuen Tag hinein. Wie ein dumpfes Sehnen, das ihn veranlasste, zögerlich an seinem halb erigierten Penis zu ziehen. In der feuchten und heißen Luft verlor er jedoch bald den Atem, und bis zu einem Höhepunkt hätte er es ohnehin nicht geschafft.

Während er ein Butterbrot aß, klingelte das Telefon, und Sigvard Hansens blinkender Name sorgte dafür, dass er sich verschluckte und husten musste.

Dieses Mal gab es keine höflichen Floskeln, sondern Sigvard kam in einer schonenden Tonlage direkt zur Sache. »Ich will dich nicht beunruhigen ... und vermutlich gibt es auch gar keinen Grund, sich Sorgen zu machen ...«

In Mickels Ohren klang es stattdessen so, als gäbe es jeden Grund, sich Sorgen zu machen. Sigvard hatte Ragnar in der vergangenen Woche kein einziges Mal gesehen. Er hatte inzwischen mit Ragnars Dozenten gesprochen, aber auch sie hatten ihn nicht zu Gesicht bekommen. Ein Student hatte behauptet, dass Ragnar nicht zu Hause sei, er habe allerdings gehört, wie er sich mit anderen Studenten darüber unterhalten habe, per Anhalter nach Frankreich zu fahren. Aber Sigvard hatte nicht herausfinden können, ob er diese Reise wirklich angetreten hatte. Allerdings sei es nicht ungewöhnlich, dass Studenten derartige Reisen unternahmen, sagte er, und sie dauerten manchmal länger als geplant, gelegentlich sogar mehrere Wochen.

»Hast du mit ihm gesprochen?«

»Myrna hat mit ihm telefoniert, und da sagte er, dass

er in Utrecht sei, oder zumindest auf dem Weg dorthin.«

Sigvard klang bewundernswert gelassen. »Ragnar wollte bestimmt nur, dass ihr euch keine Sorgen macht«, sagte er und überzeugte Mickel beinahe davon, dass es so war und dass die Lüge des Jungen nichts zu bedeuten hatte. Wer hatte seinen Eltern noch nie eine Notlüge serviert, aus welchen Gründen auch immer?

Sigvard lächelte, er konnte es hören. »Ich gehe davon aus, dass er gerade Wein trinkt und Camembert isst!«

Mickel rief Ragnar an, sobald das Gespräch beendet war. Während die Klingeltöne einander ablösten, dachte er darüber nach, was er sagen sollte, aber nach einer Minute war ihm klar, dass der Junge nicht rangehen wollte. Er schrieb eine SMS, in der er Ragnar bat, so schnell wie möglich anzurufen, beschloss, Myrna nicht damit zu beunruhigen, und schaltete das Radio ein, um auf andere Gedanken zu kommen. Es wurde eine Diskussion über Mårten Tanner und seine Bedeutung für die finnlandschwedische Literatur gesendet, und Mickel schaltete sie schon nach einer halben Minute wieder aus.

Der Vormittag zerfloss in einem Nebel. Er hielt eine Vorlesung über moderne Dramatik mit dem Schwerpunkt auf Dario Fo und war erleichtert, dass nur so wenige Studenten den Weg in den Hörsaal gefunden hatten, um zu hören, wie er sich Satz für Satz durch den Text stolperte. Für eine Weile war sein Blick an dem Bild von Tom Bombadil hängengeblieben, das heißt, weniger an dem seligen Professor als an seinem eigenen Spiegelbild im Glas. Seine Augen so tief eingesunken, wie er es noch nie gesehen hatte, die Wangen knochig und weiß, der Kopf geformt wie ein Schädel, als wäre er schon tot.

Ausgelebt. Verbraucht vom Leben, was auch immer das heißen mochte – eine Form von Energie, vermutete er, die viel zu stark und potent für ihn war, um sie als Geisel zu halten. Das Leben war neugierig, eruptiv, fliegend. Für wichtigere Dinge vorgesehen, als ihm beharrlich seine Kraftstöße einzuflößen, die zu nutzen oder auch nur zu würdigen er zu schwach und zu gleichgültig war. Für diese Energie war er nichts anderes als ein durchlässiges Sieb, ein Gefängnis halbherziger Versuche, gebaut aus zerfallendem Recyclingmaterial.

Die Gedanken waren laut und schwer. Er vermutete, dass die Nervosität vor dem nachmittäglichen Ausflug dahintersteckte und dass sie von der Machtlosigkeit verstärkt wurde, die er gegenüber Ragnar und seiner verweigerten Kommunikation empfand.

Dieses Gefühl blieb ihm auch während des Mittagessens in der fast menschenleeren Cafeteria treu, es nutzte schamlos seine Gedanken und Assoziationen, um sein Gift zu produzieren. Das Warten war das Schlimmste, mit wachsenden Flecken unter den Armen im Büro zu sitzen.

Schließlich stellte er seine Sprechstunde ein und nahm ein Taxi nach Mäntymäki, anderthalb Stunden früher als geplant.

Der Krankenhausgeruch war für seine Unruhe dasselbe wie der Finger im Hals für einen Magenkranken. Er tat, was er konnte, um seine Hinfälligkeit vor der Pflegerin zu verbergen, die ihn rasch durch die Korridore führte.

Was sollte er sagen, falls sie ihn freundlich fragte, ob alles in Ordnung sei?

Aber die Pflegerin bewahrte ihre höfliche Distanz, sie hatte wahrscheinlich schon unzählige Besucher gesehen, die im selben Augenblick die Fassung verloren, wenn sie in Abteilung dreizehn aus dem Fahrstuhl stiegen. Und sie hatte natürlich keine Ahnung, dass sie einen Gewalttäter zurück zu seinem Opfer begleitete, dass er mit den besten Absichten dort war, aber in einer finsteren Angelegenheit.

Die Pflegerin öffnete die Tür und ging ruhig zum Bett, richtete ein paar sanfte finnische Worte an sie und zupfte die Bettdecke zurecht. Mickel stand mit klopfendem Herzen im Türrahmen und dachte, dass sie besser nicht wieder gehen sollte.

Aber sie ging, hinterließ einen Stuhl am Bett und eine drückende Stille.

Elsa war wach. Ihre Arme lagen auf der Decke, von den Riemen befreit. Ihre weißen Hände ruhten schlaff auf dem Bauch, der sich in kurzen Atemzügen hob und senkte. Der Blick war an die Decke gerichtet. Sie sah aus, als würde sie über etwas Wichtiges nachdenken.

Mickel sammelte seine Gefühle, während die Stille sich setzte. Er redete sich ein, dass er nicht wegschauen durfte. Er durfte sich nicht erlauben, vor irgendeinem Teil seiner Verantwortung zu fliehen, nachdem er endlich gekommen war, um sie zu übernehmen.

»Ich habe draußen einen Spaziergang gemacht«, sagte er. »Im Park hinter dem Haus. Er ist sehr schön. Die Apfelbäume, die den Weg einrahmen.«

Das Unbehagen kroch wie Würmer über die Haut, als er bemerkte, dass sie den Kopf zu drehen versuchte. Die Bewegung wurde langsam ausgeführt, als müsste sie gegen großen Widerstand ankämpfen, aber schließlich hatte sie ihm ihr Gesicht zugewandt, und er schnappte hilflos nach Luft. Aber er blinzelte nicht, hatte es sich verboten.

»Jetzt ist natürlich November. Aber im Frühjahr muss es unglaublich schön sein, wenn alles ... blüht.« Er sagte es direkt in ihr Gesicht, mit einer Ruhe, die seinen Schauspielträumen, die er vor langer Zeit genährt hatte, alle Ehre machte.

Er erkannte den Menschen in diesem Bett nicht wieder und dachte, dass dies eine Erleichterung war, die er nicht verdient hatte. Hätte Elsa so ausgesehen, wie er sich an sie erinnerte, würde er vermutlich niemals schaffen, was er tun musste.

Jetzt war sie eine Fremde. Ein vertrockneter Körper, der das Auge beleidigte, Proportionen, die verfallen und geschrumpft waren. Das Gesicht von jemand anderem, die Wangen und die Stirn gehörten einer Greisin, der Mund war wie der zusammengepresste Strich einer Zeichentrickfigur. Und die Augen glänzten schwarz und erschrocken aus der Tiefe, als hätten sie mehr gesehen, als sie ertragen konnten, und sich eine Deckung in den Schädel gegraben.

Dass er sie jenseits aller Vernunft geliebt hatte, fühlte sich so abgelegen an wie ein Kindheitssommer. Auch das war eine Erleichterung, aber diese Gleichgültigkeit erschreckte ihn auch. Sie war ein Zeichen dafür, dass er von Schuldgefühlen getrieben wurde, dass er auch jetzt, als er endlich gekommen war, um ihr zu helfen, alles nur für sich selbst tat, dass es mehr als alles andere darum ging, seinem kranken Gewissen Linderung zu verschaffen.

»Sie haben mir erzählt, also Heikki, der deine Beine

trainiert, und Anni ... dass du im Sommer im Park bist, wenn das Wetter schön ist. Du sitzt auf einer der Bänke, umgeben von Schönheit.«

Sie bewegte sich nicht, aber er war überzeugt davon, dass sie zuhörte. In der Tiefe ihrer Augenhöhlen glitzerten zwei milchige Sterne. Er ging zum Bett, vorbereitet auf eine Reaktion, aber sie folgte ihm nur mit dem Blick, blieb ansonsten reglos.

»Es ist bestimmt sehr schön, wenn dort draußen alles blüht.« Für einen Moment schaute er fort, musste sich sammeln, und sah das Foto von ihr als junge Frau, lachend neben einem Ford Taunus.

Plötzlich sah er zum ersten Mal, dass ein Mann in diesem Auto saß.

Ein junger Mann, der sich sonnengebräunt über das Lenkrad beugte und sie durch die Windschutzscheibe betrachtete. Sein Gesicht hatte hübsche Züge, das Haar war lang und lockig, und der Schnurrbart im Stil der Zeit, dick und vielleicht ein bisschen lächerlich. Mickel wusste, dass es nicht ihr Bruder war. Könnte es der Mann sein, mit dem sie sich getroffen hatte, damals, am Ende ihres gemeinsamen Sommers?

Mickel wandte sich wieder Elsa zu. Sein Herz hämmerte. Sie schaute zurück mit der Ruhe des Wahnsinns.

Was machte der Mann im Auto heute? Elsa und er waren nicht lange zusammen gewesen. Vermutlich hatte er sie nach dem Unfall verlassen. Und wer wollte ihm deshalb Vorwürfe machen? Er hatte keine Verpflichtung, den Rest seines Lebens auf jemanden zu warten, den er gerade erst kennengelernt hatte.

»Ich hätte ...«, sagte er, biss sich aber gerade noch rechtzeitig auf die Zunge.

In dem Herbst, in dem sie sich verlobt hatte und ihn nicht mehr sehen wollte, hätte Mickel alles getan, um sie zurückzubekommen, um sie zu vergessen, um nur ein Wort mit ihr wechseln zu dürfen. Leander Granlund war die einzige Möglichkeit, die ihm eingefallen war.

Sie hatte ihn nicht mehr als Betreuer für ihre Magisterarbeit über die Veröffentlichungspraxis modernistischer Lyrik im Åstrand-Verlag haben wollen, aber als er ihr mitteilte, dass er Texte von einem Dichter besaß, der von Kenneth Björk abgelehnt worden war, dass dies genau das war, was sie brauchte, um die Kriterien des Verlags bei der Herausgabe von Poesie zu illustrieren, hatte sie sich erweichen lassen und war zu ihm ins Büro gekommen.

Er hatte ihr die Gedichtauszüge in Wangmans Abhandlung natürlich nicht gratis überlassen. Er hatte von ihr verlangt, dass sie erzählte, was passiert war und warum er nicht mehr gut genug für sie war. Sie hatte ihn ganz ruhig betrachtet, und in diesem kurzen Augenblick hatte er in ihren Augen gesehen, dass sie keine Spur von der Trauer und der Sehnsucht empfand, die ihn in Stücke zu zerreißen drohte. Sie sagte, sie habe beschlossen, eine richtige Beziehung einzugehen.

Mickel hatte natürlich nicht erlaubt, dass sie Kopien des Manuskripts anfertigte. Sie hatte die Seiten in seinem Büro gelesen, während er mit geballten Fäusten am Fenster stand.

Wie heißt er?, hatte er gefragt, so vollkommen verzehrt von seiner Trübsal, dass er ganz verrückt vor Wut wurde, während sie einfach nur still dastand und kein Wort sagte.

Wie heißt er? Er hatte so kräftig gegen das Bücherregal geschlagen, dass ein paar Mappen herunterfielen, und da hatte sie grunzend Luft geholt und zu ihm aufgeschaut. Er erinnerte sich mit glasklarer Deutlichkeit daran. Es war ein richtiges Grunzen, als hätte die Verwunderung, die ihr Gesicht verzerrte, ihr auch gleichzeitig die Kehle zugeschnürt.

Du verdammte Hure! Du bist krank! Eine verdammte kranke Hure bist du!

Besinnungsloses Brüllen. Speicheltropfen auf der Schreibtischplatte. Während sie ihre Tasche nahm und aus dem Büro ging. Ohne ein Wort, ohne die Tür hinter sich zu schließen.

Er war in die Kaffeeküche gegangen, um sich zu beruhigen, und hatte das Unglück gar nicht bemerkt, bis er gehört hatte, wie sich zwei Studenten aufgeregt darüber unterhielten, dass ein Krankenwagen vor dem Haus stand, weil jemand überfahren worden war.

Als er auf die Straße kam, hatte sich eine Menschenmenge um den Bus versammelt. Der Busfahrer stand mit hängenden Schultern da und unterhielt sich mit einem Polizisten. Er war vollkommen blass und hatte große Schweißflecken auf seinem Diensthemd, an die Flecken konnte sich Mickel ganz deutlich erinnern. Mehrere Gruppen von Studenten unterhielten sich lautstark auf Schwedisch und auf Finnisch darüber, was sie gesehen hatten. Elsa sei direkt vor den Bus gelaufen, sagten sie, vollkommen unmöglich, dass sie ihn nicht gesehen habe, sie müsse es mit voller Absicht getan haben. Die Blutspuren leuchteten auf der dünnen Schneedecke, die im Laufe des Vormittags gefallen war.

Mickel beugte sich über das Bett und schaute direkt in Elsas Augen, halb in ihren Kopf hinein. »Ich saß auf der dritten Bank hinter der Pforte, genau zwischen Abteilung sieben und Abteilung acht. Dort wachsen

Fliederbüsche, und ein bisschen weiter rechts steht eine schmutzige Statue, ich bin mir sicher, dass es Aurora Karamzin ist. Es war so friedlich, dort zu sitzen, obwohl es jetzt natürlich kalt ist. Die Bank hat hohle Armlehnen, Elsa, hörst du mich? Man kann das Ende ablösen ... wie den Deckel von einer Dose, einfach zu öffnen.«

Ihn schauderte, als sie blinzelte, es war so nah, dass er ein leises Geräusch von ihren Augenlidern hörte, und er beugte sich noch näher an sie heran, so nahe, dass er die Wärme spürte, die von ihrer Wange ausstrahlte, und erzählte ihr flüsternd von der Tüte mit Schlaftabletten, die er in der Armlehne hinterlassen hatte.

Sie erbebte, blinzelte noch einmal, und er drückte ihre leblose Hand, die ebenso wie ihre Wange überraschend warm war und sich so trocken anfühlte wie altes Zeitungspapier.

»Ich gehe jetzt«, flüsterte er schließlich. »Ich komme vielleicht nicht zurück.« Er verstummte und wägte die Worte auf seiner Zunge, die Gefühle, die für einen Augenblick aufflammten und seine Augen benetzten, unsicher, ob er sie sagen sollte oder nicht. Schließlich ließ er es bleiben, streichelte ihr den Handrücken und verließ den Raum.

Im Taxi auf dem Weg nach Hause weinte er eine Weile. Die Nase lief, und er schnäuzte sich so lautstark, dass der Fahrer in den Rückspiegel schaute. In seiner Manteltasche befand sich die leere Schachtel Schlaftabletten, mit Myrnas Namen und der Dosierung. Beim Anblick der leeren Blister sackte er auf der Rückbank zusammen.

Als das Taxi in der Fänriksgatan hielt und Mickel bezahlt hatte, konnte er sich zuerst nicht von dem niedrigen Sitz erheben. Der Fahrer hatte schon seine Tür geöffnet, um ihm zu helfen, als er mit beiden Händen nach der Karosserie griff und sich stöhnend auf die Beine zog. Der Rücken schrie und pochte, und als der Wagen wegfuhr, stand Mickel im Schein der Straßenlaternen mit rot geweinten Augen und Rotz im Bart und fühlte sich seines Lebens unwürdig. Er war ganz versunken in schwarzen Gedanken und sah den Jungen, der auf der Treppe zu seiner Haustür saß und rauchte, erst in dem Augenblick, als er direkt vor ihm stand und schon die Schlüssel aus der Manteltasche ziehen wollte.

Mickel zuckte zusammen und ließ den Schlüsselbund fallen.

»Hallo«, sagte Pasi Maars und lächelte. »Ich habe auf Sie gewartet.

TANNERS JUNGE

DEM LACHENDEN JUNGEN GEGENÜBER fühlte Mickel sich verloren. Es war dieselbe Hilflosigkeit, die er manchmal empfunden hatte, wenn Ragnar ihm trotzte. Eine Art Handlungsunfähigkeit, bei der die Autorität, die er in seiner Stellung als Lehrer für selbstverständlich hielt, plötzlich keine Wirkung mehr hatte. Gegenüber Ragnar hatte er oft mit Zorn reagiert, aber jetzt war er so konsterniert, dass er nichts anderes konnte, als zu stammeln und Pasi anzublinzeln, der so breit grinste, dass sein Zahnfleisch glänzte.

Tabakrauch sickerte aus dem Mund des jungen Mannes, als er sprach. »Können wir reingehen? Es ist scheißkalt.« Er schnipste den Rest der Zigarette auf die Straße.

»Vielleicht sollte ich lieber die Polizei rufen«, sagte Mickel.

»Weil ich auf Ihrer Treppe sitze?«

Mickel machte einen Schritt zurück, als Pasi plötzlich aufstand. In den ruckartigen Bewegungen des Jungen steckte eine manische Energie, bei der sofort alle Warnlichter ansprangen.

Wangman, dachte Mickel. Dann: *Er steht unter Drogen*. Und schließlich: *Dieser Junge ist gefährlich*.

»Sie stehen unter Drogen«, sagte er mit seiner strengsten Stimme.

»Barbro vom Kindergarten hat immer gesagt, dass ich so lebhafte Augen hätte, vielleicht meinen Sie das?«

Eine Gruppe Studenten kam auf dem Bürgersteig vorbei, vermutlich auf dem Weg zur Abendvorlesung im ASA-Haus. Mickel wartete, bis sie nicht mehr zu hören waren, und fasste allen Ernst, den er aufbringen konnte, in einem Blick zusammen.

»Sie haben die Zeitung angerufen«, sagte er. »Wegen Tanner.«

»Ach ja?«

»Ich hoffe, Sie wissen, was Sie da getan haben.«

»Setzen Sie Kaffeewasser auf, dann reden wir darüber.«

Während des langen Schweigens, das danach einsetzte, standen sie sich gegenüber und maßen einander. Pasi trat auf der Stelle und bewegte sich hin und her, als hätte er Blasendruck. Die großen Augen in seinem blassen, verschorften Gesicht hatten ein Licht, das Mickel nicht mochte. Er spürte es bis in die Fingerspitzen, dass er den Jungen nicht in sein Zuhause lassen sollte, aber er wusste gleichzeitig auch, dass sie miteinander reden mussten und dass das nicht auf der Straße geschehen konnte, wo jeder zuhörte.

»Kaffee«, sagte Mickel schließlich, mit einer belustigten Verachtung in der Stimme, die ihn selbst überraschte. »Da haben wir es wieder. Ihr kommt einfach nicht ohne Kaffee zurecht.«

»Man hört gar nicht auf, sich zu wundern, wie viele Pissköpfe es gibt, aber Mårten Tanner war der größte Pisskopf, dem ich jemals begegnet bin, und nichts in der Welt kann mich dazu bewegen, diese Meinung zu ändern. An dem Tag, als er zur Welt kam, hatte Gott die Blase bis zum Anschlag voll ... Wohin soll ich pissen, sagte Gott ... Tja, dann eben in den Kopf dieses Babys, ich pisse es so voll, wie es noch nie jemand gesehen hat ... Und Gott pisste einen ganzen Eimer und sah, dass es gut war, denn so funktioniert Gott, er erschafft willkürlich Pissköpfe und tötet unschuldige Kinder und ertränkt alle Menschen in einer Sintflut, und am Ende des Tages schaut er in den Spiegel und sieht, dass es gut ist.«

»Wollen Sie Milch?«

»Schwarz.«

Mickel stellte den Becher mit dampfendem Kaffee vor Pasi auf den Küchentisch und setze sich ihm gegenüber.

Pasi trank einen großen Schluck. »Das ist wahrscheinlich das, was mich am meisten an dieser ganzen Idee mit Gott stört, dass er so verdammt zufrieden ist ... Haben Sie gewusst, dass es Pillen für jedes Gefühl gibt, das man gerne haben möchte ... high, munter, ruhig, müde ... dabei bräuchte man doch eigentlich nur eine Pille, die dafür sorgt, dass man zufrieden ist. Und genau die gibt es nicht! Der Mensch ... so ist es eben ... wir können nicht wie Gott werden.«

»Sie glauben an Gott?«

Pasi stieß eine Art Lachen aus und führte eine seltsame Reihe ruckartiger Handbewegungen aus. »Mein Vater ist der religiöse Guru einer Bewegung, die er selbst mit gegründet hat. IMS, die Innere Mission der Schärenküste. Es sind so vier bis fünf Leute, die sich jedes Wochenende treffen und über weibliche Priester und Abtreibungen aufregen. Sie haben sogar eine Homepage mit wütenden Texten über weibliche Priester und Abtreibungen ... Ich wusste schon mit fünf, dass Papa krank im Kopf war und dass Gott nur etwas war, das er sich einbildete und dass man sich vor beiden in Acht nehmen musste ... Mama wusste es auch, man konnte ihr deutlich ansehen, wie sie die ganze Zeit alles ausfilterte, was er sagte, um überhaupt zuhören zu können ... und wir spielten beide Theater, um ihn ruhig zu halten. Ich faltete die Hände und sagte Amen und sprach sogar ein paarmal in Zungen, damit er mich in Frieden ließ. Haben Sie mal in Zungen gesprochen?«

Mickel schüttelte den Kopf.

»Es ist ganz leicht, Sie machen einfach die Augen zu und fangen ganz hinten in der Kehle an zu lauten, damit es semitisch klingt, und dann fauchen Sie ein bisschen und leiern einfach los.« Pasi legte den Kopf in den Nacken und erzeugte für ein paar Sekunden einen ganzen Strom von Kehllauten und unbegreiflichem Kauderwelsch. »Papa war jedes Mal so gerührt ... Er tat mir beinahe leid, als seine Augen zu glänzen begannen, er war so leicht zu verarschen ..., der Pisskopf ...«

Mickel hörte ihm mit wachsender Unruhe und einer gespannten Erwartung zu, die sein Hemd schon in Schweiß getränkt hatte. Es war leicht, in dem aufgedrehten Geplapper des Jungen zu versinken, das praktisch ununterbrochen andauerte, seit sie das Haus betreten hatten. Pasis Verhalten wirkte bisher noch nicht bedrohlich, aber die ruckartigen Bewegungen und der leicht schwammige Blick gaben ihm zu verstehen, dass jeden Augenblick eine Kehrtwende einsetzen könnte.

»... aber ich schweife vom Thema ab!«, fuhr er fort, nachdem er den Kaffee ausgetrunken hatte. »Sie wollten wissen, warum ich mich freue, dass Mårten Tanner den Gashahn aufgedreht hat? Das ist die Essenz meiner Antwort: Weil er der größte Pisskopf von allen war. Niemand vermisst ihn, höchstens die Nutten in Tallinn wegen der Delle im Bisnes, aber selbst daran zweifele ich ... Tanner war so geizig, der hat vor jedem Blowjob wahrscheinlich ewig rumgefeilscht. In diesem Club, den er betreibt, trinken sie vielleicht noch einen extra Schnaps und erinnern sich für eine Weile an sein blasses Gehänge, aber dann ziehen sie einen Strich drunter und sondern weiter ihre Lusttropfen aus, als wäre nichts passiert.«

»Der Club.«

»Sie gehören nicht dazu, und das macht Sie zu einem richtig großen Helden, ehrlich.«

»Sie meinen die Punschveranda?«

Pasi schnaubte, als würde sich das von selbst verstehen. »Tanner hat mich zum Mittagessen eingeladen, als ich im Gymnasium einen Gedichtwettbewerb gewann, den *Åbo Underrättelser* veranstaltet hatten. Er hat von Anfang an nichts als Mist erzählt, aber damals habe ich das natürlich nicht begriffen. Ich sollte weiterschreiben, ich wäre einzigartig und hätte das Zeug, der nächste Nachwuchsstar des Verlags zu werden ... Könnte gut sein, ihn zu kennen, dachte ich, falls man ein Buch veröffentlichen will, oder so. Dann kam die Einladung zu einem Clubabend, und da waren jede Menge Nachwuchsstars in einem *Chambre séparée* und hörten, wie die alten Säcke in dem großen Raum Schnaps soffen und höhnisch lachten. Leichtathleten, Schriftsteller, Sänger ... nur Jungen und junge Männer, und wir saßen da und aßen Wildbraten und wurden betrunken, und manchmal torkelte Tanner oder irgendein anderer herein und blökte los, wie gut wir doch seien und dass wir die Zukunft des Landes wären.«

Tanners Jungen, dachte Mickel und erinnerte sich, wie Myrna gesagte hatte, dass Tanner eine Messiasgestalt für die Jungen und Erfolgshungrigen sei.

»Danach klopften sie dir auf den Rücken und setzen sich dicht neben dich und so weiter ... man sah es ja in diesen besoffenen Blicken, wenn sie vorbeigingen, ja, dass sie geil waren. Da saßen verheiratete Männer mit Kindern und Enkelkindern und Booten und Hunden und fantasierten unglücklich darüber, dich zu vögeln! Und sie schienen nicht einmal selbst davon zu wissen, sie verstanden nicht, warum sie so lange schauten und diese leidenden Blicke bekamen, wenn man an ihnen vorüberging ... Ich meine, wie verklemmt kann man denn sein ... Tanner dagegen kam direkt zur Sache, er nahm einen aufs Korn, und wenn sich die Gelegenheit bot, packte er zu. Wir haben ein paarmal Badminton gespielt, und in der Umkleidekabine lief er mit wedelndem Schwanz herum und kicherte und peitschte mich mit dem Handtuch, großer Gott ... Sie wissen ja bestimmt, wie der Schwanz von so einem alten Sack aussieht?«

Pasi brach in Gelächter aus und trommelte mit den Händen auf den Tisch, sodass der Stapel mit den Briefen und die Untersetzer zitterten. Mickel spürte, dass er rot wurde, aber ihm fiel keine Entgegnung ein.

»Er hat so kranke Sachen erzählt ... Wir saßen bei

ihm zu Hause und tranken alle möglichen Alte-Leute-Schnäpse, die er im Schrank hatte ... so viel Grand Marnier, dass man Apfelsinenaroma pupste ... und er ist über alles und jeden hergezogen, alle Schriftsteller, die Sie sich vorstellen können, und seine Kumpel im Club und über diese Sunniva, die er öfter betrog, als er mit ihr geschlafen hatte ... davor muss man beinahe den Hut ziehen, wie er das geschafft hat ... und wie er das logistisch hinbekommen hat, alles und jeden zu vögeln. Männer und Frauen, Jungen und alte Tanten ... irgendwo in Korpo gibt es bestimmt ein kleines, wolliges Schaf, das auch ein Geheimnis erzählen könnte ... Er war eine *fucking-machine*, wenn es darauf ankam, die Ausschüttung seines im Übrigen ziemlich bescheidenen Schwanzes zu optimieren ...«

Mickel schaffte es nur mit Mühe, sich unbeteiligt zu geben. Der Gedanke, wie Tanner Sex mit Myrna hatte, weckte sofort seinen Zorn, und er ballte die Fäuste auf dem Tisch. »Das reicht jetzt, hören Sie ...«, sagte er, aber Pasi hatte richtig aufgedreht und sprach weiter.

»Einmal hat er angerufen, als er voll war, und darüber gejammert, dass er so einsam war ... also richtig, du jemine! *Die Welt ist so kalt geworden!*, sagte er mit erstickender Stimme ..., und die Frauen sind schuld ..., die Frauen haben ihr die Wärme genommen. Der Feminismus ist ahnungslos und fehlgeleitet und kontraproduktiv, denn die Frauen hatten immer schon die wirkliche Macht über die Männer, die Macht, die zählt, die emotionale, die sexuelle Macht ... Und als sich das Augenmerk der Feministinnen auf die Gesellschaft richtete, verloren sie diese angeborene Kraft ..., sie wurden unfraulich und unsexy. Man kriegt keinen hoch von Schreibtischschubladen, da haben Sie noch so eine Tanner-Sentenz ... Am Ende bin ich nicht mehr rangegangen, wenn er anrief, aber ich hätte ihm sagen sollen, dass seine Welt eine Pisswelt ist, wenn er so viel Energie darauf verwendet, so ein erbärmlicher Pisskopf zu sein ... Er hat auch von Ihnen gesprochen, übrigens. Einmal meinte er, Sie wären besser Leichtathlet geworden als Wissenschaftler, dann hätten Sie beeindruckendere Resultate erzielen können ... ja, tut mir leid, dass ich das so wiedergebe, aber Sie wissen, was ich meine ...« Pasi lächelte.

Für einen Moment bildeten die Worte eine dunkle Wolke in Mickels Kopf, aber im Augenblick hatte er ganz andere Sorgen, als sich mit dieser Beleidigung auseinanderzusetzen.

»Für Tanner hatte ich noch nie besonders viel übrig«, sagte Mickel. »Da bin ich ganz ehrlich. Ich werde ihn nicht verteidigen ..., und Sie scheinen ihn ja besser zu kennen als ich. Aber er ist tot, und ich finde, damit verdient er ein bisschen Respekt ...«

»Einen Scheiß verdient er!«, schrie Pasi plötzlich, mit genau der Besinnungslosigkeit, die Mickel schon die ganze Zeit unter der Oberfläche erahnt hatte. Als wäre ein Schalter bei ihm umgelegt worden. »Sie sollten sich bei mir dafür bedanken, dass Tanner tot ist! Die Leute müssten eigentlich Schlange stehen, um mir die Hand zu geben, ich sollte eine Urkunde und einen verdammten Orden bekommen ...!«

»Hören Sie auf zu schreien!«, brüllte Mickel, und Pasi zuckte zusammen und verlor den Faden. »Sonst müssen Sie gehen!«

Die aufgerissenen Augen des Jungen glühten zornig. Seine Nasenlöcher pulsierten, wenn er atmete, und er rieb seine Handflächen knirschend über die Tischplatte. Mickel entließ ihn nicht aus seinem Blick und dachte Hyäne, dachte Kernschmelze, dachte, dass er vorsichtig vorgehen musste, um die Kontrolle zu behalten.

»Ruhig«, sagte Mickel. »Ich kann Sie gut hören, auch wenn Sie ruhig sprechen.«

»Einmal waren wir draußen in Korpo«, sagte Pasi nach einer längeren Pause, mit demonstrativ beherrschter Stimme. »Ich und Tanner und noch ein paar andere. Wir hatten getrunken und Kokain geschnupft und wollten rausfahren und das Netz einholen …, im Boot holte Tanner einen Revolver heraus und zeigte uns, dass noch ein Schuss in der Trommel war und sagte, dass sich jeder in die Schläfe schießen sollte.«

Pasis Stimme troff noch von dem Wutausbruch, und er hielt seinen Blick fest auf Mickels Gedicht gerichtet. Das Knirschen seiner Hände auf der Tischplatte wurde immer lauter. »Wir lachten ihn aus, außer uns saß noch Riku im Boot … also, Baron, Sie wissen schon, dieser Leichtathlet, und wir schrien, dass er krank im Kopf war und dass er selbst es nie machen würde … du lieber Gott, hatte ich einen Schiss … was wäre, wenn er vom Bug direkt auf uns schießen würde … aber dann drückte er den Lauf gegen seinen Kopf und drückte ab, ohne zu zögern, und wir …« Pasi schüttelte den Kopf und grinste, sah manischer aus als je zuvor. »… ich habe mir tatsächlich ein paar Tropfen in die Hose gemacht …, und die Stille, nachdem es geklickt hatte … verdammte Scheiße … Aber Tanner grinst, als hätte er gerade einen seiner Negerwitze erzählt, und gibt den Revolver an Riku weiter, der ihn auf das Meer richtet und abdrückt, es klickt drei Mal, bevor es knallt, ich erinnere mich ganz deutlich …«

Mickel starrte Pasi entgeistert an. »Ihr hättet zur Polizei gehen sollen. Warum seid ihr nicht zur Polizei gegangen?«

»Die Polizei kann doch nichts machen. Außer Drogen an Studenten zu verkaufen. Möchten Sie?«

Pasi hatte plötzlich eine geöffnete Streichholzschachtel in der Hand und nahm etwas heraus, das wie Bruchstücke einer Tablette aussah. Kleine weiße Stücke verschwanden in seinem Mund. Er rasselte mit der Schachtel in Mickels Richtung, der immer noch sprachlos war und nur unbeholfen den Kopf schüttelte.

»Und Tanner hatte ja die Kontakte und sämtliche Trümpfe in der Hand! Ich würde nie ein Stipendium oder ein Austauschprogramm bekommen, obwohl ich mehr Studienpunkte als jeder andere habe ... und alles nur Einsen. Er hat es mir letztes Jahr in Tallinn gesagt ... ich wache davon auf, dass er über mir liegt und keucht, während er meinen Schwanz in seinem Mund hat. Ich hatte schon lange das Gefühl, dass es genug war, aber erst in diesem Moment sagte ich ihm, dass er zum Teufel gehen soll ..., ein bisschen getreten habe ich ihn wohl auch, mit dem Fuß auf seine Titten, und er fiel aus dem Bett ... Er schrie wie ein kleines Mädchen, wie undankbar ich sei und wie viel er doch für mich getan habe und wie beschissen mein Leben ohne ihn laufen würde. Ich beschloss, dass es genug war, und fuhr allein mit der Fähre zurück. Danach habe ich ihn nie wiedergesehen. Ein Stipendium habe ich auch nicht bekommen. Er saß ja in allen beschissenen Stiftungen und Kommissionen, die es gibt.«

Sie schwiegen. Mickel fühlte sich nach all diesen Enthüllungen so niedergeschlagen, dass ihm jede Erwiderung unpassend vorkam.

»Und all das haben Sie dem *Hufvudstadsbladet* erzählt?«, fragte er schließlich.

»Genug davon jedenfalls.«

»Tjaa.« Mickel seufzte. »Du lieber Himmel ...«

Der Junge lachte plötzlich und schien nicht mehr aufhören zu können. Er zuckte wie in einer Art Ekstase und bewegte seine Hände ständig über die Tischplatte, als würde er unsichtbare Krümel aufsammeln.

Amphetamin, dachte Mickel, und vermutlich war das ein Teil der Wahrheit, aber als sich Pasi schließlich wieder unter Kontrolle hatte und ihn für eine längere Zeit mit seinem gerissenen Blick musterte, ahnte Mickel, dass sich in diesem Lachen auch eine Nervosität verbarg und dass der Junge jetzt zur Sache kommen würde.

MONDSICHEL
(Advent, Forts.)

CALLE SCHAUTE GESPANNT AUF die Glaswand, die das Literaturwissenschaftliche Institut symbolisch vom Rest des Flurs abgrenzte und zeigte, dass man sich jetzt in einer anderen Welt befand, in einer Blase der Ruhe, einem Gewächshaus der Ideen oder irgendeinem anderen verkorksten Gedanken.

Der Flur war dunkel, aber hinter der Glaswand strahlte Licht aus dem offenen Büro von Iron Man.

Jemand keuchte. Schwer und heftig, wie nach einem plötzlichen Spurt. Das Geräusch war angsterfüllt, und Calle hatte ein ungutes Gefühl. Er ging näher heran, um es besser hören zu können. Hatte jemand gesundheitliche Probleme und brauchte Hilfe?

Plötzlich hörte er ein Rumsen, und die schweren Atemzüge wurden lauter. Ein Mann stolperte aus dem Büro, humpelte ächzend auf Calle zu und stürzte direkt in die Glastüren, sodass es durch den ganzen Flur tönte. Der Mann schrie und fiel rückwärts auf den Boden.

Das lange rote Haar war selbst in der Dunkelheit nicht zu übersehen. Es war Werther Fogh. Calle hatte ihn früher am Abend gestresst mit dem Grützetopf herumrennen sehen und den Blickkontakt vermieden. Sie hatten sich nicht mehr gesehen, seit er Calle im Grindenswärdska Kabinett erwischt hatte.

Was machte er in Iron Mans Büro?

Das Gejammer wurde immer lauter. Als Calle die Glastür öffnete, war Werther schon wieder aufgestanden. Er keuchte ganz außer Atem oder weinte, das war schwer zu entscheiden, und hatte ein Buch an seine Brust gedrückt. Calle sah Runar Schildts Namen auf dem Einband.

»Alles klar?«

»Aus dem Weg«, sagte Werther.

»Brauchst du Hilfe?«

»Aus dem Weg.« Werther versuchte, ihn aus der Türöffnung zu drängen, und erst, als sich ihre Blicke begegneten, schien er Calle wiederzuerkennen. »Ach so«, sagte er zögerlich. »Was machst du hier?«

Calle wollte dieselbe Frage stellen, aber Werther redete weiter, bevor er überhaupt den Mund öffnen konnte, sprach undeutlich und stotterte:

»Jede Menge teurer Bücher hier, bedien dich einfach ... Ekelöf ... Arvid Mörne, eine alte Ausgabe von Runebergs *Fähnrich Stahl* ...«

»Ist alles in Ordnung?« Werthers nervöse Bewegungen brachten Calle auf die Idee, dass er unter Drogen stehen musste.

»Ich muss gehen. Ich ...« Werther schaute kurz auf das Buch, das er an die Brust gedrückt hatte, bevor er es hinter den Rücken hielt, als hätte Calle es nicht längst gesehen. »Ich gehe.«

Er drückte sich an ihm vorbei und eilte mit schnellen Schritten den Flur hinunter, begleitet von seinen lautstarken Atemzügen. Calle sah, wie er zu einem immer dunkleren Schatten wurde, bis er um die Ecke bog und verschwand.

Was zum Teufel?

Im Schloss zu Iron Mans Büro steckte ein Schlüssel, befestigt an einem kleinen, orangefarbenen Stoffteddy.

Pu der Bär. Professorin Foghs Forschungsgebiet.

Werther hatte den Schlüssel seiner Mutter mitgenommen. Aber dann war er einfach gegangen und hatte den Schlüssel vergessen, die Tür offen gelassen und das Licht nicht ausgeschaltet?

Calle ging zur Tür und schaute sich in dem Büro um. Ein paar Schreibtischschubladen waren herausgezogen, die Schranktüten standen offen und ein paar Papiere lagen auf dem Boden.

Anscheinend hatte Werther ebenfalls begonnen, Bücher zu stehlen. Und ganz offensichtlich war er komplett durchgedreht, weil er nicht einmal versuchte, seine Spuren zu verwischen. Er musste noch zugedröhnter sein, als Calle vermutet hatte.

Calle ließ seinen Blick über die Bücherregale gleiten, immer auf dem Sprung, falls sich plötzlich jemand über den Flur nähern sollte. Die Arvid-Mörne-Sammlung nahm ein ganzes Regalbrett ein, und mit einem einzigen Blick entdeckte er mehrere Titel, die er mit Sicherheit gut verkaufen konnte.

Er sah den *Fähnrich Stahl*, den Werther gemeint haben musste. Vermutlich einige hundert Euro wert.

Aber in diesem Augenblick etwas aus den Regalen zu nehmen, hätte ihn zu einem ebenso kompletten Idioten gemacht wie Werther. Der Einbruch würde vermutlich von der Polizei untersucht werden. Vielleicht hatte Werther einen Alarm ausgelöst oder war von einer Kamera aufgenommen worden? War der Wachdienst bereits auf dem Weg?

Calle drehte sich um und wollte gehen, als es unter seinen Füßen knirschte und er nach unten schaute.

Er stand auf einem vergilbten Blatt Papier mit einem maschinengeschriebenen Text. Symmetrische Strophen waren sorgfältig untereinander geschrieben worden. Als er den Fuß hob, sah er, dass sich ein deutlicher Abdruck seiner Sohle über allem abzeichnete.

»Scheiße ...«, zischte er, trampelte ein paarmal auf und stand direkt auf einem anderen, ähnlich aussehenden Papier. Auch dort hatten seine Reebok in Größe dreiundvierzig einen feuchten Stempelabdruck hinterlassen.

Er fluchte noch mehr und hob die blassgelben Seiten auf. Der kalte Schweiß stand ihm bereits auf der Stirn, und er bürstete vorsichtig mit den Fingern über die Buchstaben, aber seinen Fußabdruck konnte er so nicht entfernen.

MONDSICHEL, stand ganz oben auf dem Blatt.

In der nächsten Zeile: *Von Leander Granlund*.

Bevor Calle überhaupt gewahr wurde, was er tat, hatte er die erste Strophe durchgelesen.

Die Schuhabdrücke würden ihn verraten. Er musste die Papiere mitnehmen, sie zerstören. Und er sollte sich auf jeden Fall beeilen.

Aber irgendetwas an diesen Gedichten war anders.

Vielleicht sollte er sicherheitshalber den Fußboden

wischen, falls dort auch Abdrücke waren, die er nicht sehen konnte?

Nachdem er die zweite Strophe gelesen hatte, ertappte er sich dabei, dass er auch den Rest der Seite las, mit dem eigentümlichen Gefühl, dass er gar nicht anders konnte.

WIEDERSEHEN
(Tanners Junge, Forts.)

PASI WAR AUFGESTANDEN und drehte jetzt kleine nervöse Kreise auf dem Küchenboden. Mickel fand es unangenehm und irritierend und wollte ihn gerade bitten, sich zu setzen oder zumindest ruhig zu stehen, als der Junge einen Finger hob und ihm zuvorkam:

»Darf ich raten, Ihr Rücken ... diese ganze Geschichte ..., das liegt an Leander Granlund ..., und deswegen haben Sie die Abhandlung behalten, obwohl Sie Angst vor ihr haben?«

Mickel blinzelte.

»... dass Sie die Abhandlung haben, ist ein gewisser Gegenwert für die vielen Schmerzen?«

Mickel schüttelte den Kopf und lächelte hämisch, während er gleichzeitig dachte, dass sie jetzt oder nie kommen müsste, die Erpressung, *und apropos Abhandlung* ... würde der Junge vielleicht sagen, *erinnert sie nicht ziemlich an Ihre?*

»Ist das hier eine Art Spiel?«, fragte Mickel. »Finden Sie es lustig, so simple Schlussfolgerungen über andere Leute zu ziehen?«

»Kein Spiel. Aber trotzdem ziemlich lustig.«

»Dann stelle ich mal eine Gegenfrage. Wie sind Sie an die Gedichte von Leander Granlund gekommen?«

»Wer sucht, der sucht.«

Mickel seufzte.

»He, kleiner Scherz!« Pasi grinste und trampelte wackelig weiter im Kreis herum, als würde er ein Tanzritual ausführen.

»Sie können damit aufhören«, sagte Mickel.

»Mhm, ich habe das ganze Manuskript.«

»*Aus dem trübseligen Dunkel des Lebens*? Unmöglich!«

»Ich habe es dabei.« Pasi nickte zu der Ledertasche auf dem Boden hinüber, bückte sich und hatte, bevor Mickel überhaupt etwas sagen konnte, einen zerfransten Stapel alter Papiere auf den Tisch gelegt.

Mickel traute seinen Augen nicht. Es waren dreißig Jahre vergangen, seit er das Manuskript das letzte Mal gesehen hatte, aber er erkannte die exaltierte Handschrift auf dem Titelblatt sofort wieder, genau wie die Tinte, die nach all den Jahren immer noch so schwarz und dick gezogen war, dass sie zu glänzen schien.

Aus dem trübseligen Dunkel des Lebens
Gedichte von Leander Granlund

»Das ist unmöglich.« Mickel streckte die Hand aus, aber eine plötzliche Angst hielt ihn davon ab, den Stapel zu berühren. »Es ist verbrannt«, wollte er sagen, aber so verhielt es sich ganz offensichtlich nicht, obwohl er sich die ganzen Jahre über sicher gewesen war, mit eigenen Augen gesehen zu haben, wie Wangman das Manuskript Seite für Seite verbrannt hatte. »Unmöglich ...«, wiederholte er und berührte den Stapel schließlich doch. Er war rau und selbstverständlich real, wie eine Felsenklippe.

Pasi schien sich über seine Verwunderung zu amüsieren. »Dieser Artikel, den ich gelesen habe und über den Sie mich so ungeschickt ausquetschen wollten ... ich begann mich jedenfalls für diese Hochzeit in Gustavs zu interessieren. Ich saß ein paar Abende in der Bibliothek und las alte Zeitungsartikel auf Mikrofiche und wurde nicht so richtig schlau aus dem, was darüber geschrieben wurde ... Meiner Meinung nach wurde alles so gut wie möglich unter den Teppich gekehrt ... Vermutlich wollte der Vater die Fäden in der Hand behalten, und damit hat er wirklich Erfolg gehabt. So etwas zu verheimlichen, wenn man gerade seine Familie verloren hat ... und dann die Firma zu führen, bis zum Tod ...« Pasis Stimme wurde schärfer. »An Ihrer Stelle würde ich es nicht aufschlagen!«

Mickel, der gerade nach dem Manuskript greifen wollte, um darin zu blättern, hielt in der Bewegung inne. »Warum?«, fragte er.

»Das wäre eine richtig schlechte Idee.« Pasis Gesichtsausdruck war jetzt vollkommen ernst.

Mickel wartete einen Moment ab, dann ließ er die Hände sinken und das Manuskript unberührt. »Erzählen Sie weiter«, sagte er, sichtlich konsterniert.

Pasi suchte für einige Sekunden nach dem roten Faden. »Ja, dann habe ich mir eine Menge Bücher ausgeliehen, unter anderem über die Teufelsanbetung in der Gegend von Åbo ... Die Leute da draußen haben total kranke Sachen geglaubt ... Haben Sie von den fliegenden Schwestern Hanna und Siv aus Houtskär gehört?« Pasi gluckste. »Sie hatten auch eine Katze, die sprechen konnte ..., wissen Sie, das sind Sachen, da kommt einem mein Vater wie ein verdammter Kernphysiker vor ... Aber dann fiel mir auf, dass ein paar der Bücher seltsame Flecken hatten. Auf den Einbänden waren schwarze Spritzer ... und in einigen von ihnen gab es Randnotizen, deutsche Kommentare, und die Kommentare führten zu anderen Büchern mit weiteren Randnotizen und noch mehr Flecken ... und am Ende zu einem Namen, den Sie sicher wiedererkennen ...«

»Wangman.« Mickels Mund war vollkommen ausgetrocknet.

»Dietrich Wangman! Ich las noch mehr Zeitungen auf Mikrofiche, und ehrlich gesagt, hat mich diese ganze Geschichte ziemlich verwirrt ... Ein Student legt einen Brand und erschießt sich selbst und verletzt einen Kommilitonen ... Diese schwarzen Flecken auf den Büchern waren also *Blutspritzer?* Eine ziemlich wilde Geschichte, und man bekommt kein vernünftiges Motiv geliefert ... Aber ich wusste ja schon aus den Randnotizen, dass er über die Hochzeit in Gustavs geforscht hatte ..., und dann bin ich auf Ihren Namen gestoßen ..., und danach kannte mein Interesse natürlich keine Grenzen mehr, das werden Sie bestimmt verstehen.«

Mickel setzte die Brille ab, massierte sich gequält die Stirn. »Imponierend«, sagte er trocken, müde.

»Es geht noch weiter! Noch habe ich ja nichts herausgefunden ... Ich lese mir also die Polizeiberichte zu Wangmans Tod durch ..., alle Zeugenaussagen, unter anderem auch Ihre … und alles, was von seinem Forschungsmaterial übrig ist … Das Meiste ist ja verbrannt, aber was von Wangmans Aufzeichnungen zu Leander Granlund und dem, was in Gustavs passierte, noch existiert, ist absolut einzigartig …«

Mickel schwirrte der Kopf. »Wie … sind Sie an das Material herangekommen?«

Pasi grinste. »Ich kenne ein paar nette Leute. Der Netteste von ihnen verkauft alles, was die Polizei in Beschlag genommen hat. Sachen zum Rauchen, lustige Tabletten …, sogar eine alte Ermittlungsakte, wenn man höflich darum bittet.«

»Und das Manuskript …« Mickel deutete mit der Hand auf den Papierstapel auf dem Tisch. »… war auch zu haben?«

Pasi schüttelte den Kopf. »Eine verkohlte Mappe und ein Haufen Asche. Ich bin mir ganz sicher, dass Wangman es als Allerersten verbrannt hatte.«

Daran erinnerte sich auch Mickel. Vergilbte, handbeschriebene Papierbögen, die aus Wangmans Händen segelten und wie Zunder brannten.

»Ich verstehe nicht«, sagte Mickel.

»Warten Sie, warten Sie, warten Sie …« Das Gesicht des Jungen verlor für einen Augenblick jeglichen Ausdruck, die Bewegungen froren ein, bevor er zusammenzuckte und seinen hektischen Tanz wiederaufnahm, als wäre nichts passiert. Der Rausch – durch welche Substanz auch immer er ausgelöst worden war – schien zu leben und zu gedeihen, war auf dem Weg zu einem explosiven Höhepunkt, den Mickel lieber nicht erleben wollte.

Mit schaukelndem Kopf sagte Pasi: »Wissen Sie, wer Sune Stoltz war?«

Das wusste Mickel nicht. Und Pasi redete weiter, ohne die Antwort abzuwarten.

»Er war ein Schriftsteller ... im gleichen Alter wie Leander Granlund. Starb am selben Tag wie Kenneth Björk, es gab Artikel über beide Todesfälle in denselben Zeitungsausgaben. Der Tod von Stoltz hatte jedoch kaum Aufmerksamkeit erregt, weil er kaum bekannt war. Er hatte eine Gedichtsammlung bei Schildts herausgegeben, aber danach arbeitete er beim *Hufvudstadsbladet*, wo er für das Kalenderblatt verantwortlich war. Namenstage, Bibelverse, Sie wissen schon ... und das Gedicht des Tages. Leander Granlund hatte seine Gedichtsammlung gleichzeitig an ihn und an Kenneth Björk geschickt. Aber Stoltz hat sich aufgehängt, stellen Sie sich vor! Zum Glück, sonst hätte es eines der Gedichte vielleicht in die Zeitung geschafft.«

»Pasi, jetzt setzen Sie sich hin, sonst stürzen Sie noch ...«

Die Augen des Jungen waren weit aufgerissen, sie glühten beinahe, und nichts deutete darauf hin, dass er Mickels Worte gehört hatte. »Zwei tote Kulturtanten am selben Tag! Ich hielt es für ein interessantes finnlandschwedisches Zusammentreffen, und fand heraus, dass Stoltz' Nachlass in der Schwedischen Literaturgesellschaft archiviert worden war. Drei randvolle Kartons ... ich glaube, ich war der Erste, der sie durchgesehen hat ... es sah so aus, als hätte man alles, was er besaß, einfach hineingekippt, mitsamt Quittungen und allem möglichen Mist. Aber ich habe nicht lange gebraucht ... und schwupps! Da war das Manuskript! Verdammt, ich habe einen richtigen kleinen Tanz in diesem scheiß Archiv hingelegt, als ich es gefunden hatte ...«

Pasi taumelte zum Tisch und schlug mit der flachen

Hand auf den Papierstapel. »Direkt aus Lappland! Anscheinend waren sie sich ein paarmal begegnet und mochten einander. Beide schrieben Gedichte, beide waren Außenseiter, beide missverstanden. Es gab auch einen Begleitbrief. Leander bat Stoltz um seine Meinung, er mache sich Gedanken über den Stil, schrieb er.«

Mickel merkte, dass er die ganze Zeit den Kopf schüttelte, zwang sich, damit aufzuhören, und sagte das Erste, was ihm einfiel: »Woher ... woher wissen Sie, dass es keine Fälschung ist?«

»Woher ich das weiß?« Pasi schaute ihn an, als hätte er gerade etwas völlig Unverständliches von sich gegeben, dann setzte er ein breites Grinsen auf. »Herrje. Das weiß man einfach.«

FLUGBEDINGUNGEN
(Tanners Junge, Forts.)

»LEBENSGEFAHR.« SCHMALE GRAUBLAUE FURCHEN kräuselten Pasis anämische Stirn. »Ist Ihnen schon mal aufgefallen, was für ein seltsames Wort das ist? Andere Gefahren haben Namen, die direkt benennen, aus welcher Richtung die Bedrohung kommt … es herrscht Brandgefahr, Absturzgefahr, Unfallgefahr … aber wenn Lebensgefahr herrscht, bedeutet es, dass das Leben in Gefahr ist. Es gibt kein Wort, das die Bedrohung durch das Leben selbst bezeichnet.«

Mickel fühlte sich nicht wohl in seiner Haut. Die Situation und auch seine Sitzhaltung wurden immer unangenehmer. Außerdem schwitzte er. Der Rücken fühlte sich warm und feucht an. »Existenzielle Gefahr?«, schlug er vor.

»Zu abstrakt. Lebensgefahr ist ein gutes Wort, man sollte die Bedeutung nur umdrehen.« Pasi wippte vor und zurück, und der Stuhl knarrte. »Das ist das Hinterfotzigste von allem ... wenn die Lebensgefahr droht. Man ist jung ... *man hat das ganze Leben noch vor sich*. Diese unüberschaubare Gefahr, mit der man umgehen muss ... diese riesige Verantwortung! Und man hat nichts, um sich zu betäuben. Nichts Legales jedenfalls! Nur die Arbeit und die Erfahrungen, als Schutz gegen das Universum ... aber alles ist schon ausprobiert und getan, und es gibt keine Jobs ... wir sind also wehrlos.« Pasi breitete seine schmalen Arme wie zu einer Umarmung aus, und für einen Moment glich er einem riesigen ausgemergelten Vogel. »Und wir hatten die besten Flugbedingungen aller Zeiten.«

»Aha.«

»Meine Generation. Ganz fantastische Möglichkeiten. Alles war klipp und klar, bereit zum Losfliegen. Stattdessen sitzen wir im Flugzeug auf der Startbahn fest und sehen durch die Fenster, wie der Flugplatz demontiert wird und die Lichter ausgeschaltet werden.« Pasi kam näher an den Tisch und zeigte eine seltsam traurige Miene. Alles, was ihr hattet, was ihr für euch schaffen konntet ... aber ihr wart nie zufrieden, ihr behaltet mit aller Macht die Kontrolle in den eigenen Händen und wollt ständig mehr. Ihr saugt die Dividenden auf, wie man den Saft aus einem Krebs saugt ... diese kranke Bodenlosigkeit, und immer nur der Gedanke an sich selbst und seine ...« Pasi schlug mit der flachen Hand auf den Tisch, dass die Kaffeetassen schepperten. »Die alten Säcke von der Punschveranda addieren ihre Kapitaleinkünfte, bis die Schwänze schrumpfen, und dann geilen sie sich an den Jugendlichen auf, weil wir Jungen das haben, was ihnen fehlt ... Zeit! Mit einer solchen Selbstverliebtheit kann man nicht diskutieren! Sie ist wie eine verdammte Lederhaut ...!«

»Ich werde es Ihnen nicht noch einmal sagen«, mahnte Mickel. »Schreien Sie nicht.«

»Schreien Sie nicht!«, äffte Pasi ihn nach und schnaubte, und als er weitersprach, tat er es mit einer gehässigen Beherrschung. »Ich werde mich auf Tanners Begräbnis hinstellen und schreien … vor der versammelten alten Sackparade werde ich die vielleicht einzige Methode anwenden, die mir bleibt, um diese Menschen zu erreichen …« Er klatschte mit der Hand auf den Papierstapel. »Ich werde Zeilen lesen, die die Wahrheit darüber sagen, was für Pissköpfe sie sind!«

»Pasi … Sie stehen unter Drogen.«

Die Augen des Jungen funkelten, und seine ruckartigen Bewegungen stolperten in einen anderen Rhythmus. »Was spielt denn das für eine Rolle, ob ich zugedröhnt bin? Hören Sie mir nicht zu?«

»Ich meine nur … dass man mehr als ein paar Gedichte braucht, um die Bourgeoisie dazu zu bringen, Mitmenschlichkeit zu zeigen.«

»Sie haben echt keine Ahnung, oder?« Pasi lachte auf, legte die Hände auf den Tisch und beugte sich mit einer ekstatischen Miene zu Mickel hinüber. »Mit ein bisschen Glück gehen sie nach Hause und hängen sich auf, die ganze Höllenbrut! Jeder Einzelne von ihnen!«

Mickel seufzte, und sofort bemerkte er, dass Pasis Augen noch schmaler wurden, und wusste, dass er genau das nicht mehr tun durfte.

»Sie wissen schon, was diese Gedichte mit den Leuten machen?«, sagte Pasi mit spürbarer Irritation. »Oder haben Sie – wie ich mehr und mehr vermute – wirklich nicht den blassesten Schimmer?«

Mickel spürte kleine Speicheltropfen auf seinem Gesicht, bevor Pasi wieder ein paar Runden durch die

Küche stapfte und mit hochrotem Kopf höhnisch gackerte: »Oh Mann, Sie haben *keine Ahnung!*«

Mickel stand auf, und sein Stuhl schickte einen grellen Schrei durch die Küche. Er benutzte die Schmerzen in seinem Rücken als Brennstoff für seinen plötzlichen Wutausbruch. »Ich weiß, dass Dietrich Wangman meinte, dass dieses Buch die Menschen in den Selbstmord treibt. Aber Sie und ich wissen ganz genau, dass das Leben so nicht funktioniert.«

Pasi blieb stehen, und sie starrten einander an. »Sie trauen der Literatur nicht besonders viel zu, oder?«, sagte er.

»Verschwinden Sie. Sofort.«

Pasi schloss die Augen und machte keine Anstalten, der Aufforderung zu folgen. »Sie haben das Buch noch nicht einmal gelesen«, sagte er. »Sie wissen gar nicht, was für ein umwerfendes Erlebnis es ist ... diese Momente der Klarsicht, die einen manchmal berühren, aber niemals mehr als das ... Bewegungen im Augenwinkel, die verschwinden, wenn man sich ihnen zuwendet ... dort stehen sie geschrieben, auf diesen Seiten, direkt vor unseren Augen. Und sie werfen sich auf einen, Zeile für Zeile, man möchte am liebsten in Deckung gehen ... aber man kann sich nicht losreißen, es ist, als würde man zum ersten Mal ... seine eigenen verdammten Koordinaten sehen.«

Für einen Augenblick sah er erschrocken aus, im nächsten wirkte er so in sich versunken, dass Mickel daran denken musste, wie Ragnar in der Dunkelheit des Kinos aussehen konnte, bevor das pubertäre Erwachen des Selbstbewusstseins ihn ergriffen hatte.

»Aber ...« Mickel seufzte. »Dann sagen Sie mir, Pasi, wenn es so ist, wie Sie sagen, warum leben wir dann noch?« Er deutete auf das Manuskript, das unter der Küchenlampe schwefelgelb leuchtete und das Gespräch gespannt zu belauschen schien. »Ich habe Teile des Buchs gelesen. Wie viel Sie gelesen haben, weiß ich nicht. Aber keiner von uns hat sich erschossen.«

Das Lächeln des jungen Mannes war zurückgekehrt. »Mit allem Respekt ... aber wann haben Sie das letzte Mal Literatur gelesen, ohne dass irgendeine Analysemethode im Weg stand und alles Wesentliche verdeckt hat?«

Mickel schnaubte. »Und Sie selbst? Warum sind Sie noch am Leben?«

Pasi antwortete ohne Umschweife, als hätte er ihn nach der Uhrzeit gefragt. »Weil ich mir noch nicht das Leben genommen habe.«

»Aber Sie wollen?«

»Wollen und wollen. Ich denke diesen Gedanken, ganz unabhängig davon, was ich will. Das machen alle, glaube ich.« Er lachte. »Zu leben ist eine Willensanstrengung! Ich persönlich bin der Überzeugung, wenn man die Wahrheit über die eigene Existenz nicht ertragen kann ... tja, dann ist man wohl nicht für das Leben geeignet und sollte vielleicht besser zur Hölle fahren.«

»Aber, hören Sie ...«

»Davon brauchen wir mehr! Gedichte, die einen dazu bringen, sich den Hals durchzuschneiden!«

»Pasi ...«

»Literatur, die etwas bewirkt! Ein neuer Modernismus, ein Vorschlaghammer auf den Kopf, ein ... was die Leute aufweckt, sie dazu bringt, wieder richtige Sachen zu denken ... Man sollte Leander Granlund herausgeben, ihn auf die Bestsellerlisten pushen, die Marketingmaschine auf Hochtouren bringen ... *Wenn du dieses Buch liest, kommst du in die Hölle* ... wer kann einer solchen Behauptung widerstehen?«

Pasi verfiel in immer heftigere Bewegungen. Mickel versuchte, ihn zwischen den feuchten Ausbrüchen zu beruhigen: »Hier geht es nicht um Literatur, sondern um etwas ganz anderes ...«

»Das haben sie immer gesagt, diejenigen, die alles zu wissen meinen! *Das ist kleine Literatur.* Schade, dass wir Tanner nicht fragen können, was er dazu sagt, ob es Literatur ist oder nicht. Oder Dietrich Wangman ...«

»Tanner hat das Manuskript gelesen?«

»Bis er sich vergast hat. Ich habe ihm einige Gedichte auf einer Postkarte geschickt, weil er Postkarten mehr hasste als alles andere.«

»Und Sie glauben, dass er sich deswegen umbringen wollte?«

»Es macht mir eine gewisse Freude, so zu denken! Danach habe ich einem Penner ein paar Zeilen vorgelesen ... ein unglaublicher Pisskopf ... aber ich habe gesehen, wie er reagierte, das Licht in seinen Augen hat sich verändert, als hätte man auf einen Knopf gedrückt ... und ich war ganz überwältigt, denn es war so deutlich, und er hat versucht, mich anzugreifen, aber ich bin ihm entkommen ... ein paar Tage später haben sie ihn im Fluss gefunden, ich habe mit ein paar anderen Obdachlosen darüber gesprochen, er war es tatsächlich.«

»Hören Sie jetzt auf ...«

»Dann habe ich das Gedicht einem Typen ins Ohr geflüstert, der mich gerade verprügeln wollte, und er versuchte noch am selben Abend sich aufzuhängen, aber es ging schief, weil der Schlips gerissen ist ... und seitdem habe ich darüber nachgedacht, warum er nicht den Gürtel benutzt hat, den er trug? Der hätte bestimmt gehalten. Mir erscheint nur eine einzige Antwort plausibel: Er hat es nicht mit ganzem Herzen gewollt … vielleicht hatte ich mir eins von Leander Granlunds schlechteren Gedichten ausgesucht, wenn Sie verstehen, was ich meine … Vielleicht war es eines der Gedichte, bei denen ihm Sune Stoltz helfen sollte?«

»Jetzt reicht es.«

»Es sollte reichen, damit haben Sie verdammt recht!«, schrie Pasi, dass es durchs ganze Haus hallte. »Tanner, Riku Baron, der Obdachlose … wie viele sollen wir testen, bevor Sie mir glauben? Wangman! Sune Stoltz! Kenneth Björk!«

Elsa, dachte Mickel, und mit ihrem tief eingesunkenen Abgrundsblick vor Augen spürte er für einen schwindelnden Moment, dass er glaubte, was Pasi herausschrie, ob er es wollte oder nicht.

»Ich rufe die Polizei«, sagte er. »Ich meine es ernst. Verschwinden Sie.«

»Geben Sie mir die Abhandlung, dann gehe ich. Und hören Sie auf zu lügen, sie muss bei Ihnen sein. Es ist das Einzige, was spurlos verschwunden ist. Und so wie Sie jedes Mal zusammenzucken, wenn man sie erwähnt, als würde sie jemand in den Hintern kneifen …« Pasi brach in Gelächter aus.

»Fahr zur Hölle.«

»Na, na! Die Hölle hat mich schon immer fasziniert … wie sie ein Paradox mit dem freien Willen formt … Du darfst tun, was du willst, sagt Gott, aber wenn du dich nicht exakt wie vorgeschrieben verhältst, kommst du in die Hölle … wie soll das denn ein freier Wille sein und keine Nötigung?«

Das Handy lag auf der Küchenplatte. Mickel griff mit

einer schnellen, schwingenden Bewegung danach, die ihm Reißzwecken in den Rücken zu bohren schien.

Pasi fuhr fort, vollkommen unbeeindruckt von Mickels Drohung. »Papa war ganz besessen von dieser Höllenangst ... Als ich klein war, sind wir nach Tallinn gefahren, und er hat mich mit ins Foltermuseum in der Altstadt genommen. Er las die Beschriftungen und erklärte mir alle Gerätschaften ... er war absolut fasziniert ... und nach jeder Vitrine durften wir Jesus danken, weil er die Strafe an unserer Stelle erlitten hatte ... Es gab eine Säge mit großen rostigen Zähnen, und ein Holzschnitt zeigte, wie sie benutzt wurde ... ein Mann hing kopfüber, festgebunden an den Füßen, und auf jeder Seite stand ein Mann, und sie sägten ihn entzwei, vom Schritt nach unten ... Papa hat die Säge kurz angefasst, deshalb erinnere ich mich vielleicht so gut an sie ... und er erzählte, dass Simon der Zelot auf diese Weise hingerichtet worden sei.«

Mickel hatte das Telefon entsperrt und hatte das Ziffernfeld aufgerufen, auf dem er mit deutlichen Bewegungen die Notrufnummer wählte. Eine Männerstimme antwortete, und Mickel meldete sich auf Schwedisch. Ärgerlicherweise wurde er an einen schwedischsprachigen Beamten weitervermittelt, und während er wartete, beobachtete er Pasi, der auf seinem eigenen Telefon herumtippte.

»Ragnar ist anscheinend ins Ausland gezogen?«, sagte er. »Irgendein Austauschprogramm, kann ich mir vorstellen?«

Eiskalte Hände griffen nach Mickel.

»Plus einunddreißig ... Frankreich, Holland?«

Die Notrufzentrale war wieder in der Leitung, diesmal auf Schwedisch. Es dauerte eine Weile, bis Mickel ein Wort herausbrachte. »Mein Name ist Mickel Backman, Fänriksgatan eins … Hier ist ein Mann. Er befindet sich in meiner Küche und weigert sich, das Haus zu verlassen.«

Der Junge schien sich überhaupt nicht dafür zu interessieren, was er tat. Er brabbelte eine Reihe von Ziffern vor sich hin, die Mickel wiedererkannte und teilweise auswendig wusste.

»Ich habe eine SMS mit meinem Lieblingsgedicht von Leander Granlund geschrieben, als ich auf der Treppe auf Sie gewartet habe«, sagte Pasi. »Ich kann sie jederzeit abschicken.« Er drehte das Display für einen Augenblick in Mickels Richtung. »Einmal drücken.«

»Sind Sie noch da?«, fragte die Notrufzentrale.

DER SINN DES LEBENS
(Advent, Forts.)

CALLE HATTE UNGEFÄHR die Hälfte der Strophen auf dem zweiten der verschmutzten Blätter gelesen, als er plötzlich die Lust verlor. Die Gedichte waren umständlich, voller Wiederholungen und altertümlicher Ausdrücke. Aber das war nicht der Grund, warum er aufgehört hatte. Der Grund war, dass es ihn nicht mehr interessierte.

Es war nicht besonders warm in Iron Mans Büro, aber plötzlich hatte er Schweißausbrüche. Er wollte den obersten Knopf seines Hemds öffnen, machte es aber nicht. Er schaute sich mit einer plötzlichen Rastlosigkeit in dem Zimmer um, einem vagen Unwohlsein, als müsste er sich bewegen, ohne zu wissen, warum oder wohin. Und es war warm.

Der Auftritt, sagte er zu sich selbst und atmete durch. *Ruhig, ruhig. Zehn Minuten. Dann kannst du dich betrinken.*

Er sollte das Büro verlassen, falls wirklich ein Wachmann auf dem Weg war, und zum Fest zurückkehren. Aber er tat es nicht.

Die Rastlosigkeit machte sich körperlich bemerkbar, wie eine Leichtigkeit in Armen und Beinen. Als trüge er einen Motor in sich, der mit hoher Drehzahl lief, aber an nichts gekoppelt war, das er antreiben konnte. Das Gefühl war unangenehm, gerade weil es so widersprüchlich war.

Er musste irgendwo hin. Aber er wollte nirgendwo hingehen.

Er musste etwas tun. Aber er hatte zu nichts Lust.

Während er sich planlos durch das kleine Büro zu bewegen begann, wiederholte er immer wieder eine Zeile, die aus einem der Gedichte stammte, die er gerade gelesen hatte, machte einen Rhythmus daraus, und plötzlich auch eine Melodie, die sich sofort in seinem Kopf festsetzte. Er wusste nicht, woher dieses Lied kam, und fragte sich, warum es ihn so erschreckte, und genau in diesem Moment schnürte die verdammte Hitze seine Lungen so fest zusammen, dass er heftig nach Luft schnappen musste, *tief*... Dann starrte er mit klopfendem Herzen auf sein dunkles Spiegelbild im schwarzen Computerbildschirm.

Hatte er gerade aufgehört zu atmen?

Die Nervosität, vermutlich. Es konnte jeden Augenblick so weit sein, dass er auf die Bühne musste. Die Band spielte allerdings noch, der Bass klang noch schwach herüber. Es hatte noch keine Eile.

Er holte probeweise ein paarmal Luft, spürte eine kribbelnde Wärme in den Lippen und Fingern. Aber als nach dem letzten Atemzug die Luft aus den Lungen entwichen war, blieben sie einfach leer. Ein neuer Atemzug begann nicht automatisch.

Ihm war klar, dass es ganz normale Muskeln waren, die sich um die Atmung kümmerten. Was passierte, wenn diese Muskeln plötzlich kaputtgingen?

Verdammt, was für eine Hitze.

Warum konnte er nicht still stehen?

Seine Gedanken kreisten immer schneller und dichter umeinander, wie verrottendes Laub in einem Wasserstrudel. Er tastete seinen Bauch ab, um herauszufinden, ob alles in Ordnung war, ob alles so funktionierte, wie es sollte, probierte ein weiteres Mal aus, ob die Atmung von selbst floss, und verfiel in Panik, als er erneut das Gefühl hatte, ersticken zu müssen.

Sein Herz schlug, noch schneller, und das Lied wurde immer schneller und lauter, und je lauter es klang, desto mehr brauchte er die Stille, desto dringlicher wollte er fort, desto weiter wollte er fort. Und es musste schnell gehen, bevor er erstickte oder den Verstand verlor.

Musste ...

Während seine Sinne begannen, alle anderen Impulse als das Verlangen nach Stille und Ruhe auszusperren, konnte er sich nicht länger einreden, dass dieser Zustand irgendetwas mit Lampenfieber zu tun hatte.

Es war etwas ganz anderes.

Pasi hatte das Gefühl als eine Mischung aus Rausch und Brunst beschrieben, aber jetzt, als Calle es selbst wahrnahm, wusste er, dass dieser Vergleich viel zu simpel gewesen war. Er war nicht geil aufs Sterben. Er glaubte eher, dass sich Leute so fühlen mussten, wenn sie endlich entdeckt hatten, wofür sie geschaffen und bestimmt waren.

Eine hämmernde Gewissheit, eine Klarheit, eine unerklärliche Erwartung.

Der Sinn des Lebens.

Das, was er vermisst hatte, und jetzt wusste er, warum.

Die Antwort hatte die ganze Zeit vor seinen Augen gelegen, in seinem missglückten Leben, in seiner ziellosen Rastlosigkeit. Bislang hatte er einfach nur nicht gewagt, es zu sehen.

Das Universum wollte, dass er starb.

PERIPETIE
(Tanners Junge, Forts.)

DER ZORN KOCHTE AUS dem tiefsten Inneren hoch und war vulkanisch.

»Gib mir die Abhandlung«, sagte Pasi mit glühendem Blick und zuckte wie eine Marionette.

»Es gibt sie nicht mehr.«

Pasi seufzte. »Glauben Sie, Ragnar wird Leander Granlund für richtige Literatur halten?«

»Hallo?«, sagte die Notrufzentrale.

»Er verhält sich bedrohlich und steht ganz offensichtlich unter Drogeneinfluss«, sagte Mickel. »Können Sie so schnell wie möglich jemanden herschicken, um ihn abzuholen?«

Pasi lachte. »Es ist eine Weile her, dass ich ihn gesehen habe. Drei Jahre vielleicht, ich weiß nicht ... wir haben uns auseinandergelebt, wie man so schön sagt. Wenn alles so gelaufen wäre, wie er wollte, dann wären Sie heute mein Schwiegervater, auch wenn das ein ziemlich kranker Gedanke ist ... nicht böse gemeint, aber es hatte eigentlich gar keine richtige Chance, wissen Sie, wir haben es beide bevorzugt, unten ...«

Mickel legte das Telefon hin und griff mit einem wahnsinnigen Stöhnen an, griff mit beiden Händen nach Pasis Hals. Die Haut des Jungen war kalt, und sein magerer Körper ganz starr, und Mickel warf sein ganzes Gewicht in die Waagschale, um ihn zu Boden zu drücken. Pasi keuchte und stemmte sich dagegen. Mit der Hand, die das Telefon hielt, verpasste er Mickel einen Schlag, dass es in seinen Augen blitzte und die Schläfe sich taub anfühlte. Der Zorn betäubte die Rückenschmerzen und verlieh Mickel eine Stärke und eine Beweglichkeit, die ihn erstaunt hätte, wenn er die Gelegenheit gehabt hätte, darüber nachzudenken. Trotzdem reichten ein paar Sekunden Kampf, um einzusehen, dass er keine Chance hatte, und kurz darauf wand sich Pasi aus seinem Griff und rammte sein Knie in seinen gespannten Bauch.

Mickel schrie, aber mehr als ein Speichelfaden kam nicht aus seinem Mund, als ihm die Luft ausging. Er krümmte sich und fiel schluchzend vor Pasis hektisch trampelnden Füßen auf die Knie. Der Krampf im Bauch vereinigte sich mit dem ruinierten Rücken zu einem Schmerz, der durch sein Skelett und sämtliche Eingeweide rollte und ihm den Magen umdrehte.

Und Pasi rief außer sich: »Glauben Sie, dass er es aushält? Dass er so stark ist? Wollen Sie das Risiko eingehen ...?«

Mickel schüttelte den Kopf und ächzte.

Der Schmerz. Der Zorn. Der Schmerz.

Pasi hielt das Telefon in der Hand. Auf seinem Hals waren rote Abdrücke zu sehen. Er schrie: *»Na, wir* *probieren es aus, wir probieren es, WIR PROBIEREN . . .«*

Mickel zog an Schubladenknöpfen und Griffen. Es war mühsam, über eine sitzende Haltung wieder auf die Beine zu kommen. Er musste sich an der Küchenplatte abstützen. Der Rücken war ein Schlachtfeld, der Oberkörper und das Gesicht ein Feuchtgebiet, die Kraftreserven der Arme bald aufgezehrt. Pasis Zähne lagen bloß. Mickel hob die Hände, wich einen Schritt zurück, gab auf.

»Verdammte Scheiße!« Pasi massierte seinen Hals. »Ich sollte Sie anzeigen . . .« Er räusperte sich lautstark und ausgiebig, bevor er in die Spüle spuckte. »Sie sind doch nicht ganz bei Trost . . .«

»Fahr zur Hölle!«, fauchte Mickel, hochrot und mit beschlagenen Brillengläsern.

»Die Abhandlung!« Pasi spuckte noch einmal. »Mann, wie schwer ist das denn . . .«

»Sie kriegen die verdammte Abhandlung.« Mickel humpelte an Pasi vorbei aus der Küche, ging an der Treppe zum Dachgeschoss vorbei und bog im Flur zum Windfang ab. Er führte die Bewegungen langsam aus, um sicherzugehen, dass Pasi ihm folgte, aber er brauchte seine Unbeweglichkeit nicht zu übertreiben. Pasi rieb sich immer noch am Hals, ging murmelnd ein paar Schritte hinter ihm her.

Mickel öffnete die Haustür und trat auf die Treppe, saugte die kalte Luft ein und den Geruch kommenden Schnees, sah die schattige Straße matt im gelben Licht der Straßenlaternen schweigen. Die Luft verwandelte die Schweißperlen auf seinem Gesicht in Nadeln, und er begrüßte die Kälte und spürte, wie sie seine Sinne schärfte. Als er sich sicher war, dass Pasi hinter ihm im Windfang stand, blieb er stehen und drehte sich um.

»Der Schlüssel«, sagte er. »Zum Keller.«

Er ging dicht an dem jungen Mann vorbei, der ihn ohne ein Wort passieren ließ. Mickel tat so, als würde er einen Schlüssel im Spiegelregal neben der Garderobe heraussuchen und unterdrückte ein Stöhnen, als er nach der Mülltüte griff, die direkt vor der Tür an der Wand lehnte.

Pasi beobachtete ihn misstrauisch, als er sich ihm wieder näherte. »Wollen Sie jetzt etwa den Müll rausbringen?«, lallte er und schwankte bedenklich.

Mickel riss ein Loch in die Tüte. Ein Wirrwarr aus lockigen Papierstreifen quoll heraus.

»Da haben Sie Wangman!«, schrie er, riss ein knisterndes Knäuel heraus und warf es auf Pasi, der völlig überrumpelt ein paar Schritte zurückwich, was genau das war, worauf Mickel spekuliert hatte.

Der Junge stieß gegen den Türrahmen, und Mickel schaute sich nach einem Schlagwerkzeug um und entdeckte den Degen, der oberhalb von ein paar eingerahmten Fotografien schräg an der Wand hing.

Er hatte Kollegen, die ihre Promotionsdegen an einer prominenten Stelle in ihrem Haus platzierten. Er selbst hatte nie besonders viel übrig gehabt für solchen Zierrat. Auch Myrna konnte sich für so etwas nicht erwärmen, aber bei ihr ging es mehr um die allgemeine Ablehnung des Chauvinismus in der Universitätswelt.

Große Jungs, die vom Fechten träumen!

Er ließ die Tüte fallen und griff mit einer schnellen Bewegung nach dem Degen. Der mit einer Plakette verzierte Griff fühlte sich schwer und kalt an. Die Klinge glänzte und befreite sich mit einem schrillen Quietschen aus der Scheide, die hinunterglitt und zu Boden fiel.

»Verdammter Junkie!«, schrie er und fuchtelte mit dem Degen in der Luft herum. Pasi schrie überrascht auf und stolperte so weit auf die Treppe hinaus, dass Mickel mit einer berauschenden Genauigkeit die Tür direkt vor seinen tastenden Händen ins Schloss ziehen konnte.

»Sie haben sie zerstört!«, schrie Pasi und hämmerte gegen die Tür. »Warum haben Sie das getan, warum ...?«

Die Tür, die genauso alt war wie das Haus, gab nach und bebte, aber die Riegel waren aus Gusseisen, und Mickel wusste, dass sie halten würden.

»... Sie ist zerstöööört!«

Mickel schaute keuchend auf den Degen in seiner zitternden Hand, sah die Inschrift mit seinem Namen und dem Datum der Promotion. Einer der glücklichsten Tage seines Lebens. Er ließ ihn scheppernd auf den Boden zwischen die Haufen aus Papierstreifen fallen und ging zurück ins Haus, stellte sich an das Wohnzimmerfenster und betrachtete Pasi von der Seite.

Der Junge klang, als würde er lachen, während er an die Tür hämmerte. *»... halten Sie sich für einen Musketier oder was ... das war das Lächerlichste, was ich in meinem Leben gesehen habe!«*

Eine Gruppe von Studenten war unter einer Straßenlaterne stehen geblieben und betrachtete verwundert das Schauspiel vor Mickels Tür. Einer von ihnen rief etwas, und Pasi antwortete wütend, hämmerte noch ein paarmal gegen die Tür und schrie weiter.

Mickel beobachtete die Vorgänge mit dem leeren Gefühl, als wäre es nichts anderes als eine Fernsehsendung. Der finnische Wortwechsel zwischen Pasi und den verblüfften Studenten eskalierte, Pasi ging auf die Straße hinunter, und als die Polizei schließlich erschien und am Straßenrand parkte, schien das Ganze bereits in ein Handgemenge auszuarten.

Erst als die Polizisten Pasi in den Streifenwagen verfrachtet hatten, ging Mickel wieder auf die Treppe hinaus. Die Studenten, die Pasi herausgefordert hatten, erklärten den Beamten aufgeregt, was passiert war, und wirkten ziemlich betrunken. Einige von ihnen hatten höchstwahrscheinlich gekifft und versuchten, diesen Zustand hinter einer übertriebenen Nachdenklichkeit zu verbergen.

Als die Polizisten mit den jungen Leuten fertig waren, erklärte Mickel die Situation. Wie Pasi Maars zu seinem Haus gekommen war, ganz offensichtlich unter Drogeneinfluss. Wie sich der junge Mann aggressiv und bedrohlich verhalten und Mickel schließlich sogar zu Boden geworfen habe, als dieser den Notruf wählte. Doch, es gehe ihm gut, er habe keine Verletzungen. Doch, sie kannten sich von früher. Das Verhalten des Jungen könnte darauf zurückzuführen sein, dass Mickel ihn unlängst von einem Universitätsseminar hatte ausschließen müssen. Nein, Mickel wollte keine Anzeige erstatten.

Die Polizisten notierten seine Kontaktdaten und sagten ihm, dass ihnen Pasi schon bekannt sei. Die Menge der Drogen, die er bei sich trug, sei ausreichend, um ihn über Nacht in Gewahrsam zu nehmen. Vermutlich würde man sogar eine Voruntersuchung einleiten. Mickel müsse damit rechnen, bei Bedarf als Zeuge vorgeladen zu werden.

Als der Streifenwagen losfuhr, erwartete Mickel, dass

er Pasis glühendem Hyänenblick im Autofenster begegnen würde, aber das Letzte, das er von dem Jungen sah, waren die pockennarbigen Wangenknochen und die friedfertig geschlossenen Augen in seinem offensichtlich erloschenen Gesicht.

Das kaum vernehmbare Geräusch brachte Mickel dazu, den Blick von den handgeschriebenen tintenschwarzen Versen zu reißen. Er sah, wie die Leuchtröhre unter dem Küchenschrank zu einem verschmierten Schimmer wurde und nahm die Brille ab, um sich die Tränen, die ihn übermannt hatten, aus den Augen zu wischen.

Das Geräusch kam aus dem Wohnzimmer und klang sehr bekannt. Er hörte es manchmal, wenn er Vorlesung hatte, und es bewirkte, dass sich lächelnde Studenten im Hörsaal umschauten. Es war der Klingelton eines gängigen Handymodells.

Bestellen Sie schöne Grüße von mir, pflegte Mickel dann zu sagen, und während die Studenten lachten, wühlte der Übeltäter verlegen in seiner Tasche.

Mickel sah, dass sein eigenes Telefon dunkel auf der Arbeitsplatte in der Küche lag. Er legte den Papierstoß zur Seite, bemerkte, dass seine Hand zitterte, und verließ den Tisch mit mühsamen Schritten, um dem Geräusch nachzugehen.

Pasis Telefon lag halb unter dem Schuhregal und leuchtete. Mickel hob es verwundert auf. Auf dem Display blinkte eine Nummer. Plus einunddreißig.

Es war Ragnars blinkende Nummer, die ihn schließlich zurück in die Wirklichkeit riss, heraus aus dem seltsamen Zustand, in dem er sich befand, nachdem er in dem Manuskript auf dem Küchentisch gelesen hatte.

Er nahm das Gespräch an, schrie: »Ragnar?«

Störungen, und Ragnars Stimme, mit demselben schleppenden Akzent wie Myrna, wenn sie Englisch sprach. »Who the hell is this?«

»Hier ist Papa, Ragnar, ich bin's! Wie geht es dir, ist alles ... in Ordnung?« Seine Stimme brach.

Zögern am anderen Ende. »Was ist das für eine Nummer?«

Tränen stiegen in Mickels Augen.

Die Stimme! Mein Gott!

Es war, als spräche er mit einem anderen Menschen, so deutlich war an Ragnars heller Stimme zu hören, dass überhaupt nichts in Ordnung war.

Glauben Sie, dass er es aushält? Dass er so stark ist?

»Ragnar, hör zu!« Mickel weinte ungehemmt und wusste mit der Sicherheit, die nur ein richtiger Vater haben konnte, dass er nicht stark genug war, und er schrie: »Ich höre, dass du traurig bist! Aber es gibt Hilfe! Fahr sofort los! Kannst du es bis ins Krankenhaus schaffen?«

Stille. Ein Geräusch, ein Seufzen, oder weinte er? Und Lärm, Störungen, irgendwo herrschte Verkehr.

Mickel schrie: »Ragnar!«

»Es ist so weit entfernt, Papa ...«

»Nimm ein Taxi! *Jetzt, auf der Stelle!*«

»... sehr viel weiter, als du glaubst.«

»Ragnar ...«

»Papa, ich liebe dich.«

Dann wurde das Gespräch unterbrochen.

DAS LOCH IM SAND
(Advent, Forts.)

CALLE HATTE TRÄNEN IN den Augen. Er spürte seine Atemzüge, er hörte sie, aber nichts deutete darauf hin, dass sie ihn mit Luft füllten. Der Stuhl stand hinten am Fenster, viel zu weit weg, also sank er zu Boden.

Plötzlich eine Erinnerung: er selbst als Sechsjähriger am Strand, zusammen mit Petski, seinem besten Freund. Petski war geschwommen, aber er selbst hatte ein Loch in den feuchten Sand gegraben, ganz nah am Wasser, sodass jede Welle Wasser über seine Füße spülte und das Loch wieder mit Sand füllte.

Ihm war schwindelig. Verdammt. So. Schwindelig. War. Ihm.

Er hatte Petski ignoriert, der rief, dass er ins Wasser kommen solle, er hatte Sand mit seinen bloßen Händen geschaufelt und versucht, das Loch so tief wie möglich zu machen, obwohl alle paar Sekunden eine Welle kam und seine Arbeit sofort zunichtemachte.

Er durfte nicht ohnmächtig werden. Wer würde sich dann um die Atmung kümmern?

Petski war so sauer gewesen, wie es nur ein Sechsjähriger werden kann, und deswegen war die Szene so deutlich in seiner Erinnerung geblieben.

Calle konnte immer noch stille Ermahnungen an sein sechsjähriges Ich schicken, dass er sein Loch endlich aufgeben solle, fast verärgert darüber, dass er damals nicht verstanden hatte, was ihm heute selbstverständlich erschien, dass es keine Schande war, aufzugeben, wenn man gegen etwas kämpfte, das unendlich viel größer war als man selbst.

Als er auf dem Boden von Iron Mans Büro um jeden Atemzug kämpfte, sah er ein, dass er es in Wirklichkeit nie richtig verstanden hatte.

Es war unnötig, es überhaupt zu versuchen. Jede Anstrengung war vergeblich. Wie konnte man nur glauben, dass man überhaupt eine Chance hatte?

Bei Gott, es gab Dinge, die noch viel größer waren als das Meer, hartnäckiger und herausfordernder als die tangduftende Brandung.

Petski schrie in seiner Erinnerung. *Dummkopf*, schrie er.

Der runde, zwölfstöckige Neubau in der Studentensiedlung. Ikituuri, so wurde er genannt. Gab es eine Feuerleiter? Konnte man aufs Dach kommen?

Und jetzt erstickte er wieder.

Ein Geräusch erreichte ihn durch den Wirbelsturm aus Gedanken und Erstickungsängsten.

»Calle!«, rief eine Männerstimme.

Er winselte, und das Geräusch wurde zu einem Teil des Lieds, das er immer noch für sich selbst sang, es verschmolz mit dem Rhythmus und ließ ihn dicht an den

Worten entlangschwingen, die er in dem Gedicht gelesen hatte.

Die Stimme kam näher. »Hallo!« Die Tür in der Glaswand wurde geöffnet und fiel wieder zu.

Calle stand keuchend auf und stolperte auf den Flur. Dort stand der Fachschaftsvorsitzende Jonas Kempe und sah verdattert aus.

»Hi«, sagte er. »Du bist jetzt dran.«

Calle starrte ihn mit weit aufgerissenen Augen an. Sie waren nie besonders gut miteinander ausgekommen. Die bohemistischen Markenzeichen, die der groß gewachsene Junge setzte, wirkten gewollt, heute Abend eine runde, tantenhafte Brille, die vollkommen idiotisch aussah.

Aber Calles Blicke hatten sich an etwas anderem festgesaugt.

»Jetzt komm schon ...«, sagte Jonas ungeduldig und legte ihm die Hand auf die Schulter, und Calle folgte ihm bereitwillig, wobei er den Blick nach wie vor wie verhext auf seine Füße richtete.

Die gelbe Röhrenjeans steckte in den hohen Schäften zweier schwarzer Sneakers. Die Schuhe waren nachlässig geschnürt, die Schnürsenkel hingen herunter und klackerten auf dem Steinboden, wenn er ging.

Die Entdeckung vertrieb alle anderen Gedanken aus Calles Kopf, so wie ein Wecker alle Träume zerstört, und er nahm den Anblick der Schuhe mit einer Befriedigung auf, die beinahe fetischistisch war.

Das Klackern und die schlurfenden Schritte kollidierten mit dem Rhythmus, den er im Kopf hatte, und ohne es zu bemerken, verlor er die Melodie und die Worte des Gedichts, während sie durch die Dunkelheit eilten.

Zwei Männer mit einer gemeinsamen Abhängigkeit.

Und während Jonas in seinen Gedanken Helena hart fickte und sie jeden Stoß seines hageren Beckens genoss, fiel Calle auf, dass er in seiner Kurzatmigkeit Luft einzog und ausstieß, ohne darüber nachzudenken.

Helena war gekommen, um ihn zu treffen.

»Du gehst direkt auf die Bühne.« Jonas schaute ihn misstrauisch an. »Einfach nur das Mikro einschalten.«

Calle schaute sich erstaunt um und entdeckte, dass sie wieder im Lärm und Licht des Fests angelangt waren. Die Leute drängten sich und lachten. Der Geruch nach Zimt und die abgestandene Luft wärmten seine kühle Stirn. Die Band hatte die Bühne verlassen, auf der jetzt einsam der kaputte Kaffeeautomat stand und angestrahlt wurde, verkleidet als Rekonvaleszent mit einem großen Morgenrock und einer Strickmütze. Daneben stand ein dünnes Stativ mit einem drahtlosen Mikrofon. Seine Tribüne, der einsamste Platz auf der ganzen Welt.

Er sah Marjut – sie unterhielt sich weiterhin angeregt mit ihrer Tischnachbarin.

Er sah Jonas – er war bereits in sein Telefon versunken, und auf seinen Lippen spielte ein leises Lächeln.

Calle drängte sich bis zur Bühne durch, und als er ins Licht stieg, bekam er vereinzelten Applaus und ein paar Pfiffe, während der Lärm langsam abnahm und die Leute ihre Stühle zurechtrückten.

Er zitterte, als er das Mikrofon anschaltete. Die Rückkoppelung setzte direkt ein und dauerte eine Sekunde, bis er einen Schritt zurücktrat.

Jemand hustete. Ihm wurde klar, dass alle still waren und auf ihn warteten.

»Ich heiße Calle Hollender«, sagte er, und seine Stimme hallte auf eine unangenehme Weise.

Marjuts Miene war angespannt, und sie hatte einen besorgten Blick.

»Ich wollte diesen Auftritt zuerst ablehnen. Wie soll ich Witze über einen Kaffeeautomaten machen, der nicht funktioniert? Ich habe keine Ahnung von Technik. Man könnte genauso gut einen Mathestudenten bitten, Witze über Sex zu schreiben.«

Sie lachten. Dreißig fröhliche Gesichter waren ihm zugewandt, und in dem schmalen Raum klang ihr Lachen noch gewaltiger.

»Oder einen von der Handelshochschule bitten, überhaupt etwas zu schreiben.«

Noch mehr Lachen, ein paar Leute jubelten. Er sah Jonas Kempe mit dem Telefon am Ohr den Flur entlangeilen.

Er suchte nach den Worten, sah schwarze Flecken.

»Aber dann merkte ich, dass ich sehr viel mehr über Kaffee weiß ...«

Die Welle spülte über das Loch im Sand. Die Beine gaben unter ihm nach und er keuchte direkt in das Mikrofon, bevor er es fallen ließ. Der Aufprall klang wie ein Pistolenschuss aus den Lautsprechern und ging in eine ohrenbetäubende Rückkopplung über.

Er fiel zu Boden, lag da wie ein gestrandeter Wal.

Der Tumult, der anschließend um sich griff, entging ihm vollständig. Er dachte nur, dass er fort musste. Von den Menschen, von der Bühne, von sich selbst. Er robbte zur Seite, um den Kaffeeautomaten herum und zog den Morgenrock hinter sich her, als er von der Bühne herunterkroch.

Jemand beendete die Rückkopplung.

Dummkopf, schrie Petski.

Wenn es nicht möglich sein sollte, auf das Dach des Ikituuri zu kommen, dann ging bis Mitternacht jede Stunde ein Zug.

Marjuts Duft und ihr Gesicht direkt neben ihm.

»Hilf mir«, sagte er und bebte am ganzen Körper.

Sie legte sich neben ihn auf den Boden.

SCHNEE

MICKEL BACKMAN HUMPELTE ÜBER den nassen Spazierweg, wurde sichtbar unter den Straßenlaternen und verschwand zwischen ihnen in den Schatten.

Seine Bewegungen waren langsam und noch steifer als gewöhnlich. Obwohl er den Mantel fest um sich gezogen hatte, schien die Kälte direkt durch ihn hindurchzugehen, als hätte sie das Einschussloch in seiner Seite gefunden und würde ihre Finger in ihn hineinpressen.

Er kam an ein paar Häusern mit Studentenwohnungen vorbei. In einzelnen Fenstern leuchtete es schwach. Viele waren bestimmt ausgegangen und feierten, der Rest schlief vielleicht. Immerhin war es schon weit nach Mitternacht.

Er begegnete ein paar Menschen, die allesamt dicke Mützen und Jacken trugen und keine Notiz von ihm nahmen. Unter einer flackernden Laterne blieb er stehen und holte sein Telefon heraus. Noch einmal versuchte er, Ragnar anzurufen, aber wie bei den vorherigen Malen wurde er von einer rauschenden Stille begrüßt, die niemals zu enden schien.

Er versuchte es ein weiteres Mal. Dann weinte er, weil die Trauer durch seinen Körper wütete und ihn zu einem kleinen schwarzen Klumpen zusammenpresste.

Ragnar war nicht zu erreichen. Mickel hatte sich über die Telefonauskunft mit der Polizei in Utrecht verbinden lassen, und mit großen Schwierigkeiten hatte er einem phlegmatischen Diensthabenden in seinem schlechten Englisch erklärt, dass jemand kontrollieren sollte, ob es seinem Sohn gutging. Schließlich waren zwei Beamte losgeschickt worden, um zu tun, was sie tun konnten: an Ragnars Tür zu klopfen.

In der Stille seiner Küche war die Dunkelheit ungehindert über ihn hinweggespült.

Immer weiter hatte er ohne Erfolg versucht, Ragnar zu erreichen, zehnmal, mechanisch, wie in Trance, mit einem Gefühl der Unwirklichkeit.

Es konnte doch nicht möglich sein, dass er gerade das tränengetränkte Lebewohl seines eigenen Sohns gehört hatte?

Nach einer halben Stunde war die Rückmeldung aus Holland gekommen. Ragnar war nicht in seiner Wohnung. Der Diensthabende hatte Mickel aufgefordert, wenn möglich Ruhe zu bewahren und am nächsten Tag anzurufen, falls er dann immer noch nichts von seinem Sohn gehört haben sollte.

Mickel hatte in den Raum hinausgeschrien, als das Gespräch vorbei war.

Er war schon auf dem Weg nach draußen gewesen, als jemand mit einer unbekannten Nummer angerufen hatte. Er war auf das Schlimmste vorbereitet und war vollkommen überrumpelt, als er feststellte, dass es Professorin Fogh war.

Das Gespräch hatte nicht lange gedauert. Mit dumpfer, angestrengter Stimme hatte sie ihm mitgeteilt, dass ihr Sohn am Abend unter einen Zug geraten sei. Sie befinde sich zusammen mit ihrem Mann im Krankenhaus und wolle Mickel nur mitteilen, dass sie für eine Weile nicht zur Arbeit kommen werde.

Noch während des Gesprächs, bei dem Mickel stotternd und vollkommen entgeistert sein Mitgefühl äußerte, hatte er erste irrsinnige Schlussfolgerungen gezogen.

Werther Fogh.

Der rothaarige Junge, der in seinem Seminar gewesen war, als er von Leander Granlund erzählt hatte. Er hatte sogar Fragen gestellt. Und Kristina, seine Mutter, hatte Schlüssel zu sämtlichen Räumen des Instituts.

Mickel war die abschüssige Straße die zwei Blöcke bis zum *Arken* hinuntergeeilt und hatte zu Gott gebetet, dass nicht das geschehen war, vor dem er sich am meisten gefürchtet hatte. Er betete immer noch, als er durch die warmen und menschenleeren Flure des Instituts hastete. Er hatte Gebete heruntergemurmelt, obwohl er wusste, das Werther Fogh auf jeden Fall tot war und dass Gott wohl kaum die Angewohnheit hatte, hinter alten Männern aufzuräumen, die eine große Unordnung hinterlassen hatten.

Ein einziger Blick in sein offenes Büro hatte gezeigt, dass seine Befürchtungen berechtigt waren.

Er hatte fünf Minuten darin verbracht, ein paar Sachen eingesammelt, die letzten Seiten von Wangmans Abhandlung durch den Reißwolf geschoben, ein bisschen aufgeräumt und das Gebäude wieder verlassen.

Auf dem Weg nach draußen hatte er einen Umweg durch den ersten Stock gemacht, um ein paar betrunkenen Studenten aus dem Weg zu gehen, die nach einer Art Fest aufzuräumen schienen.

Statt nach Hause zurückzukehren, hatte er am Haupteingang eine Weile gezögert und war stattdessen in die entgegengesetzte Richtung aufgebrochen. Geführt von einem Gefühl, einer Art dunklen Erwartung, war er den Uferweg entlang an der Studentensiedlung vorbeigewandert.

Als er sich dem Hallisvägen näherte, nahm er die ersten Schneeflocken wahr, und nach ein paar Minuten schneite es so sehr, dass die Sicht unklar wurde.

Er rief Ragnar an. Zwei Mal. Beim zweiten Mal sagte er sich, dass es der letzte Versuch bleiben musste, und er wartete so lange, bis die Stille am anderen Ende automatisch unterbrochen wurde und in ein hartnäckiges, rhythmisches Piepen überging.

Die Hallisbrücke war erleuchtet und menschenleer. Nicht ein einziges Auto fuhr an ihm vorbei, bis er mit seinem steifen Gang die Mitte der Brücke erreicht hatte.

Dort, weit unten, donnerte das glitzernde ölige Wasser über Stock und Stein, bevor es in der Dunkelheit verschwand und verstummte.

Mickel öffnete die obersten Knöpfe des Mantels und zog das Manuskript von *Aus dem trübseligen Dunkel des Lebens* heraus. Der Titel auf der ersten Seite war zu einem unleserlichen grauen Schleier verschwommen. Er hatte im Büro darauf gespuckt, um sicherzugehen, dass die Tinte wasserlöslich war und nichts übrigbleiben würde.

Er atmete ein. Der Geruch nach Schnee vermischte

sich mit dem Geruch des schmutzigen Wassers. Kein Auto war zu sehen oder zu hören.

Er rief Myrna an.

Sie ging beinahe sofort ans Telefon, klang schläfrig, und er hörte ihrer Stimme an, dass sie getrunken hatte. Vermutlich war sie ausgegangen und hatte mit den Kollegen gegessen, und jetzt wollte sie gerade ins Bett gehen, er stellte sich ihren schmalen Körper im Nachthemd auf der Bettkante sitzend vor.

»Ist etwas passiert?«, fragte sie ängstlich.

»Mach dir keine Sorgen«, sagte er.

Ihr Herz, ihr Pumpenhaus aus Glas. Wie konnte er ihr erzählen, dass Ragnar tot war? Es hätte ihn zerstört und sie zerbrochen.

»Es ist Advent, mein Schatz. Möchtest du ein Gedicht hören?«

Sie kicherte, nannte ihn verrückt, hatte anscheinend einen schönen Abend gehabt. Er schlug die erste Seite auf und las.

Es war ein unerhörtes Gefühl. Bis zum letzten Augenblick zu leben und sich zu verwandeln.

SCHERBEN
(Epilog)

ER SETZTE SICH IM BETT auf und zog die Knie ans Kinn. Totti verließ erschrocken ihren Platz am Fußende und sprang auf den Boden. Er hörte leichte Pfoten, die durch den Raum eilten, und Marjut, die sich unruhig im Schlaf drehte.

Die Angst strömte wie eine eisige Druckluft durch seine Röhren. Sie griff mit straffen Händen nach Adern und Knochen und wiegte ihn langsam zu Tode.

In dieser Situation erkannte er das Gefühl wieder. Wie allumfassend und endgültig er es auch erlebte, es blieb eine Attacke, und Attacken folgten Mustern, hatten Gipfel, Täler und ein Ende. Er wusste, was es war, aber er wünschte sich trotzdem einen Fluchtweg aus seinem Körper und sah deutliche Bilder vor sich, in denen er auf dem Asphalt zerschmettert, von Waggons zermalmt, von Messern zerschnitten wurde oder in eisigem Wasser ertrank.

Schließlich war er gezwungen, Marjut zu wecken, obwohl er sich unendlich schämte, wieder so schwach zu sein. Sie schaltete die Lampe ein, und er sah die Sorgen hinter den zusammengekniffenen Augenlidern. »Ich bin hier«, sagte sie, knisternd.

»Entschuldige«, flüsterte er. Ihre Hand war wie ein Heizkörper auf seinem Rücken. »Ich wollte dich nicht wecken ...« Ihre Hand blieb auf seinem Kreuz liegen, strahlte Wärme bis in sein Mark aus.

»Gut, dass du mich geweckt hast.«

Die Scham über seine Hilflosigkeit brannte hinter seiner Stirn. »Was soll ich tun?« Er drohte in Tränen auszubrechen.

»Komm unter die Decke«, sagte sie.

Er tat, was sie sagte. Sie strich ihm über die Stirn und die Arme, war eine sonnenwarme Klippe an seinem Rücken. Ihr Atem schlug gleichmäßig und feucht gegen seinen Nacken. Sie küsste ihn auf die Schulter.

Nach zehn Minuten drückte er ihre Hand und seufzte betrübt, weil sie trotzdem nicht genug war. »Ich werde wohl ein paar Tabletten nehmen müssen.«

Sie erwiderte den Händedruck, und nachdem er die Schachtel herausgesucht hatte, drückte sie sich wieder dicht an ihn. Nach einer halben Stunde begann die Medizin ihm endlich Erleichterung zu verschaffen. Die Angst löste sich auf, und er erlebte die heranschleichende Ruhe als ein starkes Glücksgefühl. Marjut streichelte ihn weiter, während er immer schläfriger wurde.

»Ich schlafe ein«, flüsterte er und meinte zu hören, dass sie Gute Nacht murmelte.

In den stürmischen Wintermonaten, als der Schnee in Massen vom Himmel fiel und eine arktische Kälte die Stadt betäubte, hatten sie praktisch zusammengewohnt. In der ersten Zeit hatte er sie gebeten, bei ihm zu bleiben, und dann wurde es zu einer Gewohnheit, die niemand mehr infrage stellte.

Calle brauchte Marjut. Und sie brauchte ihn.

Man konnte einander auf unterschiedliche Weise brauchen.

Sie schliefen zusammen, küssten sich hin und wieder und hatten selten Sex. Als sie einmal mitten in der Nacht wach lagen und eine seiner Panikattacken abwarteten, fragte er sie reichlich unbedacht, ob sie ihn liebe, und sie wurde sehr gerührt und verlegen und sagte, dass sie glaube, dass es so sei. Er war erleichtert, dass sie die Frage nicht erwidert hatte.

Was hätte er sagen sollen?

Vermutlich, dass es lebenswichtig war, dass es sie gab.

Das war in jeder Hinsicht wahr. Und mehr als das konnte er nicht sagen.

Mehr gab es auch nicht zu sagen.

Sie war ein Teil seiner Medizin, ebenso lebenswichtig wie die Pillen, aber auch, auf eine bestimmte Weise, genauso unnatürlich. Er wünschte sich, dass er anders fühlen könnte, immer noch diese Geißel, dass es möglich gewesen wäre, über seine Gefühle zu bestimmen.

Es gab andere Dinge, über die man sich Gedanken machen musste. Pasi nahm zwei Mal eine Überdosis im Laufe eines Monats, und beim zweiten Mal half es nichts, dass er sich in Gesellschaft von zwanzig angeheiterten Medizinstudenten befand und dass der Rettungswagen nach zehn Minuten vor Ort war. Sein Herz war nicht wiederzubeleben, und er starb im Krankenwagen auf dem verschneiten Parkplatz vor dem *Three Beers*.

Das letzte Mal, als Calle ihn sah, hatten sie im *Fänriken* gemeinsam zu Mittag gegessen. Pasi war wortkarg, aber er wurde sauer, als Calle ihn auf sein miserables Aussehen ansprach.

»Ihr könnt ja für mich beten, wenn du dir solche Sorgen machst«, fauchte er. »Du und deine Maria aus Magdala.«

»Marjut. Und sie kommt aus Kokkola.«

»Sie spricht in Zungen, und du vögelst sie. Ich weiß nicht, über wen ich mir mehr Sorgen machen muss.«

»Fahr zur Hölle.«

»Japp, das mache ich vielleicht.«

Die giftige Atmosphäre blieb bestehen, bis sie sich voneinander verabschiedeten, und als Pasi tot war, wollte dieser Gedanke und die Verzweiflung, die er mit sich brachte, Calle nicht mehr in Ruhe lassen.

Die Pillen nahmen allen anderen Gefühlen auch die Spitze, der Freude, dem Humor, der Lust auf Sex.

»Ich fühle mich nicht wie ein Mensch«, sagte Calle eines Tages, als er versuchte, Gags für einen Auftritt bei den BWL-Studenten zu schreiben, und sich alle Gedanken flach anfühlten und in die Banalität oder ins Nichts zu führen schienen.

»Ich glaube, das ist normal«, sagte sie. »Es braucht eine Weile, bis sie die richtige Medizin gefunden haben.«

Am Ende sagte er den Auftritt ab und empfand zu seiner Verwunderung keine Scham oder Niedergeschlagenheit über dieses deutliche Versagen. Es brachte auch gewisse Vorteile mit sich, wenn man sich nicht wie ein Mensch fühlte.

Er hatte plötzlich Schwierigkeiten damit, in den Sternenhimmel zu gucken. Die Unendlichkeit, die ihn früher beruhigt und zum Staunen gebracht hatte, ließ seine Gedanken nun immer schneller kreisen und böse Lieder singen.

»Schau dir das an«, sagte er zu Marjut an einem klirrend kalten Abend, als sie in die Stadt gingen, um sich die Weihnachtsschaufenster in der Universitetsgatan anzuschauen. »Wer merkt es, wenn ein Stern erlischt?«

Sie schaute ihn seltsam an, als hätte er etwas Unpassendes gesagt. »Was meintest du?«

Er fror, dass die Zähne klapperten. »Ist ein Gedicht, das ich gelesen habe. Irgendetwas in der Richtung. Und dass die Sonne auch nur irgendeiner dieser Sterne ist.«

»Hübsch.«

An diesem Abend machten sie ihre erste Reise in die Notaufnahme. Auf dem Weg vom Stadtzentrum nach Hause war Calle mitten auf der Dombrücke stehengeblieben und hatte einen so starken Wunsch empfunden, in die Furche aus dunklem, strömendem Wasser zu springen, dass er Marjut gebeten hatte, ihn festzuhalten.

Er sprach mit einem Psychiater, der seine Dosierung neu einstellte und ihm auf die Schulter klopfte, bevor er ihn wieder nach Hause schickte.

»Es wird gut«, sagte sie.

»Gut, bis ich heirate«, antwortete er.

Ähnliche Ereignisse gab es immer wieder, während sie versuchten, die richtige Medizin zu finden. Ein paar Tage nach Pasis Beerdigung ertappte Marjut Calle dabei, wie er im Internet nach Galgenknoten googelte, und am selben Abend fand sie ein Seil, das er im Ärmel seiner Jacke versteckt hatte. Nach einer langen Diskussion entschieden sie, diesmal nicht den Arzt aufzusuchen, aber beim Luciafest ließ sich der zweite Besuch in der Notaufnahme nicht vermeiden, nachdem Calle auf dem Heimweg von einem Fest im Vollrausch von Marjut weggelaufen war.

Wenn sie ihn nicht eingeholt hätte, hätte er sich vielleicht wirklich auf die Autobahn geworfen.

Sie fragte, ob er Weihnachten bei ihrer Familie in Karleby feiern wolle. Da die Alternative darin bestand, allein in Åbo zu sitzen, sagte er zu, und am Dreiundzwanzigsten nahmen sie den Zug nach Österbotten. Calle war vorher noch nie so weit im Norden gewesen, und er fühlte sich während der langen Zugreise durch die kompakte und ewige Dunkelheit nicht ganz wohl in seiner Haut.

Marjuts Eltern und Brüder begegneten dem schweigsamen Überraschungsgast, der am Heiligabend bis halb zwölf schlief und dessen Beziehung zu Marjut ein kleines Mysterium blieb, freundlich, aber deutlich reserviert. Sie stellte ihn als ihren Freund aus Åbo vor, und sie schliefen in getrennten Betten, aber natürlich bemerkten alle das Licht in ihren Augen und wie sie hin und wieder ganz unbewusst und beiläufig ihre Hand ausstreckte und ihn berührte.

Nach ein paar Justierungen in der Medikation begann er besser zu schlafen und sich wieder ein bisschen wie früher zu fühlen. Die Angst änderte ihren Charakter von regelmäßigen Attacken zu einer Art ständig wahrnehmbarer Bereitschaft. Der Zustand änderte sich von Woche zu Woche, und Mitte Februar hatte er genug Energie, um ein paar Textanalysen zu schreiben und einen Internetkurs in Entwicklungspsychologie zu besuchen. Sobald die Studienpunkte eingetroffen waren, kam die Mitteilung von der Rentenversicherungsanstalt, dass die Auszahlung seines Studiengelds wieder aufgenommen werden konnte.

Er lachte laut, als er den Brief las. Es lag etwas so Absurdes darin, dass er wieder für würdig befunden wurde, die staatliche Ausbildungsförderung zu beziehen, nachdem er einen total unwichtigen Psychologiekurs besucht hatte, bei dem er nichts gelernt hatte.

Zur selben Zeit kam die Bestätigung, dass Helena eine Beziehung zu Jonas Kempe hatte.

»Wenn ich irgendetwas empfinde, dann ist es Verachtung«, sagte er zu seiner Therapeutin. »Dass sie es nicht begreift. Es ist so offensichtlich, dass es nicht halten wird. Er ist nicht ihr Typ. Und sie nicht seiner.«

Die Therapeutin schaute ihn mit ihrer unergründlichen Miene an und machte sich Notizen. Calle sah ein, wie seine Worte klingen mussten. Dass die Verachtung, von der er gesprochen hatte, eine Art war, sich zu verteidigen, und dass dies von einer Selbsteinschätzung herrührte, die sagte, dass er das Beste sei, was Helena begehren konnte.

Vielleicht war es so. Aber dass Helenas neue Beziehung ihn nicht vollständig zu Boden schmetterte, war gleichwohl der größte Fortschritt, den er während des ganzen Winters erlebt hatte, wesentlich größer als die Wiederaufnahme der Studiengeldzahlung.

Er bewarb sich für einen Job beim Radio. Das Bewerbungsgespräch in dem dreieckigen Haus am Marktplatz verlief gut – die Funkhausleiterin sagte, dass sie schon von ihm gehört hätte –, und bereits am folgenden Tag konnte er den Vertrag unterschreiben. Er würde während des Sommers Teilzeit arbeiten und Nachrichtenbeiträge moderieren, und die Chancen stünden gut, dass er im Herbst verlängern und im Studio arbeiten konnte.

Als er Marjut die Nachricht überbrachte, war sie froh, aber sie sagte auch, dass sie finnlandschwedisches Radio schon immer seltsam gefunden habe.

Er sagte es ihr nicht, aber er machte eine Notiz auf seinem Smartphone, die erste in diesem Jahr: *Komisch, sagte sie, die die Fähigkeit besaß, mit ihrem Geschlechtsorgan Menschen zu produzieren.*

Calle saß an seinem Computer und kniff die Augen zusammen. Die Gardinen waren schon eingepackt, zusammen mit allem anderen, was er besaß, und das Tageslicht blendete ihn durch das frisch geputzte Fenster. Er hatte sich den Computer bis zum Schluss aufgehoben, damit er sich die Zeit vertreiben konnte, während er darauf wartete, dass Marjut ihre letzte Prüfung schrieb und mit dem gemieteten Lieferwagen kam.

Am Tag zuvor hatten sie ihre Sachen bereits in die neue Wohnung gebracht. Der Umzug hatte den ganzen Tag gedauert, und als sie alle Kisten und Möbel hineingetragen hatten, waren sie beide so erschöpft gewesen, dass sie in ihren Kleidern auf ihrer Matratze eingeschlafen waren.

Calle gähnte und saugte sich die Lungen mit dem zitronenaromagetränkten Putzmittel voll, mit dem er die Möbel, Wände und den Kunststoffboden geschrubbt hatte. Er wollte gerade nach draußen gehen, um eine Zigarette zu rauchen, als ein Fenster auf dem Bildschirm erschien. Er klickte darauf.

Es war eine Einladung. Das Sommerfest der Aktion *Zusammen* sollte am kommenden Wochenende im *Gadolinia* stattfinden. Calle blätterte schnell das Programm durch und hielt inne, als er Riku Barons Namen sah. Er hatte Riku seit dem Abend im *Faust* nicht mehr gesehen, aber wie er gehört hatte, war er auf dem Weg der Besserung. Er saß im Rollstuhl und konnte noch nicht sprechen, aber er konnte selbstständig atmen und kommunizierte mithilfe eines Tablet-Computers.

Aus dem traurigen Dunkel des Lebens, stand dort. *Kristina Fogh liest Gedichte des finnischen Dreisprungmeisters Riku Baron über seinen Selbstmordversuch und den Weg zurück.*

Calle entdeckte viele bekannte Namen unter den Leuten, die zugesagt hatten, und antwortete schließlich auf die Einladung. Komme vielleicht.